Eroinle Dans

DOĞAN KİTAP TARAFINDAN YAYIMLANAN DİĞER KİTAPLARI

İster Mor, İster Mavi
Sol Ayağımın Başparmağı
Çikolata Kaplı Hüzünler
Piraye
Türkiye Benimle Gurur Duyuyor
Söylenmemiş Şarkılar
Yüreğim Seni Çok Sevdi
En Son Yürekler Ölür
Aşkın Sanal Halleri
Issız Erkekler Korosu
İz
Hasret
Pembe ve Yusuf
Ah Benim Karım Ah Benim Kocam
Kelepçe
Başıbozuk Sevdalar
Şiirce

EROİNLE DANS

Yazan: Canan Tan

1. baskı / Altın Kitaplar, 2009
Doğan Kitap'ta 1. baskı / Ocak 2016
17. baskı / Mart 2018 / ISBN 978-605-09-3143-3
Her 2000 adet bir baskı olarak kabul edilmektedir.
Sertifika no: 11940

Kapak tasarımı: Erbil Kargı
Baskı: Mega Basım Yayın San. ve Tic. A.Ş.
Cihangir Mah. Güvercin Cad. No: 3/1
Baha İş Merkezi. A Blok Kat: 2
34310 Haramidere-İstanbul
Tel. (212) 412 17 00
Sertifika no: 12026

Doğan Egmont Yayıncılık ve Yapımcılık Tic. A.Ş.
19 Mayıs Cad. Golden Plaza No. 3, Kat 10, 34360 Şişli - İSTANBUL
Tel. (212) 373 77 00 / Faks (212) 355 83 16
www.dogankitap.com.tr / editor@dogankitap.com.tr / satis@dogankitap.com.tr

Eroinle Dans

Canan Tan

DK DOĞAN KİTAP

Eylül'ün Alev'e, Alev'in Kül'e dönüştüğü yerde Eroin'in Kırmızı'yla dansı başlar...

Ölüm Dansı'na yenik düşen tüm Alev'lere...

Birinci bölüm

1

Yaşamımın o ana kadarki en büyük sevincini yudumlarken, karanlığın göbeğine fırlatılmış, hedefi belirsiz bir oktan başka bir şey olmadığımı nereden bilecektim?

Boğaziçi Üniversitesi...

Gerçekleşmesi güç bir düşün somutlaşması, herkesin elini uzattığı, ama kolay kolay ulaşamadığı o büyülü dünya...

Başarmıştım!

"Tebrikler!" diyordu telefondaki ses. "Boğaziçi Üniversitesi Psikoloji Bölümü'nü kazandınız."

Çok, ama çok istediği bir şeye kavuştuğunda; umduğu, tasarladığı, hayallerini kurduğu gibi sevinemiyor insan. Benim de öyle oldu... Düşle gerçek arasında bocaladım bir süre. O günü, yaşamımın dönüm noktası olan o anı gereğince değerlendirmekten âcizdim.

Uyuşmuş, sersemlemiş beynim, duyduklarını özümsemekten uzaktı. Uzak bir düş ülkesinde, gökyüzünün derinliklerine doğru, sonsuz bir boşluğun koynuna kulaç atıyordum sanki.

Beni kollarında tutan şaşkınlığın pençesinden sıyrılıp yaşadığım anla buluştuğumda, içimin derinliklerinde özgürlüğüne kavuşmayı bekleyen coşku yumağını ancak açığa çıkarabildim.

Dünden belliydi, sonuçların bugün açıklanacağı.

Bu ne biçim bir heyecandı Allahım! Yerinde durabilene aşkolsun...

Gecenin geç vakti huzursuz bir uykunun bedenine bıraktım kendimi.

Sabaha karşı, birisi omuzlarımdan sarsmışçasına garip bir duyumsamayla fırladım yataktan. Bir daha da uyuyamadım. Gözlerim tavana dikili, yatağın bir yanına büzüşüp, günün ağarmasını bekledim.

Bir türlü geçmek bilmeyen dakikaların, saatlerin umarsız tutsağı ben, tutkulu bir âşık gibi, bile bile içine düştüğüm karasevdama, sevdalıma kavuşabilecek miydim acaba?

Ya kazanamadıysam?

Canım babacığım, bana ve başaracağıma olan güçlü inancına karşın, olumsuz bir sonuca da hazırlamaya çalışmıştı beni kendince...

"Eylül! Bak ne diyeceğim sana... Çok yorucu bir yıl geçirdin yavrum. Üstelik, elinden geleni de fazlasıyla yaptın. Tut ki istediğin yer olmadı... Dünyanın sonu değil ya! Biraz dinlenir, eskisinden de güçlü ve deneyimli, bu kez daha bilinçli hazırlanırsın sınava..."

Böyle bir şeyi düşünmek bile istemiyordum. Onca emek, onca zaman, onca para...

Elimden geleni yapmıştım, doğru. Ama gerek annem, gerekse babam, benden bile özverili davranmışlardı.

Evdeki yaşantımızın her karesi, benim çalışma tempoma göre ayarlanmıştı. Zaman akışlarını bana göre, yeniden düzenlemişlerdi.

Okul ya da dershane dönüşlerinde, hep evde buluyordum annemi. Sırf bana güler yüzle kapıyı açmak, boynuma sarılıp güç ve moral vermek için... Hem de çalışan bir kadın olduğu halde. Akşamüstüne kadar tüm işlerini yoluna koyup avukatlık bürosunu kendi yetiştirdiği, canı gibi sevdiği genç avukat arkadaşlarına teslim ederek, doğruca eve koşuyordu.

Gece boyunca odamda harıl harıl çalışırken, televizyonun sesini bile ancak duyacak kadar açtıklarını nasıl unuturum?

Döktükleri o kadar para da cabası! Amerikan Koleji'nin ağır taksitleri bir yana; dershane ücreti, özel dersler...

Hiçbiri gözlerine batmadı, biliyorum. Severek, isteyerek yaptılar ne yaptılarsa. Böyle bir anne babaya sahip olduğum için çok şanslıyım!

Ama bu durum daha da zorlaştırıyor işimi. Bana verdikleri büyük desteğin altından nasıl kalkarım ben? Kendi umutlarımın yanında onlarınkini de yıkacağımı düşünmek... Acıların en büyüğü bu işte!

Birden silkiniveriyorum. Neden hep olumsuz düşünüyorum ki?

Şunun şurasında birkaç saat kaldı yalnızca... Hiç değilse şimdilik, beyninin o karanlık köşelerini yok saymalısın Eylül, diyorum kendi kendime. Sonucu öğreneceğim ana kadar, çalkantılı duygularımı, kara düşüncelerimi, henüz geçerli bir dayanağı olmayan korkularımı dondurmaya karar veriyorum...

Kahvaltı masasında suskunuz hepimiz. Annemle babam, küçük gülümsemelerle yüzümü okşuyorlar. Ne olursa olsun yanındayız, dercesine.

İkisi de işe gitmemiş. Benimle beraber olmalarının vereceği gücün bilincindeler. Belli etmemeye çalışsalar da, en az benim kadar heyecanlı olduklarını görebiliyorum.

Telefonun sesiyle yerimden zıplıyorum.

Zeren! Sesi ağlamaklı. Babası Ankara'dan özel olarak öğrenmiş sonucu.

"Hesapladığımdan otuz puan aşağısı geldi" diye sızlanıyor. "Tercihlerimin en alt sırasına girebiliyorum ancak."

Birden paniğe kapılıyorum. Öyle uzun bir tercih listem yok benim! Boğaziçi Üniversitesi Psikoloji, Sosyoloji; iki tane de ODTÜ tercihi...

Huzursuzluğum, biraz da bundan kaynaklanıyor galiba.

Keşke daha başka yerleri de yazsaydım, diye geçiriyorum içimden.

Ama hiçbirini istemiyordum ki ben! Psikoloji okuyacağım, diye tutturmuştum yıllardır. Bu isteğin yoğunluğu, babamın bir psikiyatri uzmanı olmasından kaynaklanmıştı belki de... Onun kitaplarını karıştırırken yaşadığım farklı keyif, bu yola taşımıştı beni.

Evde konuşulan psikiyatri ve psikolojiyle ilgili konular, babamın hasta kimliklerini asla açıklamadan bize aktardığı ilginç olaylar, küçük yaşlardan beri ilgi odağım olmuştu.

Hayır, yapı olarak doktorluğa yatkın değildim! Hem, Tıp Fakültesi'ne girebilsem bile, Psikiyatri ihtisasını kazanacağıma kim garanti verebilirdi ki?

Psikoloji Bölümü yeterdi bana. O bana yeterdi de, ben ona yetebilecek miydim bakalım?

Ünlü Psikiyatr Ekrem Bey'in psikolog kızı olmak...

Çok şey mi istiyordum acaba?

İkinci telefon, iki yıldır yollarını aşındırdığım dershanenin rehberlik bölümünden geliyordu.

"Boğaziçi Üniversitesi Psikoloji Bölümü... Birinci tercihiniz... Tebrikler..."

Tebrikler Eylül!

Hayallerinin gerçeğe dönüştüğü çizgide, emin adımlarla yürümeye hazırlanabilirsin...

***

Kısa süreli tatiller dışında, hiç kalmadım İstanbul'da. Son gidişim, Amerikan Koleji'nin üniversiteleri tanıtma etkinlikleri çerçevesinde gerçekleştirdiğimiz toplu gezi içindi. Hepimiz büyülenmiştik o zaman. Hem İstanbul'a, hem de Boğaziçi'nin eşsiz güzelliğine dizeler döktürmüştük yüreklerimizde.

Başlı başına bir dünya İstanbul! Hiçbir yerle kıyaslanamayacak kadar özel... Ama olağanüstü güzelliği, insanı içine çekiveren gizemli havası bir yana; yaşantısının bin bir zorluk içerdiğini de çok iyi biliyorum.

Şehir olmanın ötesinde; bedeninde sakladığı, yeri gelince gün yüzüne çıkardığı gizleriyle büyülü bir âlem... Hele benim gibi gurbeti mesken edinecekler için, tam bir kapalı kutu.

Uzaktan uzağa hayallerini kurduğum bu ayrıcalıklı güzelliğe kavuşmakta aceleci değilim.

Garip bir çekingenlik çöktü üzerime. İstanbul'un, kımıldadıkça eteğindeki karıncaları silkeleyiveren dev bir cadı gibi, beni de olmadık bir yerlere fırlatmasından korkuyorum galiba.

Bir o kadar da sabırsızım ona kavuşmak için. Göğsüne yaslanıp sıcaklığına sığınırken, içten içe ürküntü duyulan, delidolu bir sevgili İstanbul. Sevdiklerine cömert, kanının ısınmadığına acımasız...

Beni kabullensin istiyorum; sevsin, kanatlarının altında tutsun, korusun... Öfkesini tattırmasın, kızdı mı ateş saçan delici bakışlarını uzak tutsun üzerimden.

Evimden, yuvamdan, sevdiklerimden kopup sığınacağım kutsal bir tapınak o. Beni orta yerde, umarsız bırakmasın...

Okullar açılıncaya kadar, tam üç kez gitmek zorunda kaldım İstanbul'a.

İlki kayıt içindi. Annemi İzmir'de, yoğun işleriyle baş başa bırakıp babamla beraber yola çıktık. İlkokula yeni başlayan küçük bir çocukmuşum gibi üzerime titreyen canım babamla...

Arkadaşlarımla beraber gidebileceğimi söylediğimde, şiddetle karşı çıktı.

"Hele bir yerleş" dedi. "Yeni konumuna alış... Ayaklarının üzerinde durmayı öğren. O güne kadar yanında olmak, hem görevim, hem de hakkım. Bunu çok görme bana..."

Taksim'de, İstiklal Caddesi'nin çaprazındaki, henüz adını

bilmediğim, temiz bir otele yerleştik babamla.

Hava yağmurlu, simsiyah bulutlarla örtülü gökyüzü. Güzelliklerini gizlemeye çalışıyor sanki İstanbul, en çirkin yüzüyle çıkıyor karşıma.

Daha İzmir'den ayrılırken oluşuveren o yabansı buruklu-ğu, bir türlü söküp atamıyorum içimden.

Şunun şurası iki gün. Kayıt yaptırıp döneceğiz işte... Ama biliyorum ki, bu bir başlangıç! Ne içerdiğini kestiremediğim, giz dolu kutunun kapağını ilk kaldırış. Gerisi gelecek...

İyi de, böyle olmasını isteyen ben değil miydim? Tüm varlığıyla hayallerinin gerçekleşmesine odaklanan, bu sonuca ulaşmak için yanıp yakılan...

Bağrında büyüdüğüm kentten ve onun koynunda barındırdığı sevdiklerimden ayrı düşmeyi peşinen kabul etmemiş miydim?

Öyleyse bu, yuvasından ayrı düşmüş minik kuş duygusallığı da ne demek oluyordu?

Eşyalarımızı odaya bırakıp, otelden çıkıyoruz babamla.

İstiklal Caddesi'ni boydan boya iki kez turluyoruz. Öğrenciliği İstanbul'da geçmiş babamın. Attığı her adımda eski günleri yâd etmesi, yaşadıklarını özlemle anması, anlatması bundan. Bir yandan da, kendi gönlünü çelen güzelliklere beni de ortak etme çabasında.

Onun yönlendirmesiyle aynı noktada buluşan gözlerimizin farklı şeyler gördüğünün ayrımında bile değil; anılarla örülü yüreğindeki coşkuyu benimle paylaşmak istiyor.

"İşte Galatasaray Lisesi! Hafta sonları arkadaşlarla buluşma noktamız..."

Yanlış yorumluyor suskunluğumu.

"Yoruldun mu? Gel... Bak, meşhur İnci Pastanesi! Burada profiterol yemeden olmaz..." diye, itiraz hakkı tanımadan kolumdan sürüklüyor beni.

Gerçekten de nefis bir tat. Babamın, dünyada eşi yok, yolundaki abartılı övgülerine hak veriyorum.

"Bugün rehberin benim" diyor babam. "Gör bak, kısa sürede bu görevi sen üstleneceksin."

Hafifçe gülümseyerek onaylıyorum onu, gönlü olsun diye.

"Ne kadar değişmiş her yer..." diye içini çekiyor. "Bizim zamanımızda böyle miydi ya! Şu gördüğün kalabalığın onda biri bile yoktu."

Sessizce dinliyorum onu. Eskiyle karşılaştırıp yadırgadığı, bana hepten yabancı olan, kimsenin kimseyi tanımadığı, kimsenin kimseye aldırmadığı bu ürkütücü kalabalığın ortasına bırakıp gidiverecek beni...

Kızıyorum kendime. Tek ben miyim gurbette okuyacak? Üstelik, benim şu andaki konumumda olmak için can atan yüz binlerce insan varken...

Çarçabuk silkiniveriyorum, saplantıya dönüşmeye yüz tutmuş anlamsız ürküntülerimden. Sıcacık bir gülüşle bakıyorum babamın yüzüne.

"Söz!" diyorum. "Bir sonraki gelişinde seni ben gezdireceğim. O zamana kadar İstanbul'un haritasını çözebilirsem tabii..."

Babamın yüzü aydınlanıveriyor.

"Ayrılığı dert etme sakın" diyor. "Sık sık gelirsin İzmir'e. Bizim de tatil adresimiz belli artık. Özleme dayanmanın tek yolu, onu parçalara bölmek değil midir?"

Otele dönüş yolunda, sıkıntımı gerilerde bir yerlere bırakıyorum. Üstü sis perdesiyle örtülü gelecek günlerimin, bana güzellikler getirmesini dileyerek...

***

İdari bölümün bulunduğu Güney Kampusu'nun göbeğine kadar taksiyle gidebilirdik aslında.

"Şu güzelliğe yazık etmeyelim" diyor babam.

Boğaziçi Üniversitesi'nin üst kapısında iniyoruz taksiden. Tatlı bir meyille aşağıya doğru kıvrılan yolda yürümeye başlıyoruz.

Sağ yanımız Boğaz'ın eşsiz manzarasıyla sarmalanmış; sol tarafta asırlık ağaçlar yükseliyor. Yeşille mavinin birbiri içinde eriyerek oluşturduğu mis kokuyu derin derin çekiyorum içime.

"Ne kadar şanslısın Eylül!" diyerek gözlerinin içine kadar gülüyor babam. "Bu okula yakışacaksın..."

Gururla kabarıyor içim. Yeni okulum, sınıf arkadaşlarımla yaptığımız tanıtım gezisinde gördüğümden de görkemli görünüyor gözüme.

Kampusun dört bir yanı tarihi binalarla çevrili. Ders yapacağımız mekânlar bunlar. Geniş meydanın sol tarafındaki, gençlerin sere serpe oturmuş sohbet ettikleri taş basamaklara ilişiyor gözüm.

"Eski öğrenciler olmalı" diyor babam. "Gelecek yıl, sen de onlar gibi, yeni edindiğin arkadaşlarınla aynı cıvıltıyı paylaşacaksın... Ama bunun için, öncelikle kaydını yaptırmamız gerekiyor."

Elimde gerekli belgeleri içeren dosya, babamla beraber öğrenci işlerine doğru yürüyoruz.

Kayıt işlemi uzun sürmüyor. On dakika sonra, Boğaziçi Üniversitesi Psikoloji Bölümü öğrencisi olarak çıkıyorum binadan.

Koluma giriyor babam, "Hayırlı olsun kızım" diyerek.

Kampusun birkaç basamakla inilen "Manzara" bölümüne doğru ilerliyoruz. Tüm Boğaziçililerin anlata anlata bitiremedikleri, mezuniyetten sonra da en çok özlemini çektikleri, herhangi bir nedenle okula geldiklerinde mutlaka ziyaret ettikleri, çok özel bir yer burası.

Tüm Boğaz'a hâkim, İstanbul'u tepeden seyreden, eşi benzeri zor bulunur, harika bir manzara...

Basit, çimento sıvalı duvarın önüne tahta kanepeler sıralanmış. Hepsi de dolu. Gözlerimle boş bir yer aranırken, arkamdan gelen, "Eylül!" çığlığıyla irkiliyorum.

Selen bu! Amerikan Koleji'nden.

Bir anda sarmaş dolaş oluveriyoruz. Sosyoloji Bölümü'ne kaydını yaptırmış o da. Ayaküstü konuşurken, kanepelerden biri boşalıyor. Geçip oturuyoruz.

"Kayıt tamam" diyor Selen. "Sırada dil sınavı var. Kolejliyim diye garantide sanma kendini! Sapır sapır dökülüyor millet, haberin olsun."

Bu konuda endişeli değilim. On gün sonraki sınav, doğal olarak aşılacak küçük bir basamak bana göre.

"Bayıldım okula" diyor Selen. "Baksana, yalnız şu alanda tam dört kantin var... En ünlüsü de 'Sosyete Kantini'!"

"Durun size çay getireyim oradan" diye yerinden fırlıyor, tam arkamızdaki binanın mermer sütunlu merdivenlerine koşuyor.

Çok geçmeden, elinde çay tepsisiyle yanımıza geliyor.

"Ben yalnız geldim" diyor. "İşe gömülmüş bizimkiler... Teyzemlerde kalıyorum. Ama geçici... Yurt için başvuruda bulunacağım. Ya sen?"

"Ben de" diyorum usulca, babamın gözlerinde uçuşan gölgeyi görmezden gelerek. "En azından ilk yılımı yurtta geçirmek istiyorum."

Boğaziçi Üniversitesi'ne geleceğim kesinleştikten sonra, evde en çok tartışılan konu bu. Annem de, babam da birkaç yakın arkadaşımla beraber, ev tutup oturmamdan yanalar. Bu yaklaşım bana ters. Okul çevresinden uzaklaşmak, yeni gireceğim ortama alışmamı geciktirirmiş gibi geliyor.

"Keşke Uçaksavar olabilseydi" diye sızlanıyor Selen. "Harika bir yurt. Ama öncelik eski öğrencilerde. Sırada bekliyor hepsi..."

Uçaksavar'ı duymuştum. İki kişilik odalar, mutfak, banyo...

Biz de bir gün eski öğrenci olacağız nasılsa. Hem, yaşayacağım ilkleri kalabalık bir ortamda karşılamak daha kolay olmaz mı benim için?

Selen, yeni kayıt olmuş, çiçeği burnunda bir öğrenciden çok, yıllarını burada geçirmiş gerçek bir Boğaziçili gibi davranıyor. Bu kadar kısa süre içinde edindiği deneyim karşısında hayrete düşüyorum.

"Şuraya bak Eylül" diye önümüzde uzanan, oturduğumuz yerle Boğaz arasında köprü işlevi gören yoğun yeşilliği gösteriyor. "İnanılacak gibi değil ama, Hisarüstü'nden Bebek'e ulaşan şu koskoca arazi, bir okulun sınırları içinde..."

"Okulumuz desene şuna" diye gülüyorum.

Hep beraber kalkıyoruz. Selen'in önerisiyle, sabah geldiğimiz üst yolu değil de, Bebek'e inen alt yolu tercih ediyoruz bu kez.

Yolun ortalarına doğru, sol yanımızda harika bir yüzme havuzu beliriveriyor.

"Olimpik ölçülerden beş santim kısa" diye bilmiş bilmiş açıklıyor Selen. "Olimpik olursa, farklı kesimlerden yarışmalar için istek gelebilir diye bu yolu seçmişler. Yalnızca bizim, Boğaziçililerin yararlanacağı bir yer burası. Görüyor musun ayrıcalığımızı?"

Sağlı sollu dönüşlerle aşağıya doğru kıvrılan yolun bitiminde, okulun Bebek kapısına ulaşıyoruz. Selen'le beraberliğimiz buraya kadar. Vedalaşıp ayrılıyor bizden; Kadıköy tarafında oturan teyzesine gidecek.

Yönümü, nerede olduğumuzu kestiremiyorum bir türlü. Kaldığımız oteli ve Taksim'i merkez varsayarsak, epey uzaklarda bir yerlerdeyiz.

Nasıl döneceğimizi düşünürken, neşeyle koluma giriyor babam.

"Güzel bir balık ziyafetini hak etmedik mi sence?" diyor. "Şöyle iki kişilik, küçük bir kutlamaya ne dersin?"

Yanıtımı beklemeden, yolun karşı tarafına doğru sürüklüyor beni. Dıştan bakılınca ciddi yüzlü, ama içi insanı kucaklayıveren, şirin bir balık restoranına giriyoruz.

Birkaç basamakla inilen geniş salonu adımlayıp dışarıya, restoranın denizle kucaklaştığı sahil şeridine çıkıyoruz.

Vapur güvertesi gibi bir yer... Aslında, o kadar mesafe bile yok aramızda, denizin üzerinde oturuyoruz sanki. Uysal devinimli dalgalar masamızın ayaklarını yalıyor.

Yazın, yerini sonbahara bırakmakta kararsız kaldığı, sayılı günlerden biri... Hava, dünkü karanlık, ıslak yüzünü affettirmek istercesine cömert, tüm konukseverliğini seriyor önümüze.

Şef garsona siparişimizi veriyoruz. Deniz börülcesi, midye dolma, kalamar... Bana fazla söz hakkı tanımıyor babam.

"Balık olarak dil şiş yeriz, değil mi?" diye usulen soruyor yalnızca.

Sesimi çıkarmıyorum. Ama İzmir'in, hiçbir balığa değişmediğim çipurasına ihanet etmişim gibi bir eziklik duyuyorum içimde.

Kendimi yadırgarcasına bükülüveriyor dudaklarım. Duygularımı yargılıyorum bir bakıma...

Ah Eylül, ah! Orada hiç okul yokmuş gibi, bırak İzmir'i, kalk gel İstanbullara; sonra da böyle içten içe sızlan dur. Eğer bir ihanet varsa ortada; çipuraya mı, yoksa İzmir'in ta kendisine mi, sen düşün artık...

"Eylül, adının hakkını veriyor" diyerek sıcacık gülüyor babam. "Seni bize getiren o... Gönlündeki okula kaydolduğun günün de eylülden kopan bir yaprak olması, sıradan bir rastlantı mı sence?"

"Bilmem ki" diye mırıldanıyorum. "Ama, eylülde doğmasam, adımı ondan almasam da severdim galiba eylülü..."

İnce, narin, sevecen; sıcak, ürkek halinle... Buğulu gözle-

rinle, dağılmış başak rengi yumuşak saçlarınla öylesine güzelsin ki...

Ne ölesiye tutkulu, ne erişilmez umutlarla dolu... Kimi gün sessiz sakin, kimi gün alabildiğine duygulu.

Seviyorum seni EYLÜL, her seferinde daha coşkulu...

Bambaşka bir tat var sende... Bazen burukluk, bazen neşe buluyorum o ince hüznünde.

Seviyorum seni EYLÜL, bana acı versen de...

Yorgun gönüllere sunduğun, çılgın hayaller değil... Belki biraz teselli, sıcacık bir dost eli.

Seviyorum seni EYLÜL, içim bir duygu seli...

Güneşinde sevinç var, gecende bazen hüzün... Benim için sevgiyle, ümitle örülüsün.

Biliyorum, sen daha pek çok müjdelerle yüklüsün...

Sen benim doğduğum ay, sevdiğim ay EYLÜL'sün...

Birden ciddileşiveriyor babam.

"Bak kızım" diyor. "Yaşamının belki de en önemli dönüm noktasındasın. Buradan öteye, kendi ayaklarının üzerinde atacaksın adımlarını. Yanında biz olmayacağız. Ama desteğimiz, sonsuza kadar sürecek.

Bugüne kadarki çizgin, yanlış yapmayacağının göstergesi... Bizim biricik kızımızsın sen. Yüzün hep böyle gülsün isteriz. Olumsuzluklar, engeller senden uzak dursun...

Ama hayat bu! En akla gelmedik durumlarla karşılaşabilirsin. Unutma, şartlar ne olursa olsun, her zaman yanındayız..."

Minnetle bakıyorum yüzüne. Benim için ilk değil söyledikleri. Ama böyle önemli bir dönemeçte onun ağzından bir kez daha duymak içimi ferahlatıyor.

"Para konusunda da rahat ol" diye ekliyor babam. "Her zaman yeterli para bulunacak hesabında. Banka kartınla dilediğin kadar çekebilirsin. Ha... Şu yurt işi de pek içime sinmedi; bilmiş ol! Tek başına kalabilsen, hemen ev tutarım sana. Neyse... Madem böyle istiyorsun, gönlünce olsun bakalım. Ama hoşuna gitmezse, ev seçeneğinin her an için geçerli olduğunu da unutma sakın..."

Kahvelerimizi içip kalkıyoruz.

"Bir gün daha kalabiliriz istersen" diyor babam. "Daha gezilecek o kadar çok yeri var ki İstanbul'un..."

"Hayır" diyorum. "Dönelim. İzmir'i çok özledim..."

Bir an önce yola çıkmaktan başka bir şey yok aklımda. Okullar açılıncaya kadarki sayılı günlerimin her anını gönlümce değerlendirmeliyim. Çünkü onların ardında, pusuya yatmış, benimle sarmaş dolaş olmayı bekleyen, kapkara bir özlem yumağı var...

***

Dil sınavı için, Selen'le beraber gidiyoruz İstanbul'a. Bizimkileri razı etmek biraz zor oluyor ama, sonunda başarıyorum.

Selen'in teyzesinde kalacağız, Kadıköy'de. Hepsi hepsi iki gün zaten. Dil sınavına girip, ardından da yurt için başvuru yapıp döneceğiz.

Selen çok iyi bir yol arkadaşı. Konuşmadan duramayan bir yapısı var. Cıvıltılı ses tınısıyla saatlerin nasıl geçtiğini anlamıyorum bile. Yalova'daki feribot molasında, yalnız olmadığımızı görmek, neşemizi ikiye katlıyor. İzmir'den kalkan değişik firmaların otobüslerinde çok sayıda arkadaşımız var.

"Bak şu kalabalığa" diye fıkırdıyor Selen. "Helal olsun bize! İstanbul'a çıkartma yapıyoruz resmen..."

Amerikan Koleji'nden Banu, Kemal, Sezgi; Bornova Anadolu Lisesi'nden, dershane arkadaşlarımız Elif, Özge ile Aydın'dan Anıl... Güle söyleye, yolculuğumuzun deniz üstü bölümünü tamamlıyoruz.

"Feribottan sonrasını, İstanbul'a geldik say" diyor Selen.

Kadıköy yakasında, Küçükyalı'da iniyoruz otobüsten. Selen'in teyzesiyle eniştesi bizi karşılamaya gelmişler. Sevecen, güler yüzlü, şeker gibi bir çift...

"Evimiz size açık" diyorlar. "Dilediğinizce kalabilirsiniz."

Keşke benim de İstanbul'da böyle candan yakınlarım olsaydı, diye hayıflanmaktan kendimi alamıyorum.

Nevin Teyze'nin özenle hazırladığı yemeğin ardından, Selen'le paylaşacağımız odaya geçiyoruz.

Belli belirsiz bir hüzün var Selen'in gözlerinde.

"Geride bıraktığın, aklının kaldığı birileri var mı İzmir'de?" diye soruyor bana.

"Yok" diye mırıldanıyorum, kısa bir şaşkınlığın ardından. "Ya senin?"

"Sorma!" diye başını sallıyor. "Dershane birincisi Yılmaz var ya... Orta Doğu Teknik Üniversitesi İşletme Bölümü'nü kazandı. Üç aylık beraberliğimiz sallantıda... Nasıl olmasın ki? Düşünsene... O Ankara'da, ben İstanbul'da, evlerimiz İzmir'de. Sürdürebilecek miyiz, bilemiyorum."

"Gönüller bir olsun Selenciğim" diyecek oluyorum...

Son derece ciddi Selen.

"Mekânlar farklılaşınca, gönül beraberliği de tehlikeye giriyor ama..." diyerek yüzünü asıyor.

Geride takanak bırakmadığım için şanslıyım galiba. Şu anda kafamın içindeki tek düşünce, yarın gireceğim dil sınavı. Sonrasında yaşayacaklarım ise, zamanın gizemli kollarında...

Bu sınav, benim için çocuk oyuncağı!

Yedi yıldır İngilizceyle yoğrulan ben, İngilizceden muaf olmayacağım da, kim olacak? Böyle bir olasılığı aklıma bile getirmiyorum.

Selen'in, 'Ters bir konu gelirse, görürsün gününü" yolundaki kuşku dolu uyarılarına gülüp geçiyorum.

Hem İngilizce, hem de Türkçe kompozisyonuma güvenim tam. Bunca yılı boşuna mı okudum Amerikan Kolejlerinde?

Ne var ki, sınav kâğıtları önümüze geldiğinde, gerçekten de sert kayaya çarptığımızı anlıyorum. İnanmayan gözlerim satırlara çakılı, öylece kalakalıyorum.

Bu ne biçim bir konu böyle? Çok mu aramışlar?

İngilizceyi sular seller gibi konuşan gençleri barajın dibinde nasıl bırakırız, diye özel bir çaba göstermişler galiba...

"Yabancı bir ülkede, konuğu olduğunuz ailenin fertlerinden biri, size eşcinsel tekliflerde bulunursa, ne yaparsınız?"

On dakika kadar, boş gözlerle önümdeki kâğıda bakıyorum. Böyle bir konuyu Türkçe olarak da anlatamam ki ben! Ne düşüneceğini bilemez, şaşkın beynimle işin içinden çıkamıyorum bir türlü.

Sahi, böyle bir durumda ne yapar insan?

Gerçekten yaşıyormuşçasına, çözüm üretmeye çabalıyorum. Konsolosluğa gitsem... Saçmalama Eylül! Pasaportunu ya da kimliğini mi kaybettin? Yoksa, yasal bir konuda başın mı sıkıştı da, işi resmiyete dökmeye kalkıyorsun? Konsoloslukların, sapkınlıklara çare bulduğu nerede görülmüş?

Yabancı bir ülkede cinsel taciz! Konunun açılımı bu. Eşcinsellik yönü de üzerine tuz, biber...

Neden olmasın; benim için de ilginç bir deneyim fırsatı, demek geçiyor aklımdan. Bu tür bir yaklaşımı fazlasıyla hak ediyorlar aslında ama, böyle uçuk bir yanıtı kendime yakıştıramıyorum.

Ailenin diğer fertlerinden yardım istemek? Kendi yakınlarını bırakıp, benim yanımda yer almaları gerçek ötesi.

Böyle bir teklif gelince, hemen evi terk etmek? Tam bir âcizlik örneği... Orada kalıp savaşırım, türünden bir yanıt bekliyor olmalılar.

İngilizcedeki yeterliliğimizi mi ölçüyorlar, yoksa sinirlerimizin gücünü mü sınıyorlar; belli değil. Çaresiz, toparlayabildiğim kadarıyla bir şeyler yazıyorum. Tacizciyle açık açık konuşmak, bu tür bir ilişkinin bize ters düştüğünü anlatmaya çalışmak...

Kendim bile hoşnut değilim kâğıda döktüklerimden. Tam çaprazımda oturan Selen'e ilişiyor gözüm. Söylediğim çıktı işte, der gibi alaycı bir dudak büküşle bakıyor bana.

Beni yansıtmayan, benden izler taşımayan ilk kompozisyonum bu. Bir an önce başımdan atmak ister gibi, hışımla, sınav gözcüsüne uzatıyorum kâğıdı.

Bu çatı altındaki ilk hayal kırıklığım! İçimden yükselen aykırı bir ses, son olmayacağını fısıldıyor üstelik... Umarım yanılıyordur.

***

"Hiç ağzını açma!" diyorum Selen'e. "Berbattı..." Kapının önü ana baba günü... Kalabalığın içindeki herkes, aşağı yukarı benimle aynı durumda. Arada, konuya bayılıp döktürdükleri destanları ballandıra ballandıra anlatanlar da yok değil ama.

"Tam bir sayfa yazdım" diyor Özge. "Eşcinselliğe asla karşı olmadığımı, herkesin tercihine saygı duyduğumu; ancak benim seçimimin onunkiyle bağdaşmadığını, gene de eşcinsel arkadaş grubuyla tanışmak için can attığımı..."

Gerisini duymak bile istemiyorum. Gerçeği değil de, kurguladığı senaryodaki iğreti rolü yansıtmış besbelli. Bana göre değil böylesi...

"Hata bizde" diyor Kemal. "TOEFL sınavına girip, yeterlilik belgesini alarak gelecektik buralara..."

Haklı; ama üniversite sınavına hazırlanma telaşı içinde, aklımıza bile gelmedi böyle bir şey. Hem, TOEFL gibi ağır bir yeterlilik sınavını aşabilecek biri, neden burada tökezlesin ki? Doğal olan, bu engeli kolayca aşmak değil miydi?

"Bir de *irregular* olursak, var ya... İşte o zaman yandık!"

Anıl'ın bu sözleri beynimin içinde yankılanıyor. *Irregular* olmak... Öz Türkçesi düzensiz. Tam bir öğrenim yılı değil de, yalnızca bir dönem yabancı dil okumak; ikinci dönem asıl bölüme devam etmek. Diğerlerinin ilk dönem başladığı dersleri ikinci dönemde almak. Sınıftan kopuk, buçuklu bir öğrenime adım atmak...

"Öyle olursa, en iyisi ikinci dönemi dondurmak" diyor Sezgi.

Bu da koskoca bir yılın kaybı demek. Sınıfta kalmak gibi bir şey.

Of... Düşünmek bile istemiyorum.

Hem sınav bu, belli mi olur? Anlattıklarım pek iç açıcı olmasa da, İngilizcem, gramerim, diğer sorulara verdiğim yanıtlar; gerekli nota ulaştırabilir beni.

Kolundan tutup, kalabalığın içinden çekiyorum Selen'i.

"Yeter! Ne olacaksa olsun, umurumda bile değil. Hadi gidip yurt başvurusunu yapalım da, bitsin bu iş."

Elimizdeki başvuru formları ve gerekli belgelerle yurt müdürünün odasına gidiyoruz. Müdür yerinde değil; sekreteri alıp, önündeki dosya yığınının üzerine bırakıyor bizimkileri de.

"Ne çok belge veriyorsun öyle" diyor Selen. "Bu kadarına ne gerek var?"

Oturduğumuz evin, Çeşme'deki yazlığın tapuları, annemle babamın vergi levhalarının fotokopileri; İstanbul'da yanlarında kalabileceğim hiçbir akrabam olmadığını ifade eden ek not...

"Yalnızca babamın sigortadan emekli olduğunu gösteren belgeyi iliştirdim ben" diyor Selen. "Hâlâ ticaret yaptığını bilmeseler de olur. Varlıklı olduğunu göstermeyeceksin kızım..."

"Ama bu belgelerin tümünü istediler ya..."

"Neyse, boş ver... İstanbul dışından gelen, özellikle de kız öğrencileri dışarıda bırakmıyorlar nasılsa. Yurt konusunda tasan olmasın, herkese çıkıyormuş."

"Hele şükür Selen! Ağzından olumlu bir şey çıktı sonunda."

"Benim söylememle gerçekleşecekse... Her şey gönlünce olsun arkadaşım."

Ne, ne kadar gönlümce olacak; bekleyip göreceğiz.

Geliş yolunda yaşadığımız coşkuyu örseleyen tatsız pürüzleri İstanbul'da bırakarak, okul öncesinin son günlerini geçirmek üzere İzmir'e, bizi geçici olarak ağırlayacak evlerimize dönüyoruz.

2

Okulun açılmasına bir hafta kaldı.

Selen çoktan gidip, teyzesinin evine yerleşti bile; İstanbul'a ısınma turlarında... Dil sınavının sonucunu öğrenip bildirecek bana.

Bense İzmir'deki son günlerimin keyfini çıkarmaktayım. Canımın çektiği ne varsa, uzun bir liste halinde, sırayla pişiriliyor. Özlemini çekeceğim varsayılan yiyeceklerin boy gösterdiği restoranlarda akşam yemekleri yeniliyor. Akraba, eş dost ziyaretleri, bir yandan da yol hazırlığı yapılıyor.

Alışveriş işini annem üstlendi. Yeni nevresim takımları, inceli kalınlı pijamalar, havlular alınıyor, bavullara yerleştiriliyor. Askere giden oğullarını yolcu edecek sanki bizimkiler. Bir, "En büyük asker bizim asker!" demedikleri kaldı.

Erkenden uyandım bu sabah. Kahvaltının ardından, annemle babamı işlerine yolcu edip, günlük gezi planımı yapıyordum ki... Evdeki en büyük yardımcımız, annemin sağ kolu Nurten Abla'nın sesiyle irkildim.

"Telefon sana Eylül!"

Selen! Sesi kırık biraz. Konuşmakta zorlanıyor gibi.

"Ah Eylül!" diye başlıyor. "Sana müjdeler vermek isterdim ama, haberler kötü."

"Çaktık desene..."

"Evet, hazırlık sınıfından muaf olamamışız."

Beklediğim sonuç, şaşırmıyorum.

"Ama 'iyiler' grubundayız" diyor teselli edercesine.

Hazırlık okuyacaklar yeni başlayanlar, orta ve iyi olmak üzere üç gruba ayrılıyor ya...

"Buna da şükür Selenciğim" diyorum. "Yeni başlayanlar arasında da olabilirdik."

"Tek dönem! *Irregular* olduk yani. Korktuğumuz başımıza geldi."

Bilinçaltından kendimi bu sonuca alıştırmış olsam da, öfkeyle doluyor içim. Bunca yıl, neden Amerikan Koleji'nde okudum ben? O kadar parayı boşuna mı harcadık? Beden eğitimi, resim, müzik derslerinin bile Amerikalı öğretmenlerle işlendiği seçkin bir okuldan mezun olan ben, basit bir hazırlık sınavını atlayamamışsam eğer, yazıklar olsun bana!

"Asıl kötü haber geride" diye ürkekçe devam ediyor Selen. "Yurt çıkmamış sana."

"Ne?" diye haykırıyorum. "Nasıl olur? Hani dışarıdan gelen kız öğrenciler açıkta bırakılmıyordu?"

"Bu yıl böyle. Biraz da senin hatan... Ben sana demiştim, malvarlığınızı sayıp dökmen gerekmez, diye. Kumru'yu bile kabul etmişler ama senin adın yok listede."

"Kumru mu? Şu ünlü ipek tüccarının kızı?"

"Ta kendisi! Babasını Bağ-Kur emeklisi olarak göstermiş. Emekli maaşıyla kızına ev tutup oturtacak hali yok ya! Senin annenin babanın vergi levhaları yetmiş de artmıştır bile..."

"Ama bu haksızlık! Orada kalacak yerim yok benim."

"Paniğe kapılma hemen. Biraz uğraşırsanız hallolabiliyormuş. Öğrenci işleriyle, yurt yöneticisiyle görüşmek gerek... Ama öncelikle buraya gelmelisiniz."

"Böyle olmasına sevindim ben" diyor babam. "Hazırlık sınıfı diye düşünme sakın! Kısa bir soluklanma, dinlenme dönemi... Yorucu bir yıl geçirdin. Yepyeni bir çevreye gireceksin. Yabancısı olduğun bir okul, arkadaşlar... Kendine gelirsin biraz. Geriye dönüp baktığında, unutulmaz anılarla dolu bir yıl geçirmiş olduğunu göreceksin. Hem acelen ne? Keyfini çıkara çıkara oku..."

Ah canım babam! Beni rahatlatmak için nasıl davranılacağını en iyi o biliyor. Yumuşacık sesiyle, tane tane, öylesine güzel konuşuyor ki; içimi burgu gibi oyan hırçın kıpırdanışlar, yerlerini huzura ve dinginliğe bırakıyorlar.

Benim yatışmış halimden cesaret alarak devam ediyor:

"Şu yurt işini de bir kez daha düşün, derim. İnat etmenin anlamı yok. Okuluna yakın bir ev..."

"Hayır" diye sözünü kesiyorum. "Yurtta kalmak, hakkım benim!"

Bu noktada annem giriyor devreye.

"Eylül'e katılıyorum Ekrem. Madem ortada yanlış bir durum var, düzeltilmesi gerek. Bu işi bana bırakın..."

Gülüveriyor babam.

"Hak, hukuk işleri benden sorulur, diyorsun; öyle mi avukat hanım?"

"Öyle" diyor annem kararlılıkla. "Göreceksiniz, tereyağından kıl çeker gibi halledeceğim bu işi..."

***

Burada işler, hiç de öyle tereyağından kıl çeker gibi kolayca hallolmuyor. Tam tersi, her yeni gün, sezaryen doğumla gözünü dünyaya açıyor...

Bu kez annemle düşüyoruz İstanbul yollarına.

Adresimiz belli. Taksim'de babamla beraber kaldığımız otele yerleşiyoruz. Yalnızca iki gece için. Sonrası belirsiz. Şu koca şehirde kalabileceğim tek bir çatı altı yok henüz.

Sabah erkenden okula gidiyoruz annemle.

İlk durağımız, başvuruda bulunduğum, Kuzey Kampusu'ndaki yurt binası. Giriş katında yurt müdiresi Ayten Hanım'ı buluyoruz.

Orta yaşlı, ufak tefek bir kadın. Şöyle tepeden tırnağa süzüyor bizi.

Annem ölçülü ama sıcak bir ses tonuyla derdimizi anlatıyor. Kızıma yurt çıkmamış, kalacak yeri yok, yardımınız gerekiyor... Özeti bu!

Ayten Hanım'ın minicik gözleri fıldır fıldır, elindeki listeyle bizim aramızda gidip geliyor.

"Maalesef" diyor. "Liste dolu. Yerimiz yok!"

Annem hazırlıklı.

"Ne yapabiliriz? Bize ne yapmamızı önerirsiniz?"

"Öğrenci işlerine bir uğrayın. Yurt sorumlusuyla görüşün. Pek bir şey çıkacağını sanmıyorum ama..."

Birden aklına gelmiş gibi, gülerek ekliyor:

"Eliniz boş gitmeseniz iyi olur. Bir şişe viski, çikolata..."

Annemin yüzü kıpkırmızı. Dilinin ucuna gelenleri geriye göndermek ister gibi sıkıntıyla yutkunuyor.

Müdire hanımın alaycı bakışlarını üzerimizde taşıyarak dışarıya atıyoruz kendimizi.

"Elin adamına viskiler, çikolatalar götüreceğim ha..." diye öfkeyle söyleniyor annem.

Kuzey Kampusu'ndan Güney'e doğru koşar adımlarla iniyoruz.

Benim Yabancı Diller Yüksek Okulu'na (YADYOK) kayıt yaptırmam gerekiyor. Annemden ayrılıp sağlı sollu kıvrımlarla metrelerce uzayan kuyruğun sonunda dikeliyorum.

Annemse öğrenci işlerindeki yurt sorumlusuyla görüşmeye gidiyor. Viskisiz, çikolatasız...

Saatlerce bekliyorum kayıt kuyruğunda... Üniversitenin en kalabalık bölümü kesinlikle burası. Sınavı ince elekli kıvamda tutarlarsa, olacağı budur...

Kayıt işini halledip Manzara'ya, annemle kararlaştırdığımız buluşma noktasına doğru yürüyorum. Hayret, görünürlerde yok. Neden bu kadar uzadı ki işi?

Boş kanepelerden birine oturup Boğaz'ın derinliklerine kulaç atıyorum ben de. İçinde bulunduğum belirsizlik girdabından kurtulmak ister gibi... Onca yorgunluğun ve gerginliğin üzerine ilaç gibi geliyor.

"Dalmışsın Eylül..."

Sesinde yumuşaklık, yüzünde belirgin bir rahatlama var annemin.

"Oldu mu?" diye soruyorum merakla.

"Henüz değil. Ama olacak... Öğrenci işlerindeki adamdan hayır yok. Ayten Hanım istese hemen alırdı yurda, diyor. Anlayacağın, topu birbirlerine atıyorlar."

"Ee?"

Ceketinin cebinden bir kartvizit çıkarıyor annem.

"Fakülteden arkadaşım" diyor. "Burada, Uluslararası Hukuk Kürsüsü'nde öğretim üyesi... Kahve içip eski günleri andık. Durumu anlattım. Yeğenimizi açıkta mı bırakacağız, diyerek bu kartı yazdı."

Alıp okuyorum.

"Ayten Hanım, yakın akrabam olan Eylül kızımızın yurda kabulünün ricasıyla..."

"Hamili kart yakınımdır hikâyesi ha?" diye gülüyorum.

"Ne yapalım! Her yolu deneyeceğiz."

Annemi bu hallere düşürmüş olmanın ezikliğiyle, onun gösterdiği kararlılık ve direnç karşısındaki hayranlığımı dengelemeye çalışıyorum.

"Yoruldun anacığım" diyorum. "Boğaz'a karşı bir keyif çayını fazlasıyla hak ettin."

Yerimden fırladığım gibi, adının "Sosyete Kantini" olduğunu Selen'den öğrendiğim mermer sütunlu kantinin merdivenlerine koşuyorum. İki tane çift kaşarlı tost, tavşan kanı çaylar...

"Öğleni bulmuşuz, farkında bile değilim" diye gülüyor annem.

Koşturmalarımıza ödül gibi gelen bu kısa molanın ardından,

tekrar işe koyuluyoruz. Eğimli yolu yokuş yukarı tırmanarak Kuzey Kampusu'ndaki yurt binasının önüne çıkıyoruz yeniden.

Sabahki sakinliğin yerini kalabalık ve karmaşa almış. Yurda kaydı yapılan öğrenciler, onların anne ya da babaları; ellerinde bavullar, çantalar, torbalar, yerleşme aşamasındalar.

Kapının önünde farklı bir işkolu kurulmuş. Tek kişilik şilte ve hazır yorgan satıcıları, müşteri kapma yarışındalar. Şiltesini, yorganını alan içeriye girip odasına yerleşiyor.

Hüzünle izliyorum onları. Annem kolumdan çekip, içeriye doğru sürüklüyor beni.

Ayten Hanım'ın başı çok kalabalık. Elindeki listeden, yeni gelen öğrencileri, kalacakları odalara yönlendiriyor. Bu karışıklık arasında yüzümüze bile bakmayacağını düşünüyorum umarsızca...

Annemse kendinden emin, yüzünde iğreti bir gülümsemeyle, "Ayten Hanım" diye sesleniyor.

Başını kaldırıyor Ayten Hanım. Gene mi siz, gibisinden kayıtsızca bakıyor.

"Bu kart size" diyor annem.

Alıyor kartı, evirip çeviriyor; alaycı bir ifadeyle okuyor.

"Ne ifade eder ki bu?" diye küçümser bir tavırla kartı geri veriyor anneme. "Her öğretim üyesinin yakınını alacak olsak, sade vatandaşa yer mi kalır? Ha... Rektörden ya da dekanların birinden imzalı, mühürlü, resmi bir yazı getirirseniz anlarım. O zaman boynumuz kıldan ince..."

İşte yolun sonu, diye düşünüyorum. Son kozumuzu da oynadık, bitti. Akşam uçağıyla İzmir'e dönmek zorunda annem. Sabah, İzmir Adliyesi'nde, bulunması gereken çok önemli bir duruşması var.

Ya ben? Ben ne olacağım?

Ne dekan, ne öğretim üyesi; ne o, ne bu... Kesin olarak anladım ki, kaderim şu kara kuru kadının iki dudağı arasında. Bakışları öylesine acımasız ki, halimden etkileneceği falan yok. Bir başıma dışarılarda kalmışım, sokakta yatmışım; umurunda bile değil.

Tam dibe vurduğumuzu düşündüğüm anda, hiç beklemediğim bir şey oluyor. Annem, masanın üzerinden uzanıp Ayten Hanım'ın bileğini sımsıkı tutuyor.

"İstesem, umduğunuzun çok üzerindeki yerlerden de yazı getirebilirim size" diyor. "Ama bu kadar küçük bir iş için dostlarımı rahatsız etmenin gereği yok."

Ayten Hanım'ın söylenenleri ilk kez alıcı kulağıyla dinlediğini hayretle görüyorum. Annemse yarattığı etkiden hoşnut, bu kez kendi kartvizitini uzatarak, konuşmasına devam ediyor.

"Taş yerinde ağırdır Ayten Hanım" diyor etkileyici bir ses tonuyla, kadının gözlerinin içine bakarak. "Burası İstanbul! Sizin mekânınız... Aynı durum, İzmir'de de bizim için geçerli. Belli mi olur? Belki bir gün yolunuz düşer oralara. Hallolması gereken önemli sorunlar, pürüzler... Bizim şu işimizi görün, dileyin benden ne dilerseniz..."

İşte sihirli sözcükler! Önüne açık çek sürülmüş gibi, birden canlanıveriyor Ayten Hanım. Annemin yüzüne dikkatle bakıyor. Bana ne zaman, ne gibi bir yararı olabilir bu insanın diye ölçüp tartıyor.

Kaleminin ucuyla elindeki listeyi şöyle bir tarıyor...

"Kapının önünden bir yatak alın" diyor alçak sesle. "Giriş katında sağdan ikinci odaya atıverin..."

Bu kadar kolaydı demek!

Sevinçle ve hayranlıkla bakıyorum anneme. Oyunu kurallarına göre oynamak dedikleri bu olsa gerek.

Ayten Hanım'a da teşekkür borcumuz var galiba. Ama yaşadığımız bunca eziyetten sonra, hiç içimden gelmiyor doğrusu.

Zaten annem gereken, gerekmeyen tüm övgüleri ve minnet duygularını fazlasıyla iletiyor, kalmaya hak kazandığım yurdun saygıdeğer müdiresine...

Sekiz kişilik bir oda burası.

Nazlı prensesler gibi saltanat sürdüğüm, özenle döşenmiş, her köşesi benden izler taşıyan, burasıyla aşağı yukarı aynı büyüklükte olan odama göre oldukça kalabalık.

Duvar diplerine sağlı sollu dört ranza yerleştirilmiş. Solda, pencerenin önündeki ranzanın alt katı boş. İşte, İstanbul'daki, elde etmek için canımızı dişimize taktığımız avuç içi kadar minik evim.

Kapı önü satıcılarından aldığımız şilteyle yorganı odanın girişindeki duvara dayıyoruz annemle. Devasa boyutlardaki bavulumu yatağın önüne çekiyoruz. Önce temizlik bezlerini çıkarıyor annem. Koridorun sonundaki tuvalette ıslatıp getiriyor. Boş ranzanın içini, dışını, kenarlarını eskilerden kalmış kirlerinden arındırmak için paralıyor kendini.

Yatağın hemen yanında, ince uzun, çelik bir dolap var. Üst kısma giysilerimi asacağım. Alttaki bölümü de kazak, çarşaf ve çamaşırlara ayırsam... Dünya kadar eşyam nasıl sığacak bu küçücük dolaba?

Bavuldan çıkardığım giysileri, sıkış tepiş yerleştirmeye başlıyorum. Sığacak gibi değil ama, hakkım olarak bana verilen yer bu kadar.

Annemin temizlik eylemi bitince, şiltenin üstündeki naylonu çıkarıp ranzanın sunta zemini üzerine deviriyoruz. Yeni aldığımız, üzerinde buğday başaklarının dans ettiği nevresim takımını, okşaya seve seriyor annem. Beraberce, nevresimi yorgana geçiriyoruz. Yumuşacık havlu yatak örtüsünü de serince işimiz bitiyor.

Kutu gibi minicik dolaba yerleştirmekte yetersiz kaldığım, yarısından çoğu bavulların içinde duran eşyalarıma üzüntüyle bakıyor annem.

"Hepsini çıkarmana gerek yok" diyor. "Bornozun, çamaşırların, kalın kazakların bavulda kalsın. Gerektikçe çıkarırsın..."

İçindeki eşyaları yeniden elden geçirip, yatağın altına itiveriyor bavulu. Birkaç çift ayakkabıyı dolabın zeminine sıralıyor, diğerlerini de yatağın altına diziyor.

Kendi adıma aldırdığım bile yok ama, onun bu umarsız çabaları içimi sızlatıyor. Yurtta kalma inadım olmasa, bu zorlukların hiçbirini yaşamayacaktık. Neyse, bunları düşünmek için artık çok geç...

Diğer şilteler çoktan serilmiş. Sahipleri ortada yok. İşlerini bitirip bir yerlere gitmişler besbelli.

Bizim dışımızda bir anne kız daha var odada. Birazdan anneler gidecek, zorunlu bir ortak yaşamı paylaşmak durumundaki biz kızlar, baş başa kalacağız.

"Bak Ece, ne güzel oldu..."

Sesin geldiği yöne dönüyorum ister istemez. Odanın ortasındaki küçük yuvarlak masanın üzerine serdiği çiçek masa örtüsünü kızına göstererek, çöl ortasında sanal bir vaha yaratmanın kıvancıyla gülümseyen bir anne...

"İşte bu hiç aklıma gelmemişti" diye gülüyor annem de. "Ellerinize sağlık."

Ece'yle buluşan bakışlarımız aynı dilden konuşuyor. Biraz burukluk, ama daha çok hüzünle kilitleniyor gözlerimiz.

Annelerimiz bizden daha konuşkan. Sınırlı zamanda tanışmak, bizleri kaynaştırmak, ortak noktalarımızı bulup çıkarmak, böylelikle biraz olsun içlerini rahatlatmak çabasıyla, bizim suskunluğumuza inat, konusu biz olan derin bir sohbeti paylaşıyorlar.

Bu sayede Ece'nin Ankara TED Koleji mezunu olduğunu, Uluslararası İlişkiler Bölümü'nde okuyacağını öğreniyorum.

"Çıkalım istersen" diyor annem. "İşimiz bitti..."

Uçağının kalkışına yalnızca birkaç saat kaldı annemin. Beraberlik süremizin tükenişiyle oluşan hüznün kollarında, umarsız bir tutsaklığı yaşıyoruz ikimiz de.

Ece'yle annesini öylece bırakıp çıkıyoruz. Ayrılık anını geciktirmek istercesine ağır adımlarla, yurdu Kuzey Kampusu'nun dış kapısına bağlayan merdivenlere doğru yürüyoruz. Sol tarafta, Boğaziçi'nin çok sayıdaki kantininden biri ilişiyor gözümüze.

"Son bir çay içmeye ne dersin?" diyor annem yapay bir sevinçle.

Son bir çay... Annemin dudaklarından teklifsizce dökülüveren bu sözcüklerin ikimizi de altüst ettiğini görebiliyorum. Evet, gibisine başımı sallıyorum.

Bir başıma kaldığımda havasını soluyacağım her mekânı tanımak istiyor annem. Eleştirici gözlerle çevreyi taraması, yakaladığı olumsuzlukları gördüğü anda bana iletme çabası bundan.

İlk kez girdiğimiz bu kantin, Güney'dekiler kadar iç açıcı ve keyifli değil.

"Ne kadar yoğun bir sigara dumanı bu böyle!" diye yüzünü buruşturuyor annem. "Bir yerlere baca taksalardı bari..."

Köşedeki boş masaya oturuyoruz.

"Keşke baş başa yemek yiyecek kadar zamanımız olsaydı" diyor annem. Sıcacık bakışları üzerimde, "Acıkmışsındır sen" diye ekliyor. "Bir şeyler yemelisin."

"Aç değilim" diyorum, boğazımda düğümlenip kalmış kocaman lokmanın verdiği toklukla.

Yerimden kalkıp çay kuyruğuna giriyorum. Annemin uzaktan uzağa, üzerimde gezdirdiği dalgın bakışları içime işliyor. Biricik kızının bedenindeki tüm hücreleri beynine, yüreğine bir kez daha nakşetmek istiyor sanki.

Çaylarımızı alıp döndüğümde, garip bir sessizliğin kuytusuna düşüyoruz ikimiz de. Dilimizin ucunda kilitlenip kalıyor sözcükler.

"Hafta sonları atlar gelirsin" diyor annem. "Tatillerde..."

Sigara dumanlarının arasında kaynayıp giden boş bir avuntu. Gözbebeklerimizde büyümesini sürdüren ayrılık sızısına çare olmaktan öylesine uzak ki...

Kalkıyoruz. Geri geri giden adımlarımız, Kuzey Kampusu'nun çıkışına taşıyor bizi. Kapının önünde uzunca bir süre ayakta dikiliyoruz.

Boş geçen taksilere görmeyen gözlerle bakıyor annem, görmezden geliyor... Elini kaldırıp bir tanesini çeviriyor sonunda. Bir anda kenetleniveriyoruz birbirimize. Hiç çözülmeden, sonsuza kadar öylece kalabilsek! Keşke mümkün olsa...

Neden sonra kollarımdan sıyrılıyor annem. Taksinin açık kapısından içeriye süzülüveriyor. Gözlerinden inen yaşları göstermemek için olsa gerek, başını öne eğiyor. Ancak taksi ok gibi fırlayıp verilen adrese yöneldiğinde, dönüp son kez el sallıyor bana.

Annemle beraber, yaşamımdaki kocaman bir dönemi de yolcu ediyor gibiyim. Bu kadar hırpalanmamın nedeni de bu belki.

Annemi taşıyan taksi görüş alanımdan çıkarken, geçmişe salladığım elim de havada kaskatı, donup kalıyor...

3

Kendinle baş başasın artık Eylül!

İçine düştüğün umarsızlık girdabından bir an önce kurtulman gerek. Sergilediğin âcizlik, hiç mi hiç yakışmıyor sana.

Düşlerini gerçekleştirmek için çıktığın bu upuzun yoldaki ilk adımlarına eşlik eden, gözyaşların olmamalı.

Yeni bir sayfada, yeni bir döneme, yepyeni bir Eylül kimliğiyle girmelisin.

Şu an için yabancısı olduğun bu dünya ürkütmesin seni. Pek çok ilki benliğinde barındırıyor diye, çekinme ondan.

Önüne açılan pencereden dikkatle bak dışarıya. Orada yeşerecek umutlarının filizlerini toplamak için daha ne bekliyorsun?

Emekleme devresinin ardından, ilk adımlarını atan minik

bir bebek değilsin artık. Sağlam bas durduğun yere, kendine güven.

En umarsız zamanlarda bile umutlarını asla yitirme.

Yıllardır beklediğin gün, bugün! Önünde uzanan ise geleceğin. Yürümeye başlayabilirsin artık.

Yolun açık olsun...

***

Ayaklarım mı beni taşıyor, ben mi onları; bilmez bir halde, geri geri giden adımlarla biraz önce annemle beraber çıktığımız odaya, bu kez tek başıma dönüyorum. Kararmaya yüz tutmuş havanın tüm ağırlığı omuzlarımda...

Oda boş. Ece de annesini uğurlamaya çıkmış olmalı. Böylesi daha iyi...

Hangi şartlarda beni ağırlayacağını henüz kestiremediğim yatağımın bir ucuna ilişiveriyorum. Gözlerim karşı duvara dikili, karmaşık duygular içinde, zaman kavramını kopkoyu bir karanlığın derinliklerine gömerek, öylece oturuyorum. Birdenbire gözlerime doluveren çiğ ışıkla irkilene kadar...

Daldığım dinginlik kuyusundan çıkmama neden olan, kapının önünde durmuş, bana gülerek bakan ufak tefek bir genç kız. Işığı yakan da o.

Minik adımlarla sekerek yürüyüp, elindeki küçük çantayı tam karşımdaki yatağın önüne bırakıyor.

"Merhaba" diyor usulca.

Yanlış zamanda, yanlış yerde bulunduğunu düşünür gibi, mahcup bir tavırla bakıyor yüzüme.

Hafifçe başımı sallıyorum, merhabasına yanıt olarak.

Bir an için sıyrıldığım dingin dünyama dönüyorum yeniden. Kimseyle konuşacak, dert dinleyip dert anlatacak durumda değilim henüz.

İçimden geçenleri okumuşçasına, gürültü yapmamaya çalışarak, sessizce ve ağır devinimlerle, getirdiği çantayı yatağın üzerine boşaltıyor. Üç beş parça giysiyi başucundaki dolaba asıyor. Çantanın dibinden çıkardığı terlikleri giyip karşıma geçiyor.

Yüzünde bin bir gülücükle, "Tanışalım mı?" diye elini uzatıyor.

Zayıf, çelimsiz bedeniyle, yetişkinden çok, genç kızlığa ilk adımını atmaya hazırlanan küçük bir kız çocuğunu çağrıştırıyor ilk anda. Korunmaya muhtaç, kırılgan, hatta biraz ezik diyebileceğim, küçücük bir kız çocuğu...

Ama, yabancı birine aitmiş gibi duran gözleri... Onlar çok farklı!

Dış görünümüyle çelişen; avuç içine sığacak kadar küçük, en ufacık bir olumsuzlukta ağlayıverecekmiş duygusu uyandıran soluk yüzünde simsiyah, derin iki kuyu gibi duran bir çift göz... Bulunduğu yeri yadsırcasına, ateş misali bakışlarla dikilmişler yüzüme.

"Tanışalım" diyorum, biraz önceki gerginliği üzerimden atarak, en sevecen halimle. "Ben Eylül!"

Işıldayıveriyor yüzü. Kor gibi yanan gözlerinden kopup gelen kahkahalar yüreğimde çınlıyor.

"Ben de Dünya" diyor çocuksu bir sevinçle.

"Ne güzel bir isim bu böyle... Dünya!"

Belli belirsiz bir gölgenin izi düşüyor solgun yüzüne.

"Sence... Gerçekten de güzel midir dünya?"

"Değil midir?"

"Hem güzel, hem de çirkin... Umarım sen hep güzel yanlarımla görürsün beni..."

Yabansı bir duygusallığı var, belli. Ama birilerine, şu anda da bana yakın olma gereksiniminde ve çabasında. Bir şeylerden incinmiş, kırılmış; acı çekmiş sanki...

Neden böyle düşündüğümü bilemiyorum. İçinde debelendiğim duygusallığın yansıması belki de...

Yıldırım hızıyla beynimi kat eden düşüncelerin saçmalığı ortada. Hiçbir dayanağı olmayan, anlamsız yakıştırmalar bunlar.

Topla kendini Eylül! Cıvıl cıvıl, şipşirin, hayat dolu bir kız karşındaki... Kendi karamsarlığınla özdeşleştirme onu.

Yeni tanışmanın ağırlığını üstümüzden atınca, daha doğal, daha içten bir sohbeti paylaşıyoruz Dünya'yla.

"Bizim kızlar pazar akşamına ancak gelirler" diyor, odadaki boş yataklara bakarak. "Pazartesi sabahı da doğru okula..."

Dudağının kenarında anlam veremediğim bir kıvrılış... Önceden bir şeyleri paylaştıkları kesin. Ama Dünya'nın ses tonu, bu paylaşımın pek güçlü olmadığını düşündürüyor bana.

İngiliz Dili ve Edebiyatı Bölümü'nde Dünya. Bu, ikinci yılı. İki dönem hazırlık okumuş. Odadakilerle tanışıklığı da buradan geliyor.

"İngiliz Dili Bölümü'ne yetmedi İngilizcem" diye dalga geçiyor kendisiyle.

"Ya ben?" diyorum. "Yedi yıllık kolej eğitiminin ardından, hazırlık okumanın ayıbını yaşıyorum."

"Boş ver" diye gülüyor. "Ancak alışırsın buralara..."

"Çok özleyeceğim İzmir'i" diye içimi çekiyorum. "Ya sen? Sen nereden geldin İstanbul'a?"

"Zaten İstanbul'dayım ben" diyor biraz çekinerek. "Ama karşı tarafta, Kadıköy'de."

"Nasıl yani? İstanbul'da yaşıyorsun ve yurtta kalıyorsun... Kadıköy'de mi evin?"

Beklemediği bir anda suçüstü yakalanmış gibi, yere indiriyor gözlerini.

"Öyle de denebilir. Kadıköy'deki babaannemin evi... Onunla yaşıyorum ben."

Duymuyorum bile söylediklerini. Bu ayrıntılar, içimde oluşan öfkeyi susturmaktan öylesine uzak ki...

"Biliyor musun, neredeyse sokakta kalacaktım ben!" diye

haykırıyorum. "Ben ve benim durumumda olan pek çok kişi... İstanbul'da yaşadığın halde, yurt başvurusu yaparak başkalarının hakkına el uzattığının farkında değil misin?"

"Bu yurtlarda kalan o kadar çok İstanbullu var ki..." diye savunmaya çalışıyor kendini.

"Onların varlığı, bencilliğini örter mi senin?"

"Geçerli nedenlerim var ama! Uzun hikâye... Belki bir gün anlatırım sana."

"Gerek yok" diye kestirip atıyorum. "Söyleyeceğin hiçbir şey, benim gözümde temize çıkaramaz seni..."

Konuşmaya son noktayı koyduğumu düşünüyorum. Ama işte o anda, titreyen dudaklarını görüyorum Dünya'nın. Gözlerinin kuytusuna gizlediği bir şeyleri kaçırmak ister gibi kırpıştırdığı kömür karası kirpiklerini... Nereye koyacağını kestiremeyip kucağına hapsettiği, birbirine kenetlenmiş ellerini...

Fazla ileri gittim galiba. Çok mu yüklendim kıza? Onu buraya taşıyan nedenleri dinlemedim bile. Dönüp kaldığımız yerden konuşmaya devam etsek...

Ne var ki, yüreğimde kıpırdanan pişmanlık kırıntıları, pençesine düştüğüm öfkenin kucağında eriyip gidiveriyor. Başımı sokacak bir çatı altı buluncaya kadar çektiklerimiz, geri adım atmamın önünde en büyük engel.

Sinirden kaskatı kesilmiş bedenimi yatağa bırakıveriyorum. Göz ucuyla Dünya'yı izlemekten de kendimi alamıyorum ama... Üzülmesini istemiyorum, hatasını bilmesi yeter.

Daha da küçülmüş gibi duran çelimsiz bedeniyle doğrulup kalkıyor. Çantasından bir sigara paketi çıkarıyor.

"Alır mısın?" diye, barış çubuğu niyetine uzatıyor bana.

"Hayır" diyorum. "İçeceksen, dışarı çık lütfen! Senin evindekine benzemese de, burası bizim yatak odamız sayılır. Beraber yaşadığın insanları dumana boğmaya hakkın yok!"

Sessiz bir boyun eğişle arkasını dönüp çıkıyor odadan.

Ah benim sivri dilim! Bu kadar sert davranmama ne gerek vardı ki?

Hem, ara sıra ben de sigara tüttürmenin keyfini sürenlerden değil miydim? Yanımda paket taşımasam da, arkadaşlar arasında tek tük içtiğim olurdu. Bir de annemle... Akşamüzeri yorgun argın işten döndüğünde, birer fincan kahvemizi alır, sigaralarımızı yakar, günün tüm gerginliğini Körfez'in sularına gömerdik.

Ama burada, avuç içi kadar bu yerde sigara içilmesine dayanamazdım doğrusu. Kendimi suçlamamın anlamı yok, haklıyım işte...

Sekiz kişilik odadaki, bir daha kim bilir ne zaman yakalayabileceğim tek başınalığım fazla uzun sürmüyor.

"Ben geldim" diye kırık bir sesle içeriye giriyor Ece.

Gözleri kıpkırmızı, belli ki ağlamış. Annesiyle bizimkine benzer, hüzünlü bir ayrılık sahnesi yaşadıklarını tahmin edebiliyorum.

Tam o sırada, Dünya da kapının eşiğinde beliriveriyor. Onları tanıştırmak bana düşüyor haliyle.

Dünya da, ben de biraz önce yaşadıklarımızı, aramızda yaptığımız gizli bir anlaşmayla, unutmuş gibiyiz.

"Yemek yediniz mi?" diyerek elindeki büyücek kutuyu masanın üzerine bırakıyor Ece. "Giderayak suböreği aldı annem."

"Aklıma bile gelmedi" diye gülüyorum.

"İyi olmuş. Hep beraber yeriz."

Bu teklif Dünya'yı sevindirmiş gibi. Bizden eski olmanın ayrıcalığıyla idareyi eline alıyor. Dolabından çıkardığı düz bir tabağa börekleri sıralıyor. Su ısıtıcısını fişe takıp fincanlarımıza poşet çaylar atıyor. Kısa sürede, küçücük masamızın üzerinde şipşirin bir sofra hazırlayıveriyor. Bu işleri yaparken öylesine candan ve sevecen ki...

Yalnız, bir şey dikkatimi çekiyor. Ece'yi de aşağı yukarı aynı zaman diliminde tanıdığı halde, bana daha yakın duruyor Dünya. Hem de aramızda geçen o tatsız konuşmalardan sonra... Ece'yle daha kolay kaynaşabilir oysa. Ama o, bizim daha oluşurken zedelenen dostluğumuzu diriltmekten yana görünüyor.

İştahla yiyoruz böreklerimizi. Ne kadar acıkmışız meğer...

Yurda yakın yiyecek mekânlarını sayıp döküyor bize Dünya. Hafta sonları kahvaltı yapabileceğimiz pastaneleri, kafeleri anlatıyor.

"Her zaman gidemezsiniz" diyor. "Burası Etiler! Lüks muhit... Para dayandıramazsınız. Öğrenci işi yerler de var ama..."

Onun anlattıklarıyla olacak iş değil. Yaşayarak, deneme yanılma yöntemiyle tanıyacağız çevremizi. Acelemiz ne! Yolun başındayız daha...

***

Ne çabuk geçiyor günler...

Okul açılalı neredeyse bir hafta oldu. Yarın cumartesi. Ece'yle benim, çiçeği burnunda İstanbul öğrenciliğimizin ilk tatil günü. Dünya, deneyimli bir rehber olarak programını çoktan yaptı.

"Sabah güzel bir kahvaltı! Sonra da Kapalıçarşı turu..."

Fırtına gibi geçen bir haftanın ardından, böyle bir molayı fazlasıyla hak ettik. Bu süre içinde, yeni yaşam şartlarına uyum sağlamakta epey yol aldığımızı söyleyebilirim.

Ece ve Dünya dışında beş arkadaşımız daha var yurt odasında. Onlarla tanışırken, Dünya'nın ilk günkü konuşmasına yansıyan kayıtsızlığın nedenini de anlamış oldum.

Hepsi de okulun açılmasından bir gün önce, pazar akşamı gelebildiler ancak. Dünya'nın tahmin ettiği gibi... Pınar, Ceren ve Nurdan Ekonomi Bölümü üçüncü sınıftalar. Ebru Felsefe, Zeynep de Sosyoloji Bölümü'nde. İkisi de bu yıl mezun olacaklar.

Ortak noktalarımız, yok denecek kadar az. Aynı odayı paylaşmak dışında, aramızda aman aman bir yakınlık kurulamayacağı baştan belli. Belki de üst sınıflarda olmalarından, biraz tepeden bakar bir tutum içindeler. Bu durum, ister istemez, biz çömez öğrencileri daha da yaklaştırıyor birbirimize.

Dünya'yla Yabancı Diller Yüksek Okulu'nun çatısı altında da sürüyor beraberliğimiz. O İngiliz Dili ve Edebiyatı'nda, bense hazırlık sınıfında...

Yalnızca öğleden sonraları gidiyorum okula. İzmir'den Banu, Sezgi, Kemal; hep beraberiz. Amerikan Koleji'nin muafiyet sınavı kazazedeleri...

Kampusun her yanında, can arkadaşım Selen'in eksikliğini duymaktan kendimi alamıyorum. Kaydını dondurup İzmir'de kaldı Selen. Hazırlık okuyacağına, TOEFL sınavına hazırlanıyor. Vermezse ne olur, bilemiyorum.

Ece de aynı yolu seçenlerden. Zamanında halletmiş bu işi. Kapı gibi TOEFL sertifikasını alıp öyle gelmiş buralara. Sınava bile girmeden, doğrudan doğruya Uluslararası İlişkiler Bölümü öğrencisi oluvermiş.

Okul içinde, Manzara'da buluştuğumuz bazı öğlen saatlerini saymazsak, pek görüşemiyoruz Ece'yle. Ders yaptığımız binalar birbirinden uzak. Ama Dünya hep benimle. Ders aralarında yanıma koşup, ne halde olduğumu denetlemeyi hiç ihmal etmiyor.

Bir keresinde Kuzey Kampusu'ndaki yemekhaneye, öğlen yemeğine götürdü beni. Lise yıllarımdan beri, topluca yemek yenen bu tür yerlerden uzak durmuşumdur hep. Farklı yemeklerin birbirine karışmış ağır kokusunu kaldırmaz içim. Gene aynı şey oldu; boğazımda kocaman bir yumru, değil lokmaları, bir yudum suyu bile yutmakta zorlanıyorum.

"İlk ve son yemekhane deneyimim" dedim Dünya'ya.

"Para sorunu olmayanların böyle kapris yapma hakları var tabii" diye dudak büktü. "Meteliğe kurşun at da göreyim seni..."

Yanıt vermeye yeltenmedim bile. Sokak simitçisinden alacağım bir simit de yeter bana, demeye kalksam; beni anlayacağından emin değildim çünkü.

Bir akşam da Ece ve Dünya'yla beraber Akmerkez'e gittik. Harika bir alışveriş merkezi, bayıldım. Üst katı yiyecek bölümü olarak düzenlenmiş. Üstelik, özel öğrenci mönüleri satan yerler de var. Tam bize göre...

Para konusunda bizimkilerden açık çek alsam da, öğrenci olduğumu unutmaya hiç niyetim yok. Hem, Ece değilse de Dünya'nın bu konuda ölçülü davranmaya özen gösterdiği ortada.

Her gün konuşuyoruz bizimkilerle. Sesimi duymadan, iyi olduğumu öğrenmeden içleri rahat etmiyor. İkisinin de aklı bende.

"Yemene içmene dikkat et" diyor babam. "Başarının yolu güçlü olmaktan geçer. Öyle tostla falan geçiştirme öğünlerini. Çevrede bir sürü restoran var; git, doğru dürüst yemeğini ye..."

Annemin de ondan eksik kalır yanı yok.

"Meyve yemezsen olmaz" diyor. "Vitamin alman şart!"

Geçen gün, okul öncesi çıktığım bir yakın çevre gezisinde, harika bir manav keşfettim. Meyveler, sebzeler taptaze, pırıl pırıl; tablo gibi dizilmişler kasalara.

İki tane kıpkırmızı elma seçtim. Pek de kibar manavımız... Öğrenci olduğumu anlayınca, içeride yıkayıp getirdi; kâğıt havluya sarıp öyle verdi elime.

"Hiç çekinmeyin" dedi. "Bir domates, bir salatalık, iki üç biber... Ne kadar isterseniz, o kadar alabilirsiniz."

Tam derse çıkarken yakaladım Dünya'yı. Elmanın birini uzattım.

"Nereden buldun bunu?" diye şüpheyle sordu.

Anlattım.

"Kaç para verdin?"

Ödediğim miktarı söyleyince, uzunca bir ıslık çaldı.

"Bir kilo elma parası!" diye haykırdı. "Etiler Caddesi'nin en kazıkçı manavıdır o. Kaymak tabakaya hitap eder, öğrencilere değil..."

Annemi sevindirmek adına gerçekleştirdiğim bu küçük eylem, Dünya cephesinde kabul görmemişti ne yazık ki... Artık iyice anlamıştım; arkadaşım, cebindeki her kuruşun hesabını inceden inceye yapmak zorundaydı. Ben de böylece, harcamalarımı dışarıya yansıtırken daha dikkatli olmam gerektiğini öğrenmiş oldum.

***

Ders aralarında yanımda bitiveren, yalnızca Dünya değil; bir de Anıl var! Aydın Anadolu Lisesi'nden, dershane arkadaşım... O da her fırsatta hatırımı sormakta kusur etmiyor doğrusu.

Daha dershanedeyken, Selen uyarmıştı beni.

"Bu çocuğun sana bakışlarında farklı bir şeyler var" diye.

Gülüp geçmiştim. Haklıymış galiba.

Rastlantı gibi duran, ama düşündüğümde özellikle tasarlandığını kavrayabildiğim karşılaşmalar, Manzara'da otururken kantinden çay getirmeler, cebinden çıkardığı çikolatayı benimle paylaşmalar...

Dün de okul çıkışında arkamdan koşup, yurda kadar eşlik etti bana. Daha doğrusu Güney'den, Kuzey Kampusu'na çıkan yolu beraberce yürüdük. O da Kuzey'deki erkek yurdunda kalıyor zaten.

Ayrılırken, akşama Akmerkez'deki sinemaya gidip gidemeyeceğimizi sordu. Yorucu bir gün geçirdiğimi bahane ederek atlattım.

Dünya da farkında durumun.

"Ne iş?" diye kendi üslubuyla sordu.

"Ne iş olacak! İzmir'den dershane arkadaşım" diye geçiştirmeye çalıştım.

“Hiç mi arkadaş görmedik!” dedi alaycı bir tavırla. “Çocuğun sana bakışları kayık kızım... Sen de hiçbir girişimini geri çevirmiyorsun ama.”

“Yanlış yorumlar yapma lütfen! Aşk meşk davaları için gereken kıvama gelmedim henüz. Çok iyidir Anıl... Kırmak istemiyorum. Gör bak, beklediği yakınlığı görmeyince vazgeçecektir.”

“Umarım... Üstüne gelirse haberim olsun.”

Bu bıçkın tavırları eğlendiriyor beni. İsteğim dışında bir ısrarla karşılaşırsam, devreye girip karşımdaki insana haddini bildirmeye hazır.

Onun böyle annemmiş, ablammış gibi gönüllü koruyuculuğumu üstlenmesi hoşuma gidiyor galiba...

***

Cumartesi sabahı, Dünya'nın hazırladığı gezi planını uygulamaya koyuyoruz.

Zeytinli açma, haşlanmış yumurta, susamlı ayçöreği... Dünya'nın bize önerdiği kahvaltı mönüsü bu.

Boğaz manzarasına karşı çaylarımızı yudumlarken, çantasından sigara paketini çıkarıyor Dünya.

“Umarım burada içmeme izin vardır” diye sitemle bakıyor yüzüme.

“Bana da bir tane versene” diye gülüyorum, reddettiğim ilk teklifine gönderme yaparak.

Sevinçle uzanıp sigaramı yakıyor.

“Biliyor musun Dünya” diyor Ece. “Sigara içmen, dış görünümüne öylesine ters ki... Hiç yakıştıramıyorum sana.”

Gerçekten de öyle. Çiçek desenli, kadife, bol bir etek giymiş Dünya. Üzerinde beyaz, yakası fırfırlı bir bluz var. Kolları ve boynu incik boncuk türünden takılarla örtülü. İki yanda, ince tutamlar halinde ördüğü saçlarıyla, yaşından çok küçük görünüyor. İlk bakışta yabancı turistleri çağrıştıran ince yüzünde dirhem makyaj yok. Dudaklarına sürdüğü kıpkırmızı ruju saymazsak... Özenip annesinin ya da ablasının rujunu sürmüş, takılarını orasına burasına geçirivermiş küçük bir kız çocuğu gibi. Gözlerinden etrafa saçılan haylaz pırıltılar da cabası...

Parmaklarının arasına kıstırıp ardı ardına derin soluklar çektiği sigara da, elinde iğreti duruyor haliyle.

Hep beraber kalkıyoruz masadan. Programımızın bundan sonrasında Ece yok. Ankaralı arkadaşlarıyla buluşacakmış. Pastanenin karşısındaki duraktan Ece Taksim, biz de Eminönü otobüsüne biniyoruz.

Kolumdan tutup, sağ taraftaki boş yere oturtuyor beni Dünya. Kendisi de, serbest bırakırsa birileri kapacakmış gibi, yanı başımda dikilip duruyor. Çocuğunu koruma altına almış bir anne gibi... Boyu ancak omzuma gelen narin bedeniyle beni sakınma görevini üstlenmesine ses çıkarmıyorum, hatta hoşuma da gidiyor; ama bu çelişkili duruma için için gülmekten de kendimi alamıyorum.

Eminönü'nde otobüsten inip yoğun kalabalığın içine karışıveriyoruz. Gördüğümüz her yer, her nesne hakkında beni aydınlatma çabasında Dünya. Usta bir turist rehberi gibi, durmadan konuşuyor; bıcır bıcır bir şeyler anlatıyor. Benim için yeni olan tüm ilkler, onun dilinde daha da güzelleşiyor sanki...

Kapalıçarşı'yı filmlerde, televizyon programlarında, gazete ve dergi fotoğraflarında gördüğümden de güzel buluyorum. İçeriye adımımı attığım anda, büyülü, gizemli daha önce hiç solumadığım bir havanın çekimine giriyorum.

Öncelik kuyumcu vitrinlerinde. Yoğun ışığın altında alev alev yanan, almayacak olanların bile seyretmekten keyif duydukları ışıltılı mücevherlere güzellik yarışması yaptırıyoruz Dünya'yla.

Ardından, el dokuması halıların, kilimlerin, bakır mangalların, sinilerin, çeşit çeşit antikaların salkım saçak ortalığa döküldüğü, labirenti çağrıştıran yollarda bambaşka bir âlemin düşlerine bırakıyoruz kendimizi.

Bin bir türlü takının sergilendiği büyücek bir tezgâhın önünde duraklıyoruz. Rengârenk, irili ufaklı taşlarla bezeli yüzüklerin, bileziklerin birini alıp diğerini bırakarak, hoşuna gidenleri parmaklarına, bileklerine geçirerek, almayacağını bile bile, deneme konusunda kendisiyle yarış halinde Dünya. Onun bu kendinden geçmiş, şirin halinde içime dokunan bir şeyler var...

Koluna takıp hayranlıkla seyrettiği göz boncuklu bir bileziği çıkararak, gönülsüzce tezgâha bırakıyor. Hemen kapıyorum bileziği. İtiraz etmesine fırsat tanımadan ödeyiveriyorum parasını.

"Bugünün anısına" diyorum.

Karşı çıkacak oluyor. Ama sevinci ağır basıyor galiba. Parmaklarının ucunda yükselip, çelimsiz kollarıyla boynuma sarılıyor, yanaklarımdan öpüyor beni. Sonra da, istediği oyuncağa kavuşmuş çocuk sevinciyle, biraz önce istemeden bıraktığı bileziği yeniden koluna geçiriveriyor.

"Yoruldun mu?" diye soruyor ışıl ışıl gözleriyle.

Hayır, gibisine başımı sallıyorum.

"Şuradaki kahvede oturalım istersen" diye kolumdan çekiyor.

Türk işi motiflerle bezeli kilimlerin üzerinde hasır örgülü alçak tabureler, tavandan sarkan makrama örgüler içine yerleştirilmiş gaz lambaları, orta yerde kocaman bakır bir mangal...

Masa işlevi gören sinilerden birine doğru yürüyoruz. Önümde duran alçak tabureye şüpheyle bakıyorum.

"Beni çeker mi bu tabure?"

"Seni değil, yüz kiloluk babayiğitleri bile çeker. Hem, ona kürsü derler, tabure değil..."

Geçip oturuyoruz.

"İki tane az şekerli kahve" diyor Dünya garsona.

Epey bir süre bekliyoruz.

"Kömür ateşinde ağır ağır pişiyor" diye açıklıyor Dünya. "Gecikmesi bundan."

Sonunda, bakır askılı tepsi içinde, bakır cezvede pişirilmiş bol köpüklü kahvelerimiz geliyor.

Çantasına uzanıyor gene Dünya. Sigara içecek... Bana da ikram ediyor, istemiyorum.

"Bu kahvenin yanında içilir ama" diyor.

Haklı. İzmir'de, ancak Kızlarağası Hanı'nda içebildiğimiz özel kahvenin lezzet ikizi bu. Her yudumuna köpük katmayı pek iyi becermişler.

"Belki bir gün, aynı tatla İzmir'de de buluşturabilirim seni" diyorum.

Kahve ve kahvehane üzerine yaptığımız sohbetin orta yerinde, etrafta dolaştırdığım bakışlarımı toplayıp Dünya'nın yüzüne dikiyorum.

"Benim için farklı ve güzel bir gün. İçinde pek çok ilki barındırıyor çünkü... Ama senin, İstanbul'da bir evin var. Neden hafta sonu tatilini orada geçirmiyorsun ki?"

Bir anda allak bullak oluveriyor suratı. Sabahtan beri gülücükler saçan dudakları kasılıp kalıyor. Donuk, kıpırtısız bir maske duruyor sanki karşımda. Onu cansız bir nesneden ayıran tek fark, derinliğine koyulaşmış kapkara gözleri...

"Orası benim evim değil" diyor fısıldar gibi. "Yurt odasındaki o birkaç metrekarelik küçücük alan var ya... İşte bana ait olan tek yer! Bilmem sorunun yanıtını alabildin mi?"

Dudakları titriyor. Ellerini birbirine kenetleyip, var gücüyle kucağına bastırıyor.

"Boş ver" diyor. "Bu güzel günü örselemenin anlamı yok. Kalkalım istersen..."

Biraz önceki cıvıltılı neşesinin yerini alan derin hüznü soluyarak, o önde, ben arkada, kahveden dışarı çıkıyoruz.

Beni de içine çekiveren buruk havanın nedenini bilmeden; anlatamadığı, dile getirmekten kaçındığı dertlerinin altında ezilmiş kavruk bedeninin ardından, biraz da onu üzmüş olmanın sıkıntısıyla, gönülsüzce yürüyorum.

Neyse ki uzun sürmüyor Dünya'nın karaya vurmuş, küskün hali. Eski coşkusu olmasa da, doğal haline dönmeyi başarıyor.

"Buraya kadar gelmişken, Mısır Çarşısı'na gitmemek olmaz" diyor.

Onu iyileştirecek her öneriyi kabul etmeye dünden razıyım. Kızıyorum kendime; ne gerek vardı, meraklı, dedikoducu kadınlar gibi ahret soruları sormaya!

Gitgide hızlanan adımlarla önüme düşüyor. Yokuş aşağı, uzunca bir yol... Ona yetişmekte zorlanıyorum.

Mısır Çarşısı'nın cıvıltılı ortamı, yaşadığımız o tatsız kareyi unutturuyor ikimize de. Ya da en azından, bir süre için de olsa, üstünü örtüyor. Kendi kendime karar alıyorum; o istemedikçe, bir daha asla bu konulara girmeyeceğim! Anlattığı kadarıyla yetinmek en doğrusu...

Dükkânların içinde değil de, önlerindeki sergilerde satılan ürünler daha ilginç geliyor bana. Malını öve öve göklere çıkaran satıcıların müşteri çekmek için döktüğü diller, içinde kaybolduğumuz kalabalığın çoksesliliği, bizi çepeçevre saran renk cümbüşü başımı döndürüyor.

Çarşının içinden yoğun bir baharat kokusu yükseliyor. En iştahsız insanı bile kendine çekebilecek çeşitlilikteki yiyecek dükkânları, her yaştan kadın, erkek, çocuk kalabalığını ağırlıyor.

"Biraz kuruyemiş alalım bari" diyorum Dünya'ya.

Yanıtını beklemeden de seçmeye koyuluyorum. Çekirdek, fındık, fıstık... Satıcımız pek sevecen. Lokum tezgâhına buyur ediyor bizi. Birdenbire gözleri parlıyor Dünya'nın. Çifte kavrulmuş lokumlardan bir tane alıp ağzına atıveriyor. Çok sevdiği belli. Küçük bir kesekâğıdı çifte kavrulmuşla Mısır Çarşısı'ndaki alışverişimize noktayı koyuyoruz.

"Umarım yorulmamışsındır" diyor Dünya. "Seni biraz daha yürüteceğim de... Gelmişken, Galata Köprüsü'nü de görmeni istiyorum."

Yalnızca eski Türk filmlerinden tanıdığım Galata Köprüsü'nün üzerinde yürürken, o filmlerden birinde rol almışım hissine kapılıyorum. Balık tutan amatör balıkçılar, köprünün altından geçen vapurlar da, oynadığım oyundaki dekorun birer parçası...

Karaköy'den altgeçitle Tünel'e geliyoruz.

"İki dakikalık bir yolculuk" diyor Dünya. "Metronun cüce olanı..."

Tünel'in çıkışında tramvaya ilişiyor gözüm. Bu kez çocukluk sırası bende...

"Binecek miyiz?"

"Bineriz istersen" diyor Dünya gönülsüzce. "Ama Taksim'e kadar tramvayla çıkmayı aklına bile getirme. Karış karış adımlamadan, Beyoğlu'nu tanıyamazsın."

Galatasaray Lisesi'nin önündeki durakta tramvaydan iniyoruz. Buraların yabancısı sayılmam. Babamla beraber turladığımız yerler... Ama Dünya, kolumdan tutup ara sokaklardan birine doğru sürüklüyor beni.

"Bizim mekâna götüreceğim seni" diyor. "Hafta sonları arkadaşlarla takıldığımız, harika bir yer..."

Eski görünümlü taş bir binanın merdivenlerinden, zeminin de altına, bodrum katında bir yerlere iniyoruz.

"İşte burası" diyor Dünya, ardına kadar açık geniş kapının gerisindeki karanlığı göstererek.

İlk anda hiçbir şeyi seçemiyor gözlerim. Loş; cılız ışıkların yumuşatmaya çalıştığı, kapkara, boğucu bir ortam. Dünya elimden tutmasa, asla yolu bulamayacağım...

"Ne biçim bir yer burası böyle!" diye söylenmekten kendimi alamıyorum.

"Aydınlıktan girince böyle olur" diye gülüyor Dünya. "Şimdi alışır gözlerin..."

Dediği gibi, kısa sürede çevrede olup biteni görmeye başlıyorum. Alçak tahta masaların iki yanındaki sıralarda birbirine sokulmuş oturan birkaç çift var. Kapıda bizi karşılayan garsonun eşliğinde, salonun dibindeki kuytu köşeye doğru yürüyoruz.

"Geceleri göreceksin burasını" diyor Dünya. "Her akşam canlı müzik var. *Rock*... Arkadaşlar da kafa olunca, tadına doyulmuyor."

Bambaşka bir Dünya oturuyor karşımda. Bir zamanların asi gençlerinin önde gelen temsilcisi sanki.

Bana sorma gereği bile duymadan, "Buz gibi iki bira" diyor garsona. Sonra da çantasından sigara paketini çıkarıp bana doğru uzatıyor. Ateşe değecekmişim gibi, yabansı bir içgüdüyle elimi çekiyorum.

"Al" diyor. "Burada içmeyip de nerede içeceksin?"

Ağır devinimlerle, parmaklarımın arasında iğreti duran sigaramı yakıyor. Sonra da arkasına yaslanıp derin derin içine çektiği dumanı keyifle havaya savuruyor.

Şu ana kadar tanıdığım Dünya'dan öylesine farklı ki... Yadırgıyorum. Hem onu, hem de isteğim dışında paylaştığımız, kanımın hiç ısınmadığı bu garip ortamı. Yerimden fırlayıp dışarıya, açık havaya koşmamak için zor tutuyorum kendimi.

Benim bu tutuk, yabancılaşmış halime aldırmıyor bile Dünya. Garsonun getirdiği bira bardağını kaptığı gibi, yarısına kadar dikiyor kafasına.

"İç" diyor bana da. "Anlatacaklarımı dinlemek için gerek duyacağın gücü toparlamana yardımcı olur."

Ne yanıt vereceğimi bilemeden, huzursuzca kıpırdanıyorum oturduğum yerde.

"Merak etmiyor musun?" diye alaycı bir tavırla gülüyor. "Neden hafta sonlarını babaannemin evinde geçirmediğimi soran sen değil miydin? Al işte... Öyle ayaküstü, baştan savma yanıtlarla geçiştireceğime, ta başından anlatayım ki beni anlayasın... Bu bir lokmacık Dünya neler görmüş, neler yaşamış bilesin..."

Kahve içerken neden konuya girmediği belli. Onun yeri burası. Kendini rahat hissedecek ki, konuşabilsin.

"Kusura bakma" diyor sıkıntılı bir dudak büküşle. "Pek iç açıcı şeyler değil duyacakların. Korku filmlerinden fırlamış, dudağını uçuklatacak karelerle buluşturacağım seni."

Takındığı bu gizemli tavrın bilinçli mi, yoksa içinde bulunduğu ruh halinin doğal bir yansıması mı olduğunu kestiremiyorum.

"Hazır mısın dinlemeye?"

Başımı hafifçe sallıyorum.

"Annemle babam ayrıldıklarında üç yaşındaydım Eylül... Üçlü beraberliğimizi anımsatan hiçbir şey yok kafamda. Bu birlikteliği yaşadığımızı gösterecek somut bir kanıta da sahip değilim zaten. Ne annemle babamın ortalarına girerek poz verdiğim bir fotoğraf, ne de o günlere ait, birilerinden dinlediğim hoş bir anı..."

"Neden bu kadar büyütüyorsun?" diye araya girme gereği duyuyorum. "Annesiyle babası ayrılan tek insan sen misin?"

"O kadar basit değil!" diye küçümser bir tavırla gülüyor saflığıma. "Dinle hele... Bu ayrılığın nedenini bir sor. Bakalım çevrende gördüklerine benziyor mu?"

Davranışlarındaki garipliğin üstüme yüklediği huzursuzlukla, yaptığım çıkıştan pişman, onun benden beklediği sakinliğe bürünerek dinlemeye koyuluyorum.

"Ailelerin çatırdamasındaki alışılagelmiş neden, genellikle erkeğin kadını aldatmasıdır; öyle değil mi? Bizimkinde tam tersi... Aldatan annem! Henüz üç yaşındaki çocuğuna sarılması gereken kolların, yabancı bir erkeğin boynuna dolanması, çok sık rastlanan bir durum mu sence?"

İçgüdüsel bir hareketle bira bardağına uzanıyor elim. Dünya ise kendinden geçmişçesine sürdürüyor anlatmasını.

"Aynı yerde çalıştığı, kendinden beş yaş küçük bir adam. Babam, bir iş gezisi dönüşünde yatakta yakalıyor ikisini. Tek celsede boşanıyorlar. Annemin gözü, tutkuyla bağlandığı adamdan başkasını görmüyor. Mahkemede, benim kendisinde kalmamı istemiyor bile. Ayak bağı olacağım ya ona... Benim bulunduğum ortamda sevdiği adamla özgürce sevişemeyecek ya... Babamda kalıyorum ben de."

"Böylesi daha iyi olmuş" diyorum usulca.

Acı acı gülüyor Dünya.

"Yediği darbeden afallamış, düzeni altüst olmuş bir baba... Eskiden beri tüm aileyi tanıyan birileri söyledi, uzunca bir süre görmek bile istememiş beni. Anlayacağın, olanların sorumlusu benmişim gibi; hem annem, hem de babam, günah keçisi ilan etmişler yarım bacak boyundaki bebeciği... Tek adres kalmış gideceğim: Babaannem! Yaşını başını almış, yorgun bedenini dinlendirmeye hazırlanırken, zorunlu olarak el kadar bir çocukla kaderini birleştiren zavallı bir kadın. Ha... Hakkını teslim etmeliyim, elinden geleni fazlasıyla yaptı. El bebek gül bebek, ana baba sıcaklığından yoksun kalmışlığımı onarmak istercesine, özveriyle baktı bana. Ama nereye kadar?"

"Hiç aramadılar mı seni?"

"Uzunca bir süre adımı bile anmamışlar. Babamı, içini rahatlatmak için olsa gerek, arada bir eli kolu dolu, babaannemin evine gelen bir yabancı gibi anımsıyorum. Zaman içinde, babaannemin de telkinleriyle, baba kimliğiyle bütünleştirmeye çalıştığım, yavaş yavaş ısınmayı başardığım zavallı bir yabancı... Annem ortada bile yoktu zaten. Boşanmanın ardından, hemen o adamla evlenivermişti."

"Ya baban?"

"Çok daha sonra... Arkadaş çevresinin zoruyla ikinci evliliğini yapmış o da."

"İkinci eşlerinden çocukları var mı?"

"Var" derken sesi titriyor Dünya'nın. "Annemin arka arkaya iki oğlu olmuş. Babamın da bir oğlu, bir kızı..."

Bira bardağını kafasına dikip, garsonu çağırıyor Dünya.

"Bize iki bira daha" diyor, bana sorma gereği duymadan.

Sesimi çıkaramıyorum. Yaşadıklarının sorumlusu benmişim gibi, garip bir suçluluk duygusuyla sarmalanmış, sessizce izliyorum onu.

"Sıkıldın mı?" diye soruyor. "Dur bakalım, bu daha başlangıç... Ama istersen keserim, anlatmam."

"Yok" diyorum. "Üzüldüm ama sıkılmadım."

"Şöyle düşün Eylül... Annen ve baban, ikisi birden dışlıyorlar seni; yıllarca arayıp sormuyorlar, yok sayıyorlar... Böyle bir durumda, sen olsan ne yapardın?"

Beynimin içinde bir ışık yanıveriyor. Dünya'nın karşısında duyduğum ezikliğin nedeni bu işte! Kendi aile düzenimin mükemmelliğiyle onunki arasındaki derin uçurum...

"İşte böyle Eylülcüğüm; bu gördüğün Dünya, anne ve babasının istemediği bir çocuk olarak başladı yaşantısına. Hiçbir paylaşımı olmadı onlarla. Tek başına karşı durdu tüm zorluklara. Engelleri aşarken, zaman zaman sendelediğinde; elini tutacak, onu çözümsüzlüklerinin ortasından çekip çıkaracak kimseyi bulamadı yanında."

"Tüm olumsuzluklara karşın, avunacak şeylerin de var ama" diye araya giriyorum. "Herkesin eline geçmeyen, iyi bir okul kazanmışsın. Pırıl pırıl bir gelecek var önünde. Tek başına elde ettiğin bu başarı mutlu etmeli seni."

"Bak onda haklısın. Zorlaşan şartlar içten içe güçlendirdi beni, katılaştırdı; tek başına ayakta kalmayı, hayata kafa tutmayı öğretti. Ama pek çok şeyi de aldı, götürdü benden... Tüm acıma duygumu yitirdim, diyebilirim. Neden, deme sakın! Kendi halimden daha fazla acınacak bir şey göremiyorum ki çevremde... Ya babaannem olmasaydı? Orta yerde cascavlak bırakacaklardı beni..."

"Babaannenle ilişkilerin nasıl?"

"İyi. Olabildiği kadar... O konuda da sıkıntılarım olmadı değil... İçi yanmış, dertli bir kaynana sonuçta. Çocukluk yıllarım, onun, annemi yermesini dinlemekle geçti. Düşünsene Eylül... İçin için hak veriyorum söylediklerine, olanların baş sorumlusu annem çünkü. Ama beni, bunları dile getirmekten alıkoyan bir şeyler var. Karşı çıkmam anlamsız, yerden göğe kadar haklı babaannem. Ne var ki, garip bir savunma güdüsüyle tavır koyuyorum ona, hırçınlaşıyorum. Ters davranışlarla kalbini kırıyorum zavallının. Arkasında durduğum, asla annem değil, biliyorum. Yalnızca anne kavramı! Bu kavramın örselenmesine, aşağılanmasına isyan ediyorum ben..."

"Hiç görüşmediniz mi annenle?"

"Olur mu hiç! Cici kocasından hevesini alıp kendi yarattığı masalsı aşkından yere çakılınca, el kadarken bıraktığı kızı aklına düşüverdi hatunun... İlkokul üçüncü sınıftaydım galiba. Müdürün odasına çağırdılar beni. Annemi ilk kez orada gördüm. Bebeklik günlerimi saymazsak tabii... Nasıl ağlıyor göreceksin. Sımsıkı sarılıyor bana, bırakmıyor. İki oğlu olmuş ama, benim yerimi kimse tutamazmış... Hikâye! Gene de içimde bir şeyler kıpırdandı galiba. Sevgiye, ana sıcaklığına susuz kalmış bir çocuğun buruk sevinci..."

"Ya sonrası?"

"Belli aralıklarla görüşmeye başladık. Bazı hafta sonları, kocasıyla beraber gelip, apartmanın kapısından arabayla alıyorlardı beni. Dışarıda yemek yemeler, birbirinden afacan iki oğlanla beni kaynaştırma çabaları... Çocuk kafamda yaptığım, onlar benim kardeşim sayılır mı, hesapları... Aslında, babamın oğluyla kızını daha yakın hissediyorum kendime. Onlar da beni daha çok seviyorlar galiba."

"Babanın karısıyla nasıl aran?"

"Sorma... Biliyor musun, anneme çok benziyorum ben. Filiz Hanım, babamın karısı, nerede gördüyse annemin fotoğrafını görmüş. Aramızdaki şaşılası benzerlik yüzünden bir türlü kanı ısınmıyor bana. Babamla aramıza duvar örme çabasında. Beni görünce, eski karısını anımsayacak diye korkuyor."

"Neyse, çok iyi olmasa da, bir orta yol bulmuşsunuz işte. Hem annenle, hem de babanla ilişki kurabilmek rahatlatmıştır seni..."

"Önceleri ben de öyle düşünüyordum. Ancak, iki yıl önce öyle bir darbe aldım ki... O güne kadar yaşadıklarım solda sıfır kalır."

Konuşma boyunca, sigaranın birini yakıp diğerini söndürüyor Dünya. Birasını da biraz önce tazeledi. Hiç hoşuma gitmese de ses çıkaramıyorum. Onlardan aldığı gücün önünü kesemem.

Gözleri isyanla dolu. Dudaklarından dökülecek sözcükler ürkütüyor beni. Korka korka soruyorum.

"Ne oldu iki yıl önce?"

"Liseyi bitirdiğim yaz... Üniversite sınavlarına girmiş, sonuçları bekliyorum. Annemle aramızın en iyi olduğu dönem belki de... Silivri'deki yazlıklarına çağırdılar beni. Gitmek istemedim önce... Çok üstelediler. Babaannem de şaşılacak bir olgunlukla destek verdi gitmeme. Tankut Efendi, annemin sevgili kocası, telefonla özel olarak davet etti. Ve gittim... Yaşamımdaki en büyük hatayı yaptığımı bilmeden, alacağım yaranın onulmazlığını aklıma bile getiremeden...

İlk günler her şey yolundaydı. Kardeş olarak benimsemeye çalıştığım iki oğlanla deniz sefaları, annemle kahve sohbetleri; Tankut Bey'in mesafeli ama sıcak sayılabilecek yakınlığı...

Ve o uğursuz gün!

Sabah uyandığımda kimse yoktu evde. Daha doğrusu ben öyle sanıyordum. Annem, çocukları arabaya atıp alışverişe gitmiş. Üstümde askılı yazlık geceliğim, merdivenlerden aşağı iniyordum ki, Tankut'u gördüm. Salonda, televizyonun karşısına oturmuş, sabah sabah bira içiyor. Hemen dönmeye davrandım. O da beni görmüştü. Apar topar kaçmayı yakıştıramadım kendime, ayıp olacaktı. Günaydın, dedim gönülsüzce. Önce yüzüme diktiği gözlerinin, suratımın her hücresini tarayarak bedenime inişini fark etmemiş görünmeye çalıştım.

'Dünya' diye mırıldandı, üzerimde delice gezinen bakışlarıyla. 'Ne kadar benziyorsun annene... Onun gençlik günlerinden kopup gelmiş gibisin.'

Bu kadarına dayanamazdım. 'Bir kahve alayım ben' diye mutfağa doğru yürüdüm.

Öfkeden titreyen ellerim, fincanla tabağı üst üste koymakta zorlanıyordu... Musluğu açtım, alev alev yanan bileklerimi suyun serinliğine bıraktım. İşte o anda, soluğunu ensemde duydum Tankut'un! Bedenini bedenime yapıştırmış, kollarıyla arkadan sarılıvermişti bana. Tüm gücümle ittim. Sarsıldı, sendeledi; geri geri gidip mutfak masasına dayandı. Alaycı bir ifadeyle süzmeye başladı beni.

Soluk soluğaydık ikimiz de. Karşısındakinin yapacağı hamleyi kestirmeye çalışan iki düşman gibi... O güçlüydü, bense ele geçirilmesi kolay, çelimsiz, âciz bir av.

Tekrar saldırdı üzerime. Kudurmuştu sanki. Kan çanağı gözleriyle, nefesi alkol kokan vahşi bir hayvan gibiydi. Kıyasıya bir boğuşma başladı aramızda. Öfkem ve nefretim korkumu alt etmiş, güç kazandırmıştı bana. Direncim, daha da çıldırtmıştı onu... Saçlarımdan tutup yüzünü yüzüme yapıştırdı.

Kurtuluş yolum kalmamıştı. Umarsızca çırpınıyordum kollarında.

Anahtarın sokak kapısının kilidi içindeki dönme sesi bile kendine getiremedi hayvanı. Son bir gayretle üzerimden itip geriye sıçradığımda, mutfak kapısının eşiğinde sıralanmış, şaşkınlıkla bizi izleyen annemle ve çocuklarla göz göze geldim.

Saçım başım darmadağın, yarı çıplak, her yanım örselenmiş...

Ne kadar utanç duyduğumu anlatamam. Annemin, çocukları kapıp oradan uzaklaştırmasını, Tankut'un umursamaz, arsız gülüşünü hayal meyal hatırlıyorum. Mutfaktan çıkıp odama koşmamla, üstüme bir şeyler geçirip dışarı fırlamam arasında iki dakika geçti, geçmedi...

Deli gibiydim. Haykıra haykıra ağlayarak, saatlerce gezindim durdum sokaklarda. Sonra bir dolmuşa atlayıp İstanbul'a döndüm.

Onarılması olanaksız, çok ağır bir yara almıştım. Babaannemin evine gidecek halde değildim. Bir birahaneye oturdum. İçtim, içtim, içtim... Gecenin geç bir saatinde, Kadıköy'deki evin kapısını çaldığımda, babaannemin gözleri yerinden oynadı. Aldırmadım bile. Ardı ardına yağdırdığı soruların hiçbirine yanıt vermeden, suskunluk kalkanının gerisinde, odama kapandım. Üç gün çıkmadım oradan.

Zavallı pamuk annem... Bir şeyler olduğunu kestirebiliyordu da, başımdan geçenlerin boyutunu tahmin edemiyordu. Üçüncü günün sonunda annem geldi..."

"Geç bile kalmış!"

"Neden? Kocasının yediği haltı temizlemeye geldi sandın, değil mi? Ne gezer... Bir karış suratla karşıma geçip oturdu. Tankut Bey ne anlattıysa... Teselli etmesinden vazgeçtim, bir de beni suçluyor! Sözüm ona, yılların intikamını almak için, annemin kocasını baştan çıkarmaya kalkmışım. Eh, o da erkekmiş. Cilve yapan gencecik bir kıza karşı koyacak değilmiş ya... Dişi köpek kuyruk sallamasa, erkeği peşinden gitmezmiş. Bunu bile söyledi yüzüme..."

"Sen ne yanıt verdin? Olanları anlatmadın mı?"

"Hayır. Anlatsam, o da bana inansa; sonuç değişir miydi sanıyorsun? Beni savunmaya kalksa ne olacaktı ki? İki küçük çocukla ikinci kocasından da ayrılmayı göze alabilir miydi hiç? Feda edilmesi kolay olan bendim. Seçimini çoktan yapmıştı zaten, belliydi halinden. Tek söz etmeden kapıyı gösterdim ona. 'Git' dedim. 'Git ve benim adımı da bir daha ağzına alma.'"

"Kesin ayrılış yani..."

"Pek değil. Ertesi gün yanıma koştu."

"Tekrar mı geldi?"

Dünya, bana yanıt vermek yerine, bir bira daha ısmarlıyor kendine. Yeter artık, diye bağırmaya hazırlanırken, dudaklarından dökülen son sözcüklerle donup kalıveriyorum.

"Onun ardından jiletle bileklerimi kesince, gelmek zorunda kaldı."

"Ne dedin, ne dedin? Bileklerini kestin ha?"

"Önemli değil. Başarısız bir intihar girişimi."

"Delisin sen! Değer mi hiç? Hangi nedenle olursa olsun, yaşamına son vermeyi düşünmeni aklım almıyor."

"Bu tür eylemler için düşünmek gerekmiyor Eylülcüğüm. O anda insanı yönlendiren, yalnızca duyguları... Onlar da hasar görmüşse eğer, hasta kimliğine bürünmüşlerse, tıpış tıpış gidiyorsun o çarpık sona..."

"Hele şükür, yaptığın işin çarpık olduğunun bilincindesin hiç değilse..."

"Üç gün yattım hastanede. Çok kan kaybetmişim. Ünitelerce kan verdiler. Yanı sıra ilaçlar... Bedenimde sağladıkları iyileşme, iç dünyamdaki meydan savaşını durdurmaya yetmedi ama. Ayağa kalktığım anda, kendimi hastanenin on ikinci katından aşağı atmaya kalkışım; elime ne geçtiyse, timsah gözyaşlarıyla ziyaretime gelen annemle babamın suratlarına fırlatmam, ruhsal dengemin yerinde olmadığını gösteriyordu. Doktorların önerisiyle bir hafta da hastanenin psikiyatri bölümünde yattım. Verilen yüksek dozdaki uyuşturucunun etkisiyle, ilk iki günü uyuyarak geçirdim zaten. Sonrasında da artık uslandığımı gösterme, bir daha bu tür çılgınlıklara kalkışmayacağıma inandırma çabaları... Aksi halde, bırakmaya niyetleri yoktu, tutuklu kalacaktım oralarda."

"Ya sonraki günler? Zor olmuştur kendini toparlaman..."

"Hem de nasıl! Uzunca bir süre pembe hapların şefkatli kollarına sığınmak zorunda kaldım."

"Pembe haplar?"

Önemsiz bir şeyden söz edercesine, kayıtsızca omuz silkiyor Dünya.

"Uyku ilaçları, sakinleştiriciler... Onlar olmasa, direnemezdim onca pisliğe. Beynimi uyuşturmak... Kafamda dolanan bin bir canavarı etkisiz bırakmanın tek yoluydu bu. Uyur uyanık, canlı bir cenaze gibi dolanıyordum ortalıklarda."

"Şimdi? Hâlâ onlara sığınmıyorsundur umarım."

"Eskisi kadar değil. Ama zaman zaman gereksinim duyuyorum pembe dostlarıma."

"Yapma ya..."

"Merak etme, korkulacak bir durum yok ortada. Ama... Senin pek hoşuna gitmediğini hissettiğim şu bira tutkusu var ya... O günlerden bana kalan kötü bir armağan."

"Sigara, içki... Bunlarla bir yere varamazsın ki!"

"Biliyorum. Ama sorarım sana; yalnız değil de yapayalnız olduğunu hissettiğin zamanlarda yaşadın mı hiç? Çevrende kimse yokken yalnızsındır. Yaşamın ıssızlığında kimsesiz kalmaksa, bambaşka bir duygu. Yapayalnızlık budur işte! O zaman sığınacak bir yer ararsın kendine. İyi ya da kötü diye düşünme lüksüne sahip değilsindir. Uzun vadeli olmayacağını bilsen de, anlık sevinçler yeter sana. Uzanan el, gerçekte bir canavarın pençesidir, bilirsin. Ancak, onu tutmaktan, ona tutunmaktan başka yolun yoktur. Dostun kötüsü olmaz felsefesine sığınarak, bile bile aldatırsın kendini."

Yüreğimi mengene gibi sıkan, korkuyla özdeş, gitgide büyüyen kara bir lekenin içine çekildiğim duygusuyla haykırıveriyorum.

"Doğru söyle Dünya! Bunların hepsi geride kaldı, değil mi?"

Gözlerini benden kaçırıyor mu, bana mı öyle geliyor, bilemiyorum.

"Aşağı yukarı..." diye geveliyor ağzının içinde.

Havayı değiştirmek ister gibi bir el hareketiyle dikleştiriyor bedenini.

"Neyse" diyor. "Seni de epey üzdüm dertlerimle..."

Parmaklarının arasındaki, filtresine kadar içilmiş sigarayı tablaya bastırıp gülümsemeye çalışıyor.

"Bunları bilmen gerektiğini düşündüm. Kalkalım mı artık?"

Bulunduğumuz mekân, içeri girdiğimiz andaki kadar yabancı ve ürkütücü görünmüyor gözüme. Hatta, Dünya'ya içindeki zehri döktürdüğü için, minnet bile duyuyorum ona.

"Yaşamındaki en özel sayfaları benimle paylaştığın için teşekkür ederim" diyorum kalkarken.

"Ne demek!" diye gözlerinin içine kadar sıcacık gülüyor. "Arkadaşımsın sen benim! Dostumsun..."

Bu arkadaşlığın ve dostluğun omzuma bıraktığı yükün ağırlığıyla ürperiyorum bir an. Dünya ise, ilk karşılaştığımız günkü cıvıltısına çoktan kavuşmuş... Hep böyle görmek istiyorum onu. Kendisiyle barışık, gülen yüzüyle...

Ama, nereden kaynaklandığını bilemediğim, garip bir his var içimde. Beynimde yankılanan yabansı bir ses; Dünya'nın incinmiş yüreğinden taşarak bana ulaşan, benimle seve seve paylaştığı gerçeklerin, buzdağının yalnızca üstünde kalan parçası olduğunu söylüyor.

Bu kadar mı Dünya? Hepsi bu kadar mı anlatacaklarının?

Gitgide daha çok bağlandığım bu narin, bu nahif bedeninde, daha ürkütücü gizleri saklamıyorsundur umarım...

4

İyiden iyiye alıştım artık. Hem okul, hem de yurt yaşantım rayına oturdu sayılır. Bir de odamızdaki, benimsemekte zorlandığım gruplaşma olmasa...

Pınar, Ceren ve Nurdan, ayrılmaz bir üçlü oluşturuyorlar. Ebru'yla Zeynep de şimdiden mezuniyet sınavına yoğunlaşmış durumdalar, başlarını kaldırıp yüzümüze bakacak halleri yok.

Geriye Dünya, Ece ve ben kalıyoruz. Bizim de, tam anlamıyla uyumlu bir üçlü olduğumuz söylenemez. Doğrudan dile getirmese de, Ece'nin Dünya'dan, onun uçuk sayılabilecek davranışlarından pek hoşlanmadığı belli. Dünya'da da ona karşı gözle görünür bir tutukluk var. Aralarını bulmak bana düşüyor. Çünkü ikisi de bana yakın olma çabasındalar.

Ders yönünden rahatım bu dönem. Dünya zaten umursamıyor okulu. Deftersiz, kitapsız, derslere girip çıkıyor. Doğal olarak, en fazla boş zamana sahip bir ikili durumundayız Dünya'yla. Paylaşımımız da daha yoğun oluyor haliyle.

Tam anlamıyla kaynaşamasak da, yurt odasının havası farklı. Olumsuzluklar, en uzak duran kişileri bile, gizli bir bağla kenetleyiveriyor birbirine. Birinin derdi, hemen diğerlerince benimseniyor; çözüm üretme yarışına giriyor herkes. Ve beni rahatsız eden kutuplaşmalar da yerini dayanışmaya bırakıveriyor.

Bunun son örneğini Ece olayında yaşadık...

Bu güzel arkadaşımızın bir belalısı var son günlerde: Cengiz! Makine Mühendisliği'nde okuyor. Çok yüksek bir puanla girmiş Boğaziçi Üniversitesi'ne. Zehir gibi akıllı, zeki bir çocuk. Üstüne üstlük, son derece de yakışıklı.

İlk gördüğü günden bu yana, Ece'nin peşinden ayrılmıyor. Ne var ki, kızımızın gönlü yok onda. Kanı ısınmamış bir kere... Aralarında en ufacık bir yakınlaşma olamayacağını açık açık söylemiş Cengiz'e, ama anlatamamış.

Sabah yurttan çıktığında, kapının önünde beklerken buluyor onu Ece. Ders aralarında, öğlen tatilinde, okul bitiminde hep aynı tablo. Kızacağını bildiğinden, yanına sokulup konuşmuyor bile Ece'yle; gölge gibi, adım adım takip etmekle yetiniyor.

Ece şaşkın, Ece çaresiz; ne yapacağını bilmez durumda Ece...

Odanın orta yerinde, bizden uzak duran diğer arkadaşlarımızın varlığına aldırmadan, patlayıverdi geçenlerde.

"Dayanamıyorum artık" dedi. "Nasıl bir insan, anlayamıyorum. Benim bildiğim, 'istemiyorum' diyen birinin üstüne gidilmez."

Meğer Cengiz'i tanımayan yokmuş.

"İşin zor" dedi Ceren. "Erkekler yurdunun maskotu o! IQ'su çok yüksek, dâhi seviyelerinde. Ama duygusal zekâsı biraz eksik. Sosyal yaşama ayak uyduramıyor. Yağmur adam, diyorlar ona..."

Konu herkesin ilgisini çekmişti.

"Yağmur adamın karasevdası" diye güldü Zeynep.

Ece ise, duydukları karşısında, ağlayacak konumdan panikleme kulvarına atlamak üzereydi.

"Bildiğiniz gibi değil arkadaşlar" diye sızlandı. "Rahatım, huzurum kalmadı benim."

Onu yatıştırmak için, tüm oda arkadaşlarımızın tek vücut olup çaba göstermesi çok hoştu doğrusu. Sonunda, Ece'yi yalnız bırakmama kararı aldık. Birimizden birimiz, mutlaka yanında olacaktık.

Bu çocuk da deli değildi ya! İstenmediğini anlayınca çekip gidecekti elbet...

***

Sabah Ece'nin sesiyle fırlıyorum yataktan. Odada yalnız ikimiz varız, diğerleri derse gitmişler.

"Bu ne rezalet!" diye bağırıyor Ece.

Önce, Cengiz'le ilgili yeni bir sorun var sanıyorum. Ama,

Ece'nin elindeki bira kutusunu görünce, öfkesinin nedenini anlar gibi oluyorum.

"Baksana şuraya" diye Dünya'nın yatağının altında sıralanmış boş bira kutularını gösteriyor.

Sonra da, bu işte payım varmış gibi, bana yükleniyor.

"Seninki tam bir ayyaş! Geçen gün de içerken yakaladım, yüzüne vurmadım. Bu kadar da olmaz ki..."

"Tamam, tamam..." diye yatıştırmaya çalışıyorum, olmuyor.

"Yurt yönetimi duyarsa var ya... Kapının önünde bulur kendini."

"Merak etme" diyorum. "Konuşurum ben onunla."

Çantasını kaptığı gibi fırlayıp çıkıyor odadan.

Boş bira kutularını kalın bir torbaya doldurup, ağzını sıkıca bağlıyorum. İşlemediğim bir suça ortak olmanın huzursuzluğuyla koridorun sonundaki büyük çöp bidonunun dibine bırakıveriyorum.

Ah Dünya, ah! Bulduğun her fırsatı böyle değerlendiriyorsun demek... Benim omuzlarıma nasıl bir yük bıraktığının farkında mısın acaba?

Nasıl baş edeceğim seninle ben?

Öğlene doğru, tam çıkmaya hazırlanırken Dünya geliyor. Son derece neşeli, cıvıl cıvıl... Anlaşıldı, mutluyu oynuyor bugün.

"Kıpırda biraz koca tembel" diye şakıyor. "Dışarıda pırıl pırıl bir hava olduğundan bile haberin yoktur senin... Dersten önce, Manzara'da oturup çay içmeye ne dersin?"

"Gideriz" diyorum gönülsüzce. "Ama önce seninle konuşmam gerekiyor."

Masanın başına geçip karşılıklı oturuyoruz. Sırtım kapıya dönük, gözlerimi pencerenin ötesinde uzak bir yerlere dikmiş, konuşacaklarımı toparlamaya çalışıyorum. Tam söze başlayacakken, umulmadık bir şey oluyor.

Dünya'nın yüzü şeytan çarpmış gibi, allak bullak... Kaş

göz işaretiyle bir şeyler anlatmaya çalışıyor bana.

"Ne var, ne oldu?"

"Ece'nin sapığı!" diye usulca fısıldıyor Dünya.

Arkamı dönmemle, Cengiz'le yüz yüze gelmem bir oluyor. Evet o! Elinde gitarıyla kapının önünde dikilmiş, öylece duruyor.

Bir süre şaşkınlık içinde süzüyoruz birbirimizi. İçgüdüsel olarak Dünya'yla el ele tutuşmuş, merakla bakıyoruz bu beklenmedik konuğa.

Neden sonra dile geliyor Cengiz.

"Ece nerede?"

"Ece mece yok!" diye bağırıyor Dünya. "Nerede olduğunu da bilmiyoruz."

"Ben... Ben..." diye kekelemeye başlıyor Cengiz. "Onun için bir beste yapmıştım da."

Öyle zavallı bir görünümü var ki, acımamak elde değil.

"Şey..." diye devam ediyor. "Madem Ece yok, onun yerine siz dinler misiniz şarkımı?"

Ne yapacağımızı bilmez bir halde, kısa bir bakışma anını paylaşıyoruz Dünya'yla. Sert davranıp gitmesini söylesek? Ya saldırgan bir tavır içine girerse?

En iyisi dinlemek galiba...

Kız yurdunda gitar çalıp şarkı söyleyen bir erkek öğrenci... Gören olursa yanarız!

Öncelikle odanın kapısını kapatıyor Dünya. Masa başında Cengiz'le beraber, garip bir üçlü oluşturuyoruz.

Kabul edilmekten mutlu, gözleri ışıl ışıl, sandalyesine yerleşiyor Cengiz. Gitarın tellerinde gezinmeye başlıyor parmakları... Gözleri kapalı, yüreğinden kopup gelen dizeleri notalara dökerek, tutku dolu aşkını anlatıyor. Karşısında gerçek aşkı olmasa da...

Korku, hayranlık, acıma... Birbirinin içinde erimiş, karmaşık duygularla dinliyoruz onu. Şarkının bitiminde, aşk büyü-

süyle buğulanmış bakışlarını bize çeviriyor.
"Beğendiniz mi?"
Yüzünde öylesine masum bir ifade var ki... İçinde bulunduğumuz şartların tersliği umurunda bile değil. Bir kır kahvesinde dostlarına şarkı söylemiş de, alkış bekliyor sanki.
Beğendik, anlamında başımızı sallıyoruz Dünya'yla.
Gitmeli artık! Ama gitmiyor, uzattıkça uzatıyor üstelik.
"Keşke Ece de duyabilseydi sesimi" diye iç çekiyor. "Ama siz söylersiniz ona, öyle değil mi? Cengiz sana aşk şarkıları yazmış, dersiniz."
Birden patlayıveriyor Dünya.
"Yetti artık!" diye bağırıyor. "Şu durumda yakalanırsak, Ece'nin değil, bizim canımız yanacak. Yurt yönetimi bir duysun... O an biletin kesilir Cengiz Efendi."
Yurt yönetimi!
Aynı gün içinde, birkaç saat arayla ikinci kez duyuyorum bu sözcükleri. Dünya ve Ece... İlginç bir rastlantıyla, birbirlerinden habersiz, aynı dilde konuştu ikisi de.
"Yurt yönetimi duyarsa..."
Böyle bir durumda, Dünya'nın bira kutularına mı, yoksa Ece'nin karasevdalısının odalarda serenat yapmasına mı daha çok kızarlar acaba? Kestirmesi güç...

***

İçim içime sığmıyor. Gelecek hafta İzmir'e gidiyorum. 29 Ekim tatili! Hafta sonuyla birleşince, üç günlük bir soluklanma fırsatım olacak. Yanı sıra, birike birike devasa boyutlara erişmiş özlemlerimize kısa bir mola...
Annemler de sabırsızlıkla bekliyorlar beni.
"Canın ne istiyor, ne pişirelim?" soruları sıklaştı.
Bunlara hiç gerek yok aslında. İzmirimin havasını soluyarak yiyeceğim ekmek-peynir bile yeter bana. Yanımda

sevdiklerim olduktan sonra...

Geçen haftadan ayırttım yerimi. Tatil öncesi aşırı yığılma oluyormuş. Bugün gidip biletimi almaya hazırlanıyordum ki... Anıl, böyle bir yorgunluğa katlanmama razı olmadı. Gidip hem kendinin, hem de benim biletlerimizi alıverdi. O da Aydın'a gidecek tatilde.

"Dikkat et bu çocuğa! İkinci bir Cengiz olmasın başımıza" diye sık sık uyarıyor Dünya.

Gülüp geçiyorum. Tanıdığım kadarıyla, harika bir insan Anıl. Bana yönelik yakınlaşma çabalarını yadsıyacak değilim; ama nerede duracağını iyi biliyor. Davranışları ölçülü.

Keşke onun duygularını paylaşabilseydim. Ne var ki, zorlamayla olmuyor bu işler. Benim için Ece ya da Dünya ne ise, Anıl da o. Arkadaşım yani...

Dünya'nın kuşkularına katılmıyorum. Önünde Cengiz gibi bir örneğin olması da aşırılığa kaçmasını önlüyor Anıl'ın.

"Bizim yağmur adam" diye başladığı konuşmalarda Cengiz'den söz ederken, onu asla onaylamadığını açıkça gösteriyor. Ama kendini onunla ne derece özdeşleştirdiğini kestiremiyorum doğrusu...

Bugün biletleri getirdiğinde, çektiği zahmetin hatırına, yurdun önündeki alçak duvarın üzerine oturup havadan sudan konuştuk biraz.

Beni ürkütecek, rahatsız edecek tek söz çıkmadı ağzından. Ama çevrede gezinen bakışlarını yüzüme indirdiğinde, gözbebeklerinde kopan fırtınaların da ayrımına varıyordum. Görmemişi, anlamamışı oynadım. Kırılmasını, incinmesini istemedim çünkü.

Onun belki de bin bir anlam yüklediği kısa sohbetimiz, Dünya'nın soluk soluğa yanımıza gelişiyle bölünüyor. Nedenini kestiremediğim, garip bir telaş içinde Dünya.

"Kalk Eylül, kalk!" diyor heyecanla. "Ayten Hanım odasında seni bekliyor."

Ayten Hanım... Annemle bana epey kök söktürdükten sonra yurtta kalma vizesi veren sevgili müdiremiz. Neden görmek istesin ki beni?

Yoksa?

Gözlerimiz aynı noktada, aynı kuşkuda birleşiyor Dünya'yla. Cengiz'in odamıza gelişiyle ilgili olabilir mi bu umulmadık çağrı?

Göreceğiz bakalım...

Ürkek adımlarla odadan içeriye süzülüyorum.

Ayten Hanım makamına kurulmuş, kendisiyle bütünleşen o bildik asık suratıyla birilerine emirler yağdırıyor telefonda.

Konuşması bitince, sevecen bir tavırla bana dönüyor.

"Gel bakalım Eylül... Geç, otur şöyle."

Yurda girdiğimden bu yana, kısa merhabalaşmalar dışında ilk konuşmamız bu.

"Nasılsın yavrum? Alışabildin mi buralara?"

"Teşekkür ederim" diye geveliyorum ağzımda. "Alışmaya çalışıyorum."

"29 Ekim tatilinde ne yapıyorsun?"

"İzmir'e gidiyorum."

Yüzünde iğreti duran geniş bir gülümsemeyle başını sallıyor.

"Tahmin etmiştim."

Zaten nohut kadar olan gözlerini iyice kısıyor.

"Ne getireceksin bana İzmir'den? Birkaç küçük siparişim olacak da..."

Hiç beklemediğim bu sözler karşısında afallayıp kalıyorum. Oysa neler düşünmüştüm bu çağrı hakkında... Ama böylesi hiç aklıma gelmemişti doğrusu.

Heykel gibi kıpırtısız duruşum, uygun yanıt bulmaktaki yetersiz halim, farklı bir yola itiyor onu.

"En iyisi bu işi annenle konuşmak" diye kestirip atıyor. "Söyle ona, akşam saatlerinde arayıversin beni."

Dilim tutulmuş sanki. Ağzımı açıp tek söz edemiyorum.

Onun da beklediği yok zaten. Küçük bir kâğıt parçasının üzerine ev numarasını yazıp uzatıyor bana.

"Hayırlı yolculuklar..."

Kâğıdı kaptığım gibi, dışarı atıyorum kendimi. Neyse, buna da şükür! Ya korktuğumuz gibi, Cengiz'in oda konseri için çağırmış olsaydı...

Bundan sonrası annemi ilgilendiriyor. Bakalım nasıl çıkacak işin içinden?

Hayret! Benim kadar şaşırmadı annem. Tam tersi, son derece doğal karşıladı.

"Bekliyordum zaten" dedi. "İyi oldu, borçlu kalmayalım."

Ardından da, Ayten Hanım'la yaptığı telefon konuşmasının ayrıntılarını iletti bana.

"Nasılsa bir şeyler göndereceksiniz" demiş. "Hiç değilse işe yarar olsunlar..."

Salonu için kristal bir takım istemiş annemden. Kristal vazo, şekerlik, kül tablaları... Lafı mı olur! Bileğinin hakkıyla, alnının teriyle kazandı; isteyecek tabii.

Beni tek düşündüren, dönüş yükümün ağır olacağı.

Saçmalıyorum galiba. Amma da abarttım. Altı üstü birkaç zarif paket. Ayten Hanım için değmez mi?

***

Otobüsün kalkışına saatler var daha.

Yüreğimin sabırsız atışları erkenden terminale taşıyor beni... Bavulumu emanete bırakıp Taksim'e çıkıyorum. Gözüm saatte, bir türlü geçmek bilmeyen dakikaları sayarak amaçsızca dolanıp duruyorum.

Terminale döndüğümde, ortalığın cıvıltısı şaşkına döndürüyor beni. Yolcuların çoğu öğrenci. Hepsi de günden kazanmak için gece yolculuğunu seçmiş; evlerine, memleketlerine kavuşacak olmanın coşkusunu yaşıyorlar.

Tam bir köşeye ilişiyorum ki, içinde adımın geçtiği bir anons yankılanıyor kulaklarımda.

"Eylül Akcan... Danışmaya lütfen!"

Kapının girişine doğru koşuyorum hemen.

"Bir emanetiniz var" diyor danışmadaki kız.

Merakla açıyorum uzattığı torbayı. Kocaman bir çikolata, tek bir kırmızı gül ve üzerine iliştirilmiş çiçek desenli şık bir kart... Anıl'dan! İyi yolculuklar diliyor bana.

Yerime dönüp, renkli kurdelelerle bağlanmış çikolata paketini açıyorum. Benim neyi sevdiğimi çok iyi biliyor Anıl! Çikolata fıstıklı... Tadını çıkara çıkara, kısa sürede bitiriyorum paketi.

Sonra kalkıp, elimdeki gülü danışmada çalışan kıza uzatıyorum.

"Yola giderken taşımak zor olacak" diyerek.

Haksızlık mı ediyorum acaba Anıl'a? O güzelim kırmızı gülü saklamamı, hatta kurutarak bir yerlerde yaşatmamı beklemez miydi benden?

Beklememeli! Böyle bir umut vermedim ki ona. Bizimkisi yalnızca basit bir çikolata paylaşımı. Keyifli tatlarda buluşup tüketildikten sonra, geride iz bırakmayan türden...

Sabahın erken saatlerinde varıyoruz İzmir'e. Annem ve babam el ele, karşılamaya gelmişler beni. Öyle bir kucaklaşıyoruz ki, yılların özlemi var sanki üzerimizde... Bornova'dan Göztepe'ye, eve uzanan yolun nasıl geçtiğini anlamıyorum bile.

Nurten Abla'yla kenetleniveriyoruz kapıda. Gözleri dolu dolu. Yılların birlikteliği, onu da bizlerden biri yapmış.

Muhteşem bir kahvaltı hazırlamış Nurten Abla. İzmir gevreği (simidin İzmir'deki adı gevrektir!), domates, beyazpeynir ve elceğiziyle yaptığı reçeller...

Konuşacak o kadar çok şeyimiz var ki... Onların da benim

de. Birbirimizin ağzından alıyoruz lafı. Ayrı geçirdiğimiz şu kısacık sürede neler biriktirmişiz meğer...

Okulu, yurdu, arkadaşlarımı, en çok da Dünya'yı anlatıyorum onlara. İnce ayrıntılara girmesem de, onun incinmişliğini, içinde bulunduğu güç şartları...

Her zamankinden daha uzun süren keyifli kahvaltının ardından, istemeye istemeye işe gidiyor babam. Annemle baş başa kalacağımız koskoca bir gün var önümüzde. Ne güzel...

Yurttan sonra, bana cennet gibi görünen odamda, bir yandan annemle sohbet ederken, bir yandan da eşyalarımı açmaya koyuluyorum. Sırt çantamın içinden çıkarıp ortalığa saçtığım torbaları toplamak da anneme düşüyor.

"Bu da neyin nesi?" diyen sesiyle irkiliyorum annemin.

Elinde Anıl'ın kartı!

"Önemli bir şey değil" diye gülüyorum.

"Baksana" diyor annem. "Neler yazıyor burada? Anıl'dan hep anılmak dileğiyle..."

Üstünkörü geçiştiremeyeceğim belli. En iyisi anlatmak...

Bir ay içinde olup bitenleri, tüm ayrıntılarıyla sayıp döküyorum anneme. Benim için Anıl'ın, iyi bir arkadaştan öte anlam taşımadığına inanıyor sonunda.

"Bak kızım" diyor. "Kuralcı, her şeye karışan bir anne olmadığımı bilirsin. Bu tür beraberliklere de karşı değilim. Gayet doğal şeyler bunlar... Aynı ortamda bulunduğun kişilerden biri öne çıkabilir. Kafa yapılarınız uyarsa, neden olmasın?"

"Aman anne... Beni başından atmak için bu kadar sabırsız olma. Hiç acelem yok benim. Hem, kafa yapısının uyması yeterli mi sence? Yüreğin kuş gibi çarpmadıkça, ayağın yerden kesilmedikçe, neden beraber olasın ki?"

Gülüveriyor annem.

"O... Bak hele! Aşk arıyor kızımız..."

"Hiçbir şey aradığım yok benim! Kendiliğinden çıkarsa karşıma, geri çevirmem; hepsi bu."

"Böyle düşündüğüne sevindim Eylül. Umarım her şey gönlünce olur..."

***

Sayılı günler nasıl da çabuk geçiyor...

Dönüş yolu göründü. Eşyalarımı toplamaya başladım bile. Özlediğim buluşmalarla keyiflendiğim, sevdiğim yemeklerle şımartıldığım, düş gibi geçen şu birkaç günün ardından, artık ikinci mekânım olan İstanbul'a dönüş hazırlığı yapıyorum.

Nurten Abla, yıkayıp ütülediği çamaşırlarımı, giysilerimi özenle yerleştirdi bavuluma.

Önceden tahmin ettiğim gibi, dönüş yolundaki yüküm, gelişteki̇nden ağır olacak. Ayten Hanım'ın kristal takımı bavula sığmadı, elde gidecek. Yanı sıra Nurten Abla'nın yaptığı elmalı kurabiyeler, tarçınlı kekler, kıymalı börekler...

Tüm duygusallığım üstümde gene. Evden çıkmadan, tüm odaları tek tek geziyorum. Gördüğüm her şeyi beynimin kıvrımlarına depoluyorum. Uzaklarda bir başıma kaldığımda, azar azar açığa çıkarıp, biraz olsun avunayım diye...

Hepimiz, dokunsalar ağlayacak haldeyiz. İlk kez ayrılıyoruz sanki. Annemle babamın boyun büküşleri öylesine içime dokunuyor ki... Kendi burukluğumu bir yana bırakıp onları avutmaya çalışıyorum.

"Canım babam benim" diye boynuna sarılıyorum babamın. "Sen demez miydin, özleme dayanmak için onu parçalara bölmek gerek, diye? Bu ilkiydi işte! Önümüzde yılbaşı tatili var daha..."

Gözyaşlarının arasından gülümsemeye çabalıyor annem.

"Ardından da yarıyıl tatili gelecek" diye destekliyor beni.

Özlemi parçalara ayırmak...

İyi de, kendisi parçalanırken, neden yüreklerimizi de beraberinde parçalıyor ki? Bir anlayabilsem...

***

Yurda iner inmez, ilk işim Ayten Hanım'ın kapısını çalmak oluyor.

Bu kez ciddi bir ifade var yüzünde. İlk tanıdığımız günlerdeki Ayten Hanım havalarında. Gözlüğünün üstünden kayıtsızca göz atıyor elimdeki paketlere.

"Şöyle bırak" diye masanın yan tarafında yer gösteriyor.

Benimkilere benzer, irili ufaklı birkaç süslü kutu daha var burada. Takım tamamlayan yalnız biz değiliz anlaşılan...

Tam çıkmaya hazırlanırken, "Eylül" diye sesleniyor arkamdan. "Annene teşekkürlerimi ilet. Bir de... Uçaksavar Yurdu'nda zaman zaman yer açılıyor. Eve çıkanlar falan... İstersen bir şeyler yaparız."

Gülmemek için zor tutuyorum kendimi.

"Teşekkür ederim" diyorum usulca. "Burası iyi."

Ayten Hanım, evinin tüm eksiğini bizlere tamamlatmaya kararlı galiba...

Akşama, ziyafet sofrası kuruluyor yurt odasında. Herkes evinden bir şeyler getirmiş; sarmalar, börekler, pastalar...

Bir tek Dünya'nın eli boş. Bir köşeye sinmiş, odadakileri izliyor. Babaannesine gitmemiş tatilde, arkadaşında kalmış. Ayaküstü konuştuk; arkadaşı kimdir, nerede oturur, soracak fırsatım olmadı henüz. Ama bu boynu bükük hali içime dokunuyor.

Elmalı kurabiye paketini eline tutuşturuyorum.

"Bu da senden olsun" diye fısıldıyorum. "Babaannem gönderdi, dersin."

Aydınlanıveriyor yüzü.

Odanın ortasında, zengin çeşitli bir açık büfe kuruyoruz. Eski tutukluğumuz yok artık. Herkes az çok kaynaşmış durumda. Güle söyleye yiyip içiyoruz.

Bize katılmayan, neşemizi paylaşmayan tek kişi Ece. Epey

kilo vermiş. Mum gibi eriyen yüzü, heykel donukluğunda. Tatil boyunca rahat vermemiş Cengiz. Ev telefonunu nereden bulduysa, gece gündüz arayıp durmuş.

"Kördüğüm oldu bu iş" diye yakınıyor Ece. "Yalnız benim değil, ailemin de huzurunu kaçırıyor artık."

Gerçekten kötü durumda Ece. Keşke elimizden bir şey gelebilse...

Sabah, Ece'yle Dünya'nın konuşmaları uyandırıyor beni.

Dünya'yla sohbet alışkanlığı olmayan Ece, dara düşünce bu inatçı tutumundan vazgeçmiş görünüyor.

"Günaydın" diye orta yerden katılıyorum konuşmalarına. "Derse gitmediniz mi siz?"

"Gördüğün gibi buradayız" diye gülüyor Dünya. "Ama birazdan çıkacağım ben."

Ece'nin gözü dersi falan görecek durumda değil. Öfkeyle karışık, ağlamaklı bir sesle sızlanıyor.

"Kapının önünde o sapıkla karşılaşma korkusuyla burada kalakaldım."

"Beraber çıkalım istersen" diyor Dünya.

"Sağ ol, başka bir şey var kafamda" diye bana dönüyor Ece. "Annemlerle konuştum. Ortam değiştirmenin yararlı olabileceğini düşünüyoruz. Şu Uçaksavar Yurdu'na bir baksaydık... Benimle gelir misin Eylül?"

"Gelirim tabii. Ayten Hanım da orada boş yer bulabileceğimizi söylemişti zaten."

Dünya'nın boynu bükülüveriyor.

"Allah bilir, sen de oraya taşınırsın" diyerek, kömür gözlerini yüzüme dikiyor.

"Dur bakalım" diye gülüyorum. "Daha gidip görmedik bile... Hem belli mi olur? Bakarsın hep beraber taşınıvermişiz Uçaksavar'a."

"Benim için çok zor" diye başını öne eğiyor Dünya.

Ece'nin onunla ilgilenmeye ne niyeti var, ne de gücü. "Hadi" diyor bana. "Hazırlan da çıkalım..."

Uçaksavar Yurdu, Boğaziçi Üniversitesi'ne bir durak uzaklıkta, Etiler Caddesi üzerinde bir bina.

Ece'nin kolejden arkadaşı Seçil, kapıda karşılıyor bizi. Merdivenleri adımlarken de yurt hakkında aydınlatıcı bilgiler veriyor.

Öncelikle, kız yurdu-erkek yurdu diye bir ayrım yok burada. Herkes aynı çatı altında kalıyor; erkekler birinci, kızlar ikinci katta.

Alışılagelmişin dışında, oda değil, apartman dairesi sistemi uygulanıyor. Çünkü yurt olarak inşa edilmemiş bu bina. Yabancı öğretim üyelerine lojman olarak düşünülmüş ama, sonradan öğrencilere açılmış.

İki oda, banyo, mutfak; yanı sıra odaların ikisinden de çıkılabilen, Etiler Caddesi'ne nazır kocaman bir balkon... Sekiz kişi kaldığımız kendi odamızdan sonra, cennet gibi geliyor burası bize.

Ece'nin gözleri ışıl ışıl.

"Yer bulursak, benimle buraya gelir misin?" diye soruyor bana.

Odalar iki kişilik. Yataklar gene ranza. Ama balkon kapısının yanına yerleştirilmiş büyücek çalışma masası ve ev sıcaklığını çağrıştıran dekorasyonuyla içine çekiveriyor insanı.

"Gelin" diyor Seçil, mutfağa doğru yürürken. "Gelin, bir de burayı görün."

Ocağıyla, buzdolabıyla eli yüzü düzgün, tam bir mutfak... Buzdolabını açıyor Seçil. Her katı, daireyi paylaşan kişilerden birine ait. Ortak kullandıkları buzlukta sıralanmış dört kutu doğranmış soğan paketi hepimizi güldürüyor.

"Öğrenci işi" diyor Seçil. "Kimin soğan doğrayacak hali var

ki! Yıkanmış sebzeler de çok işe yarıyor. Ispanak bile pişiriyoruz burada..."

Öğrenci işi ama, gerçek ev yaşamlarını sürdürebiliyorlar burada. Yemeklerini pişirerek, istedikleri zaman banyo yaparak; hatta dışarıdan gelecek arkadaşlarını ağırlayarak... Bizim yurt yaşantımızla uzaktan yakından ilişkisi yok açıkçası.

Dönüş yolunda, derin düşüncelere dalmış bir halde, bir süre hiç konuşmadan yürüyoruz Ece'yle. İkimiz de kendi iç dünyalarımızda farklı hesaplar yapmaktayız.

Annem de, babam da burada kalmama çok sevinirler eminim. Beni bundan alıkoyacak hiçbir neden yok aslında. Bir de şu içimden yükselen aykırı ses olmasa... Gözlerimin önünde canlanan silik görüntü berraklaştıkça, yüreğimde tanımı güç bir sızı bırakmasa...

Sözün özü, Dünya düşmese aklıma!

Şunun şurasında ne kadarlık bir beraberliğimiz oldu ki! Ondan kopma düşüncesi neden bu denli etkiliyor beni? Onu benim için ayrıcalıklı ve vazgeçilmez kılan ne?

Uçaksavar'ın yurt ücreti diğerine göre oldukça yüksek. Bu parayı veremez Dünya... İki seçenek var önümde. Dünya'yı ezip geçerek buraya taşınıp rahat bir öğrencilik yaşamı sürdüreceğim ya da eski şartlarda debelenmeye devam edeceğim.

Ece de en az benim kadar düşünceli görünüyor. Bu haline anlam veremiyorum. Onu frenleyecek, böyle yerinde bir girişimden alıkoyacak ne olabilir ki?

"Her şey çok iyi de" diye söze başlıyor Ece. "Erkeklerle kızların aynı çatı altında yaşaması takıldı kafama."

"Ne sakıncası var ki bunun?"

"Ne sakıncası var ha? Tahmin edemiyor musun? Benim buraya taşındığımın ertesi günü, Cengiz de bir alt katımı mekân tutar. Yani, şu andakinden de yakınıma gelmiş olur. Böyle bir tehlikeyi göze alabilir miyim sence?"

İşte bu hiç aklıma gelmemişti. Çok haklı Ece... Benim bildiğim Cengiz, ne yapar yapar, Ece'nin peşine takılıp buralarda da dünyayı dar eder ona.

"Neyse" diye omuz silkiyor Ece. "Güzel bir düştü. Aklımızın bir köşesinde dursun gene de. Gelişen şartlara göre kararımızı veririz..."

Böylesi benim de işime geliyor. Beyinlerimizin kuytusunda dinlenmeye bıraktığımız Uçaksavar düşümüz, zaman içinde nasıl bir gelişme gösterecek; bekleyip göreceğiz.

5

Sayılamayacak kadar çok sayıda sosyal kulüp var okulda. Dağcılıktan su sporlarına, turizm ve geziden çevreciliğe, tiyatrodan folklora...

Fakülteler ve bölümler de kendi içlerinde kulüpler kurmuşlar. Adı en çok anılanlardan İşletme Kulübü, yılbaşı tatili için İtalya turu düzenlemiş. Dünya'dan aldım haberini. İlk anda içim hop etti ama, gerçekleşmesi güç bir düş gibi görünüyor gözüme.

"Keşke gidebilsek" diye sızlanıyor Dünya. "Ama nerede... Ben kim, İtalya'larda yeni yıla girmek kim!"

Zor bir olasılık ama, bizimkileri razı etsem bile, kiminle giderim ki? Dünya'nın para durumu ortada. Ondan başka kimseyi de yanımda düşünemiyorum doğrusu.

Hafta sonu, "Babaanneme gidiyorum" diye çıkıp gidiyor Dünya.

Hayret! Okul açıldığından bu yana, ilk kez geçiyor Kadıköy tarafına.

Döndüğünde, yüzünde güller açıyor sanki.

"Para işi tamam" diyor. "Pamuk annem, pamuk ellerini cebine soktu mu, boş çıkmaz! İtalya yolları açıldı sayılır. Şimdi sıra sende..."

Evet, bu kez iş bana düşüyor. Bakalım nasıl razı edeceğim bizimkileri?

İlk konuşmamızda şiddetle karşı çıkıyor annem.

"Yeni yıla evinde, yurdunda, bizlerle gireceğine..." diye başlayan, iç paralayıcı cümleler kuruyor.

Neyse ki babam onun kadar katı değil. Biricik kızının bu küçük arzusunu yerine getirmeden içi rahat eder mi hiç!

Sonunda izin çıkıyor.

"Gereken parayı hesabına yatırıyorum" diye müjdeyi veriyor babam. "Pasaportunu da kargoyla gönderiyoruz."

Havalara uçuyorum sevinçten.

Benim için ilk değil bu. Daha önce de annemlerle beraber birkaç kez yurtdışına çıkmıştım. Ama bu sefer farklı! Kendi kanatlarımla, tek başıma ilk kez uçacağım...

Yola çıkmamıza epey zaman var daha, ancak işimiz çok. Dünya'nın pasaport çıkarması gerekiyor. Sonra da İtalyan Konsolosluğu'ndan vize alınacak. Neyse ki, turu düzenleyenler her konuda yardımcı olacaklarını söylüyorlar.

Ve heyecanlı bir yol hazırlığı...

Dünya ile konuştuğumuz tek konu bu artık. İkimizin de içi içine sığmıyor.

***

Manzara'da oturmuş, çay içiyoruz Dünya'yla.

"Seninki ufukta göründü" diye Anıl'ın gelişini haber veriyor bana.

"Harika haberlerim var" diye yanımıza sokuluyor Anıl. "Boğaziçi Üniversitesi'nin yeni yılı karşılama partisini duydunuz mu?"

"Bizi ilgilendirmiyor" diyor Dünya önce. "Yeni yılı İtalya'da karşılayacağız da..."

"O başka" diye gülüyor Anıl. "Bizim kutlamamız yılbaşı

gecesi değil zaten. Önümüzdeki cuma akşamı. Etiler'in en şirin kulübünü kapatıyoruz. Etkinlik komitesinde ben de varım."

Sonra bana dönüp, "Gideriz, değil mi?" diye soruyor, yalvarmayı çağrıştıran bakışlarla.

"Bilmem ki" diyerek Dünya'ya bakıyorum.

"Biz olmadan gerçekleşemez o parti!" diyor Dünya da. "Gelmez olur muyuz hiç!"

"Ece?" diyorum. "Acaba o da gelir mi?"

"Cengiz'in korkusu olmasa..."

"Bu kez Cengiz yok!" diye kestirip atıyor Anıl. "O işi hallederim ben. Ece'nin ismini listeye yazmayız. Onun gelmeyeceği yere adımını bile atmaz Cengiz."

"Ben de bir an için, Cengiz'in bu sevdadan vazgeçtiğini düşünmüştüm" diye gülüyorum.

"Vazgeçer mi hiç!" diyor Anıl. "Hastalıklı bir tutku onunki. Yaşamının odak noktası, tek amacı olmuş Ece! Sevilmedikçe daha çok seviyor Cengiz, istenmedikçe daha çok istiyor; karşılık görmedikçe daha fazla gidiyor üstüne."

Ses tonundaki imalı tını, yanıt vermeye itiyor beni.

"Kendi yarattığı girdabın ortasında debeleniyor Cengiz" diyorum. "Ölümüne sevda... Var mı böyle bir şey! Bana kalırsa, sevgi bile değil bu! Sevdiğini sanma, var olmayan sanal bir sevgiye inanma..."

"Ya aşk?" diye soruyor Anıl. "Aşkın varlığını da yadsımıyorsundur umarım..."

"Aşk ve sevgi, dünyanın en güzel duyguları elbet. Ama karşılıksız olunca anlamını yitiriyor. Ona da yazık... Böyle anlamsız bir saplantıyla kendi yaşamını da cehenneme çevirdiğinin ayrımında bile değil."

Karşılıklı, üstü kapalı atışmamızdan sıkılıyor Dünya.

"Tamam" diyor Anıl'a. "Listeye yaz bizi."

Sonra da çekingen bir tavırla soruyor:

"Dışarıdan gelen de olacak mı? Bir arkadaşımı getirmek istiyordum da..."

"Getireceğin kimseye bağlı" diye gülüyor Anıl.

Soru dolu bakışlarım Dünya'nın üzerinde. Boğaziçililer ortamına birlikte geleceği arkadaşı kim olabilir ki? Böyle birinin varlığından neden haberim yok benim?

"Seni mi kıracağız!" diyor Anıl, Dünya'nın yanıtını beklemeden. "Kimi istersen getirebilirsin. Yalnız, önceden adını yazdırman gerek."

"Kendisiyle konuşup haber veririm sana."

Anıl'ın yanımızdan uzaklaşmasıyla üstümüze teklifsizce çöken sessizliği bozmak bana düşüyor.

"Hangi arkadaşmış bu?" diye kayıtsız görünmeye çalışarak soruyorum.

"Emre!" diyor başı önünde. "Erkek arkadaşım..."

Yaşamının en özel, en gizli kalması gereken ayrıntılarını bile benimle paylaşabilen bir Dünya, böyle önemli bir konuda neden tek bir söz etmedi bugüne kadar?

"Ne zamandır berabersiniz?"

"İki yılı geçti... 29 Ekim tatilinde de onda kaldım."

İşin boyutları düşündüğümden de büyük! Bazı geceler bölüm arkadaşlarıyla takıldıklarını söyleyip geç gelmesinin nedenini şimdi anlıyorum.

İyi de, saklamaya çalışmasının ne gereği vardı ki? Erkek arkadaşının oluşu, gözümdeki "cici kız" imajını zedeler diye mi düşündü acaba?

"Anlattığın kadar da yalnız değilmişsin" diyorum sitemle.

Birdenbire oluşuveren, önüne geçemediğim bir öfke var içimde. Kendimi aldatılmış hissettiğimden belki. Bu tutuk tanıştırma tavrına anlam vermekte zorlanıyorum. Bir yandan da, böyle bir kişinin varlığının, onun karanlık dünyasına ışık olabileceğini düşünüyorum.

Uzunca bir süre, Boğaz'ın maviliğine dikiyor gözlerini

Dünya. Sonra, acı çektiğini düşündüren güçsüz bakışlarını yüzüme dikiyor.

"O da en az benim kadar yalnız" diyor. "Yalnız ve acılı... Paylaştıklarımız bunlar."

Tam çözdüm derken, bambaşka çözümsüzlüklerle karşıma çıkıyor bu kız. Beni şaşırtmak için elinden geleni yapıyor sanki.

"Merak ediyorum" diye iğreti bir gülüşle büküyor dudaklarını. "Bakalım ne düşüneceksin benim Emrem hakkında..."

Dünya'nın acılarla, olumsuzluklarla örülü yaşamında belki de en önemli rolü verdiği bu insanı ben de çok merak ediyorum. Bizi buluşturmayı bu denli geciktirmesinin nedenlerini de...

***

Zeynep, Ece, Dünya ve ben... Odamızın yeni yıl partisindeki temsilcileri bizleriz.

Önceleri çok kararsızdı Ece. Ancak Cengiz'in gelmeyeceğinden emin olduktan sonra gelmeyi kabul etti. Anıl'ın verdiği güvencenin de payı büyüktü bu kararda.

İlk kez gece yüzüyle göreceğim İstanbul'u. Biraz heyecanlıyım galiba.

Siyah bir pantolonla mavi şifon bluzumu üzerime geçirip, hafif bir makyajla yüzümü renklendirmek yetiyor bana. Ece'yle Zeynep de benimle aynı çizgideler. Durumu abartan tek kişi Dünya! Daracık bir deri pantolon, üzerine ince askılı saten bir bluz; kollarında, boynunda dizi dizi incik boncuk... Kömür karasına boyamış gözlerini; bembeyaz yüzünde iki kor parçası gibi duruyorlar. Kalın ruj tabakasının altında ezilmiş dudakları ateş kırmızısı...

"Ne bu halin böyle?" diye takılıyor Zeynep. "Gören de satanist ayinine gidiyorsun sanacak."

İçgüdüsel olarak irkiliveriyorum. Dünya'nın ufacık bedeninde barındırdığı farklı kişiliklerden bir başkası daha karşımda. Hangi yüzüyle tanıyorum ben onu? Gerçek kimliğini nerede saklıyor? Bilemiyorum...

Zeynep'in yakıştırmasına aldırmıyor bile.

"Emre gelip alabileceğini söyledi ama, ben istemedim" diyor.

"İyi etmişsin" diye atılıyorum. "Bir taksiye atladık mı..."

İsminden başka bir şey bilmediğimiz birinin arabasında ne işimiz var? O kişi, Dünya'nın özel arkadaşı olsa bile.

Anıl, kulübün kapısında karşılıyor bizi. Görevli olmanın ayrıcalığıyla abartılı bir konukseverliği harmanlayarak, oraların tek hâkimi kendisiymiş edasıyla önümüze düşüp yol gösteriyor.

Girişte, vestiyerin önünde dikilmiş duran delikanlıya doğru koşuyor Dünya. Sarmaş dolaş oluveriyorlar. Tahmin ettiğim gibi, Emre bu!

Hepimizle tek tek tanıştırıyor Dünya. Nereden kaynaklandığını kestiremediğim, burukluk kokan bir gururla.

Tokalaşırken, gözleri en çok benim üzerimde kalıyor Emre'nin. Garip bir çekingenlik var bana yönelik bakışlarında. Dünya'nın birinci dereceden yakınıyla tanıştırılmış damat adayı gibi.

Benzer merakları paylaştığımız kesin. Dünya'nın benden ona çok söz ettiği de...

Anıl'ın gösterdiği, salona hâkim köşeye yerleşiyoruz. Loş ışıklar altında, tanıdık yüzleri seçmekte zorlanan gözlerimin son durağı hep Emre oluyor nedense.

Efendi ve düzgün bir çocuğa benziyor. Giyimi kuşamı gayet iyi. Ama, davranışlarındaki tutukluk gözümden kaçmıyor. Bulunmaması gereken bir yerde, farklı bir boyutta yaşıyor sanki. Bir şeylerden kaçmak, saklanmak istiyor gibi.

Aynı ürkek bakışlara sahip birini daha tanıyorum ben... Dünya!

Bakışlarımın üzerinde yoğunlaştığı zamanlarda eli ayağına dolaşır ya onun da. Başını öne eğip kendini saklamaya çalışır ya...

Bu benzerlik mi onları böyle kaynaştıran? Paylaştıkları başka neler var? Sevgi? Aşk? Keşke olsa...

Sağ yanımda Ece oturuyor. Zeynep'le aramıza aldık onu. Ne kadar garanti verilse de, Cengiz'in geliverme olasılığı, ödünü patlatıyor zavallının.

Sol tarafımda Dünya-Emre ikilisi... Birbirlerine sokulmuş oturuyorlar. Ve... Durmadan içiyorlar! Şu ana kadar saptayabildiğim en belirgin ortak noktaları bu.

Giriş ücretine bir içecek dahil. Anıl, ayrıcalığını göstermek için olsa gerek, birer içki daha ısmarladı hepimize. Dünya'nın da, Emre'nin de bu kadarla yetinecekleri yok. Kısa aralıklarla garsonu yanına çağırıyor Emre. Renk renk içkilerle dolu bardakları birbiri ardına yuvarlıyorlar.

"İkisi de alkolik bunların" diyor Ece. "Tencere-kapak misali, birbirlerini bulmuşlar."

Savunulacak yanlarını bulamıyorum, haklı Ece. Bu kadar alkol alıp da ayakta dimdik durabilmeleri ise şaşırtıcı.

Belli bir yeri yok Anıl'ın. Arada bir uğruyor yanımıza.

"Ne o?" diyor bir keresinde. "Oturmaya mı geldiniz buraya?"

Bu sözleri uyarı olarak algılayan Dünya'yla Emre fırlayıveriyorlar oturdukları yerden. Beni de unutmuyor Dünya, kolumdan tutup zorla kaldırıyor. Ben de Ece'yle Zeynep'i...

Hıncahınç dolu pist. Oturduğumuz yerin yanı başındaki boşlukta, beyinlerde yankılanan yüksek sese ayak uydurmaya çalışarak, gittikçe hızlanan salınımların kollarına bırakıyoruz kendimizi.

İki bardak içki bile tuttu beni. Müzikle değil de, her saniye yükselmekte olan içsesimle; alışkanlıklarımın dışında, hızla dans ediyorum. Tam karşımda bana eşlik etmeye çalışan Anıl, gülen gözleriyle yüreklendiriyor beni. Bu çılgın ritmin ortasında, görünmeyen bir elin gücüyle olduğum yerde kalakalıyorum.

Tam karşımda Dünya! Çıldırmış gibi. Bedeninin her zerresi ayrı yöne koşuyor sanki... Dağınık saçları tüm yüzünü örtmüş. Ayakları çıplak. Bluzunun askıları omuzlarından aşağılara inmiş. Çığlıklar atarak, kontrolden çıkmış kollarını, bacaklarını oraya buraya savurarak, garip bir dans sergiliyor. Karşısında Emre var. Kıpırtısız, öylece durmuş, onu izliyor. Orada kim varsa, dansı falan bırakmış, halka olmuş, tempolu alkışlarla daha da kışkırtıyorlar Dünya'yı.

Çok kötü hissediyorum kendimi, içim bulanıyor. Dünya'yı kolundan tutup çekmek, gerekirse saçlarından sürükleyerek bu ortamdan uzaklaştırmak, suratına tokatlar indirmek, en ağır sözleri haykırmak arzusuyla yanıp tutuşuyorum. Ama, bunların hiçbirini yapamadan, onun ayıbından pay almışçasına yıkılmış; sarsak adımlarla yerime dönüyorum yalnızca.

Anıl yanımda. Ayrımında bile değil durumun. Benim bu denli etkilenmemi de yadırgıyor hatta.

"Mesele yapacak bir şey yok ortada" diyor. "İçki dokundu galiba. Biraz hızlı dans ediyor, hepsi bu. Keşke biz de böyle ipleri koparabilsek..."

İpleri koparmak! Doğru sözcükleri buldu Anıl. Dünya'nın lime lime olmuş iplerinin nasıl bir araya gelebileceğini de söylese ya...

Gecenin bundan sonrası, tam bir kâbus benim için. İlerleyen saatlerde kesilen yeni yıl pastasından bir lokma bile alamıyorum. Çılgın dansını bitirip yerine dönen Dünya'nın, Emre'nin uzattığı çataldan dişleriyle pasta alışını, uzaktan uzağa tiksintiyle izliyorum.

"Arabayla bırakayım sizi" diyor Emre.

Hayret! O kadar içki neresine gitti bunun? Ayakta dimdik

durabiliyor hâlâ... Oysa Dünya bitik; başı Emre'nin omzunda, sağa sola yalpalıyor.

"Sağ ol" diyorum Emre'ye. "Geldiğimiz gibi gideriz biz. Bu kadar içkiden sonra, sen de taksiyle dönsen iyi edersin."

"Tüm taksilerin canı cehenneme!" diye peltek peltek gülüyor Dünya. "Emre'den iyi sürücü tanımıyorum ben... Gelecek yıl ralliye katılacağız biz... Hem... İki yudum içki dediğin nedir ki! Değer mi canım arabayı buralarda bırakmaya! Öyle değil mi Emre?"

Emre'nin ölçülü davranma çabaları umurunda bile değil Dünya'nın. Herkesin ortasında sarılıp sarılıp öpüyor oğlanı.

Onlar arabaya binerken, Anıl'ın çevirdiği taksiye atıyoruz kendimizi. Yol boyunca tek konu, Dünya'nın dağıtması.

Duymak istemiyorum konuşulanları. Başımı koltuğa yaslayıp sımsıkı kapatıyorum gözlerimi. Ve... Bildiğim tüm küfürleri yağdırıyorum Dünya'ya.

O gece yurda gelmiyor Dünya.

Cumartesinin, tatil sabahının erken saatlerinde, odadaki herkes mışıl mışıl uyurken, kapının sesiyle uyanıveriyorum. Ayaklarının ucuna basa basa yanıma geliyor Dünya.

"Geç saatte yurda giremeyeceğim için Emre'de kaldım" diye açıklıyor.

Yanıt vermiyorum. Bana ne! Ne yaparsa yapsın... Göz ucuyla izlemekten de kendimi alamıyorum ama.

Eski "cici kız" konumuna yeniden dönüş yapmış bizimki. Akşamki halinden eser yok. İki yanda örülmüş saçlarıyla, afacan bir çocuk gibi; yaptığı yaramazlığı unutturmak istercesine şirinlikler yapıyor karşımda.

Çantasından çıkardığı ilaç kutusundaki turuncu tabletleri avucuna boşaltıyor. İki tanesini ağzına atıp, suya gerek duymadan yutuveriyor, "Başım çatlayacak ağrıdan" diyerek.

Beter ol, diye geçiriyorum içimden.

Kendini yatağa atıp, yorganı başına çekiyor.

"İyi sabahlar sana..." demeyi de ihmal etmiyor.

Aralık ayının son günlerinde olmamıza karşın, bahardan kalma pırıl pırıl bir hava var dışarıda.

Ece'yle beraber, Akmerkez'e kahvaltıya gidiyoruz... Sonra, Uçaksavar'a, Seçil'e uğruyoruz. Televizyon seyredip sohbet ediyoruz. Çay ikram ediyor bize Seçil, yanında kendi yaptığı ıspanaklı börekle.

Yürüye yürüye Hisarüstü'ne çıkıyoruz Ece'yle. Temiz hava ve Ece'nin temiz arkadaşlığı, biraz olsun kendime getiriyor beni. Dünya'sız geçirdiğim bu günün ne kadar huzurlu ve keyifli olduğunu yineliyorum kendi kendime.

Çevremde bu kadar insan varken, ne diye ona bağlı ve bağımlı kalayım ki? Hem de bana bunca üzüntü veriyorken...

Akşamüzeri odaya döndüğümüzde, Dünya'nın dışarı çıkmak için hazırlandığını görüyoruz.

"Emre'yle buluşacağız" diyor.

Aldırmıyorum bile. Ne hali varsa görsun. Benden uzak olsun da...

Gecenin geç saatlerinde çıkageliyor Dünya. Sallanarak, yalpalayarak, saçı başı darmadağın; zift gibi alkol kokusuyla...

Bu kez açıklama gereği bile duymuyor. Canıma minnet...

Artık tanıdığım, süslü ilaç kutusunu çıkarıyor çantasından. İki tane turuncu hap...

Vurup kafayı yatıyor. Pazar gününün akşamüzerine kadar...

Elimdeki kitapla bütünleşmiş görünsem de, onu izlemekten kendimi alamıyorum. Suçluluğunun bilincinde, başı öne eğik; havlusunu, banyo terliğini alıp çıkıyor odadan. Banyoya gidiyor besbelli.

Döndüğünde, doğruca gelip yatağımın ucuna oturuyor.

"Nasıl?" diyor. "İstediğin gibi oldum mu?"

Budala! Yıkanarak tüm kirliliklerinden arındığına inanmış, beni de inandırmaya çalışıyor kendince.

"İçindeki pislikleri de döktün mü banyoya?" diyorum kayıtsızca.

"Döktüm" diyor uslu uslu.

"Geride kalanlar yeter sana" diyerek arkamı dönüveriyorum.

"Yapma Eylül!" diyor titreyen sesiyle. "Seni kaybetmek istemiyorum ben..."

"Bunun için elinden geleni yapıyorsun ama... Keşke şu İtalya gezisini iptal edebilsem! Seninle neyi paylaşacağım ki oralarda!"

"Böyle konuşma Eylül. Söz veriyorum sana; seni üzecek, kızdıracak hiçbir şey yapmayacağım bundan sonra."

Gözleri dolu dolu; ağlamak üzere. Nereye koyacağını bilemediği elleri tir tir titriyor. Kalkıp, o bildik haplardan iki tanesini atıyor ağzına.

"Ne içiyorsun sen öyle?" diye sertçe soruyorum.

"Doktorun verdiği haplar..." diye savunmaya geçiyor hemen. "Bunalımlı zamanlarımdaki tek yardımcım onlar."

"Hapçıyım, desene şuna! Onlar olmadan ayakta durmaktan âcizim, de. İtiraf et..."

Yanıt vereceğine, yerlerde sürünen son gücünü de yitirmiş bir halde, arkasını dönüyor. Omuzlarının titreyişinden anlıyorum, ağlıyor.

Doğrulup kalkıyorum. Bu hareketimi bağışlanma olarak yorumluyor ki, birden boynuma sarılıveriyor.

"Senden başka kimsem yok benim" diye hıçkırıklara boğuluyor. "Ne olur bırakma beni."

Kanadı kırık, çaresiz, yaralı bir kuş gibi kollarımda. Dayanamıyorum.

"Emre var ya" diyorum saçlarını okşarken.

"O başka" diyor hafifçe gülerek. "Senin yerini kimse tutamaz."

Küskünlüklerin ardından esen bahar melteminin etkisindeyiz ikimiz de. Bendeki yumuşamanın sevinciyle su ısıtıcısını fişe takıyor. Yaptığı kahveyi elime veriyor.

Gözlerinde sevinç pırıltıları uçuşuyor Dünya'nın. Beni yeniden kazandı diye bayram ediyor yüreciği.

Yeniden oluşuveren yakınlaşmamızdan cesaret alarak soruyor:

"Nasıl buldun Emre'yi?"

Nedenini bilemediğim bir öfke sarıyor içimi. Son yaşadıklarımızın baş sorumlusu Emre'ymiş gibi...

Hiçbir dayanağı olmayan, yersiz bir düşünce bu aslında. Ne yaptıysa, Dünya yaptı! Sergilediği onaylanmayacak davranışlara ne katkısı oldu ki Emre'nin! Ölçüsünden hiç ödün vermedi doğrusu.

"Daha çok yeni tanışmamız" diyorum. "İyi ya da kötü demek için erken. Umarım seni hoş tutuyordur..."

"Orasını hiç merak etme" diye gülüyor. "Çok düşünür beni."

"Ya sen? Seviyor musun onu?"

Gözleri dalıveriyor. Yüreğini yoklayıp orada esen rüzgârlardan beni haberdar etmek ister gibi bir hali var.

"Bilmiyorum" diyor. "Öyle aykırı bir ortamda tanıştım ki onunla..."

"Nerede?"

"İntihar olayından sonra yattığım hastanenin psikiyatri bölümünde. Benim tedavimi üstlenen psikiyatrın hastasıydı o da."

"Onun ne derdi vardı ki?"

"Boş ver... Uzun hikâye. Onu bırak da, ilk görüşte de olsa... Beğendiğin ya da beğenmediğin bir tarafı olmadı mı hiç?"

İlle de konuşturacak! Gözlerini yüzüme dikmiş, dudaklarımdan dökülecek sözcükleri bekliyor. Belli ki, beraberlikleri hakkında içini rahatlatacak, olumlu bir şeyler duymak istiyor.

Şöyle bir yokluyorum kendimi.

"Kötü birine benzemiyor" diyorum. "Dikkatimi çeken bir nokta oldu... İkiniz! Öyle benziyorsunuz ki birbirinize... Garip bir durum aslında. Kaşınız, gözünüz, yüz hatlarınız değil benzeyen. Ama bakışlarınız, yüz ifadeniz, duruşunuz... Birbirinin ikizi sanki. Aynı dilden konuşuyor bedenleriniz... Nedenini çözemediğim, ortak bir nokta var aranızda. Yanılıyor muyum?"

Bu sözlerim, umduğumdan çok etkiliyor onu. Gözlerinin derinliklerinden, anlam veremediğim bir ürperti geçiyor.

"Yanılmıyorsun" diyor alçak sesle. "Çok benzeriz Emre'yle. Bizi buluşturan şartların getirdiği bir gerçeklik bu."

Birdenbire durgunlaşıvermesi, paylaşılan ortaklıktan çok da hoşnut olmadığının göstergesi gibi. Ama daha fazla açıklama yapmayı istemez hali, burada durmam gerektiğini fısıldıyor bana. Üzerine gitmenin anlamı yok.

"Neyse" diyorum. "Bunları bırak da, anlat bakalım... Ne iş yapar bu Emre? Nerede okur, nerede oturur? Gördüğüm kadarıyla ailesi zengin... Giyimi kuşamı, arabası, hali tavrı öyle gösteriyor."

"Evet" diyor Dünya, konunun yön değiştirmesinden memnun. "Bilgi Üniversitesi'nde okuyordu Emre, ara verdi. Ailesi de çok zengin. Araları pek iyi değil ama..."

"Seninki kadar olmasın!"

"Herkesin sorunu kendince ağırdır. Emre'ninki de öyle. Ama bizim kadar kopuk olmadıklarını söyleyebilirim."

"İyi bari... Her şey gönlünüzce olur umarım."

6

Yılın son günlerini yol hazırlığıyla geçiriyoruz. İtalya'nın, özellikle de Roma'nın iklimiyle İstanbul'unki arasında büyük farklar yok. Bu durum işimizi kolaylaştırıyor.

Birkaç parça giysiyle iki çift yürüyüş ayakkabısını valize yerleştirince bitiyor işim. Dünya benden de rahat. Tüm eşyasını orta büyüklükteki sırt çantasına sığdırmış.

Hareket tarihimiz 30 Aralık. Daha doğrusu, 29 Aralık'ı 30'una bağlayan gece yarısı... Saat 2.30'da Kuzey Kampusu'nun önünden otobüslere biniyoruz. Uçağımız 5.30'da kalkacak ama, tur görevlileri havaalanındaki işlemlerin uzun sürebileceğini söylüyorlar.

İki otobüs dolusu Boğaziçili... Aşağı yukarı seksen kişiyiz. Yakın çevremden fazla kimse yok aralarında. Dünya, Seçil, Anıl; İzmir grubundan da birkaç tanıdık yüz...

İki gün önce Ankara'ya gitti Ece. Ailesiyle konuşup, Cengiz'le ilgili sıkıntılarına kesin bir çözüm getirme niyetinde.

İleri sınıflardaki oda arkadaşlarımız da bu tür gezilere doymuş durumdalar.

"İki yıl, her çağrılan yere koştuk sizin gibi" diyorlar. "Durulduk artık..."

Havaalanına geldiğimizde, Emre'yle karşılaşmak şaşırtıyor beni. Büyük özveri! Sabahın köründe, Dünya'yı uğurlamak için zahmete katlanması hoşuma gidiyor.

İşlemleri tamamlayıp uçağa biniyoruz. Üç kişilik sırada Dünya, Seçil ve ben yan yanayız. Sol tarafta Anıl ve Kerem oturuyorlar. Kerem'in bakışlarını Seçil'in üzerinde yakalıyorum hep. Aralarında adı konmamış bir yakınlaşma olduğunu düşünüyorum.

İki buçuk saatlik uçuşun nasıl geçtiğini anlamıyoruz bile. İlk durağımız Bologna Havaalanı. Pasaport ve gümrük işlemleri için, İstanbul'dakinden de uzun bir süre beklemek zorunda kalıyoruz burada.

Kapıda iki otobüs bekliyor bizi. Otobüslerden biri Venedik yolcusu. Grubun yarısıyla vedalaşmak durumundayız. Diğerine, Roma otobüsüne biniyoruz biz. Üç buçuk saatlik bir kara yolculuğu var önümüzde.

Rehberimiz İtalya'da sanat tarihi okumuş. Buraları avucunun içi gibi bilen, gencecik bir kız. Nurcan!

"Dua edelim de sis olmasın" diyor. "Bu bölgenin sisi ünlüdür."

Neyse, hava pırıl pırıl. Güle söyleye, İtalya çizmesinin koncundan aşağılara doğru, keyifle yol alıyoruz.

İlk kahve molasından önce bizi uyarıyor Nurcan.

"Yalnızca 'kahve' derseniz, fincanın yarısı boş gelir" diyor. "Dudak payı en iri dudaklı zenciye göre ayarlanmıştır. Bir yudumda bitmesini istemiyorsanız, 'lungo' diyeceksiniz."

Dediğini yapıyoruz. Bizimkilere benzer, ama çeperi oldukça kalın, beyaz fincanlarda gelen kahve, görünüm olarak değilse de, damak tadı yönünden Türk kahvesinin lezzet ikizi.

Mola verdiğimiz yer, büyücek bir market aslında. Rafları süsleyen ürünlerin çoğu Türkiye'de de var. İlgimi çeken tek şey makarnalar. Kıvrım kıvrım, spiral biçiminde; irili ufaklı, renk renk...

"Al, al" diyor Dünya alaycı bir tavırla. "Annene götürürsün, pişirir sana."

İmalı sözlerini duymazdan geliyorum.

"Şimdiden yük etmeye değmez" diye geçiştiriyorum. "Belki daha sonra. Hem... Sen de almalısın. Babaannen için..."

Bu yolculuğa katılmasını sağlayan kişiyi anımsatmak bana düşmemeli aslında, borcunun bilincinde olmalı. Ama, en vurdumduymaz haliyle omuz silkiyor Dünya.

Kızmamalısın Eylül! Seni hiç ilgilendirmeyen, bu tür küçük ayrıntılar için keyfini kaçırmaya değer mi! Olduğu gibi kabul et, gitsin...

Roma ile "tarih" sözcükleri, birbiri içinde erimiş iki kavram. Gördüğünüz her nesne, yüzyıllar öncesine götürüyor sizi. Çağlar öncesinin bugüne yansıması öylesine taze ki... Açıkhava müzesinde geziyorsunuz sanki.

Tarihin derinliklerindeki kimlikleriyle yaşayan yapıtların

her zerresini aynen korumuş olmaları, İtalyanları farklı bir yere taşıyor gözümde. Geçmişe gereken değeri verdiklerinin göstergesi işte bu kadirbilirlik ve eşine ender rastlanan özveri! Ektiklerini de biçiyorlar haliyle. Her milletten, her dinden, her ırktan milyonlarca turist...

Otele yerleşmeden, şehir turu atacağımızı söylüyor Nurcan. İlk durağımız Vatikan! Dünyanın en küçük devleti. Hep böyle anmışızdır ya... Görünce, gülmekten kendimi alamıyorum. Birkaç yüz metrekareye sığışmış, sembolik bir devlet! Ama şu kadarcık alanda bile öyle ilginç bir tablo sergiliyor ki...

Dünyanın en geniş meydanlarından birinin ortasındaki Papalık Sarayı, yan binalar, San Pietro Kilisesi... Hepsi de muhteşem!

Meydanın ön kısmında, her yıl bu tarihlerde kurulan, maket bir yapı var. İsa'nın köy ortamında doğuşunu temsil ediyor. Önü, ana baba günü gibi kalabalık. Fotoğraf çekmek, bu tabloyu arkasına alıp poz vermek için yarışıyor herkes.

San Pietro Kilisesi'nin içi de en az dışı kadar görkemli. Kubbe ve duvar işlemeleri, Ayasofya Camii'ndeki dokuyu çağrıştırıyor.

Vatikan'ın ardından, otobüsle Roma sokaklarını turluyoruz. Cumhuriyet Meydanı, Halk Meydanı, Venedik Meydanı... Ne çok meydan var bu şehirde!

Son durağımız Aşk Çeşmesi! Kartpostallarda, filmlerde gördüğümüz; dilek tutulup para atılan, dünyanın belki de en ünlü çeşmesi.

Bu özel mekânın görüntüsünü ölümsüzleştirmek için deklanşöre basıyorum ki... Olmuyor. Tutukluk yapıyor fotoğraf makinem.

Zaten her an yanı başımda olan ya da en çok iki adım uzağımda bulunmayı görev edinmiş Anıl, yardımıma koşmakta gecikmiyor. Kendi makinesiyle birkaç poz alıyor. Ama içim rahat değil, ilk gördüğüm fotoğrafçıya girip makinemi adam etmem şart!

Mermer heykelciklerin orasından, burasından fışkıran suların köpük köpük aktığı havuzun dibi metal parayla dolu. Biz de bu doluluğa, elimizden gelen katkıyı yapıyoruz haliyle.

Dilek tutmanın, para atmanın da bir kuralı varmış meğer! Nurcan'dan öğreniyoruz... Çeşmeye arkanızı dönüp, sol omzunuzdan geriye doğru fırlatacaksınız parayı. Tabii, tuttuğunuz dileği içinizden geçirerek...

Somut bir dileğim yok benim. İyiliklere, güzelliklere, diye atıyorum paramı.

Sırtını çeşmeye verip gözlerini sımsıkı yuman Dünya'nın, ağzının içinde, "Emre" diye mırıldandığını tahmin edebiliyorum.

Anıl ise özellikle benden aldığı metal parayı atmak istiyor. Böylesinin işe yarayacağını düşünüyor galiba. Üzülüyorum onun adına. Harika bir arkadaş, ama daha ötesi yok benim için! Bir anlayabilse...

Bu arada, Seçil'le Kerem'in yan yana durup paralarını aynı anda atmaları da gözümden kaçmıyor.

Aşk Çeşmesi'nden yürüyerek, İspanyol Merdivenleri'nin önüne geliyoruz. İspanyol Konsolosluğu'nun bulunduğu meydana baktığı için bu adı alan merdivenlerin, çok sayıda basamağa sahip olmaktan başka bir özelliği yok bana göre. Ama her cinsten, her milletten konuğu ağırlamayı başarıyor. Verdiği pozlarla, çektiği fotoğraflarla bu anı ölümsüz kılma yarışında herkes.

"Ben İspanyol Merdivenleri'ndeyken..." diyebilmek için.

Fotoğraf makinemin bozuk oluşu yüzünden bu kadarını bile yapamıyorum ben. Meydanın yan tarafındaki fotoğrafçıya giriyoruz Dünya'yla. Hafıza kartı dolmuş, değiştiriyorlar. Tamam... Aşk Çeşmesi'nde gönlümce fotoğraf çekemediğimle kalıyorum.

Yorgunluktan perişan bir halde otelimize varıyoruz sonunda. Dünya'yla aynı odayı paylaşacağız.

"Keşke yurttaki odamız da bu kadar geniş olabilseydi" diyor Dünya.

"Boş ver genişliği" diye gülüyorum. "Yataklarımız ranza değil, bunlar gibi olsun, yeter."

Üç beş parça eşyasını dolabın bir köşesine yerleştirip banyoya geçiyor Dünya. Benim işim daha uzun. Valizimi boşaltıp göz ucuyla banyoya bakıyorum ki... Dünya'nın, avucundaki birkaç hapı ağzına atıp çarçabuk yutuverdiğini görüyorum.

Üstüne atlayıp yaptığının hesabını sormamak için zor tutuyorum kendimi. Ama, yeri ve zamanı değil. Şunun şurasında üç gün! Onun da, benim de neşemiz kaçmamalı. Kavgaya gürültüye gerek yok...

Sabah kahvaltısı açık büfe. Mısır gevreği, süt ve kurutulmuş meyveler baş köşede.

"Bizim kahvaltı tarzımızı unutun" diyor Nurcan.

Unuttuk bile... Beyazpeynirle, zeytinle kahvaltı yapmak gibi bir alışkanlıkları yok İtalyanların. Jelatine sarılmış eritilmiş peynirler, kruvasan ve çörekler... Yanı sıra kahve çeşitleri ve poşet çay.

Zeytin ve zeytinyağı üretiminde söz sahibi bir İtalya'nın, zeytinsiz kahvaltı etmesini yadırgıyorum. Kahvaltı sofralarımızda görmeye alışık olduğumuz domates ve salatalık da yok mönülerinde. Bunları yemeklerde, salataların içinde görebiliyoruz ancak.

Kahvaltıdan sonra Napoli ve Pompei turu var. İsteyen katılıyor, otelde kalanlar Roma'ya inip alışveriş yapabilecek. Benim tercihim, tura katılmaktan yana. Ama ek ücret ödememiz gerekiyor. Dünya ne der ki bu işe?

Bakıyorum, benden önce çıkarıp veriyor tur parasını. Cüzdanı dolu üstelik. Babaannesi iyi beslemiş bizimkini...

Napoli, sıradan bir liman kenti olarak görünüyor gözüme. Bizim taşra şehirlerimizi andırıyor. Balkonlardan sarkan salkım saçak çamaşırlar, Akdeniz kanı taşıyan, tip olarak bize benzeyen insanlar... Kendi ülkemizden bir köşe sanki.

Ama Pompei, "İyi ki geldik buralara" dedirtiyor hepimize. Aniden oluşuveren volkanik patlamayla lavlar altında kalmış, koskoca bir şehir...

Kıyamet günü tüm saatlerin durduğu, tarihi bir enkaz; ama dipdiri. Çünkü o andaki haliyle yaşıyor. Kızgın lavların, bedenlerin üzerinde katılaşmasıyla, taştan birer mumya görüntüsü kazanmış cesetler... Günümüz kentlerinden daha düzgün bir mimariye sahip evler, kiliseler, hamamlar, dükkânlar...

Roma'ya dönüş yolunda, yılbaşı programı hakkında bilgi veriyor rehberimiz. Tur görevlileri, taverna müziği yapan bir restoranla konuşmuşlar.

"Fiyatlar çok yüksek" diyor Nurcan. "Hem, Türkiye'deki vur patlasın çal oynasın türü eğlence gecelerini de aramayın buralarda. Altı üstü, müzik eşliğinde bir yemek yiyeceksiniz."

Söylediği fahiş fiyatı ödemeye de kimse yanaşmıyor zaten.

"En güzeli meydanlarda ya da merdivenlerde gerçekleşen kutlamalar" diyor Nurcan. "İçkinizi alıp gönlünüzce girersiniz yeni yıla... Hem de Avrupa usulü bir kutlama yapmış olursunuz."

Serbest bırakıyorlar bizi. Kafasına göre takılacak herkes.

Grup içinde anlaşmazlığa düşüyoruz önce; meydanları mı, İspanyol Merdivenleri'ni mi seçelim, diye. Sonunda, Halk Meydanı'nda karar kılıyoruz.

Akşam saatlerinde, tur otobüsü Aşk Çeşmesi'nin yakınındaki uzun tünelin başında bırakıyor bizleri. Yılbaşı dolayısıyla meydanlara giriş yasak, yollar kapalı.

Böylesi daha iyi... Çevrenin cıvıltısı görülmeye değer. Tüneli boydan boya geçip açık havaya çıktığımızda, herkesin, yolun başındaki büfenin önünde duraklayıp şarap ve şampanya aldığını görüyoruz. Yeni yıla girerken yudumlanacak içkiler şimdiden ellerde... Yanı sıra, bardak da veriyor büfedeki kadın.

Bu durumu görür de durur mu hiç Dünya?

"Biz de alalım" diye tutturuyor.

Kimsenin yanıtını beklemeden, şarap şişelerinin en büyüğüne yapışıveriyor. Çaresiz, ona uyuyoruz biz de.

Seçil, Kerem, Anıl, Dünya ve ben... Gruptan ayrılıp ellerimizdeki şarap şişelerini yanımızdan geçen, dünyanın dört bir yanından gelmiş yabancılara doğru kaldırarak, coşkulu bir ön yılbaşı kutlaması yapıyoruz.

Dünya'nın yönlendirmesiyle, Aşk Çeşmesi'ne gidiyoruz önce. Fotoğraf makinemin azizliğine uğrayıp gönlümce fotoğraf çekemeyişim, içine dokunmuş arkadaşımın. Sırf bu yüzden sürüklüyor bizi buralara...

İyi ki de gelmişiz! Gece manzarası bambaşka Aşk Çeşmesi'nin... Simli, pırıltılı bir sis perdesi, soluduğumuz havanın her zerresine sinmiş sanki.

"Âşık oldum ben buraya!" diye haykırmaktan kendimi alamıyorum.

"Çevrendeki, âşık olunacak, etten kemikten yaratılmış varlıkları görmezden gelirsen, olacağı budur!" diye takılıyor Anıl.

Onun bu şaka yollu yakınmasını fark etmemiş gibi davranıyorum. Gruptakilerin yüzünde beliren imalı gülümsemeyi de...

Elimdeki şarapla bardağı alçak boylu mermer bir sütunun üzerine koyup, ışıklar altında billur gibi çağıldayan suların önünde poz veriyorum Dünya'ya. Havuzun önündeki taşlara oturuyorum, orasından burasından su fışkıran heykelleri arkama alarak gülümsüyorum objektife.

Bu ince düşüncesi için teşekkür borçluyum ona. Sarılıp

öpüyorum yanaklarından. Ah Dünya! Gönlü geniş, dünya iyisi arkadaşım benim. Bir de şu içki tutkusu olmasa...

Gruptaki herkes, az çok farkında bu durumun. Nasıl olmasınlar ki! Yemeğe oturduğumuz her yerde öncelikle şarabını ısmarlıyor Dünya. Neyse ki burası İtalya ve hepimiz aşağı yukarı aynı eğilimdeyiz. Şaraplar harika! İçkinin ötesinde, vişne suyu kıvamında; içimi kolay.

Her bulduğu fırsatta içen, yalnızca Dünya değil yani. Ama onu bizlerden farklı kılan, tükettiği miktar. Ve kahve içme niyetiyle oturulan yerlerde bile, bu kez de meşrubat niyetine biraya sarılması...

Bakalım bu gece, yeni yıla girerken nasıl bir tablo sergileyecek benim içkisever can yoldaşım...

"Önce bir şeyler yiyelim" diyor Kerem.

Aşk Çeşmesi'nin çıkışındaki çapraz yollarda, küçüklü büyüklü çok sayıda restoran var. Niyetimiz pizza yemek... Diğerlerine göre gözümüze daha sakin görünen küçük bir pizza restoranına giriyoruz.

Yeni yıl heyecanı tüm yüzlerde... Tanısın, tanımasın; herkes şimdiden kutluyor birbirini.

Masamıza gelen garsonun ilk işi, daha önümüze mönü kitapçığını vermeden, "*Double price*!" demek oluyor.

Çift fiyat! Şöyle bir göz atıyoruz listeye... Her şey yeterince pahalı zaten. Ne yapalım; çaresiz, beş yıldızlı bir otelde akşam yemeği için harcayacağımız paraya, birer peynirli pizza yiyeceğiz. Öğrenci bütçesine göre, büyük hovardalık!

Elimizdeki şarap şişelerini bir kenara koyup garsonun sürahilerde getirdiği açık şarabı içiyoruz. Bizimkiler yeni yıl içkileri...

Önündeki sürahiyi kısa sürede bitiriveriyor Dünya. Kendi şişesini açıyor. Ve kalkıncaya kadar, onun da dibini buluyor maalesef.

Ağır ağır, kutlamaya katılacağımız Halk Meydanı'na doğru yürüyoruz. Gördüğü ilk büfeye yanaşıyor Dünya. Biten şarabının yerine yenisini koymak için.

Anıl'ın da ondan kalır yanı yok bu gece. Büyük bir şişe şampanya alıyor aynı büfeden, "Yeni yılın vazgeçilmezi bu!" diyerek.

Tüm ısrarlarımıza karşın, parasını bölüşmeyi kabul etmiyor.

Gündüz gözüyle gördüğümüz Halk Meydanı'nın gece yüzü çok farklı. Üstelik, böyle özel bir geceye ev sahipliği yapması da, bambaşka bir çehreye büründürmüş onu.

Kulağımıza çalınan konuşmalardan, çevremizdekilerin milliyeti hakkında fikir edinebiliyoruz. Evet, şu anda gerçek anlamda bir dünya mozaiğinin tam ortasındayız. Beyaz, sarı, siyah, tüm ırkların temsilcileri; her dilden, her dinden binlerce insan...

Yeni yıla sayılı dakikalar kaldı. Hıncahınç dolu meydanın kenarında, arkamızı bir binanın duvarına verip ayakta dikiliyoruz.

Dünya'nın, elindeki şarap şişesini açması hepimizi harekete geçiriyor. Havaya kaldırdığımız şarap bardaklarını birbirine tokuşturarak kutlamayı başlatıyoruz.

Bir ara, yanımdan uzaklaşıp yüzünü duvara doğru dönüyor Dünya. Cebinden çıkardığı bir şeyi şarap şişesine boşaltıp çalkaladığını, uzaktan uzağa görebiliyorum. Tekrar yanıma geldiğinde ise, bardağı bir yana bırakıp doğrudan şişeyi kafasına dikiyor.

"Ne attın şarabın içine?" diye soruyorum sertçe.

"Boş ver" diye ağız dolusu gülüyor yüzüme. "Bu gece özel..."

Haklı galiba. Bana yönelttiği çarpık gülüşünü paylaşıyorum Dünya'nın. Hem... Ben de sınırlarımı çoktan aşmadım mı? Ne zaman bu kadar çok şarap içmiştim ki?

Yumuşak davranmamdan cesaret alıyor Dünya. Elindeki şişeyi bana uzatıyor.

"Bir yudum çeksene şundan! Bilmediğin dünyaları keşfetmene yardımcı olur..."

Başka zaman olsa, bu sözleri söylediğine pişman ederim onu. Ama bu kez farklı.

Başka dünyaları keşfetmek! Beynimin içinde dans eden bu sözcüklerin büyüsüne kapılıveriyorum.

"Ver bakalım" diye uzanıyorum elindeki şişeye.

Şarabın doğal tadına eklenen burukluk genzimi yakıyor önce. Damağımda oluşan acılığı seviyorum ama. Bir kez, bir kez daha; şişeyi kafama dikiveriyorum.

Daha önce hiç görmediğim parlaklıkta bir renk cümbüşünün ortasındayım... Meydanın dört bir yanında, ardı ardına patlayan havai fişekler beynimden kaynak buluyor sanki. Benim gözlerimden fışkırıyor tüm ışıklar...

Fır dönen başımı boynumun üstünde dik tutmakta zorlanıyorum, iyi ki kalabalık içinde, birbirimize yapışık duruyoruz. Tek başıma ayakta dikilebileceğimi hiç sanmıyorum.

Şarap şişesini Dünya'ya geri uzatırken, sendeliyorum bir an. Yanı başındaki Anıl'a yaslıyorum yaprak gibi sallanan bedenimi. Onun, bu davranışımdan farklı anlamlar çıkaracak olması umurumda bile değil. Ayakları yerden kesilmiş, bulutların üzerine yürüyen birisi için küçük ayrıntılar bunlar.

Meydanı dolduran binlerce kişi bir ağızdan, herkes kendi dilinde, geriye sayıyor.

"On, dokuz, sekiz... bir, sıfır!.."

Ve yeni yıla giriyoruz.

Havai fişeklerin ışıltısı gözlerimi kamaştırıyor. Yanı sıra, yoğun bir barut kokusu... İçim bulanıyor, soluk almakta zorlanıyorum.

Yeni yıl şarkıları söylüyor herkes. Şampanyalar patlıyor, kadeh niyetine kullanılan sıradan bardaklar havalara kalkıyor. Anıl'ın açtığı şampanyayı içemeyeceğimi sanıyorum önce. Tam tersi, beni bile hayrete düşüren bir iştahla kafama dikiyorum bardağı.

"Gözün aydın" diyorum Dünya'ya peltek peltek. "Seni içkiden soğutmaya çalışırken... İkizin olma yolunda ilerliyorum."

Kahkahalarla gülüyor Dünya. Beni kendisine benzetmekten son derece hoşnut, elindeki şişeyi son damlasına kadar içip bitiriyor.

Yavaş yavaş dağılıyor kalabalık. Aynı coşkuyu paylaşmış olmanın, yeni yılı tek yürekle karşılamanın yakınlaştırdığı insanlar... Birbirlerini ilk kez görmüş, bir daha da karşılaşmayacak olduklarını bile bile kucaklaşıp kutlaşıyorlar.

Bir kolumda Dünya, diğerinde Anıl; yürümeye koyuluyoruz. Gecenin getirdiği yakınlaşma gibi görünse de, asıl nedeni ayakta duramayacak halde olmam. Neyse ki, herkes aşağı yukarı benim durumumda. Kendi yarattığımız, paylaşımla katlanarak çoğalan, azgın bir neşe yumağının içindeyiz hepimiz.

Tünelin başına geldiğimizde, zirveye tırmanıyor taşkınlığımız. Taş duvarlara çarpıp yankılanan, devasa boyutlara ulaşan seslerde bizim de payımız var. Şarkılar söylüyoruz bir ağızdan, "Dağ başını duman almış" diye haykırıyoruz. Yanımızdan geçen yabancıları abartıyla kutluyoruz. Onlar da bizi... Samba yapanlara el sallıyoruz. Arya söyleyen İtalyanları coşkuyla alkışlıyoruz.

Tünelin sonunda tur otobüsü bekliyor bizi. İşte ipin koptuğu an! Nasıl biniyoruz, nasıl oturuyoruz, neler oluyor; hiçbir şey hatırlamıyorum.

Evet, yaşamımın en çılgın yeni yıl partisi bu! Aynı zamanda en keyifli olanı...

Bir daha böylesini yaşar mıyım, bilemiyorum. Bildiğim tek şey, yaşadıklarımdan asla pişmanlık duymadığım.

Yeni yılın kutlu olsun Eylül! Güzellikler getirsin sana...

***

Sabah uyanınca ilk işim, bir telefon kartı satın almak oluyor. Annemin sesi kırık biraz.

"Neden dün gece aramadın?" diye soruyor sitemle.

"Geç döndük otele" diyorum. "Uyumuşsunuzdur diye düşündüm."

Türkiye ile aradaki bir saatlik zaman farkı pek de inandırıcı değil, ama tek savunma noktam bu. Kendimi bilemeyecek kadar içtiğimi, konuşacak halde olmadığımı söyleyecek değilim ya.

"Çok özledik seni" diyor babam. "İlk kez sensiz girdik yeni yıla. Tatsızdı..."

Konuşmamız bitince telefon kartını Dünya'ya uzatıyorum.

"Babaanneni arasana!"

"Gerek yok" diye umursamaz bir tavırla omuz silkiyor.

Kızıyorum.

"Burada bulunuşunu, geçirdiğin tatilin her anını ona borçlusun, unutma."

"Hiçbir borcum yok babaanneme" diyor meydan okurcasına. "Tur parasını Emre verdi."

Donup kalıyorum. İkiye katlanıyor öfkem. Gözlerimden ateş çıkıyor.

"Ne var bunda?" diye kayıtsızca gülüyor Dünya. "Parayı kimin verdiği bu kadar önemli mi sence?"

"Önemli olan o değil!" diye bağırıyorum. "Senin bana yalan söylemen."

"Öyle gerekiyordu" diyor, beni deli eden aldırmazlığıyla.

Sakin ol Eylül, diye söyleniyorum içimden. Yılın ilk gününü nasıl geçirirsen, diğerleri de öyle geçer, derler ya... Üzüntüye, sıkıntıya, öfkeye yer olmamalı bugününde.

"Bana ne canım!" diye omuz silkiyorum, onunkine benzer bir kayıtsızlıkla. "Nasıl biliyorsan öyle yap."

Onu orada öylece bırakıp Göller Bölgesi'ne hareket etmek üzere olan tur otobüsüne doğru koşuyorum. Bana yetişmesine fırsat vermeden, Anıl'ın, henüz boş olan yanındaki koltuğa atıyorum kendimi. Ne kadar bastırmaya çalışsam da, geride kalanı bana fazlasıyla yeten kızgınlığımla Dünya'ya yakın olmak istemiyorum şu anda.

Yan tarafımızda Seçil'le Kerem oturuyorlar. Birbirlerine sokulmuş halleri, yeni bir başlangıca adım attıklarının göstergesi gibi.

Geriden gelen Dünya'ya da arkamızdaki sırada oturmak düşüyor haliyle...

Roma'ya yarım saat uzaklıkta, harika bir sayfiye yeri Göller Bölgesi. Başta Sophia Loren olmak üzere, pek çok ünlünün ve Roma sosyetesinin önde gelen isimlerinin villaları var burada. Yanı sıra, tüm bölgeye hâkim bir tepenin üstünde de Papa'nın yazlık köşkü yükseliyor.

Köşkten çok görkemli bir saray görünümündeki yapının dev boyutlardaki siyah demir kapısının önünde fotoğraf çekiyoruz. İçeriye giriş yasak. Rehberimiz, burayla ilgili bir kitaptan köşkün, kapının arkasındaki yüzünü gösteriyor bizlere. Sözcüklerin, anlatmakta yetersiz kalacağı güzellikte bahçeler; ince birer ustalık ürünü olduğu belli, ağaç ve çiçek düzenlemeleri...

Tablo gibi, kıpırtısız mavi, üstüne buğulu bir havanın sindiği gölün doyumsuz manzarası karşısında, fotoğraf makinelerimize çok iş düşüyor.

Tepenin üzerindeki küçük meydanı çevreleyen dükkânlara girip çıkıyoruz. Her şey çok pahalı. Öğrenci işi değil! Hiçbirimizin alışveriş yapmaya niyeti yok... Anıl dışında!

Elimi atıp fiyatını görünce bıraktığım el örgüsü, alaca renkli kaşkolu, kaşla göz arasında satın alıp paketletmiş. Benim için...

Ah Anıl, ah! Ne gerek var bunlara! Birilerine borçlanmak, bana göre bir iş değil... Dünya mıyım ben?

Dönüşü yok; içimde, sevinçten çok huzursuzluğu çağrıştıran o olumsuz duygu hüküm sürse de; parası ödenmiş, bana sunulmuş bu armağan paketini teşekkür ederek almaktan başka ne yapabilirim ki?

1 Ocak resmi tatil günü. Göller Bölgesi'ndeki küçük turistik dükkânlar dışında alışveriş yapacak yer bulamayacağımızı söylüyor Nurcan.

Diğer günler de 13-16 arası "siesta" yapıyor İtalyanlar. Yazın sıcağında neyse de, kışın orta yerinde dükkân kapatmaya anlam veremiyorum doğrusu. Yenilecek içilecek yerler bile açık değil.

Tatlı bir eğimle meydana inen yolu adımlarken, yan tarafımızda, tepeliğin üzerindeki tarihi şato ilgimizi çekiyor.

"Buradaki odalar, beş yıldızlı otel fiyatına kiraya verilir" diye açıklıyor Nurcan. "Yazarlar, ressamlar yaratıcılıklarının doruğuna ulaşmak amacıyla gelip aylarca kalırlar. En çok da Amerikalılar..."

Cicero'nun pek çok yapıtının altına burada imza attığını öğrenmek, derinden etkiliyor beni. Keşke hayal gücü geniş, esin kaynağı zengin, ünlü bir yazar olsaydım da, böyle bir şatoya kapanıverseydim, diye geçiriyorum içimden...

"Acıktım ben" diye yanıma sokuluyor Dünya.

Sabah yaşadıklarımızı unutmuş gibiyiz ikimiz de. Grup halinde, yürüyerek aşağıya doğru iniyoruz.

Nasıl açık kaldıysa, şık bir İtalyan restoranı çıkıyor karşımıza. Tek şansımız burası! İçeri girdiğimizde, neredeyse tüm masaların Boğaziçililer tarafından kapatıldığını görmek hoşumuza gidiyor.

Geldiğimizden beri yediğimiz en güzel yemek! Anneminkine benzediği için mi bilmem, mantar soslu makarnaya bayılıyorum. Yanında da artık vazgeçilmez içeceğimiz haline gelen kırmızı şarap...

Daha önceleri, Dünya'yla farklı konularda gerçekleşen paylaşımımızın, şarap üzerinde yoğunlaşmaya başladığını görmek, benim yönümden oldukça şaşırtıcı. İçki içmekten aldığım keyfin, onunkine paralel bir çizgide artan ivmesi gibi... Beni böylesine rahat kılan, Türkiye'den uzak oluşum belki de. Yabancı ortamda, kendime bile bu denli yabancılaşmamın tek açıklaması bu...

Roma'daki son gecemiz.

Akşam yemeğini otelde yiyoruz. 60'lı yılların müziğini çalıp söyleyen orta yaşlı piyanistin şarkıları içimizi ısıtıyor. Bu ısınmada, yemek boyunca içtiğimiz şarabın payını da yadsıyamayız tabii...

Dansa kaldırıyor beni Anıl. Karşı çıkmıyorum. Ölçülü bir yakınlıkla kollarında tuttuğu bedenim, bu durumdan şikâyetçi değil.

"Ne güzel bir müzik bu böyle" diyorum. "Annemlerin kuşağı ne kadar şanslıymış. Bir zamanlar onları büyüleyen şarkıların, şimdi de onların çocuklarını etkileyebilmesi ne hoş..."

"Burası İtalya" diye gülüyor Anıl. "Tarihleri gibi müziklerini de aynı canlılıkta yaşatmayı iyi beceriyorlar."

Bizim arkamızdan, Seçil'le Kerem de dansa kalkıyor. Masada yalnız kalıyor Dünya. Hiç de şikâyetçi görünmüyor halinden. Bir elinde şarap kadehi, diğerinde sigara... Bundan öte keyif mi olur onun için!

***

Sabah kalkınca eşyalarımızı toplayıp aşağıda bekleyen otobüse yüklüyoruz. Yol üzerindeki Floransa'yı gezdikten sonra, gecenin geç saatlerinde Bologna Havaalanı'nda olacağız.

Üç buçuk saatlik dönüş yolunun orta yerinde mola veriyoruz.

"Rahip ve rahibelerin el emeği ürünlerinin sergilendiği bir yer burası" diyor Nurcan konakladığımız mekân için. "Özellikle *grappa* ve limon likörüne dikkatinizi çekerim. Hediyelik olarak alabilirsiniz."

Gerçek bir içki cenneti burası. Kürsü görünümündeki yüksek masanın üzerinde rengârenk şişeler sıralanmış. İki rahibe, gelene geçene içki ikram ediyor. Yanında, bizim eski kaşarlarımıza benzeyen, küp küp kesilmiş, üstüne kürdan batırılmış peynir ve küçük doğranmış tuzlu kek parçaları var.

"*Grappa*, bizim rakının anasonsuz hali" diye açıklıyor Nurcan. "Yemekte değil de yemek sonrası için. İkramlara kapılıp ölçüyü kaçırmayın sakın! Çok sert bir içkidir."

Rahibenin uzattığı *grappa* bardağından bir yudum alıyorum. Gerçekten de çok sert! Ağzımdan, burnumdan buharlar çıkıyor sanki.

Benim kadar etkilenmiş görünmüyor Dünya. Birbiri ardına üç bardak *grappa*'yı içmesini, çevredekiler yadırgasa da, doğal karşılıyorum ben.

Limon likörünü daha çok seviyorum *grappa*'dan. Tatlı, içimi kolay, hoş bir içki. Paraya kıyıp büyücek bir şişe satın alıyorum, annemle babam için. Fazla düşkünlükleri olmasa da, bu farklı tadı seveceklerinden eminim.

Mağazanın diğer bölümlerinde farklı ürünler de var. Değişik gördüğüm, bizde bulunmayan cinsten birkaç paket makarnayı da torbama atınca, hediye alışverişim bitiyor.

Dünya bıraktığım yerde hâlâ. Cennetin göbeğine düşmüş gibi, bugüne kadar keşfetmediği farklı tatlara bürünmüş alkolü damarlarına göndermekte kendisiyle yarışıyor.

Ve... Bu kadar içkiye rağmen, dimdik ayakta durabiliyor.

Tüm günümüzü alan Floransa turunun ardından, gecenin geç saatlerinde Bologna Havaalanı'na varıyoruz. Beklenmedik bir sürpriz bekliyor burada bizi. Uçağımız üç saat gecikmeli!

Günün tüm yorgunluğu üstümüzde. Bekleme salonunun

koltukları üzerine serilip kalıyoruz. Bu elverişsiz ortamda bile uyuyabilenler, salonun dört bir yanını sıkıntıyla arşınlayanlar, yan taraftaki büfede ne bulduysa sahiplenip hırsını yiyip içmekten alanlar...

Sigara içmek yasak burada. Dünya ve onun durumundaki tiryakiler, sık sık tuvaletin yolunu tutuyorlar. Bir keresinde ben de gidiyorum Dünya'yla. Öylesine yoğun bir duman var ki, göz gözü görmüyor. İki dakikadan fazla kalamıyorum bu boğucu ortamda.

Seçil başını Kerem'in omzuna yaslamış, uyuyor. Biz de havadan sudan konuşarak, bekleyişimizi çekilir hale getirmeye çalışıyoruz Anıl'la.

Dünya ise tuvalet turlarında. Sigara içme bahanesiyle gittiği duman fıçısından pek hoşnut. Her dönüşünde daha canlı görünüyor gözüme. Sigaranın dışında, başka neler içiyorsa...

2.30'da kalkması gereken uçağımız, ancak 5.30'da havalanabiliyor.

Günlerin yorgunuyuz hepimiz. Seriliveriyoruz koltuklara.

Hosteslerin sunduğu zengin yemek ikramının ardından, uyku faslına geçiyor herkes. Ben hariç! Bir de Dünya...

Yolculuklarda uyuyamama gibi, bir türlü alışamadığım kötü bir huyum var. Ne kadar gayret etsem de başaramıyorum.

Dünya da en az benim kadar diri görünüyor. Çantasından çıkardığı ilaç kutusundan iki tane turuncu hapı ağzına atıyor.

"Başka türlü uyuyamam" diye peşinen yapıyor savunmasını.

Bir tane de bana uzatıyor. İstemem, anlamında başımı sallıyorum. Anlamamış gibi, tableti önümde açık duran servis masasının üzerine bırakıyor.

Hostesin dağıttığı yumuşak yastıklardan birine yaslıyor başını. İki dakika bile geçmeden derin bir uykunun kollarına dalıveriyor. Uçağın azaltılmış ışıklarının loşluğunda, Dünya'nın uykuya teslim olmuş yüzünü incelemeye koyuluyorum.

Nasıl da masum bir ifadesi var... Melek mi, yoksa şeytan mı olduğuna karar veremiyorum. Tümüyle melek değil, orası kesin! Tam anlamıyla şeytan olduğunu söylemek de haksızlıkmış gibi geliyor bana.

Melek görünümünde bir şeytan? Evet, zaman zaman inanıyorum buna. Ama, şeytanı en çok çağrıştırdığı durumlarda bile, içinde bir melek barındırdığını düşünüyorum gene de.

Kararsızım! Yalnız, şuna eminim ki, birlikteliğimizi gözden geçirmenin zamanı geldi. Hem de acilen... Aramızdaki paylaşım, tehlikeli noktalara ulaştı çünkü. Bu şekilde sürmesi durumunda, göreceğim zararın artması kaçınılmaz.

Ne yalan söyleyeyim, çok bağlandım ona. Yüreğimdeki sevgisi gitgide büyümekte. Ama, kendime karşı da sorumluluklarım var benim. Olmalı...

Bu gidişe dur demenin zamanı geldi artık. Yok, tümüyle kopmamız gerekmiyor, aramızda oluşan bağı biraz gevşetmek yeter... Emre'nin varlığı işimi kolaylaştıracak. Onların baş başa olma sürelerinin artışı, özgürlüğe taşıyacak beni.

Özgürlük!

İki kişi arasında kurulan bağ, cinsiyetler aynı olsa bile, tarafları tutsak edebilir mi? Dünya'yla beraberliğim, özgürlüğümden ödün vermem anlamına mı geliyor?

Biraz öyle galiba. Ama, itiraf etmeliyim ki, asıl neden bu değil. Beni bu kararı almaya zorlayan, gitgide ona benziyor olmam... İkinci bir Dünya olup çıkmaktan duyduğum, nicedir içimde büyüttüğüm o yabansı korku.

Üstelik bu çarpık yolda yürümeme neden olacak hiçbir gerekçem de yok benim! Dünya'nınkilere benzer olumsuzlukların hangisini yaşadığımı iddia edebilirim ki?

İşte bu yüzden, onun çizgisinde yürümemin özrü de olamaz!

7

İtalya anılarımızı geride bırakarak, okulla yurt odası arasında kısılıp kalmış günlük yaşamımıza dönüyoruz.

Dönüş yolunda aldığım karara uyarak, elimden geldiğince uzak durmaya çalışıyorum Dünya'dan. Odadaki herkes kendi âleminde. Yakın olabileceğim tek kişi Ece. O da öylesine dertli ki... Cengiz'le ilgili sorunlar yüzünden derslere bile giremediği oluyor. Mutsuz, karamsar; büyük umutlarla geldiği İstanbul'dan alacaklı.

Kısa konuşmalar dışında hiçbir şeyi paylaşmadığımız üçüncü günün akşamında, yurdun girişinde yakalıyor beni Dünya.

"Cuma akşamı için kimseye söz verme" diyor cıvıl cıvıl bir sesle. "Bizimle olacaksın."

"Nedenmiş o?" diye soruyorum, "hayır" demeden önce.

"Emre'yle nişanlanıyoruz! Bu özel günde bizimle beraber olmak istersin sanırım."

"Nişanlanıyor musunuz?"

"Evet. Cumartesi akşamı yüzüklerimiz takılacak. Küçük bir nişan yemeği..."

Gözleri ışıl ışıl. İlk kez bu kadar mutlu görüyorum onu.

Gelemem, demek mümkün mü? İyi ya da kötü bunca şeyi paylaşmışken... Hem, bir gecelik, özel bir durum bu. Gitmekle, verdiğim karardan caymış olmayacağım ki.

"Öyle şatafatlı bir nişan töreni gelmesin aklına" diye gülüyor. "Dört kişilik, küçük bir kutlama."

"Nasıl yani?"

"Aileler yok işin içinde. Kız tarafını sen temsil edeceksin. Yüzüğümü takacak başka bir yakınım yok benim..."

İçimde, zorla katılaştırdığım bir yerlerde ince bir sızı duyuyorum.

"Dördüncü kişi kim?"

"Emre'nin kankası... Tolga! Sen benim için ne isen, Tolga da Emre için o. Tek yakını, arkadaşı, dostu, sırdaşı..."

Seviniyorum onun adına. Nişanlanmak, Emre'yle aralarındaki beraberliğe ciddi bir sıfat kazandırmak, kişiliğinde oluşmuş çarpıklıkları da onarabilir belki.

Keşke...

Emre'yle Dünya nişan alışverişine çıkıyorlar. Beni de götürmek istiyorlar ama, vize sınavına hazırlanma bahanesiyle katılmıyorum onlara.

Yurda döndüğünde yanakları al al Dünya'nın. Mutluluktan uçuyor.

Beyaz, şifon bir elbise almışlar. Tokası taşlı, zarif bir çift gece ayakkabısı ve el çantası da yanında. Gururla gösteriyor bana. Seviniyorum. Onu böyle görmek içimi ısıtıyor.

Cumartesi akşamı özenle hazırlanıyoruz ikimiz de. Kar beyazı nişan giysisi, omuzlarına bıraktığı dalga dalga saçları, hafif makyajıyla masum bir peri kızı sanki Dünya.

"Çok güzel oldun" diyorum. "Elbisen de harika. Ama... Neden beyazı seçtin ki?"

Birden durgunlaşıveriyor.

"Haklısın" diyor. "Nişan elbisesi dediğin pembe, mavi, yeşil olur; öyle değil mi? Beyaz, gelinlik rengi."

Uzaklara dalıyor gözleri. Dudaklarında anlam veremediğim bir titreme...

"Gelinlik giyebileceğimin garantisi var mı? Olmuşken beyaz olsun, dedim ben de."

Boğazımın ortasına kocaman bir yumru gelip oturuyor.

"Deli misin sen!" diye haykırıyorum. "Ne biçim konuşuyorsun böyle! Tamam, beyazsa beyaz. Çifte gelinlik giymiş olursun sen de; hem nişanında hem düğününde..."

Buruk bir gülüşle bakıyor yüzüme.

"Umarım" diye fısıldıyor usulca.

Ailesiyle yaşadığı sorunların etkisi, diye düşünüyorum. Yanında hiçbir yakını olmadan nişanlanacak bir genç kız, geleceğine ancak bu kadar iyimser bakabiliyor.

Hafiften örselenen keyfimi yeniden doğrultmaya çabalayarak, hazırlanmaya koyuluyorum ben de. Annemin, tüm itirazlarıma karşın, ne olur ne olmaz, gerekebilir dayatmasıyla bavula koyup burada da kendi elleriyle dolabıma astığı siyah krep, kolsuz, düz kesimli elbisemi giyiyorum. Sivri burunlu süet ayakkabılarım ve el çantamla odanın girişindeki boy aynasına yansıyan görüntüm hiç de fena değil...

Sözleştiğimiz saatte, yurdun önünde Emre'yle buluşuyoruz. O da en az Dünya kadar titizlenmiş giyimine. Siyah, şık bir smokin var üzerinde. Tam bir damat görünümünde.

Arabasını süslemiş. Ön kaputun üzerinde çiçekler, sağ dikiz aynasına bağlanmış beyaz, enli kurdele... Nişan için biraz abartılı bulsam da, gösterdiği özen hoşuma gidiyor.

Sevinçle ön koltuğa, Emre'nin yanına kuruluyor Dünya. Ben de arkaya geçiyorum. Kanka ise görünürlerde yok.

"Tolga restoranda bekliyor bizi" diye açıklıyor Emre. "Bu gecenin mimarı o! Hiçbir ayrıntıyı atlamıyor, titizliği üstünde gene bizimkinin."

Bebek'te, denize karşı, şık bir restoran... Arabayı otoparka bırakıp içeriye giriyoruz. Geniş salonun, iki yanı camekânla çevrili sol köşesinde, ayakta dikilmiş garsonlarla konuşan birine doğru yürüyor Emre. Bir anda sarmaş dolaş oluveriyorlar. Tolga Bey bu olmalı...

Emre bizi tanıştırıyor. Tolga... Eylül...

"Memnun oldum" diye uzattığım elimi tutup, dudağını parmaklarımın ucuna değdirmesiyle ürperiveriyorum. İlk kez yaşıyorum böyle bir durumu... Şaşkınlığım doğal.

Bu sıra dışı davranışın sahibini göz ucuyla incelemekten

kendimi alamıyorum. Emre'nin arkadaşı, kankası... Ama ondan en az altı yedi yaş büyük duruyor. İnce uzun boyu, nefti yeşil, usta bir terzinin elinden çıktığını haykıran takım elbisesiyle son derece yakışıklı.

Zarif ve ölçülü kibarlığını, Emre'ye olan yakınlığıyla bağdaştırmakta zorlanıyorum. Aynı çevrenin insanları gibi durmuyorlar.

Beyaz saten örtüler giydirilip pembe fiyonklarla süslenmiş sandalyelere oturmamıza nezaret ediyor Tolga. Dünya'nın karşısında Emre, Tolga'nın karşısında ben...

Dört kişilik değil de, sekiz on kişiyi ağırlamaya hazırlanıyormuş gibi duran, özenle hazırlanmış, görkemli bir masa düzeni... Önümüzde Boğaz'ın denizle kucaklaşan gece yüzü...

Muhteşem bir manzara! Sevdim bu ortamı...

Gümüş şamdanların konuk ettiği mumların ışıkları yüzlerimizde hareleniyor. Salonun üzerine dalga dalga yayılan klasik müzik sesinin yarattığı dinginliğe bırakıveriyorum kendimi.

Dünya'yla Emre'nin gözleri yaramaz, çocuksu bir sevinçte buluşuyor. Evlerinden kaçmış, gizlice evlenecek yeniyetme gençlere benzetiyorum onları. Tolga'yla ben de onlara destek veren iki can dost. Bu konumumdan şikâyetçi değilim; tam tersi, hoşuma gittiğini bile söyleyebilirim.

Kumanda, tümüyle Tolga'da. Bir baş işaretiyle ya da bakışlarıyla yönlendirebiliyor garsonları. Kısa bir sohbetin ardından yemek servisine geçiliyor. Her şeyin önceden dakika dakika ayarlandığı öylesine belli ki...

Herkeste bir başkalık var bu gece. Dünya, eski Dünya değil. Emre de öyle. Yaşanacakların önemini kavramış gibi, son derece ölçülü davranıyorlar.

Şarap içiyoruz. Kırmızı... Ne Dünya, ne de Emre, bildik alışkanlıklarını sergiliyorlar bu kez. Yemeğe eşlik eden içecek ölçüsünde kaldırıyorlar kadehlerini, ardı ardına yuvarlamıyorlar. Abartı yok...

İlk karşılaştığım insanlar hakkında iyi ya da kötü, az çok bir fikrim olur. Bu kez farklı. Tolga için hiçbir düşünce oluşmuyor kafamda. Daha doğrusu oluşamıyor. Buna izin vermiyor ki. Mesafeli duruşunun yanında, Emre'ye bakarken ışıldayan gözleri, başını hep yukarıda tutan havasına ters düşen şefkatli yaklaşımı; ilk kez tanıştığı bana karşı takındığı nazik tavır, soğuk yapılı olduğunu düşünürken sergilediği sevecen davranışlar, hiç umulmadık bir anda patlattığı ince esprilerle hepimizi kahkahaya boğması... Daha önce benzerine hiç rastlamadığım, ilginç bir kişilik!

Yemeğin sonlarına doğru gitgide sıcaklaşan sohbetin orta yerinde, birden ciddileşiveriyor Tolga. Ceketinin düğmelerini ilikleyerek oturduğu yerde dikleşiyor ve bana dönüyor.

"Gecenin en anlamlı anına geldik" diyor. "Eylül Hanım... Emre'nin yakını olarak ben, Dünya kızımızı Allah'ın emri, Peygamber'in kavliyle oğlumuza istiyorum. Ne diyorsunuz?"

Hiç beklemediğim bu sözlerle şaşkına dönüyorum. Ben kim oluyorum ki! Kız vermek bana mı düşer?

Üçünün de gözleri üzerimde. Dudaklarımdan dökülecek sözcükleri bekliyorlar. Gerekliliği tartışılır olsa da, eksik bir şey kalmasın istiyorlar. Yolunca, yordamınca kız istenecek ki, ardından da nişan takılabilsin.

Bu ince düşüncenin de Tolga'dan kaynaklandığı kesin. Hiçbir ayrıntıyı göz ardı etmiyor.

Tanıştığımız andan bu yana "Eylül" diye hitap ederken, kız isteme faslına geçtiğinde "Eylül Hanım" deyişi de ilginç. İşin önemini vurgulamak ya da kızı verecek kişiye, bana, paye kazandırmak amacıyla, özellikle yapıyor bunu.

"Hayırlısı olsun" diyorum, kendime bile yabancı gelen Eylül Hanım sesimle. "Onlar birbirlerini seçmişler zaten..."

Tolga'nın bir baş işaretiyle yönlendirdiği şef garson, beyaz dantel örtülü küçük bir tepsiyle, içinde yüzüklerin bulunduğu kadife kutuyu getiriyor.

Ağır devinimlerle kutuyu açıyor Tolga. Yüzüklerden birini bana uzatıyor. Dünya'nın nişan halkasını o, Emre'ninkini de ben takıyoruz. Sonra da Tolga, örtünün üzerindeki makasla yüzükleri birbirine bağlayan kırmızı kurdeleyi kesiyor.

Emre de cebinden çıkardığı bir başka kadife kutudaki tek taş pırlanta yüzüğü Dünya'nın parmağına takıyor.

Dünya mutlu, ateş gibi yanıyor gözleri. Onun sevincini, onun coşkusunu tüm yüreğimle paylaşıyorum.

"Mutlu olun, mutlu kalın" diye kucaklıyorum ikisini de.

Tolga ise alınlarından öpüyor onları.

"Sonunda başardınız" diyor.

Sonunda başardınız!

Sıradan sözcükler değil bunlar. Birden yabancılaşıveriyorum hepsine. Üçünün arasında gizli bir bağ olduğu hissine kapılıyorum. Paylaştıkları, benim bilmediğim, çözemediğim bir şeyler var...

Bu gece de başladığı andan bu yana, tam bir gariplikler silsilesi değil mi zaten? Kısa bir süre öncesine kadar hiç tanımadığım insanlarla ne yapıyorum ben burada?

Şef garsonun, iki yardımcısı eşliğinde, tekerlekli servis arabasıyla nişan pastasını getirmesi düşüncelerimi bölüyor. Bunu da unutmamış Tolga! Aferin ona.

Tek katlı beyaz pastanın üzerinde iç içe geçmiş iki yüzük ve iki kalp; sol tarafında da "D" ve "E" harfleri...

Dünya'yla Emre pastayı el ele keserek birbirlerine yedirirken şampanya geliyor. Şişeyi açma işini garsonlara bırakmıyor Tolga, kadehlerimize de bizzat kendisi dolduruyor.

"Mutluluğa! Sonsuza kadar..."

Dört dörtlük, tam bir nişan töreni! Salonda, yüzlerce konuk karşısında değil de dört kişiyle gerçekleşiyor, tek farkı bu.

Resmi yönü biten kutlamanın ardından, belirgin bir rahatlama yaşıyoruz hepimiz. Sohbetimiz yeniden ısınıyor.

Nasıl olduğunu ben de bilmiyorum; birden, kafamın içindeki bilinmezler pıtır pıtır dökülüveriyorlar dilimden.

"Belki yeri ve zamanı değil ama" diye başlıyorum. "Dünya'nın durumunu, ailesiyle olan ilişkilerini biliyorum. Ya sen Emre? Neden senin ailenden hiç kimse yok bu gecede? Sakıncası varsa yanıt vermeyebilirsin."

Hiç beklemediği bir anda suçüstü yakalanmış gibi huzursuzca kıpırdanıyor Emre. Vakit kazanmak istercesine derin bir soluk alıyor. Tolga'yla kaçamak bir bakışta buluşuyor gözleri. Ondan gereken izni almış olacak ki; sakin, tane tane konuşmaya başlıyor.

"Hiçbir sakıncası yok Eylül" diyor. "Bilmek senin de hakkın. Anlatayım... Üniversiteye başladığım yıla kadar, ailemin prensiydim ben. Tek çocuk ayrıcalığıyla el bebek, gül bebek büyütüldüm. Bir dediğimi iki etmediler. Yığınla oyuncağım oldu, çifter çifter bisikletim, on sekiz yaşına geldiğimde de son model arabam. Özel okullarda okudum. Kimsenin giymediğini giydim, yemediğini yedim. Ancak... Fakülteye başladığım yıl, her şey tepetaklak oluverdi."

Şarap kadehini kafasına dikiyor, sigarasını tazeliyor; gözleri çakmak çakmak, kaldığı yerden devam ediyor:

"Beni doğuran, annem değilmiş! Bir başka deyişle, ben o ailenin çocuğu değilim. Rastlantı sonucu öğrendim bunu. O sıralar flört ettiğim bir kız vardı... Aile fotoğrafımızı gördüğünde, 'Ne annene, ne de babana benziyorsun sen' dedi. 'Sakın evlatlık olmayasın!' Biliyormuş aslında, bir yerlerden duymuş; yoksa herkes aileden birine tıpatıp benzeyecek diye bir şart yok...

Gülüp geçmeye çalıştım önce, başaramadım; kafam bulanmıştı bir kere. Annemle babam yurtdışındalardı. Telefonda anlattım, birileri böyle söylüyor, diye. Şiddetle karşı çıkacaklarını, yok öyle bir şey, diyeceklerini beklerken... İlk uçağa atlayıp geldiler. Saatlerce konuştuk. Uzun yıllar çocukları olmamış bizimkilerin. Sonunda evlat edinmeye karar vermişler.

Bandırma'nın bir köyünde doğmuşum ben. Gerçek annem beni doğururken ölmüş. Ne kadarı doğruysa artık... Önceden haber salınmış oralara. Böyle bir çocuk olursa bildirin, diye. Hemen o gün gelmiş annemler. Beni kundağa sardıkları gibi, doğruca İstanbul'a... Nüfuslarına geçirmişler, onların çocuğu olmuşum."

"İyi de, bu durumda olan yalnız sen değilsin ki!"

"Söylemelilerdi bana! Çevrede onca bilen varken, beni annemin doğurmadığına herkes şahitken... Aldattılar beni! Tüm yaptıkları sıfıra indi, hepsi bir anda siliniverdi gözümden."

"Haksızlık etme. O kadar emek vermişler sana, kendi evlatları gibi benimsemişler."

"Onların ağzından duysam, farklı olurdu belki; bir yabancıdan öğrenmem daha da kötü etkiledi beni. İsyan halindeydim. Gerçek ailemi bulmak için dayanılmaz bir istek duyuyordum. Üç kardeşim daha olduğunu söylediler, tanımıyorum bile onları. Babam ölmüş. Kardeşlerimi aramak istedim, karşı çıktılar. Sahip olduğum paraya, mala, mülke özenirler diye; adresleri yok, izlerini kaybettik, dediler. Ulaşamadım hiçbirine..."

"Bir şey soracağım sana... Köyde kalmış olsaydın, bugünkü yaşam düzeyine ulaşabilecek miydin? Ya da gerçek ailen sana aynı özeni gösterebilecek miydi dersin?"

"Umurumda bile değil bunlar. Kan sudan hızlı akar Eylül... Benimle aynı kanı taşıyan hiç kimseyi tanımıyorum ben. Bunun ne demek olduğunu düşünebiliyor musun? Yabancılarla kurulmuş, sanal bir aile... Nereye kadar?"

"Ne yaptın ondan sonra?"

"Çok kötüydüm. Bunalıma girdim... Ünlü bir psikiyatra götürdüler beni. Telkinler, terapi seansları... Okulu bıraktım. Asi, delidolu, aksi bir adam olup çıktım. Ne anneme, ne de babama zerrece saygım kaldı."

"Bana kalırsa, biraz ayıp etmişsin."

"Belki... İngiltere'de bir okul ayarladılar bana... Ev tuttular. Gittim. Yapamadım. Daha da öfkeli bir Emre olarak gerisingeriye döndüm geldim. Beni evinizden uzaklaştırmak için yaptınız bunu, diye dünyayı dar ettim ikisine de."

"İşte orada hata yapmışsın" diye söze karışıyor Tolga. "İngiltere'de kalıp okusaydın, tüm sorunlarını halletme fırsatın olabilirdi."

Gülüveriyor Emre.

"O zamanlar sen yanımda yoktun ki kankacığım. Keşke olsaydın da biraz akıl verseydin şu garip kuluna..."

"Evet" diyor Tolga. "Henüz tanışmamıştık seninle."

"Nasıl tanıştınız siz?" diye soruveriyorum.

"Uzun hikâye" diye geçiştirmeye çalışıyor Tolga. "Hepimiz aynı psikiyatri bölümünün suyunu içtik, desek yeter sanırım."

Bu ilginç işte! Dünya'nın, intihar girişiminden sonraki dönemde, Emre'yle hastanenin psikiyatri bölümünde tanıştığını biliyorum. Ama Tolga'nın oralarda ne işi olabilir ki?

"Neyse" diyor Emre. "Özet olarak, o günden sonra koptuk birbirimizden. Ayrı eve taşındım..."

Duraklıyor. Söyleyip söylememekte kararsız, bir Dünya'ya, bir Tolga'ya soru dolu bakışlar fırlatıyor. Sonra, boş vermiş bir tavırla devam ediyor:

"Kötü bir arkadaş grubu... Her gece içki, orada burada sabahlamalar. Ve uyuşturucu batağı... Bir gece koma halinde götürmüşler beni hastaneye. Uzunca bir süre serumla kanımı yıkamış doktorlar. Tek iyi yanı, tedavinin son döneminde, işte bu can dostlarımla tanışmam..."

Tolga bir açıklama yapması gerektiğini düşünmüş olmalı ki; sıradan bir yanıt verir gibi, ama sözcükleri seçe seçe konuşmaya başlıyor:

"Olumsuz şartlar, insanları daha çok birbirine yaklaştırıyor. Ben de Emre'ninkine benzer, tatsız bir dönem yaşadım. Ama geçti... Daha fazla ayrıntıya gerek yok; bu gece söz konusu olan ben değilim çünkü..."

Ona yönelik tek bir soru sorma hakkını görmüyorum kendimde. Oysa içimdeki merak gitgide büyümekte. Güç de olsa, ilgimi yeniden Emre'nin üzerine çevirmeyi başarıyorum.

"Şimdi ne durumdasınız ailenle? Hiç mi görüşmüyorsunuz?"

"Olur mu hiç!" diye fütursuzca gülüyor Emre. "Göbek ve gönül bağımı koparmış olsam da, ekonomik yönden bağımlıyım onlara."

"Yani, parasal yönden kullanıyorsun bu insanları."

"Pek sayılmaz. Tek vârisleri benim. Şirketler zinciri var babamın. Zincirin en büyük halkasında üst düzey yönetici olarak çalışıyorum. Daha doğrusu çalışır görünüyorum. Aklıma estikçe şöyle bir uğruyorum şirkete. Havadan para verip de kendimi asalak hissetmeme neden olacaklarına, bu yolu seçtiler. Ne ince bir düşünce, değil mi?"

Baştan beri hiç söze karışmadan konuşmaları dinlemekle yetinen Dünya, kendini tutamıyor artık.

"Şükretmelisin haline" diyor Emre'ye. "Gerçek anan, baban olmasalar da seni düşünüyorlar ya... Annen, karnında değilse bile yüreğinde büyütmüş seni. Gözbebeklerindeki sevgiyle... Bir de benimkileri düşün. Dokuz ay karnında taşıdığı çocuğuna yabancı bir anne... Seninkinin yüzde biri kadar emeği geçmemiş bana. Babam desen, ondan beter... Umurlarında bile değilim onların."

"Bırakın şimdi bunları" diye araya giriyor Tolga. "Bu geceyi yeni bir doğuş olarak algılamaya çalışın."

"Bu kaçıncı doğuş?" diye sinirle gülüyor Dünya. "Bir kez, ama adam gibi doğabilseydim keşke."

"Bir şekilde doğdun ve artık büyüdün Dünya. Geçmişini eşelemek yerine, önünde uzanan yola sağlam adımlarla basmayı denemelisin."

"Bu arada, benim varlığımı da unutma" diyor Emre. "Yalnız değilsin artık..."

Şef garsonun getirdiği Türk kahvesiyle geceye son noktayı

koyuyoruz. Yarım saat öncesine kadar uslu bir çocuk gibi ortama uyum sağlayan, hatta bulutların üzerinde gezinircesine mutlu bir görünüm sergileyen Dünya'da sıkıntılı, huzursuz bir ruh hali sezinliyorum. Kahvenin yanında gelen nane likörünü hışımla devirivermesi de beni doğruluyor.

Nişanlanmak, yaşamında neleri düzeltecek, bilemiyorum. Belki içgüdüsel bir sezgi... Ama, bu yeni konumun da pek bir şeyi değiştirmeyeceğini düşünmekten kendimi alamıyorum.

8

Pazar sabahı, odadaki herkesten önce ben uyanıyorum. Gecenin sersemliği var üstümde. Kendime gelmek için duş yapmam şart! Havlumu alıp çıkıyorum.

Döndüğümde Dünya'yı kapının önünde, telefonla konuşurken buluyorum.

"Tamam" diyor birilerine. "Ben seni ararım."

Telefonu kapatıp bana dönüyor.

"Tolga" diyor çekingen bir tavırla. "Akşam için tiyatroya dört bilet almış. Yılmaz Erdoğan'a... Gelir misiniz, diye soruyor."

"Sen ne dedin?"

"Kızmak yok! Sana sormadan kabul ettim... Gideriz değil mi?"

Fıldır fıldır dönen gözleri çocuksu bir sevinçle parlıyor. Ödü kopuyor, ters bir şey söyleyeceğim diye... Gülüveriyorum onun haylaz çocuk haline.

Bu beklenmedik çağrı karşısındaki kararsızlığımı yanlış yorumluyor ve yalvarmaya başlıyor.

"Ne olur Eylül, hatırım için..."

"Gidelim bakalım..." diyorum.

Çelimsiz kollarıyla sımsıkı sarılıyor boynuma.

"Eylülüm benim, sen çok yaşa e mi!" diye öpücüklere boğuyor beni.

Bu kadar kolay kabul edişim, davetin Tolga'dan gelmesinden mi, bilemiyorum. Yılmaz Erdoğan'ın tutkunuyum, bir başkasından gelecek teklifi de aynen böyle kabul ederdim, diye geçiriyorum içimden. En azından kendimi inandırmak adına...

Akşamüzeri Emre bizi arabasıyla, yurdun önünden alıyor. Beşiktaş Kültür Merkezi'nin kapısında Tolga'yla buluşuyoruz.

Gündelik haliyle daha sıcak, daha yakın buluyorum onu. Takım elbisesinin yerini alan spor kıyafetiyle, nişan törenindekinden en az beş yaş genç görünüyor. Davranışlarındaki resmiyet de sevecen diyebileceğim bir samimiyete dönüşmüş... Ama kumanda gene onda!

"Bir şeyler yiyelim önce" diyor.

Beşiktaş'ın ünlü börekçisine giriyoruz. Bizlere sormadan, hepimizin siparişini veriyor Tolga.

"İstanbul'un hiçbir yerinde bu kadar mükemmelini yiyemezsiniz" diyor.

Haklı. Suböreğinin damakta dağılmasına ilk kez tanık oluyorum. Yanındaki, parmak inceliğindeki yaprak sarma da anneminkileri aratmıyor.

"Her şey harika da, yediklerimize eşlik eden, ayran olmasaydı..." diye sızlanıyor Dünya.

Alkollü bir şeyler aradığı belli. Bu kez kızmıyorum ama. Hatta bu umursamaz ve şirin sızlanışı beni güldürüyor bile.

Tiyatrodaki kahkahalarla örülü iki saatin de nasıl geçtiğini anlamıyoruz.

Çıkışta, vedalaşmayı beklerken, yepyeni bir öneri geliyor Tolga'dan.

"Vakit erken" diyor. "Bizim mekâna gidelim mi?"

Bizim mekân!

Yabancı gelmiyor kulağıma. Kapalıçarşı turundan sonra, Dünya'nın beni çeke çeke götürdüğü yer değil mi burası?

Soran bakışlarıma olumlu yanıt alıyorum Dünya'dan. İlk

izlenimlerim pek iç açıcı olmasa da, karşı çıkmıyorum.

Taksim, yukarıdan aşağıya doğru yürüyerek indiğimiz İstiklal Caddesi ve bir daha asla gelmem, dediğim malum yer...

Gecesine doyum olmaz, demişti Dünya. Bakalım ne derece doğru?

Girişte abartılı bir ilgiyle karşılanıyoruz. Bu durumu Tolga'nın varlığına borçlu olduğumuz kesin. Üzerinde "rezerve" yazılı, kulübün hatırlı müşterileri için yedekte tutulan bir masaya yerleşiyoruz.

Gecesiyle gündüzü arasında fazla bir fark yok bana göre. Yeraltında, karanlık bir ortam. Bu kez biraz daha kalabalık ve hareketli yalnızca.

Yanı başında saygıyla bekleyen garsona, "Viski!" diyor Tolga. "Bol buzlu..."

Dünya ile Emre de ona katılıyorlar. Bense, buna benzer yerlerde annemlerle beraberken içtiğim cin toniği tercih ediyorum gene.

Kuruyemiş ve meyve tabaklarıyla donatıyorlar küçük masamızı. Bu kez burası, ilk seferki gibi ürkütücü görünmüyor gözüme. Hatta, loş ışıklar altında keyifli dakikalar vaat eden davetkârlığıyla, hoşuma bile gidiyor.

Dünya'nın kendini içkiye vurması, kadehleri ardı ardına yuvarlaması da batmıyor. Emre'yle beraber içkilerine atıp karıştırdıkları minik tabletleri bile görmezden geliyorum. Bedenimi yumuşacık bir sis perdesi gibi saran, daha önce benzerini yaşamadığım tatlı bir gevşekliğe bırakıveriyorum kendimi.

Kalkma zamanının geldiğini düşünürken, cebinden küçük, antika görünümlü, yuvarlak bir kutu çıkarıyor Tolga. Kapağını açtığında, içinde beyaz bir toz olduğunu görüyorum.

Küçük bir tutamını, başparmağının bileğiyle kesiştiği çukurun üzerine koyup derin derin içine çekiyor. Ardından da, şeker tutar gibi, önce Dünya'ya, sonra da Emre'ye uzatıyor.

Onlar da benzer devinimlerle, konuşma arasında, sıradan bir iş yapar gibi tozdan paylarını alıyorlar.

En son bana uzatıyor kutuyu Tolga.

"Alır mısın?"

Vereceği yanıttan korkarak soruyorum.

"Nedir bu?"

"Kokain" diyor umursamaz, önemsemez bir tavırla.

Ateşe değecekmişim gibi ürkek, geriye çekiyorum ellerimi.

"Yoo... Hayır!"

Gülüyor halime.

"Sen bilirsin" diyor kutuyu hâlâ elinde tutarak. "Ama bu uyuşturucu değil, tam tersi canlandırıcı. Baksana, bizimkiler tepkilerini çarpıştırma yarışına girdiler bile..."

"Nasıl yani?"

"İçkilerine karıştırdıkları hapları görmedin mi? O hapların uyuşturucu etkisine karşı, kokainin canlandırıcı gücü. Keyif onların keyfi..."

İpnotize olmuş gibi bakıyorum kutunun içindeki toza.

"Alışkanlık yapmaz mı bu?"

"Ölçüsünü bilirsen yapmaz! Dene istersen. Bir defadan ne olur ki!"

İçimden yükselen delice merakla iradem arasında umarsız bir gelgit halindeyim.

"İçkiliyim ama..."

"Senin içtiğin de içki mi!" diye küçümser bir tavırla gülüyor Tolga. "Küçücük bir tutam... Al hadi!"

Titreyen ellerimle kutuya uzanıyorum. Parmaklarımın arasına kıstırdığım minik toz kümesini başparmağımın gerisine yerleştiriyorum. Gözlerim Tolga'nın yüzünde, derin bir solukla içime çekiveriyorum tozu.

Burnumun içinde hafif bir yanma... Gözpınarlarıma yürüyen ince bir sızı... Hepsi bu!

"İşte bu kadar!" diye kutuyu elimden alıp kapağını kapatıyor Tolga. "Dünyanın sonu değilmiş, gördüğün gibi."

Şöyle bir yokluyorum kendimi... Tolga'nın söz ettiği canlandırıcı etki bile yok üzerimde. Çok az almıştım zaten. O da bir yerlere mi uçtu ne?

"Devamlı kullanıyor musun sen?" diye soruyorum Tolga'ya.

"Hayır" diyor. "Hafta sonları, tek tük... Sigara ya da puro içer gibi. Geçmişte yaşadıklarım frenliyor beni."

Ne yaşadın geçmişte, diye sormuyorum; soramıyorum. Bunları duymak istediğimden emin değilim. Böylesine dengeli ve ölçülü davranabilen bir insanın, fazla dağıtmış olduğuna da inanmıyorum zaten.

Hem, geçmişinden bana ne! İkimiz de Dünya'nın ve Emre'nin yakın arkadaşları olduğumuz için buradayız. Bu beraberliğe farklı anlamlar yükleyecek kadar saf değilim.

Kurcalamanın anlamı da yok. Geçmiş ya da gelecek zerrece önem taşımıyor benim için. Yaşadığım şu anın büyüsünü sürdürmek yetiyor bana...

***

Bunu yaptığıma inanamıyorum!

İkinci kez karşılaştığım, benim için tümüyle yabancı birinin dolduruşuna gelip kokain çektim!

İşin en dehşet verici yanı da, bu çarpık eylemden dolayı en ufak bir suçluluk duymamam. Yaşamam gereken, doğal bir deneyimmiş gibi, son derece rahat içim.

Neler oluyor bana?

Dünya'yla Emre'nin, artık gizlemeye gerek duymadan uluorta hap kullanmaları da eskisi kadar trajik görünmüyor gözüme. Günahı da, sevabı da kendilerine, deyip geçiyorum.

Batağa saplanmış gibi bir halleri de yok zaten. Yaşadıkları günü kurtarma çabasındalar. Geçirdikleri onca badireden sonra, ayakta kalabilmek için desteğe gereksinim duyuyorlar. Hem, kullandıkları hapları veren de doktor değil mi?

Asıl merak ettiğim, Tolga'nın hangi noktada olduğu. Bu merakıma ışık tutmak da Dünya'ya düşüyor haliyle.

"Neden psikiyatri bölümünde tedavi görmüş Tolga?" diye soruyorum.

"Eroin tedavisi" diyor Dünya, sıradan bir baş ağrısından söz eder gibi. "Tam bir eroinman tablosuyla gitmiş hastaneye."

İnanılacak gibi değil! Güçlü duruşuyla hiç kimsenin, hiçbir maddenin esiri olmayacağını düşündüren bir Tolga ve eroinmanlık...

"Tedavi olmayı kendi mi istemiş?"

"Öyle sayılır. Hayatını temelinden sarsan olayı yaşadıktan sonra..."

"Hangi olay?"

"Baştan başlayayım... Çok zengin bir ailenin çocuğu Tolga. Çifter çifter fabrikaları var babasının. Annesi gazetelerin, magazin dergilerinin sosyete sayfalarında... Düzgün bir insan aslında. Amerika'da işletme mastırı yapmış. Fabrikaların pazarlama müdürü olarak çalışıyor. Emre gibi göstermelik değil, gerçekten başarılı bir işadamı o."

"Bu özelliklere sahip birisi ve eroin... Yan yana getirmekte zorlanıyorum doğrusu."

"Haklısın, ama bu meretin kime yapışıp kalacağı belli olmaz. Neyse... Amerika'dan döndüğünde, üniversite yıllarında ilgi duyduğu ama açılamadığı, sınıf arkadaşı bir kızla karşılaşıyor. Yakınlaşıyorlar. Birliktelikleri kopması güç bir noktaya geldiğinde, kızın eroin kullandığını öğreniyor Tolga."

Sözlerinin burasında buruk bir gülüşle kıvrılıyor dudakları Dünya'nın.

"Böyle bir durumda, iyinin kötüyü doğru yola çekmesi beklenir, değil mi? Gerçekte ise tam tersi olur. Kızı kurtarma çabasına girerken, kendisini o âlemin içinde buluveriyor Tolga... Esrarla başlayan serüven, önce toz, sonra da damardan eroine kadar uzanıyor. İkisi el ele, birbirlerini çukura çekme yarışına girmişçesine hızlı bir tempoda, sefaletin göbeğine doğru son sürat yol alıyorlar. Tolga'nın niyeti kızı tedavi olmaya razı etmek, beraberce eroinden arınmak ve yepyeni bir yaşama merhaba demek. Ama başaramıyor!"

"Tedaviyi kabul etmiyor mu kız?"

"Buna fırsatı olmuyor ki... Tolga'nın kollarında son nefesini veriyor zavallıcık."

"Aman Allahım!"

"Altın vuruş dedikleri aşırı dozla intihar ya da saflık derecesi bilinmeyen eroinin ölüme neden oluşu... Gerçeği kimse bilmiyor."

"Yıkılmıştır Tolga..."

"Hem de nasıl! Böyle durumlarda eroin arkadaşının seçeceği iki yol vardır. Ya aynı tempoyu sürdürmek, eskisinden de beter batağa saplanmak ya da kendini çekip kurtarmak... Genelde birinci yol üzerinde yürür eroinmanlar. Adım adım ölüme gittiklerini bile bile...

Ama Tolga'nın güçlü kişiliği, seçimini de olumlu yöne kaydırıyor. Kendi arzusuyla gidiyor hastaneye. Eroin tedavisi olmak istiyorum, diyor. Bedeninde birikmiş zehrin atılması günler sürüyor. Krizler, yoksunluk sendromu dedikleri çılgın nöbetler; serumlar, yatıştırıcı ilaçlar... Kanı ve bedeni zehirden arınıyor sonunda."

"Tekrar denemeye kalkmıyor mu hiç?"

"İşte en önemli nokta bu! Eroin tedavisi görenlerin yalnızca bedenleri temizlenmiştir. Arınma beyne kadar ulaşmamışsa eğer, yani hasta bırakmayı beynine yerleştirmemişse, geri dönüş kaçınılmazdır. Emre'nin farklılığı burada! Beynine hükmetmeyi biliyor. Yalnız bedeni değil, beyni de temiz olarak çıkıyor hastaneden."

"O zamanlar siz tanışmıyordunuz, değil mi?"

"Emre ve Tolga... Psikiyatri bölümünde yattığım sıralar tanıdım onları. İkisi de benzer tedaviler görmüş ve ruhsal tedavi sırasında, orada tanışmışlardı. Beni de aralarına alınca, gördüğün sacayağı üçlü oluşuverdi..."

"Peki ya şimdi?"

"Savaş gazileri gibiyiz hepimiz. Yara almış, ama ayakta durmayı başarabilmiş! Tolga'ya gelince... Bir daha eroin kullanacağını hiç sanmıyorum. Öyle güçlü bir iradesi var ki..."

"Kokain kullanıyor ama."

"Bu âleme dalmış birinin, bazı alışkanlıklarından tümüyle vazgeçmesi çok zor. Ama Tolga bilinçli. Arkadaş toplantılarında, arada sırada, tozla idare ediyor, gördüğün gibi. Çekirdek niyetine..."

"Emre'yle senin pıtır pıtır yuttuğunuz, içkilerinize kattığınız haplar da çekirdekten mi sayılıyor?"

"Doktor reçetesiyle alıyoruz onları. Dozunu abartmadıkça sakıncası yok. Hem, gerilim içinde kendini yiyip bitireceğine, böyle bir desteği yanına almanın ne zararı olacak ki?"

Benim o gece çektiğim birkaç zerrecik kokain de çekirdek yerine mi geçiyor acaba?

Merak sonucu gerçekleşmiş masum bir deneyim gibi dursa da, bu tür tehlikeli çerezlerden uzak durmakta yarar olduğunu görebiliyorum.

***

"Oo Eylül Hanım... Sizinle konuşmak için önceden randevu almak mı gerekiyor artık..."

Anıl!

İtalya'dan döndüğümüz günden bu yana öyle az görüştük ki...

"Bilmeyen de nişanlananın Dünya değil, sen olduğunu sanır" diye sürdürüyor sitemini. "Tüm dünyan Dünya olmasın! Bizlere de biraz zaman ayırsan, diyorum..."

Ne dese haklı. Bir de, uzaktan geldiğini görüp yön değiştirdiğimi, karşılaşmamak için özel çaba harcadığımı bilse, ne düşünür acaba?

Bu kez kaçamıyorum. Gözleri, günlerin biriktirdiği özlemle yüzümü tararken; bakışlarımı Manzara'dan gerilere, denizin kuytularına gömerek, anlattıklarını dinlemeye koyuluyorum.

Hep aynı terane... Havadan sudan tarzında ilerleyen sohbetin, dönüp dolaşıp bana ve ilgisizliğime gelişi. Sıkılıyorum...

Tam kalkmaya hazırlanırken, Seçil'le Kerem geliyor yanımıza. El ele, İtalya'dakinden de sıcak bir yakınlığı paylaşarak.

"Nerelerdesin Eylül?" diye başlıyor onlar da. "Seni görmek için bir İtalya turu daha mı düzenlememiz gerekiyor?"

Gözlerinden birbirlerine akan, bakışları değil de yürekleri sanki. Öylesine güzel bir bütünlük sergiliyorlar ki...

Bir benzerini ne zaman yaşayabileceğimin merakına düşüyorum. Zaman bir yana, yaşayabileceğim de kesin değil ya... Bende bu duygusal katılık varken!

Yüreği sevgi dolu bir insan olarak, aşk konusunda bu denli tutuk davranmamı ben bile çözemiyorum; değil ki bir başkası çözsün... Senin işin zor kızım!

"Bu akşam hep beraber yemeğe çıkmaya ne dersiniz?" diyor Kerem. "Madem okul çatısı altında buluşamıyoruz..."

"Harika olur!" diye atılıyor Anıl. Sonra da asıl onaylamanın benden gelmesi gerektiğini düşünerek susuyor.

"Bilmem ki" diye geveliyorum. "Son vizeler için çalışmam gerckiyor."

"Yapma Eylül" diye gülüyor Seçil. "Gören de başını kaldırmadan ders çalışıyorsun sanır. Hiç hazırlanmasan da geçersin sen o sınavları..."

"Sizin baş başa havanızı bozmayalım..."

"Olur mu öyle şey? Güzel bir geceyi arkadaşlarımızla paylaşmak istemeyeceğimizi nasıl düşünürsün?"

Anıl'ın ricacı gözleri de araya girince, üretecek başka bahane bulamıyorum.

Evet, bu gece, farklı bir dörtlü olarak yemeğe çıkıyoruz...

Okula yakın, sokak arasında, ev yemekleri yapan bir aile restoranında yer ayırtmış Kerem. Şirin, ilk anda insanın içini ısıtıveren, samimi bir ortam.

Masamız, küçük tabaklardaki hoş görünümlü mezelerle önceden donatılmış. Yaprak sarma, el açması börekler, fava, anneminkine benzer küçük köfteler, humus, ezme salatalar... Ve şarap.

Çatal ucuyla yemeklerin tadına bakıyoruz. Hepsi de birbirinden nefis. Servisimizi bizzat yapan restoran sahibi kadın, gülen yüzüyle her lokmamızın tadına tat katıyor sanki.

"Size anne diyebilir miyim?" diyor Anıl. "Onun yemeklerinin ikizini yapabilen birini ilk kez tanıyorum da..."

Öğrencilikle yetişkinlik arasındaki dar çizgide, geniş bir alan yaratıyoruz kendimize. Gülerek, söyleyerek; ortak yönlerimizin ortak keyiflerini gizlendikleri köşelerden çıkarıp yudumlayarak...

Seçil'le Kerem, beraberliklerinin gelişimini özetliyorlar. Konuyu ailelerine açtıklarını, onların da nasıl hemen dünürlüğe hazırlandıklarını, biraz da tiye alarak anlatıyorlar.

"Durun bakalım" diyor Kerem. "Âşık olduksa, damat olmadık ya..."

Farklı şivelerle fıkralar anlatıyor Anıl da. Kâh Temel oluyor, kâh Hüsmen Ağa... Ondaki espri yeteneğini bugüne kadar keşfetmemiş olmama şaşıyorum.

Tertemiz, saf bir neşe, paylaştığımız. Dudaklarım gülmeye uzanırken, huzursuzluk duymuyorum içimde. Dört kişi, bir şişe şarabı zor bitiriyoruz, kafamız ayık yani. Çekirdek cinsi çerezlerden de yok ortalıkta. Ama keyfimiz yerinde!

İster istemez, Dünya, Emre ve Tolga'yla beraber geçirdiğimiz zamanlarla içinde bulunduğumuz anı karşılaştırıyorum...

Ne büyük hata! Her şey anlamını yitiriveriyor birden. Çocukça geliyor konuşulanlar... Paylaştığımız doğal masumiyet, kusur gibi görünüyor gözüme.

Yüreğimin derinliklerinde duyumsadığım eksikliğin nedenini çıkaramıyorum. Tanımadığım insanların gizemli davranışlarının altında yatanları çözmeye çalışmaktan aldığım heyecan mı aradığım? Yaşamında çarpıklıklara yer vermeyen bu insanların, gözümde sığlaşıvermeleri ne derece doğru?

Benim yerim neresi? Bizim mekân, dedikleri Beyoğlu'nun arka sokaklarındaki izbe bar köşesi mi; yoksa, arkadaşlarımla paylaştığım aydınlık yüzlü bir restoran mı?

Kimim ben? Kendimi tanımakta güçlük çekiyorum. Yaşadığım kimlik bölünmesi, gitgide bir iç yargılamaya dönüşüyor.

Bir yanda, çekirdek niyetine sunulan tozlarla olmayacak deneyimler yaşamaya kalkan maceraperest Eylül... Diğer yanda, geçmişi sis perdesiyle örtülü arkadaşlarımın, "Toy insanların ağzından dökülen basit espriler" deyip geçecekleri sıradan şeylere kahkahalarla gülebilen, beyni ve yüreği rahat, eski günlerdeki Eylül...

Hangisiyim ben? Hangi Eylül daha mutlu?

Bilemiyorum! Nereye ait olduğumu, bundan sonra da hangi kimliğimle ortalarda dolanacağımı bilemediğim gibi...

9

Nişandan bu yana, Dünya'yı daha az görür oldum. Çoğu gecelerini Emre'de geçiriyor, nadiren uğruyor yurda. O da, gereksinim duyduğu eşyalarını almak için.

Okulda da eskisi kadar sık görüşemiyoruz. Zamanımın çoğu Anıl ve Seçil-Kerem ikilisiyle geçiyor. Memnunum bu durumdan. Adam gibi, öğrenciliğimi yaşıyorum. Kantin sefaları, Manzara sohbetleri, beraber çıkılan yemekler...

Hafta sonlarımı Dünya'nın elinden kurtaramıyorum ama. Yaptıkları programların baş konuğu, ille de ben olacağım! Hoşuma gidiyor aslında... Okulla yurt arasında sıkışıp kalmış tekdüze yaşantıma hareket ve canlılık getiriyor bu buluşmalar.

Tükettikleri aşırı içki ve sakıncalı çerezler de eskisi kadar rahatsız etmiyor beni. Hatta, ortama uyum sağlama gereği duyarak, onlara katıldığım da oluyor. Alışkanlığımın çok üstünde içki tüketmeye başladığımın farkındayım. Ancak, kokainle yakınlaşmamı, arkadaşlığa dönüşmeden sonlandırmaktan da mutluyum.

Tolga'nın, hafta sonu soluklanması, diye nitelediği gecelerden sonuncusunda yaşadıklarım, yeni oluşmaya başlayan kokain-Eylül beraberliğine son noktayı koydurdu. Bir tutam toz çekmenin, Tolga'nın dediği gibi, birkaç şişe kola içmek gibi bir şey olmadığını öğrendim en azından.

"Kolanın etkisinin biraz fazlası" diyordu Tolga. "Onca hamallığı çekmeden, kestirme sonuç... En tehlikesiz eğlence aracı!"

Bedenime yayılan büyünün beni güçlü kıldığını, hareketlerime olağanüstü canlılık kazandırdığını, beyin hücrelerimi kırbaçlayıp hiç olmadığı kadar özgür konuşabilen, kendini rahatça ifade eden, benim bile tanımakta güçlük çektiğim bir Eylül tablosu yarattığını yadsıyamam. Bir de, ardından gelen olumsuzlukları yaşamasaydım...

Kokainle ilk tanıştığımda, kalp atışlarımdaki hızlanmanın, duyduğum heyecandan kaynaklandığını sanmıştım. Yanılmışım! Böyle olmadığını, ikinci kullanışta anladım ancak...

Göğsümden yukarılara fırlayan yüreğim, ağzımın içinde atıyordu sanki. Gitgide hızlanan soluklarım... Çevremdeki insanların, önümden hızla geçen trenin penceresinden bana bakar gibi delice devinmeleri...

Bu kadarla kalsa iyi!

Bedenimin tümünü saran kasılmalar midemde odaklandığında, göğsümün ortasından ağzıma ulaşan bulantının dayanılmazlığı... Dünya'nın kolunda, tuvalete kadar güçlükle yürüyüşüm... Ardı ardına gelen, içimi dışıma çıkaran boş öğürtüler...

Neyse ki, kusmayı başardım sonunda. İçimdeki tüm pisliği klozetin içine döktüm. Gene de huzura kavuşmadı bedenim.

O gece yurtta kaldı Dünya, Emre'ye gitmedi. Kendini biraz suçlu hissetti galiba. Sabaha kadar, ara ara başucuma gelip beni yoklayarak gösterdiği, şefkat kokan özverinin açıklaması bu.

Uyur uyanık geçirdim geceyi. Ertesi gün de yataktan çıkamadım maalesef. Ece'nin sitemli ve imalı bakışlarına verecek yanıtım yoktu. Aşırı içkinin sonucu, diye değerlendirdiği durumun altında yatanları bir bilseydi... Dünya'nın davranışlarını kınarken, ona benzer çizgide yol almamı yadırgaması doğal.

Ama kendimce mutluydum ben. Dost yüzlü bir düşmanı, kokaini gerçek kimliğiyle tanımıştım. Yollarımız bir daha asla kesişemezdi onunla...

Bu kez farklı bir hafta sonu programıyla geliyor Dünya.

"Tolga parti veriyor! Cumartesi akşamı, kendi evinde..."

İşte bu ilginç! İlk kez ev ortamına davet ediliyorum. İyi de, nereden çıktı şimdi bu?

Soru dolu bakışlarım, Dünya'nın açıklamalarıyla yanıt buluyor.

"Tolga'nın sık sık yinelediği partilerden biri" diyor. "Bizim eski grubumuz... Dışarıdan ilk gelen sen olacaksın."

Kararsız halime bakıp gülüyor.

"Merak etme, yemezler seni. Çok eğleneceğine garanti verebilirim... Hem, bunun son cumartesimiz olduğunu da unutma."

Doğru, üç haftalık yarıyıl tatilimizin arifesindeyiz. Pazar günü İzmir'e gidiyorum. Dönüşümde, Psikoloji Bölümü öğrencisi olarak, yeni bir sayfa açılacak önümde. Yaşadığım şu dört aylık İngilizce hazırlık dönemini, bir daha anımsamamak üzere, gerilerde bir yerlere gömeceğim.

Bunun da bir kutlaması olmalı artık! Tolga'nın daveti de tam üstüne geliyor. Neden kabul etmeyeyim ki?

Cumartesi akşamı, Dünya ile Emre yurttan alıyorlar beni. Ulus'ta oturuyor Tolga. Denize tepeden bakan, hafif eğimli bir yamacın üzerindeki, dış cephesi mozaik desenli, şık bir binanın birinci ve ikinci katlarını içine alan dubleks dairede.

Kapıdan içeriye adımımı attığım anda, burasının bir bekâr evi olamayacağı düşüyor aklıma. Öylesine modern ve lüks döşenmiş... Evin her tarafı beyaz lambri kaplı. Yuvarlak bir kemerle geçilen salonun üst bölümünde, beyaz lake üzerine mine işlemeli, vitrinlerde görmeye alışık olduklarımızdan çok farklı bir yemek odası takımı var. İki basamakla inilen alt kısımda, beyaz deri döşemeli oturma grubu yer alıyor. Ve... geniş cepheli salon penceresinden, Boğaz'ın gece manzarasıyla kucaklaşıyorsunuz.

Son derece sevecen ve konuksever bir ev sahibi kimliğiyle karşılıyor bizi Tolga. Kimse gelmemiş henüz... Salonun alt bölümüne geçip oturuyoruz.

"Nasıl buldun evimi?" diye soruyor bana.

"Harika!" diyorum, bastırmayı başaramadığım bir hayranlıkla. "Kaç kişi yaşıyorsunuz burada?"

"Bir orduya yeterim ben" diye gülüyor. "Nasılsınız bakalım?"

"Bomba gibiyiz!" diyen Dünya'nın yüzüne takılıp kalıyor gözlerim.

Ne kadar zayıflamış bu kız böyle! Kaşık gibi kalmış suratı. Gözlerinin altı da halka halka... Arabanın loş ışığında fark etmemişim.

"İyi misin sen?" diye soruyorum.

"İyiyim" diyor, biraz sıkıntılı.

Emre'nin evi yaramamış arkadaşıma. Her gece içki, sigara, hap... Olacağı budur!

Usul usul kaşınıyor üstelik. Beni rahatlatmak için olsa gerek, iğreti bir gülümseyişle gülüyor yüzüme.

"Neden kaşınıyorsun sen?"

"Alerji" diyor kısaca.

"Bir şey mi dokundu?"

"Yok canım! Bahar geliyor ya... İlk belirtisi beni vurur."

"Daha kışı devirmedik bile... Biraz erken karşılamıyor musun baharı?"

Emre'yle Tolga, bizim konuştuklarımıza katılmıyorlar nedense. Bir şeyler daha sormak, kafamdaki soru işaretlerini çözmek niyetiyle ağzımı açıyorum ki... Kapı çalınıyor. Merakımı susturmak zorunda kalıyorum ben de.

Eğlenceyi çoktan başlatmış, cıvıl cıvıl bir grup, şamatalı kahkahalar atarak salonu şenlendiriveriyor. Hepsi birbirini tanıyor, tek yabancı benim. Bizleri tanıştırmak da Tolga'ya düşüyor haliyle.

Dört kız, üç erkek, yedi kişiler. Saçma olduğunu bile bile, ikişer ikişer eşleştiriyorum kızlarla erkekleri. Kızlardan biri açıkta kalıyor. İçgüdülerim, boşta kalanın Tolga'ya yakın olabileceğini söylüyor. Yanılıyor muyum acaba?

Hayır! Kızların içinde en uzun boylu ve gösterişli olanı, bakışlarıyla adım adım takip ediyor Tolga'yı. Adı Sibel. Kendinde hak gördüğü bir sahiplenmeyle, eli Tolga'nın kolunun üzerinde, grupça paylaşılanların ötesinde bir şeyler anlatıyor ev sahibimize.

Konuştuklarını özelden genele çevirmek ister gibi, o ana kadar alt perdede seyreden sesini yükseltiveriyor birden.

"Ne çok şey hazırlatmışsın gene Tolga... Kim yiyecek bunları?"

Herkesin bildiğini bana da açıklamak gereği duymuş gibi, bana doğru dönüyor Tolga.

"Çok becerikli iki yardımcım var benim" diyor. "Bu gördüklerin onların eseri. Varlıklarıyla beni rahatsız etmeden, gölge gibi, özveriyle çalışır ikisi de..."

İşlemeli beyaz masa örtüsünün üzerine dizilmiş tabaklarda bin bir çeşit yiyecek var. Yan taraftaki küçük servis masasının üstü de renk renk içki şişeleriyle dolu.

Tolga'nın ev sahipliği buraya kadar! "Buyurun" diyor yalnızca; herkes, kendi servisini kendisi yapacak.

Yabancı oluşumun üzerime yüklediği tutukluğu aşmam için, elinden geleni yapıyor Dünya. Kolumdan tutup oturduğum yerden kaldırıyor beni. Üst üste dizilmiş tabaklardan birer tane alıp, yuvarlak masanın çevresinde tur atarak yiyeceklerden paylarını alan diğer konukların arasına katılıyoruz biz de.

Gözüme hoş görünen çeşitlerden birer kaşık alarak tabağımı süslüyorum, tablo gibi duruyorlar beyaz porselenin üzerinde. Gözüm Dünya'nın tabağına takılıyor... İki parça peynir almış yalnızca. Yanında da bol şuruplu bir ayva tatlısı.

Neler oluyor bu kıza böyle? İştahı yok, belli. Ama, adım gibi biliyorum ki, içkiyi kökleyecek bu gece. İki parçacık peynirle... Ya o ayva tatlısına ne demeli? İçkisever insanların tatlıya pek yüz vermediklerini duymuştum. Onun bu garip davranışına anlam vermek güç.

Tabaklarımızı alıp yerlerimize oturuyoruz. Önümüze portatif ceviz sehpalar koyuyor Tolga.

"İçki servisi erkeklerin işi!" diye uyarıyor arkadaşlarını.

Kadehlere içki doldurma görevini zevkle yapıyor erkekler. Herkesin ne içeceği belli gibi. Ancak, Dünya'yla Emre, beni şaşırtan bir değişiklik yapıyorlar içki seçimlerinde.

Kadehlerine votka-bira karışımı dolduruyor Emre.

"Sana da aynısından hazırlayayım mı?" diye soruyor bana.

Neden olmasın? Denenmemişleri denemek, yeni alışkanlığım değil mi? Kısa bir süre öncesine kadar tadını bile bilmediğim çerezlerin yanında, votkayla biranın lafı mı olur!

Yemekten çok, içkinin rağbet gördüğü kesin! Tabaklardaki eksilen yiyecekleri tamamlamak kimsenin aklına gelmiyor da, içkiler birbiri ardına tazeleniyor.

Benim votka-bira kokteylim, tek kadehte kalacağa benziyor. Kurşun gibi bir şey! İlk yudumda ayağımı yerden kesecek kadar güçlü. Uzun aralıklarla, kadehi dudağıma götürmekle yetiniyorum. Sigara bile içmiyorum bu gece. Salonun üzerine inen yoğun dumandan payıma düşen yetiyor bana.

"Başlayalım mı artık Tolga?" diyor oğlanlardan biri.

"Âleme geçmek için sabırsızlanıyorlar" diye gülüyor Dünya.

Âlem! Yabancısı sayılmam artık. Kokain kutusundan paylarını alıp eğlencenin dozunu doruklara ulaştırma amacındalar besbelli. Benim çoktan kapattığım bir sayfa! İlgilenmeye hiç niyetim yok...

Ama o da nesi? Sedat adındaki tıknaz oğlan, cebinden çıkardığı, yaldızlı kâğıda sarılı küçük bir paketi sehpanın üzerine koyuyor. Birkaç tane sigaranın kâğıdını yırtarak tütünlerini küçük bir tabağa boşaltıyor. Paketin içindeki tozu üzerine döküp özenle karıştırıyor.

Salondaki herkes nefesini tutmuş, o anın büyüsünü sonuna kadar yaşamak ister gibi, onu izliyor. İki tane sigara kâğıdını tabağa yayıyor Sedat. Hazırladığı karışımı, kalın iki şerit halinde ortalarına yerleştirip sigara şeklinde sarıyor.

İki tane tombul sigara!

"Esrar!" diye alçak sesle kulağıma fısıldıyor Dünya. "Bu gecenin ikramı..."

Tabağı, içindeki sigaralarla beraber getirip önce Tolga'ya uzatıyor Sedat. Bir büyüğe saygıyla sunulan, değerli bir armağan gibi.

Sigaralardan birini yakıyor Tolga. Derin bir nefes çekip

yanındaki arkadaşına uzatıyor. Benzer şekilde, elden ele gezmeye başlıyor esrarlı sigara.

Sıra bana geldiğinde, dudağıma bile götürmeden, yanımda oturan Dünya'ya veriyorum. Herkesin gözü üstümdeymiş gibi geliyor ama, olsun. Aralarına düşmüş bir yabancının uyumsuz davranışı diye algılamaları da umurumda bile değil.

Tolga'nın yaklaşımı daha farklı... Küçük pufu koltuğumun yanına çekiyor.

"Neden bize katılmıyorsun?" diye soruyor usulca.

"Böyle iyiyim ben" diye geçiştirmeye çalışıyorum.

"Denemek ister misin?"

"Hayır!"

Sibel, yanımızda beliriveriyor hemen.

"Bana ver" diye cilveli bir tavırla gülüyor Tolga'ya.

Yanıtını bile beklemeden, elindeki sigarayı alıp dudağına götürüyor. Derin derin içine çektiği dumanı bırakmıyor, tüm hücrelerine işlemesini ister gibi, içinde tutuyor.

Sibel'den geri aldığı sigarayı yeniden, sağ yanındaki arkadaşına geçiriyor Tolga.

"Sol yanında baban otursa, gene de sağdan döner esrar sigarası" diyor.

Sonra da bambaşka bir konuya atlıyor.

"Psikolog olacaksın sen, öyle değil mi?"

Ne ilgisi var şu yaşadıklarımızla, gibisine bakıyorum yüzüne.

"İyi bir psikolog, empati yapmalı!" diyor bilmiş bir tavırla. "Bazı şeyleri kendi üstünde denemezsen, insanların anlattıklarını kavramakta zorlanırsın. Şu gördüğün esrar... İçtiğin alkolden daha az zararlı. İlk denemede hiçbir şey anlamazsın zaten ya, neyse... Esrar tutkunu birinin neler hissettiğini bilmen için tek yol denemektir, unutma."

Tabaktaki diğer sigarayı da alıp yakıyor Tolga. Sözlerinin

üzerimdeki etkisini sınamak ister gibi, biraz da hükmedercesine uzatıyor bana.

Sibel, ayakta dikilmiş bekliyor. Geri çevirmemle, sigarayı kapıvereceğini tahmin edebiliyorum. Farklılığını gösterecek Tolga'ya; benim yabansılığımı, yabancılığımı vurgulayacak...

Ani bir kararla, alıp parmaklarımın arasına kıstırıyorum tombul sigarayı. İçmekle içmemek arasında kısa bir bocalamanın ardından, filtresiz beyaz kâğıdı dudaklarıma değdiriveriyorum. Ve... hafifçe içime çekiyorum.

Sonra bir daha... Sibel gibi, içimde tutuyorum dumanını. İlk kez bir şey hissedemeyeceğimi söyleyen Tolga'ya inat, somut bir sonuç alma amacıyla...

Başarıyorum da!

Bu işin ustalarının arasında, biraz öksürsem de; boğazımda oluşan yanmaya aldırmadan, kendimden emin bir tavırla sağ yanımda oturan Dünya'ya geçiriyorum sigarayı.

"Bir kereyle esrarkeş olmazsın, merak etme" diye omzumu okşayıp kutluyor beni Tolga.

Biraz keyifleniyorum galiba. Kalp atışlarımdaki hızlanmayı duymazdan gelerek, zihnimin berraklığına odaklanmaya çalışıyorum. Bedenimi saran tatlı yorgunluğa seve seve teslim oluyorum...

İçinde bulunduğum bu değişik sarhoşluğun ilk kez içtiğim esrardan mı, yoksa votkayla birayı karıştırmaktan mı kaynaklandığını bilemiyorum.

Birden, salonun yarı yarıya boşalmış olduğunu fark ediyorum. Sedat'la, tam karşımda oturan mısır püskülü saçlı kız da koridorun derinliklerinde kayboluyorlar.

"Bu kadarı yetmez onlara" diyor Dünya. "Eksik kalanı içeride tamamlayacaklar."

Eksik kalan ne? Nasıl tamamlanacak? Aldırmıyorum bile... Benim havam bana yetiyor.

Bir de yarın sabah yola çıkacak olmasam...

Bu darmadağın olmuş Eylül Hanım, bakalım nasıl toparlayacak kendini?

***

Pestil gibi serildiğim yataktan, pestil gibi kalkıyorum gene. Neyse ki bavulum hazır...

Otobüse nasıl biniyorum, nasıl yerime yerleşiyorum... Bir Allah bilir, bir ben!

Yolculuklarda gözünü bile kırpmayan Eylül, tekerleklerin dönmesinden, otobüsün İzmir'e girişine kadar başını kaldıramıyor koltuktan. Midemin bulantısından başka bir şikâyetim yok aslında. Hostesin getirdiği, o çok sevdiğim neskafe kokusuna bile dayanamıyorum.

Bu durumumun tek sorumlusu, Emre'nin zoruyla içtiğim votka-bira karışımı. Aklıma bile getirmiyorum esrarı. Onu suçlamak işime gelmiyor nedense...

Kızlarını özlemle kucaklamaya hazırlanan annemle babam da şaşıyorlar halime.

"Günlerin yorgunluğu" diye gülümsemeye çalışıyorum.

Kavuşma sevinciyle üstünde durmuyorlar. Nurten Abla'nın özenle hazırladığı yiyeceklerin tadına bile bakamayışımı da, yol yorgunluğuna bağlıyorlar. Bol limonlu bir çorbayla geçiştiriyorum akşam yemeğini. Erkenden odama çekiliyorum.

Yarın yepyeni bir gün olacak! Beni düze çıkarmasını umduğum, derin bir uykunun kollarına bırakıveriyorum kendimi...

10

İnsanın kendi evinde, kendi yatağında, sevenlerinin arasında uyanması kadar güzel bir şey olamaz!

Annem, babam ve Nurten Abla beni şımartma yarışına girmiş gibiler. Burada geçireceğim kısıtlı sürenin her anını en iyi şekilde yaşamam için ellerinden geleni yapıyorlar.

Sabahları işe geç gidiyor annem, kahve keyfimizi paylaştıktan sonra. Akşam da erkenden dönüyor, denize karşı çaylarımızı beraberce yudumlamak için.

Akşam sohbetlerimizi de nasıl özlemişim meğer! Babamın da katılımıyla, önümüzde bizi bekleyen özlem dolu günleri aklımıza getirmemeye çalışarak, saatler boyu konuşup hasret gideriyoruz.

Gün içindeki boş saatlerimi Selen'le geçiriyorum. TOEFL sınavını vermiş, bu dönem Sosyoloji Bölümü'ne başlayacak. Kalacak yer sorunu yok, bu yılı teyzesinin yanında tamamlamayı düşünüyor.

Aşağı yukarı her gün buluşuyoruz Selen'le. Sinemaya gidiyoruz, çarşı pazar geziyoruz... Can arkadaşım benim! İstanbul, onun varlığıyla daha da güzelleşecek...

Huzurum ve neşem yerinde. Bir de, kum taneleri gibi parmaklarımın arasından kayıp giden zamana hükmedebilsem! İzmir'e henüz dün gelmiş gibiyim. Oysa, tatilimin bir haftası dolmak üzere...

Telefonda konuşuyoruz Dünya'yla. İki kez o aradı, bir kez de ben.

Gözlerimin derinliklerinde kalan son görüntüsü gibi, sesi de zayıf geliyor kulağıma. İyiyim, dese de, yolunda gitmeyen bir şeylerin varlığı huzursuz ediyor beni...

Bu sabah, Dünya'nın telefonuyla uyandım.

Söyledikleri, içimdeki tedirginliğin boşa olmadığını kanıtlıyor sanki.

"Çok kötüyüm Eylül" diye hıçkırıyor Dünya. "Emre'yle ayrıldık..."

"Neden? Nasıl oldu?"

"Telefonda anlatılacak gibi değil. Uzun hikâye... Keşke yanımda olsaydın."

"Toparla kendini. Ağlamak, paralanmak neye çare olur ki?"

"Elimde değil Eylül... Perişanım!"

Dudaklarımdan kendi kendine dökülüveren sözcükleri durduramıyorum.

"Buraya gelsene!"

"Gelemem. Çok zor..."

"Neden zor olsun ki? Otobüse atladığın gibi... Birkaç gün kalır dönersin."

Kısa bir sessizlik oluyor.

"Tamam" diyor biraz dirileşmiş sesiyle. "Yerimi ayırtınca haber veririm sana."

Gece otobüsüyle gelecek Dünya. Aradı, haber verdi.

Akşam yemeğinde, bizimkilere anlatıyorum durumu. Benden dinledikleri ve tanıdıkları kadarıyla, Dünya ile olan yakınlığımdan pek hoşnut olmadıklarını hissedebiliyorum. Bir yandan merak ediyorlar onu, yakından tanıyıp hakkındaki görüşlerini sınamak istiyorlar.

"İyi etmişsin" diyor annem. "Gelsin bakalım... Çevre değişikliği avutur onu."

Sabah annemle beraber karşılıyoruz Dünya'yı. Bizi eve bırakıp işe gidiyor annem.

Nasıl da özlemişim onu! Durup durup sarılıyorum, zayıflamış, kuş kadar kalmış bedenine...

"Çok güzelmiş eviniz" diyor gizleyemediği bir hayranlıkla.

Evden çok, onu yuva yapan sıcaklığı sevdiğini kestirebiliyorum.

Nurten Abla'nın hazırladığı kahvaltı sofrasında karşılıklı oturuyoruz Dünya'yla. Özellikle konuya girmiyoruz ikimiz de.

"Oturduğun yerden denizi görmek ne hoş" diyor, gözleri maviliğin üzerinde.

Hiçbir şey yemiyor, iştahı yok. Tabağına koyduğum peynire, zeytine dokunmamış bile. Ama, beni çok şaşırtacak bir şey yapıyor... Ani bir hamleyle kayısı reçelini kâsesiyle önüne çekiyor; kaşık kaşık yemeye başlıyor. Çay ve reçel...

Ekmek bile yutamıyor bu kız, diye geçiriyorum içimden; üzülüyorum.

"Artık konuşma zamanı!" diyorum. "Anlat bakalım, neler oldu?"

"Bitti" diyor. "Bitti..."

"Nedir biten?"

"Emre, ben, beraberliğimiz; hepsi..."

"Deli etme adamı da anlat artık."

"Ailesi" diyor dişlerinin arasından. "Nişanlandığımızı duymuşlar. Babası işyerine çağırmış Emre'yi. 'Olmaz bu iş; tanımadığımız, bilmediğimiz bir kızı istemeyiz biz' demiş."

"Kim ailesinin tanıdığı insanla nişanlanıyor ki?"

"Sorun o değil. Bizim, tedavi sırasında tanıştığımızı biliyorlar ve oğullarına layık görmüyorlar beni."

Dudakları bükülüveriyor Dünya'nın. İçini çeke çeke, sessizce ağlamaya başlıyor. Gözlerinden sicim gibi dökülen yaşları toplayacak gücüm olsa keşke...

"Emre ne demiş peki?"

"Ayrılamayacak bir noktada olduğumuzu söylemiş. Dinlememiş bile adam, üstüne üstlük bir de tehdit etmiş Emre'yi. Paranı keserim, sürünürsünüz, demiş."

"Emre de bu sözler karşısında pes etmiş yani..."

"Tam olarak öyle değil... Boşa konuştuğunu biliyor babasının. Asla parasız bırakmazlar beni, diyor."

"Sorun ne o zaman?"

"Şu aralar ailesiyle yakınlaşma çabasında. Nedenini bilmiyorum. Beni onlarla tanıştırmak istedi, karşı çıktım. İstenmediğim bir yerde, beni yok sayan insanlarla karşılaşmayı yediremedim kendime. Kavga ettik..."

"Kavga dediğin ne ki! Biraz abartıyorsun galiba... Tartışmasız beraberlik nerede görülmüş!"

Bir anda hıçkırıklara boğuluveriyor Dünya.

"Vurdu bana!"

"Vurdu ha... İşte bu olmadı!"

Gözlerimin önünde tatsız bir kare canlanıyor. Çelimsiz bedeniyle tortop olmuş bir Dünya... Ve ona acımasızca saldıran, canavarlaşmış bir Emre!

"Hayvan herif!" diye bağırıveriyorum.

Hayrettir, beni yatıştırmaya çalışıyor Dünya! Emre'yi mazur göstermek, temize çıkarmak için diller döküyor bana.

"Ne yapsın" diyor. "İki taraf arasında kaldı o da. Birikmiş öfkesini benden çıkardı. İçkiliydi zaten, uyuşuktu..."

"Bunlar mazeret değil! Bir kez eli alıştı mı, arkası gelir..."

"İlk defa oluyor, ben de inanamadım. Şimdi çok pişman. Tek başına, nasıl çaresizdir kim bilir..."

"Hâlâ onu düşünüyor, onu savunuyorsun ya, pes doğrusu! Ben olsam, bir daha adını bile almam ağzıma..."

"Öylece bırakıp geldim ya! Başka ne yapabilirdim ki?"

Titreyen sesi iyiden iyiye cılızlaşıyor.

"Sağ ol Eylül" diyor. "İyi ki çağırdın beni, gidecek başka yerim yoktu..."

"Tamam, ağlama artık. Tüm yaralarını sararım ben. İzmir'in havası her derde devadır."

İlk kez gülüyor yüzü.

"İyi ki varsın" diyor. "Sen olmasan, ne yapardım ben?"

"Bırak şimdi bunları" diye kalkıyorum yerimden. "Önce kalacağın yeri ayarlayalım."

Evin içinde küçük bir tur atıyoruz Dünya'yla. Benim odamdaki, açılınca yatağa dönüşebilen kanepeyi gösteriyorum. Ama o, mutfağın yanındaki küçük odada kalmayı yeğliyor.

Kafası ve yüreği öylesine dolu ki... Düşüncelerini düzene sokmak için kendisiyle baş başa kalmak isteyişine hak veriyorum.

Gün boyunca, odasından çok az çıkıyor Dünya. Kendini içinde bulunduğu çevreden soyutlamış, bambaşka bir âlemde yaşıyor sanki. Zorlamıyorum onu. Örselenmiş bedenini ve ruhunu dinlendirmeye ihtiyacı var.

Hiçbir şey yemiyor. İyice azalmış iştahı. Nurten Abla'nın hazırladığı yemeklere dönüp bakmıyor bile. Gün içindeki öğünlerini birkaç bardak meyve suyuyla geçiştiriyor.

Kaşıntısı daha da artmış.

"Hâlâ geçmedi mi alerjin?" diye soruyorum.

"Geçmedi" diyor umursamaz bir tavırla.

"İyi bir cilt hastalıkları uzmanı var" diyorum. "Babamın yakın arkadaşı. Ona gösterelim seni."

"Gerek yok" diye omuz silkiyor. "Alerji ilacım var. Bugün almadım da..."

Kavruk bedenine, derine çökmüş mor halkalı gözlerine baktıkça içim eziliyor. Nasıl yardım edebilirim ona, dertlerine nasıl derman olabilirim; bilmiyorum. Karşısına geçip üzülmekten, gitgide kötüleşen sağlık tablosuna endişelenmekten başka bir şey gelmiyor elimden...

Akşam yemeğinde de durum değişmiyor. Annemle babamın onu tanımak için yağdırdıkları sorulara verdiği kısa ve kaçamak yanıtlar; önüne konan yemeği yemesi gerektiği bilinciyle gösterdiği umarsız çaba...

Lokmalar ağzında büyüyor, bunu görebiliyorum. Tabağındaki yiyecekleri çatal bıçak yardımıyla parçalara bölüyor, küçücük bir lokmayı ağzına atıp dakikalarca evirip çeviriyor; geri kalanını bir yana yığıp yeniden dağıtarak yemekle oynuyor sanki.

Kendi annesi ve babasıyla hiçbir zaman paylaşamadığı bu sıcak aile sofrasından mı etkilendi acaba? İçinde barındırdığı çözümsüzlüklerden sıyrılıp bizim ortamımıza ayak uydurmakta güçlük çekiyor belki de. Nedeni her neyse; şu anda, bizden çok uzak bir yerlerde yaşadığı kesin.

Masadan kalkar kalkmaz da, izin isteyip odasına çekiliyor zaten. Annem, babam ve ben biz bize kalıyoruz salonda. Nurten Abla'nın getirdiği kahvelerimizi yudumlarken, huzursuz bir sessizliği paylaşmaktayız.

"Arkadaşının çok ciddi sorunları var Eylül" diyor babam.

Yüzünde ciddi ve endişeli bir ifade var.

"Evet" diyorum. "Yaşadığı onca olumsuzluktan sonra, nişanlısıyla ayrılmaları da tuzu biberi oldu..."

"Benim kastettiğim o değil! Sağlık sorunları..."

"O da zincirin bir halkası. Biri koptu mu, diğerlerini de etkiliyor."

Yanıt vermiyor babam. Maske gibi duran ifadesiz yüzünün ardında neler düşündüğünü çözemiyorum. Ama arkadaşım için endişelenmesi de hoşuma gidiyor. Ona yardımcı olma çabamda yalnız olmadığımı hissettiriyor bana...

***

Gecenin geç saatlerine kadar kapısının altından sızan ışık, Dünya'nın yorgun ve yıpranmış bedenini yeterince dinlendiremediğinin göstergesi. Ama ikinci günümüzü de kapalı kapıların ardına hapsetmeye hiç niyetim yok benim. Kararlıyım; farklı ortamlarda neşelenmesini sağlayarak, çözümsüzlüklerinden biraz olsun uzaklaştıracağım onu.

Yiyeceklere yüz vermeden, iki bardak vişne suyuyla geçiştirdiği kahvaltının ardından, salona geçip eski neşeli günlerimizi çağrıştıran birkaç saati paylaşıyoruz Dünya'yla. İçinde Emre'nin olmadığı cümlelerle örülü, dertlerin bir yana itildiği, yok sayıldığı, tüm pürüzlerin ayıklandığı hoş bir sohbet...

"Hadi bakalım, toparlan!" diyorum sonunda. "Evde oturmak için mi geldin İzmir'e?"

Ona kalsa, geçici süre için ona ait olan odasıyla salon arasında geçirecek tüm zamanını. Ne bulduysa o küçücük odada...

Önce Konak Meydanı'na götürüyorum onu. Saat Kulesi'nin dibinde kuşlara yem atıyoruz beraberce. Eminönü'ne benzetiyor burayı Dünya.

"Oradaki kuş yemi satan kadın buraya gelmiş sanki" diyor. "Otobüste senin arkandaydı, görmedin mi?"

Eski neşeli halinden izler taşıyan, biraz buruk bir gülüşle aralanıyor dudakları. Seviniyorum. Yüzündeki belli belirsiz, küçücük bir aydınlanma bile mutlu etmeye yetiyor beni.

Kemeraltı'na doğru yürüyoruz... Yoğun ve cıvıltılı insan kalabalığı şaşırtıyor Dünya'yı.

"Tüm İzmirliler burada galiba" diye gülüyor.

Dükkân önlerine atılmış tezgâhların arasından, gitgide daralan yol boyunca, vitrinlere baka baka, Kemeraltı'nın derinliklerine doğru ilerliyoruz.

"Acıktın mı?" diye soruyorum.

Hayır anlamında başını sallıyor. Acıktım, dese şaşardım zaten!

"Zahmetsiz'e götüreceğim seni" diyorum.

"Zahmetsiz mi? O da ne demek?"

"Gidince görürsün..."

Ara yollardan birine sapıp, sağlı sollu yan yana dizilmiş küçük lokantaların arasından geçerek Zahmetsiz'e varıyoruz. İki katlı, salaş, ama ünü İzmir'i aşmış bir balık restoranı burası. Üst kata çıkıp pencere önünde bir masaya oturuyoruz.

Takım elbiseli işadamlarıyla, İzmir'in şık ve bakımlı kadınları arasında gidip geliyor Dünya'nın bakışları.

"Ne biçim bir yer burası böyle?" diyor hayretle.

Ortamın sadeliğiyle, müşterilerin düzeyi arasındaki çelişkiyi yadırgadığı belli.

"Çevredeki işyerlerinden öğlen yemeği için gelenler" diye açıklıyorum. "Burada yiyeceğin balığı, başka yerde bulamazsın."

Dünya'ya sormadan siparişlerimizi veriyorum garsona.

Çok geçmeden geliyor yemeklerimiz. Küçük parçalara ayrılmış, ızgarada pişmiş, dumanı üstünde trança ve bir porsiyon da kızarmış sardalye.

"Ne çabuk geldi" diyor Dünya. "Önceden mi hazırlıyorlar bunları?"

"Olur mu hiç!" diye gülüyorum. "Aşağıda küçük bir ordu çalışıyor bu iş için. Öğlen arasını değerlendiren müşteriler, işlerine dönmek zorunda. Hızlı servis olmasa, bu kadar insan gelir mi buraya?"

Geldiğinden bu yana, ilk kez bir şeyler yiyor Dünya. Lop etli, ayıklanması gerekmeden, zahmetsizce yenebilen balık parçalarını sevdi galiba. Ama, yanında yalnızca meşrubat verilmesinden pek hoşnut değil.

"Bira yok mu burada?" diyor alçak sesle.

"Esnaf lokantasında biranın işi ne?" diye şaka yollu çıkışıyorum. "Ama, bira içilecek güzel yerler de var İzmir'de."

Gözleri parlayıveriyor. İki gündür, bira bile içmediği düşüyor aklıma. Garip bir şekilde, vişne suyunun değil de biranın ona daha çok yakıştığını düşünüyorum. Eski günlerdeki Dünya'ya duyduğum özlemden belki de...

Balıkların ardından küçük tabaklarda, kare şeklinde kesilmiş tahin helvası geliyor. Benim pek düşkünlüğüm yok. Dünya'nın iştahla yediğini görünce, tabağımı ona doğru uzatıyorum. Geri çevirmiyor. İki dilim helvayı bir solukta yiyip bitiriyor. Tahinle bütünleşmiş tatlının ona güç vereceğini düşünerek seviniyorum.

Bu kez de Alsancak'a çeviriyoruz rotamızı. Modern ve lüks yapısı, iyi giyimli, aydınlık yüzlü insanları, ışıltılı vitrinleriyle burası, pek hoşuna gidiyor Dünya'nın; İstanbul'un Etiler'ine benzetiyor.

En çok da Birinci Kordon'a bayılıyor ama. Yüzünü denize vermiş yüksek binaların altında sıralanan restoranlar, çoğunlukla gençlerin rağbet ettiği birahaneler ilgisini çekiyor. Hafiften ısıran soğuğa inat, dışarılara atılmış masalarda oturan insan kalabalığını, kadın ve erkek yüzlerine ayrıştırarak tanımaya çalışıyor.

"İzmirliyi kapalı mekânda tutamazsın!" diyorum. "İçinde bulunduğumuz mevsime kafa tutarcasına, işte böyle, açık havada oturmayı yeğlerler."

Gözlerindeki ışıltı, fark edilmeyecek gibi değil.

"Oturalım mı biz de?" diye, gençlerin kaynaştığı bir birahaneyi gösteriyorum. Sevinçle başını sallıyor.

Tam ona göre bir yer! Buz gibi birasından aldığı ilk yudumla yüzüne renk geliyor sanki. Havaya savurduğu, sigarasının dumanı değil de, dertlerinin uçurabildiği bölümüymüş gibi; hafiflemiş, rahatlamış bir hali var.

Öylesine dalmışız ki, cep telefonumun çaldığını neden sonra fark ediyorum.

Arayan Emre! Hiçbir başlangıç yapmaya, hatta merhabalaşmaya bile gerek duymadan atılıveriyor üstüme. Yaşananların sorumlusu benmişim gibi...

"Dünya senin yanında, değil mi?"

"Evet."

"Deli mi bu kız? Aramadığım yer kalmadı iki gündür. Cep telefonu da kapalı, ulaşamıyorum. Çıldırtmak mı istiyor beni?"

Yanıt vermeden, Dünya'ya uzatıyorum telefonu. Titreyen elleriyle güçlükle kavrayıp kulağına götürüyor. Emre'nin bana kadar ulaşan yüksek sesiyle söylediklerini, sessizce dinlemeye koyuluyor.

Ara ara verdiği kısa yanıtlar dışında sessiz kalışı canımı sıkıyor. Konuşsun, bir şeyler söylesin, sesini yükseltsin; içinde çöreklenmiş zehri dışarı akıtsın istiyorum.

O ise gözlerini benden kaçırarak, yüzü körfezin sularına dönük, Emre'nin anlattığı masalları dinlemekle yetiniyor.

İnanmasa bile, onun ağzından çıkan sözcüklere tutunmak ister gibi.

"Gelmek istemiyorum" diyor dinlemenin bir yerinde. "Bekleme beni..."

Telefonun diğer yanından gelen, artık duyamadığım için gereken dinginliğe kavuştuğunu düşündüğüm sese verdiği tek yanıt bu. Ancak, bedensel tepkisini gören benim.

Kasılmış parmaklarıyla bira bardağını bilinçsizce sıkışı, dudaklarının kıvrımında bir belirip bir yok olan o ince titreyiş; gözpınarlarına dolup, inci tanelerine dönüşemeden kirpikleriyle geri gönderdiği damlacıklar...

Asıl yanıt burada, karşımda! Emre'nin göremediği, görse bile büyük bir olasılıkla anlam derinliğini kavrayamayacağı gerçeklik buradaki. Bir bilse Dünya'nın nasıl yittiğini, karanlık boşluklarda kendisiyle hesaplaşırken yok olma noktasına geldiğini...

Tüm benliğini çelik bir zırh gibi saran katı gerginliğin ağır ağır çözülüşünü ilk gözlemleyen de ben oluyorum haliyle. Azarlanmış küçük bir çocuğun başının okşanması gibi... Elinden alınan en değerli oyuncağı yeniden uzatılmışçasına... Buruk bir sevinçle filiz veriyor karşımda.

"Tamam" diyor sonunda. "Ama bugün olmaz."

Gözlerini kaçamak bir bakışla gezdiriyor yüzümde. Benden onay almadan vermiş olduğu kararın ezikliği var duruşunda.

"Belki yarın akşam" diyor telefonun diğer ucuna, verdiği müjdeden kendisi daha fazla sevinç duyar gibi.

Konuşmaya konulan son noktanın ardından, uzunca bir süre sessiz kalıyoruz. Denizin koynuna bıraktığı gözlerini toplayıp suskunluğunu bozuyor sonunda.

"Gitmekten başka seçeneğim var mı Eylül?"

Ne diyebilirim ona? Sunabileceğim olanakların kısıtlılığı ortada.

Aklımdan geçenleri okur gibi devam ediyor:

"İyi oldu gelmem... Çağırdığın için sağ ol. Ama, ailenle paylaştığın o evdeki konukluğum ne kadar sürebilir ki? Ait olduğum yere, Emre'nin yanına dönmek zorundayım."

Son sözleriyle beraber, sesine yansıyan titreyiş içime dokunuyor.

Ait olduğu yer! Böyle bir yer var mı gerçekten?

Emre'nin yanı... Henüz evlenmeden, zorunlu nedenlerle nişanlıya sığınış... Gönül rızasıyla değil de, başka seçeneği olmadığından.

Zavallı Dünya! Ne acımasız bir yazgısı var bu kızın...

"Doğru çözüm bu değil mi sence de?" diye gözlerini yüzüme dikiyor.

"Nasıl davranacağını en iyi sen bilirsin, ama Emre de bundan sonra nerede durması gerektiğini öğrenmeli."

Onun hırpalanmasına, yediklerinin üzerine yeni darbeler almasına dayanamıyorum. Kendini savunacak güçten yoksun olduğunu görmekse, derinden yaralıyor beni.

"Merak etme sen" diyor. "Birden kayboldum diye biraz bağırdı çağırdı ama, gönlümü almasını da bildi."

Duyumsadığı cılız sevinci gölgelemeye hakkım yok. Hoşuna gidecek, kırılan gururunu onaracak bir şeyler söylemeye çalışıyorum.

"Özlemiş mi seni?"

"Özlemiş! Deliye dönmüş yokluğumda... Bu ilk ve son, diyor. Beni şımartacağını, bir dediğimi iki etmeyeceğini söylüyor."

"İyi bari... Ama, birkaç gün daha kalsaydın keşke. Çeşme'ye bile götüremedik seni."

"Gene gelirim. Bu seferlik böyle..."

Telefonun sesiyle bölünüyor konuşmamız. Emre mi gene, diye elime alıyorum... Annem!

"Akşam Topçu'ya gidelim mi?" diye soruyor. "İzmir'e gelmişken, çöp şiş yemeden olmaz" diyor Dünya için.

Canım anneciğim benim! İşinin gücünün arasında bunları düşünebildiği için minnet duyuyorum ona.

"Akşam programımız belli oldu" diyorum Dünya'ya. "Topçu'ya götüreceğiz seni."

Sonra da Topçu'nun, İzmir'in en tanınmış mekânlarından biri olduğunu, buraya gelen ünlülerin uğramadan dönemediklerini, gazetelerde adının sık sık geçtiğini anlatmaya koyuluyorum.

Birden dalgınlaştığını, beni dinlemediğini fark ediyorum Dünya'nın. Gözü bende, aklı kim bilir nerelerde...

"Kalkalım istersen" diyorum. "Vakit henüz erken. Alsancak'ta tur atarız biraz, sonra da Topçu'nun önünde bizimkilerle buluşuruz; ne dersin?"

Derin bir uykudan uyanır gibi, boş gözlerle bakıyor yüzüme.

"Yoruldum" diyor. "Eve gidelim. Biraz dinlensem iyi olur."

Düşüncesiz davrandığım için kızıyorum kendime. Saatlerdir sokaktayız... Orası senin, burası benim, çeke çeke gezdirip durdum kızcağızı. Yoruldu haliyle...

Taksiye atlayıp eve dönüyoruz. Gücü tükenmiş ayaklarını sürüye sürüye, doğruca odasına gidiyor Dünya. Uzanıp dinlenecek, akşam için kendini toparlayacak... Beklentim bu! Tam tersi bir tabloyla karşılaşacağımı nereden bilebilirim ki?

İki saate yakın bir süreyi salonda kitap okuyarak, Nurten Abla'nın demlediği mis kokulu çayımı yudumlayarak geçiriyorum.

"Dünya da içmez miydi?" diye soruyor Nurten Abla.

"Hiç dokunma ona" diyorum. "Çok yoruldu zavallıcık."

"Sana ayak uydurmak kolay mı! Gezdireceğim diye canını çıkarmışsındır kızın..."

Ben kaldırmasam, kalkacağı yok Dünya'nın. Hafiften kapısını tıklatıyorum.

"Geliyorum" diye sesleniyor içeriden.

On dakika kadar sonra, eskisinden de yorgun, bitik bir yüzle çıkıyor odadan. Dinleneceğine, daha da yorulmuş sanki. Dik yakalı balıkçı kazağının üzerine kalın bir hırka giymiş, gene de titriyor.

"Ne bu halin?" diye haykırıyorum. "Hasta mısın?"

"Üşüttüm galiba" diyor.

Burnu kıpkırmızı, gözlerinden yaşlar iniyor. İki saat içinde tutulduğu bu ağır nezleye anlam veremiyorum. Ne kadar zayıflamış bünyesi... Kuşun kanadından rüzgâr alıyor.

Nurten Abla'nın kaşla göz arasında kaynatıp getirdiği limonlu ıhlamuru içince, biraz kendine gelir gibi oluyor. Bu kez de aşırı bir şekilde terlemeye başlıyor.

"Terlemesi iyi" diyor Nurten Abla. "Bedenindeki zehri atar. Anneannem, grip olduk mu çift yorganın altında terletirdi bizi. Hasta girdiğimiz yataktan sapasağlam kalkardık."

Dünya'da da gözle görülür bir iyileşme var. Önce sımsıkı sarındığı kalın hırkayı çıkarıyor sırtından, sonra da odasına gidip üstünü değiştiriyor. İç çamaşırlarına kadar terden sırılsıklam olduğu kesin. Yüzünü gözünü yıkayıp yeni giysileriyle yanımıza dönüyor.

"Ben hazırım" diyor. "Gidebiliriz."

Hiçbir yere gidecek hali yok aslında. Odadan çıktığındaki kadar kötü değilse de, iyi görünmüyor. Soluk yüzünün tüm kanı çekilmiş sanki. Birbirine kenetlediği elleri tir tir titriyor hâlâ.

"Gitmeyelim istersen" diyorum.

"İyiyim ben" diye güçlükle gülümsüyor. "Bekletmeyelim sizinkileri..."

Topçu'nun önünde iniyoruz taksiden. Annemle babam bizden önce gelmiş, ön taraftaki camekânlı bölümde bizi bekliyorlar.

Dünya'nın solgun görünümü onları da endişelendiriyor. Hemen anlatmaya koyuluyorum. İzmir'in havası çarptı, istemeden yordum onu, üşüttü galiba; gördüğünüz tablonun açıklaması bu...

Neyse ki, biraz toparlanıyor Dünya. Yemek servisi başlamadan gelen buz gibi birayı görünce de gözleri parlıyor.

İzmir'in ünlü çöp şişi, ızgarada kızartılmış soğanlar, piyaz ve bira... Topçu'nun vazgeçilmez mönüsü.

Hepimiz içtiğimiz için, Dünya'nın bira tutkusu göze batmıyor önce. Ama, iştahını açsın diye kimyona batırıp önüne koyduğum çöp şişleri zorla yutarken, üçüncü bira kupasını kafasına dikmesi, babamın bakışlarını onun üzerinde toplamaya yetiyor. İnce ince tarıyor Dünya'nın yüz hatlarını, tepeden tırnağa süzüyor... Arkadaşımın, böyle eleştirel tarzda mercek altına alınmasından hoşnut değilim. Ne var ki elimden bir şey gelmiyor.

"Yarın akşam İstanbul'a dönüyor Dünya" diyorum, ağırlaşan havayı dağıtmak için.

"Acelen ne kızım?" diyor annem. "Gelmişken, kalsaydın biraz."

"Nişanlımdan aldığım izin bu kadar" diye gülüyor Dünya. "Yarın çıkıp biletimi alacağım."

"Olmaz öyle şey" diyor annem. "Bana sorarsan, kal derim, ama madem kararlısın, gitmek istediğin saati söyle; yerini ayırtırım ben."

"Son otobüs olsun bari" diye araya giriyorum. "Yarını da dolu dolu yaşayalım hiç değilse..."

"İyi olur" diyor babam da. "Yarın akşam da, İzmir'in adına yaraşır bir balık yediririz Dünya'ya."

Gizli bir minnetle bakıyorum babamın yüzüne. Biraz önceki eleştirici ifadesinin yerini alan bu sıcak yaklaşımı hoşuma gidiyor. İyi davransınlar istiyorum Dünya'ya. Benim önüme serdikleri sevgi ve şefkat okyanusundan birkaç damla da ona versinler, ana baba sıcaklığıyla okşanmamış saçlarını okşasınlar gözleriyle... Birkaç tatlı sözcükle sevgisiz, çorak yüreğinde çiçekler açtırsınlar...

"Buna gerek yok" diyor Dünya ezik bir sesle. "Biz bugün 'zahmetsiz' diye bir balık yedik zaten."

"O sayılmaz" diye gülüyor babam. "Bir de zahmetlisini ye, aradaki farkı görürsün."

Gerilen ipler, Dünya'nın gidişini açıklamamla mı gevşedi, bilemiyorum. Ama, hem annemin, hem de babamın arkadaşım için bir şeyler yapma yarışına girdiğini görmekten mutluyum. Onu benim kadar sevmelerini isteyemem; aramızda bulunmasından rahatsızlık duymasınlar, yeter.

Bir de... Dünya'nın, Eylül'ün yanında özel bir yeri olduğunu, onun için farklı bir önem taşıdığını bilsinler istiyorum. Bilsinler ve ona göre tavır alsınlar. Sevgi ve şefkat eksiğini ben tamamlarım nasılsa...

***

Son günümüzün her dakikasını gereğince değerlendirmek amacıyla, erkenden fırlıyorum yataktan.

Kafamda planladığım programı uygulayabilmem için, iyi gününde olması gerek Dünya'nın! Dünkü gibi, hastalıklı yüzüyle çıkarsa odadan, işimiz zorlaşır.

Neyse ki, korktuğum gibi olmuyor. Göz altındaki gittikçe derinleşen mor halkalarla biraz daha artan kaşıntısını saymazsak hiç de kötü görünmeyen; neşeli, son saatlerimizi en iyi şekilde geçirmeye en az benim kadar hevesli, bu amaçla kendini tümüyle bana bırakmış bir Dünya var karşımda... Daha ne isterim?

"Bugün Kızlarağası Hanı'na götüreceğim seni" diyorum. "İzmir'in Kapalıçarşı'sı, da diyebilirsin... Bakalım beğenecek misin?"

Beğenmek de laf mı, bayılıyor!

Tam ona göre bir yer burası. Otantik giysiler satan dükkânlar, bin bir çeşit takının, incik boncuğun sergilendiği tezgâhlar; çok sayıda yerli ve yabancı turistin varlığıyla şenlenen cıvıltılı hava...

Şile bezi, bürümcük kumaşlı, batik baskılı elbiseler, bluzlar, şallar; gümüş ağırlıklı yüzük, bilezik, kolye öbekleri aklını başından alıyor Dünya'nın.

Beğendiğini hissettiğim mavi, üstü pullarla işli bir bluzla şifon bir şal alıyorum ona. İtiraz edecek oluyor.

"Yolluk niyetine" diyorum.

Gözünün takılı kaldığı yeşim taşlı bir yüzük-bilezik takımını da el çabukluğuyla sardırıveriyorum.

Emre için gümüş, Erzurum taşlı bir yüzük beğeniyor Dünya. Tüm ısrarlarıma karşı koyarak, parasını kendisi ödüyor.

Zamanın nasıl geçtiğini anlamıyoruz bile. Kızlarağası Hanı'nın çok sayıdaki kapılarının birinden girip diğerinden çıkarak, birbirini çaprazlama kesen, renkli vitrinlerle zenginleşmiş dar yollarında gezinerek, neredeyse üç saatimizi keyifle harcıyoruz bu özgün mekânda.

"Şimdi dinlenme zamanı" diye kolundan tutup Han Kapısı'ndan dışarıya sürüklüyorum arkadaşımı. "Dünya üzerindeki en güzel Türk kahvesini içireceğim sana... Kapalıçarşı'da içtiklerini unutacaksın!"

Duvarın dibine dayanmış dar bir sedir tahtası, üzerinde Türk motifli bir kilim, minderler; önünde küçük masalar, bodur tabureler...

"Harika bir yer burası!" diyor Dünya.

"Daha ne gördün ki?" diye gülüyorum. "Kahveni iç, ondan sonra konuş..."

Kahvelerimizi getiren garson uyarıyor, "Fincan sıcak, dikkat edin!" diye.

Neresinden tutacağını şaşırmış bir halde bana bakıyor Dünya. Elimi fincana değdirmeden, dikkatle ilk yudumumu alıyorum.

"Cezvede değil, bu gördüğün fincanda pişiyor kahve" diye açıklıyorum. "Onun için sıcak..."

Beni taklit ederek kahvesini yudumluyor Dünya da.

"Böyle bir şey olamaz!" diyor. "Bu ne biçim bir damak tadı..."

İlk yudumdan son yuduma kadar bitmeyen, krema kıvamındaki köpüğü damaklarımızla buluşturmanın eşsiz keyfini yaşıyoruz.

Elinden tutup kahvenin pişirildiği mutfağa götürüyorum Dünya'yı. Şükrü Usta'yla tanıştırıyorum. Bu yöntemle kahve hazırlayan ilk kişi o... Uygulamalı olarak, becerisini gösteriyor bize.

Görünürde kolay geliyor insana. İçine kahve, su ve şekerin konulduğu fincan, doğrudan ateşin üzerine oturtuluyor. Ağır ateşte, köpürünceye kadar pişiriliyor. Sırrı bu! Ama aynı tadı tutturmak herkesin harcı değil.

"Sakın denemeye kalkma" diyorum Dünya'ya. "Fincanı, ocağı, bir yerleri patlattığınla kalırsın. İşi bilene, ustasına bırakacaksın..."

"Ellerinize sağlık" diyor Dünya da. "Üzerine şiirler yazılacak kadar güzel bir kahve sundunuz bize. İstanbul'da bile böylesini içmedim ben..."

"İşte İzmir'in ayrıcalığı" diye, gizlemeye gerek duymadığım bir gururla gülüyorum.

Bu özel kahvenin tadını ve kokusunu üstümüzde taşıyarak, Şükrü Usta'nın yanından ayrılıyoruz.

Yoruldu gene Dünya! Eve götürüyorum onu. Dinlensin, akşam için diri bir görünüme kavuşsun diye.

Eve girer girmez, hemen odasına atıyor kendini. Dinlenecek sözüm ona... Ama Dünya bu! Belli mi olur, dünkünden de yitik bir çehreyle çıkabilir karşıma.

Kitabımı alıp salondaki köşeme çekiliyorum ben de. Ama bir türlü, okuduğuma veremiyorum aklımı. Satırlar gözümün önünde uçuşup duruyor. Beynimin tümü Dünya'ya çalışıyor çünkü.

Akşamüzeri, kapısına gidip çağırmaya hazırlanırken, kendiliğinden çıkıveriyor odasından. Merakla bakıyorum yüzüne... Fena görünmüyor. Yüzünün solgunluğuna, parlaklığını yitirmiş donuk gözlerine, yorgun görünüşüne aldırmıyorum; onlara alıştım artık.

Çantasını hazırlamış, götürüp sokak kapısının önüne koyuyor. Yemek dönüşü, doğrudan otobüse götüreceğiz ya onu...

Yersiz yurtsuz göçebeler gibi, oradan oraya savrulan minik bir kız çocuğu var sanki karşımda. Savunmasız; sevgiye, şefkate, sıcak ilgilere aç... Üstelik bu açlığı doyurması öylesine zor görünüyor ki...

***

İzmir'in Kordon Boyu'na yabancı değil Dünya. Dünkü birahane keyfinden sonra, bayılıyor buralara.

Ünlü Balık Pişiricisi'nin, Birinci Kordon'da oluşu da mutlu etmeye yetiyor onu. Yemekle arası yok zaten, ortamın güzelliğiyle doyuruyor karnını.

Restoranın üçüncü katında yer ayırtmış babam, iyi de etmiş. Karşıyaka'nın ışıklarıyla inci bir kolye gibi çevrelenmiş denizden gözlerimize ulaşan yansıma harika.

Körfezin manzarasına karşı, başköşeye oturtuyoruz Dünya'yı. Bu geceki özel konuğumuz o...

"Fazla meze yoktur burada" diyor babam, siparişlerimizi vermeden. "Gerçek balık severler, şundan bundan atıştırmanın, mideyi gereksiz yere doldurmanın, balığı aşağılamak, bir kez daha öldürmek olduğunu söylerler."

Biz de, balığı incitmeyecek, yalnızca yanına süs olacak birkaç tabak mezeyle tam bir Ege mutfağı sunuyoruz Dünya'ya. Radika, turpotu, arapsaçı, deniz börülcesi ve fava...

Haşlanıp zeytinyağı ve limonla terbiye edilmiş otlara şüpheyle bakıyor Dünya, çatalının ucuyla tatlarına bakmakla yetiniyor. Ama, devasa bir tabakla ortaya konulan salatanın üzerindeki büyük boy "jumbo" karideslere ve babamın özenle seçtiği beyaz şaraba bayılıyor.

Annemle babam, bu akşam daha yakın duruyorlar Dünya'ya, ilk kez bu kadar sıcak davranıyorlar; birbiri ardına devirdiği şarap kadehlerini bile görmezden geliyorlar. Giderayak kanları ısındı, diye düşünüyorum. Paylaştığımız sohbetin kazandığı içtenlik mutlu ediyor beni.

Dünya da üstüne düşeni yapıyor ama. Bir tek sigara bile içmiyor bizimkilerin yanında. Kendini ne kadar sıktığını tahmin edebiliyorum. Bu özverisi için teşekkürler yağdırıyorum içimden. Bir de hatır hutur kaşınmasa...

"Şu alerjisi de geçmedi Dünya'nın" diyorum babama bakarak.

Doktor yönüyle bir şeyler söylesin, çareler önersin istiyorum. O ise susuyor, sözlerimi duymamış gibi davranıyor. Gecenin başından beri sergilediği sıcak konukseverlikle çelişen bu garip suskunluğuna anlam veremiyorum.

"Alerji ilacı da alıyor, ama geçmiyor" diye ısrarla yineliyorum.

Babam, tabağına diktiği sabit bakışlarını yüzüme çevirip tane tane, sözcüklerin üzerine basa basa konuşmaya başlıyor.

"O ilaçların yararı yok" diyor. "Önemli olan, bu tablonun nedenine inebilmek..."

"Peki, nereden kaynaklanabilir bu durum?"

"Uzun süre kullanılan ilaçlar ya da bazı maddeler vücutta birikim yapmış olabilir. İncelenmesi gerek..."

"Keşke biraz daha zamanın olabilseydi Dünya" diye araya giriyor annem. "Gereken tahlilleri yaptırır, seni iyileştirir, öyle gönderirdik İstanbul'a..."

Başı önünde Dünya'nın. Ağzından çıkan fısıltı kıvamındaki sözcükleri güçlükle duyabiliyorum.

"Teşekkür ederim" diyor anneme. "Dönünce doktora giderim ben..."

Konu kapanmış görünüyor. Ama, benim yönümden değil! Ardı ardına şimşekler çakıyor kafamda. Beynimdeki uğultunun etkisiyle, bulunduğumuz ortamdan kopmuş gibiyim.

Annem, sabah girdiği duruşmanın ayrıntılarını anlatıyor babama. Onların bizden uzak bir sohbete yoğunlaşmasını fırsat bilip Dünya'nın bileğine yapışıveriyorum.

"Gene hap mı kullanıyorsun sen?"

Masumiyetle suçluluk arasındaki dar çizgide, kimliğini yitirmiş donuk bakışlarını yüzümde gezdiriyor.

"Yemin ederim Eylül" diyor. "Yemin ederim ki, buraya geldiğimden bu yana, tek bir hap bile yutmadım ben!"

Doğru mu söylüyor, yalan mı; bilemiyorum. Ama ses tonu, beden dili ve duruşu inandırıcı. Yemin de etti üstelik! Gerçeği söylediğine inanıyorum, daha doğrusu inanmak istiyorum. Vara yoğa yemin etmez bu kız! Evet evet, bizimle kaldığı şu iki gün içinde, kesinlikle hap kullanmadı Dünya; bundan eminim.

İçimdeki huzursuzluk, şekil değiştirerek hükmünü sürdürüyor. Ani çıkışımla Dünya'yı incittiğimi düşünüyorum bu kez de. Garsonun masaya bıraktığı ara sıcak servisinden birkaç halka kalamarı çatalıma takıp tabağına koyuyorum.

"Sıcak sıcak ye" diyorum. "Soğuyunca hiçbir şeye benzemez."

Günahı olup olmadığı belirsiz bir konuda suçlanmış, sonra da başı okşanarak affedilmiş çocuklar gibi buruk, gülümsüyor.

"İşte balıklarımız da geldi!"

Babamın neşeli sesiyle, biraz önce yitmeye yüz tutan dinginliğime yeniden kavuşuyorum.

"Çipura İzmir'de yenir!" diyor annem. "Başka yerde böylesini bulamazsın."

Garsonumuz annemin, benim ve Dünya'nın balıklarımızı ayıklıyor. Babam, çatal bıçak marifetiyle, kendi işini kendi halledecek.

"Görüyor musun" diyorum Dünya'ya. "Kılçıkları ayrılınca, bunlar da 'zahmetsiz' oldular."

Başını sallayarak, iğreti bir gülüşle neşemi paylaşmaya çalışıyor, ama beceremiyor. Titreyen elleri, bıçakla kesilmiş gibi kapanıveren iştahı... Keyfinin kaçtığı belli.

Hepsi benim yüzümden! Gitmesine yalnızca sayılı saatler kalmışken... Ne gerek vardı anlamsız hesap sormalara? Ne zaman dilimi tutmayı öğreneceğim ben?

Tatlılarımızın gelmesiyle canlanıveriyor Dünya. Lokmaları yutmakta zorlanan, özür dileyerek tabağındakileri yarım bırakan o değil sanki!

Balık Pişiricisi'nin geleneksel ikramı: Tahin helvası ve içi ceviz dolu kuru incir. Kendi tabağındakileri yemekle kalmıyor, benimkileri de bir solukta silip süpürüyor Dünya. Babamın, dikkatle onu incelediğini fark edince de açıklama yapma gereği duyuyor.

"Kan şekerim düşüktür benim..."

"Umarım yükselmiştir şimdi" diyor babam, yüzünde ne anlama geldiğini çözemediğim ciddi bir ifadeyle.

"Geç kalmayalım" diyerek saatine bakıyor annem. "Kahve içecek zamanımız var mı?"

"Var" diye gülümsüyor babam. Biraz önceki gerginliğini geride bırakmış gibi, sakin.

Kahvelerin yanında gelen nane likörüne dokunmuyoruz hiçbirimiz. Dünya dışında!

Önce kendininkini, sonra da benimkini birer yudumda dikiveriyor kafasına. Annemle babamınkilere de el uzatacak diye ödüm kopuyor. Neyse ki, benim alkol düşkünü çılgın arkadaşım, bu kadarına cesaret edemiyor...

***

Dünya'yı otobüse bindirip eve dönüyoruz.

Yol boyunca kimsede ses yok. İçimi kaplayan ayrılık sızısının yoğunluğundan, annemle babamın suskunluğuna kafa yormuyorum bile. Aklım fikrim Dünya'da. Kısa sürede nasıl da alışmışım varlığına... Tek avuntum, birkaç gün sonra İstanbul'a dönecek olmam.

Eve girdiğimizde, içimdeki boşluk daha da büyüyor sanki. Dünya'nın odasından yana bakmamaya çalışıyorum.

Bana kalsa, salona geçmeden, doğruca odama çekileceğim. Ama, babamın sözleriyle, olduğum yerde kalakalıyorum.

"Konuşmamız gereken önemli şeyler var Eylül, salonda bekliyorum seni..."

Gecenin bu saatinde, bu derece önemli ve öncelikli ne olabilir ki? Üstümü değiştirip salona doğru, isteksizce yürüyorum. Annemle babam, şöminenin başındaki koltuklara karşılıklı oturmuş, beni bekliyorlar.

Az çok kestirebiliyorum konuyu. Dünya'nın, hoşlarına gitmeyen davranışları, çarpık buldukları yönleri... İyi de; benim onu, günahlarıyla, sevaplarıyla bir bütün olarak kabul ettiğimi ve öylece sevdiğimi neden göremiyorlar ki?

Arkadaşımı sonuna kadar savunma kararlılığıyla, başım dik, karşılarına geçip oturuyorum.

"Dinliyorum sizi" diyorum, sorgulanmaya hazır olduğumu gösteren bir tavırla.

Babam, konuşmaya başlamak ister gibi, oturduğu yerde hafifçe doğruluyor. Sonra vazgeçip, gözlerini nereye sığdıracağını bilmez bir halde, salonun dört bir yanını bakışlarıyla tarıyor. Konuşmakta zorlandığını, söze nereden başlayacağına karar veremediğini kestirebiliyorum.

Durum, düşündüğüm kadar basit değil galiba... Delice bir merakla duyacaklarımın ürküntüsü arasında sıkışıp kalıyorum. Babamı bu kadar etkileyen nedeni öğrenmek istediğimden emin değilim...

"Arkadaşın..." diyor babam.

Susuyor.

"Arkadaşın..." diye yineliyor. "O, bir eroin bağımlısı kızım!"

"Olamaz!" diye haykırıyorum ilk şaşkınlık anının ardından. "Böyle bir yakıştırmayı yapamazsınız onun için..."

"Yakıştırma değil, gerçek bu!"

"Uçuktur, kaçıktır; içkiyi sever. Ama eroin... Asla!"

"Sakin ol Eylül" diyor annem. "Karşında baban değil de, psikiyatri uzmanı bir doktor olduğunu düşün."

Birden irkiliveriyorum. Konuya bu yönden yaklaşınca...

Acaba? Haklı olabilir mi babam?

Biraz önceki kararlılığımı ve kendime güvenimi yitirmiş, omuzlarım çökmüş, elim ayağım buz gibi, bu işi bilen bir doktorun ağzından duyacaklarımı beklemeye koyuluyorum.

"Keşke yanılıyor olsaydım" diyor babam. "Ne yazık ki, tüm belirtiler bu görüşümü doğruluyor. İğnenin ucu kadar küçülmüş gözbebekleri... Aşırı terleme, üşüme, iştahsızlık, dalgınlık... Ve bir türlü geçmek bilmeyen o kaşıntı!"

Oturduğum koltukla bütünleşmiş, tüm canlılığımı yitirmiş, hiçbir tepki vermeden, öylece dinliyorum babamı.

"İştahsızlığıyla çelişen tatlı düşkünlüğü de önemli bir bulgu. Kan şekerini düşürüyor eroin."

Dilinin ucuna gelmiş sözcükleri nasıl ortaya dökeceğini bilemez bir halde, huzursuzca kıpırdanıyor babam.

"Eroin kullananların özel bir kokusu vardır" diyor. "Ve ben, bunca yılın deneyimiyle, nerede duysam tanırım o kokuyu..."

Son umut kırıntılarımı da yerle bir ediyor bu sözler.

"Hiçbir şey sezdirmedi bana" diye alçak sesle söyleniyorum kendi kendime. "Nerede, ne zaman, nasıl kullanıyor; fark etmedim hiç."

"Eroine ilk başlayanlar, toz halde burundan çekmekle yetinirler. Daha sonraki aşamalarda damardan uygulamaya geçerler. Dünya'nın damar yoluyla eroin aldığını söyleyebilirim.

Hatta, burada kaldığı süre içinde de kullandığından eminim."

Kısa bir geriye dönüş yapıyorum... Odasına kapanıp saatlerce kaldığında, içeride ne yaptığını biliyor muyum? Hayır!

O yorgun, o bitik hali geliyor gözlerimin önüne... Üşümeleri, titremeleri; bardak bardak içtiği meyve suları, önüne çekip dibini getirdiği reçel kâseleri...

Kolum kanadım kırılıveriyor. Benim gibi sıradan bir insanın önemsemediği, anlam veremediği bu davranışları; babam gibi, bu işin uzmanı bir doktorun görmesi ve değerlendirmesi doğal...

Nereden bilirim ben, eroinin gözbebeklerini küçülttüğünü, kan şekerini dibe vurdurduğunu... Bilsem bile, canımdan bir parça haline gelmiş arkadaşıma yakıştırır mıyım hiç?

Babamın, "eroin bağımlısı" diye yumuşatarak söylediği gerçek ortada: Dünya bir eroinman!

Kabullenmekten başka yolum var mı?

"Ne yapabiliriz onun için?" diye umarsızca soruyorum.

"Bize gelinceye kadar..." diyecek oluyor annem.

"Kimsesi yok!" diye sözünü kesiyorum. "Onu kendi haline bırakmamı beklemeyin benden."

"Ama kızım..."

Çok iyi anlıyorum onları. Kendi çocuklarını, beni, sahiplenip korumaya çalışmak en doğal hakları değil mi? Hele böyle kritik bir durum söz konusuysa... Ama şu anda bunları düşünecek durumda değilim.

Babamın yaklaşımı, anneminkinden daha yumuşak. Ya da aynı şeyleri, farklı bir üslupla anlatarak bana ulaşmayı becerebiliyor.

"Keşke yardım edebilsek" diyor. "Ancak bu konu bizi aşar; çok zor ve sorumluluk isteyen bir iş... Öncelikle Dünya'nın, eroin tedavisini kabullenmesi, bunu yürekten istemesi gerek. Uyuşturucu tedavisini başarıyla uygulayan hastaneler var.

Ama tek başına ya da yalnız senin desteğinle yürümez. Annesi, babası, nişanlısı; kimi varsa seferber olmalı. Küskünlüklerin bir yana atılması şart! Gencecik bir kızın yaşam savaşı söz konusu..."

"Ölü gözünden yaş beklemek gibi bir şey" diye söyleniyorum dişlerimin arasından. "Zaten Dünya'nın bu noktaya gelişinin baş sorumlusu onlar..."

Daha fazla dayanamıyor annem.

"Kendi anası, babası aldırmazken, biz ne yapabiliriz ki?" diye atılıyor. "Hem, biz de kendi kızımızı düşünmek zorundayız. Böyle bir arkadaşlığı sürdürmene bile karşı olduğumu bilmeni isterim. Hele şu olanlardan sonra..."

"Büyük söyleme anne!" diye fırlayıveriyorum oturduğum yerden. "Dünya'nın yerinde ben de olabilirdim. Yaşam şartlarının ne getireceği belli mi?"

"Senin, Dünya'nınki gibi anne ve baban yok ama..."

"Onun suçu mu bu? Hem... Bağımlı, sapık, yoldan çıkmış, diye toplum dışına itilmiş herkesin, bozuk düzenli ailelerin çocukları olduğunu mu sanıyorsunuz? Dozunu aşmış sahiplenme ve aşırı korumacılık da en az boş vermişlik kadar zararlı değil mi sizce?"

İlk kez sesimi bu kadar yükseltiyorum onlara karşı. Şaşkın bakışlarındaki çaresizliği görebiliyorum. Ama, ok yaydan çıkmış bir kere... Meydan okuyucu, asi tavrım karşısında nasıl davranacaklarını bilemiyorlar.

Bana sarılmak için, küçük bir hamle yapıyor annem... Babam, kolundan çekerek engel oluyor ona.

Gözlerimden inmeye hazırlanan damlaları göstermemek için arkamı dönüp, "İyi geceler size" diye bağırarak odama koşuyorum.

***

İsyanım onlara değil! Dünya'nın yazgısına... Ve bu yazgının karşısında düştüğümüz çaresizliğe.

Sabaha kadar gözümü kırpmadan, debeleniyorum yatağımda. Dünya'yla ilk tanıştığımız günden şu ana kadar yaşadıklarımız ve paylaştıklarımız, kare kare geçiyor gözümün önünden...

Kızmaya çalışsam da kızamıyorum. Onu bu noktaya getiren nedenlere lanet ediyorum yalnızca. Çevresinde kim varsa, hepsini suçluyorum; annesini, babasını, ciciannesini, cicibabasını, kardeşlerini, nişanlısını; hatta kendimi... Herkesin az ya da çok payı var bu sonuçta. En masum olan, Dünya'ymış gibi geliyor bana.

Onun çocuk saflığındaki bakışlarıyla buluşturduğum kirpiklerim, yavaş yavaş ağırlaşıyor; gün ağarırken, pembe düşlerden çok kâbusların baskın çıktığı huzursuz bir uykunun kollarına teslim oluyorum.

Öğlene doğru ancak uyanabiliyorum.

Üzerimden silindir geçmiş sanki. Ruhsal yorgunlukların, bedensel yorgunluklardan çok daha yıpratıcı olduğunun somut kanıtı gibiyim. Böyle durumlarda, uyumakla da dinlenilmiyor üstelik...

Annemle babam çoktan işe gitmişler. Salondaki kahvaltı sofrası beni bekliyor.

"Ses olmasın diye elektrik süpürgesini çalıştırmadım" diyor Nurten Abla. "Bir şeyler ye de, kaldırayım sofrayı..."

Ütü masasını açmış, babamın gömleklerini ütülüyor. Bu zorunlu gecikmeden hoşnut olmadığı her halinden belli. Kahvaltı faslının bir an önce bitmesini istiyor ki, temizliğe başlayabilsin.

Şöyle bir bakıyorum masaya... Canım hiçbir şey yemek istemiyor. Beyaz masa örtüsünün tam ortasında duran vişne reçeline ilişiyor gözüm. Kâseyi önüme çekip kaşıklamaya başlıyorum. Dünya gibi... Dünya'nın yerine... Dünya niyetine...

Midem bulanıyor. Lavaboya koşuyorum.

"Toplayabilirsin sofrayı" diyorum Nurten Abla'ya.

Bir süre, amaçsızca dolaşıyorum evin içinde. Sonra ayaklarım, Dünya'nın kaldığı odaya götürüyor beni. Henüz kapısı açılmamış, konuğun arkasından temizlenme fırsatı bulunmamış, gizem dolu odaya...

Adımımı attığım anda, garip bir koku çarpıyor burnuma. Babamın söylediklerini aklıma getirmemeye çalışarak, farklı yakıştırmalar yapmaya kalkmadan; havasız kalmış, yorumunun ardına sığınarak pencereyi aralıyorum.

Hiçbir olağanüstülük yok görünürde. Çarşaflarını toplayıp bir kenara koymuş Dünya. Her yer ona bırakıldığı düzende. Konuk olarak üzerine düşeni fazlasıyla yapmış.

Küçük odayı enine boyuna, birkaç kez adımlayarak; duvarları kaplayan ceviz lambriyi, komodini, elbise dolabını araştırıcı bakışlarla tarayarak, çekmeceleri açıp neyi bulmak istediğimi bilmediğim bir şeyleri arayarak, dakikalarca oyalanıyorum içeride.

Neler yaşadı bu birkaç metrekarelik alanda Dünya? O gelmeden, gözlerimi duvarlara bırakabilseydim keşke...

Eroin! Kullandı mı gerçekten? Burada, can arkadaşının ona sunduğu konuk odasında? Hem de damardan...

Neler hissetti şırınganın iğnesini batırdığında? Canı yandı mı?

Mutlu mu oldu, tüm dertlerinden arındı mı? Suçluluk mu duydu yoksa? Üzüntüsünden kahrolup yitti de, onun için mi başı önünde, yorgun ve suskun bir halde çıktı bu kapıdan dışarıya?

Ne işim var bu odada benim? Onun soluduğu havayı soluyarak, dokunduğu eşyaları okşayarak, özlemini hafifletmek için mi buradayım?

Yok canım! Kendi kendime bile itiraf edemesem de, küçücük bir ipucu, suçunu sabitleyecek minik bir kanıt değil mi aradığım?

Çabaların boşuna Eylül! Kirli çarşaflarını toplamayı bile unutmamış arkadaşın. Halının üzerinde tek bir iplik parçası yok, her yer tertemiz. Derli toplu, masum bir konuk odası işte... Biraz havasız, hepsi o!

Babamın varsayımlarını bile yadsıyacağım neredeyse. Onun tıbbi gözlemleri de umurumda değil. Kanıtsız suçlamanın ne anlamı var ki!

Keşke dün gece konuştuklarımızı bir kalemde silebilsem... Beyin hücrelerime işleyen o zehirli iletileri, yerleştikleri kuytu köşelerden çıkarıp tek tek ayıklayabilsem...

Odanın temiz görünümü, biraz olsun su serpiyor içime. Son bir kez etrafıma bakınıp çıkmaya hazırlanıyorum ki... Kapının girişindeki köşede, halının üzerinde duran hasır çöp sepeti ilişiyor gözüme. Acele etmezsem, birileri elimden alıverecekmiş gibi hızlı devinimlerle kavrayıp halının üzerine boca ediyorum sepeti.

Yoğun bir kâğıt kalabalığı... Beyaz sayfalara yazılıp çizilmiş bir şeyler... Sonra da lokma lokma doğranmış.

Duygularını, belki de içinden taşıp gelen isyanlarını kâğıda döküp, ardından da yırtıp atmış Dünya. Daha sonra kendisiyle bile paylaşmak istemediği şeyleri neden geride bıraksın ki?

Kâğıt kırpıntılarının dibinde, şişkince bir gazete yumağı var... İki yanından bükülerek sıkıca kapatılmış.

Öylece bırakmak, yeniden sepete doldurup kapının önüne koymak geçiyor içimden... Yapamıyorum. Yavaşça açıyorum kâğıdın büklümlerini. Küçük bir naylon torbanın içinde, gene gazeteye sarılmış bir nesne geliyor elime...

Kâğıt ve naylon katmanlarının arasından, Dünya'nın çöp yığını arasında yok etmeye çabaladığı gize ulaşıyorum sonunda: İğnesi eğilerek yana konmuş, plastik, küçük bir şırınga! Yanı sıra, buruşturulmuş yaldızlı kâğıt parçaları...

Gözün aydın Eylül! Aradığın kanıtı buldun işte...

İyi de, neden bu kadar yıkıldın ki? Ardına sığınmaya çalıştığın cılız umutların bir anda yerle bir oldu diye mi?

Yoksa, aldatıldığını hissetmek mi dokundu sana? Evinde, konuk ettiğin odada arkadaşının ihanetine uğradığını mı düşünüyorsun? Oysa hiç yalan söylemedi o sana. Hap yutmadığına yemin ederken samimiydi. Eroini ise, soran olmamıştı ki...

Belki de, tutunmaya çalıştığın avuntularının boşa çıkması sarstı seni. Annenle babana karşı verdiğin savaşımda yenik düştüğüne hayıflanıyorsun, onca bağırıp çağırmanın ardından geldiğin noktayı içine sindiremiyorsun...

Yitikliğinin nedeni her ne ise, elinde sağlam kanıtın var artık! Kendinle gurur duyabilirsin...

İstediğin yerinden vurabilirsin Dünya'yı! Bir darbe de sen indirirsin, olur biter. Dünya'nın zaten karanlık dünyasını hepten karartmak öylesine kolay ki...

Sahi... Yapabilecek misin bütün bunları?...

***

Akşam yemeğine oturduğumuzda, hepimizin üstünde, gözle görülür bir tutukluk var.

Gün içinde yaşananların anlatıldığı sıradan konuşmalarla ısınan hava, yavaş yavaş eski doğallığına kavuşuyor. Ben de, dünkü asi ve hırçın davranışlarımdan kaynaklanan; dar, bedenimi sıkan bir giysi gibi üzerimde taşıdığım ezikliği bir yana atıp annemle babamın başlattığı sohbete orta yerinden katılıyorum.

Aramızda gizli bir anlaşma varmışçasına, Dünya'nın adını dilimize almıyoruz bu akşam. Sanki buraya hiç gelmemiş, bizi altüst eden davranışlarını sergilememiş, düzenimizi sarsıp daha önce olmadığı kadar sert tartışmalara yol açmamış gibi...

Aile sıcaklığımızı kaldığımız yerden, yeniden yakalayabilme başarısında hepimizin payı eşit. Aramızdaki güçlü bağın, ufak tefek tartışmalarla sarsılmayacağını görmek ne güzel...

Tam masadan kalkarken telefon çalıyor.

"Seni arıyorlar Eylül" diye sesleniyor Nurten Abla. "Arkadaşınmış..."

Dünya mı acaba, derken... Ece'yi buluyorum karşımda. Sesi heyecanlı. Cengiz'le ilgili yeni bir sorun olmasın sakın...

"İyi haberlerim var sana" diyor.

"Hayırdır..."

"Annemle beraber İstanbul'dayız şu anda. Ev tuttuk. Hisarüstü'nde. Görsen bayılırsın..."

"Sevindim senin adına. Yalnız... Birileri başını ağrıtmasın sakın."

"Cengiz mi? Boş ver onu. Apartmanın güvenliği iyi. Camları demirli, kapısı sağlam... "

"Tek başına mı oturacaksın?"

"Ben de onun için aradım ya seni... Ev büyük; üç oda, bir salon. Bizimkiler yalnız oturmamı istemiyorlar. İlk sen geldin aklıma. Bu şirin evi benimle paylaşır mısın?"

"Bilmem ki" diyorum şaşkınlıkla. "Öyle ani oldu ki..."

"Hemen yanıt vermen gerekmiyor. Düşün taşın, ailenle konuş. Ama biraz çabuk ol. Senin yerine başka birini aramak zorunda kalmayayım."

Telefonu kapatıp salona dönüyorum.

"Kimmiş?" diyor annem merakla.

Arayanın Dünya olmadığını öğrenince rahatlıyor.

Ece'yle konuştuklarımızı anlatıyorum. Annemle babamın yüzleri, aynı anda içlerinde ışık yanmış gibi, birden aydınlanıveriyor.

"Harika bir teklif bu!" diyor babam. "Baştan beri söylemiyor muydum sana? Kalınacak en iyi yer, insanın kendi evidir..."

"Yurt köşelerinde çektiklerin yeter kızım" diye ona destek veriyor annem de. "Hazır önüne çıkmışken, kaçırma bu fırsatı."

"Yurt düzenine alıştım ben..."

"Deli misin sen?" diyor annem. "Yurtla ev bir olur mu hiç!"

"İyi olan şeylere daha çabuk alışılır" diyor babam da. "Bak gör, eve geçtikten sonra; neden daha önce taşınmamışım, diyeceksin."

İkisi birden, tek yürek olmuş, üzerime geliyorlar. Biri bırakıp diğeri alıyor söz yağmuruna tutma nöbetini.

Başka zaman olsa, art niyet aramam. Ama şu anda, beni Dünya'dan uzak tutma amacıyla dil döktüklerini sezebiliyorum. Hiç değilse kaldığımız yeri ayırarak içlerini rahatlatacaklar.

Ya ben? Böylesine cazip bir teklifi kabul etmemek için neden inatla direniyorum?

İtiraf etmeliyim ki, tüm kapıların ardından Dünya çıkıyor. Açıkçası, onu incitmekten korkuyorum. Sırtımı dönüp gitmek, uçurumun kenarına gelmiş birini aşağıya itivermek gibi geliyor bana.

Kafam karmakarışık, bu durumda sağlıklı karar vermem çok zor.

"Biraz düşüneyim ben" diye kalkıyorum yerimden.

"İyi düşün ama" diyor annem. "Sabah konuşur, ne yapacağımıza karar veririz."

Hayır benim güzel annem! O kararı tek başıma, ben vereceğim. Size düşense, yalnızca ona uymak.

İçimden geçenleri açığa vurarak gönüllerini kırmanın anlamı yok. Varsın onlar, alınacak kararda başrolü kendilerinin oynadığını sansınlar...

Odama girer girmez ilk işim, cep telefonundan Dünya'yı aramak oluyor. Onun bu konudaki düşüncelerini öğrenmeden, rızasını almadan, parmağımı bile oynatmaya niyetim yok benim.

Sesi hiç ummadığım kadar iyi geliyor Dünya'nın.

"Bomba gibiyim" diyor neşeyle. "Çok önemli kararlar aldım, uygulamaya başladım bile. Geldiğinde gözlerine inanamayacaksın."

Seviniyorum. Bu ani değişimi neye yoracağımı bilmesem de, mutlu oluyorum onun adına.

İyimser halinden aldığım güçle, Ece'nin tuttuğu evi, bana getirdiği teklifi, kendimce sıraladığım düzene göre anlatmaya koyuluyorum.

"Kafana göre takıl" diyor. "Zaten Emre'de kalıyorum... Beni düşünme sen, keyfine bak."

Gerginliğimin üzerine ilaç gibi geliyor bu sözler. Doğru ya... Yurttaki yeri, bir paravan aslında. Hem kendinin, hem de Emre'nin ailesine karşı, "Dünya yurtta kalıyor" diyebilmenin en kısa yolu.

Ece'nin tuttuğu evde ya da yurtta kalmamın, Dünya yönünden ne farkı var ki? Çoğu geceler odaya uğramıyor bile. Okuldaki beraberliğimiz de eskisi gibi sürecek nasılsa...

Gitgide ısınıyorum bu fikre. Evet evet, Dünya da gönül koymadığına göre, neden olmasın?

Sekiz kişilik yurt odasından, "evimiz" diyebileceğim bir mekâna terfi etmek, bana da çekici geliyor artık...

***

Sabah uyandığımda, annemi salonda, kahvaltı masasının başında buluyorum. İşe gitmemiş, beni bekliyor. Ev meselesini konuşacağız ya...

Beni razı etmek için ne hazırlıklar yaptı kim bilir... İçimi okumak istercesine dikkatle yüzüme bakıyor. Konuşmaya başlamakla susup beklemek arasında kararsız. Huzursuz, ürkek hali içimi burkuyor.

Boynuna sarılıp yanaklarından öpüyorum. Yeterince üzüldü şu son iki gün içinde. Hem de hiç hak etmediği halde.

İçine su serpecek sözcükleri geciktirmiyorum ben de.

"Kararımı verdim" diyorum. "Ece'nin yanına taşınacağım..."

"Biliyordum zaten" diye sevinçle kucaklıyor beni.

Kızını düze çıkarmış, karşılaşabileceği tehlikelerden uzak tutmayı başarmış, özverili bir annenin sevinci bu. Dudakları titriyor, neredeyse ağlayacak.

Zavallıcık! Büyük iznin, Dünya'dan çıktığını ve şu andaki mutluluğunu ona borçlu olduğunu bir bilse...

"Hemen gidelim" diyor. "Yarın sabah uçağına yer ayırtayım. Sen de eşyalarını topla."

Öylesine hevesli görünüyor ki; ne söylese, karşı çıkmak gelmiyor içimden. Önümüzdeki pazartesi okullar açılıyor zaten. Yalnızca birkaç gün önce gitmiş olacağız.

Ama, farklı programlar yapmıştık Selen'le, onunla beraber gidecektik İstanbul'a. Kolej ve dershane anılarını tazeleyerek, keyifli bir yolculuğu paylaşacaktık.

Canım arkadaşım, ilk kez tanışacak dersleriyle. Sosyoloji Bölümü'ndeki kaydını dondurup İzmir'e döndüğünden beri öyle az görüşüyoruz ki...

Ev konusu da onu hiç ilgilendirmiyor. Bu dönem Kadıköy'de, teyzesinde kalacak.

"Gidiş dönüş zor olursa, gelecek yıl bir şeyler düşünürüz" diyor.

Varlığıyla, İstanbul'daki yaşamım farklı bir renk kazanacak, buna inanıyorum.

Hemen aramalıyım onu...

"İlk günden yarı yolda bıraktı, deme sakın!" diye başlıyorum. "Umulmadık gelişmeler oldu."

"Dur, tahmin edeyim... Okumak zor geldi, evlenip İzmir'de kalmaya karar verdin!"

"Dalga geçme Selen... Gerçekten de seninle gelemiyorum İstanbul'a."

Anlatıyorum. Anlayışla karşılıyor beni. Şaka yollu takılmadan da edemiyor ama.

"Seni ekiyorum, İstanbul yollarına tek başına düşeceksin, desene şuna..."

Bu işi de halledince rahatlıyorum. Eşyalarımı toplamaya başlayabilirim artık.

11

Uçaktan inince, Ece'yle buluşmak üzere, Boğaziçi Üniversitesi'nin önüne gidiyoruz annemle. Bizi eve o götürecek.

Uzun zamandır, ilk kez bu denli neşeli görüyorum Ece'yi. Ürküntülerini, kâbuslarını geride bırakmış, umutla gülümsüyor geleceğine.

"Hoş geldiniz" diye kucaklıyor annemle beni. "Ne kadar sevindim, bilemezsin Eylül. Kabul etmeyeceksin diye ödüm kopuyordu. Aynı evi paylaşacağım kişi sen olmalıydın. Başka birini aklıma bile getiremedim inan..."

Okulun önündeki caddeden karşı tarafa geçip, aşağıya doğru kıvrılan yol boyunca yürümeye başlıyoruz. Oldukça dik bir yokuş... Neyse ki mesafe kısa.

Birkaç yüz metrelik yürüyüşün ardından, "İşte burası!" diyor Ece.

Bu semtte, genellikle öğrencilere kiralanan türden, pek yeni olmasa da fazla yıpranmamış, sade bir apartman. Ön cepheden dört katlıymış gibi görünüyor ama, yokuş aşağı zemine oturtulduğundan, arka cephede iki kat daha var aşağıda.

"Evimiz hemen girişte" diyor Ece, alt alta sıralanmış zillerden en sondakine basarken.

Ağır demir kapıyı iterek bize yol gösteriyor. Tam karşıda,

kısa koridorun sonundaki kapı önce aralanıyor, sonra da ardına kadar açılıyor.

Ece'nin annesini, yurt odasındaki kısa tanışmanın ardından, ikinci kez görüşümüz bu. Ama, köklü bir dostluğu uzun yıllar paylaşmışız gibi, candan bir sevecenlikle karşılıyor bizi. Hep beraber salona geçiyoruz.

Yeni taşınılmış, çiçeği burnunda bir ev beklerken; her şeyi tamam, oturmuş bir düzenle karşılaşmak şaşırtıyor beni. Gördüğüm kadarıyla, Meltem Teyze ve Ece, giderilecek hiçbir eksik bırakmamışlar; hatta fazlasını bile yapmışlar. Belki de bu yüzden, bu evde yaşayacak biri değil de, birkaç saatliğine uğrayıvermiş konuk gibi hissediyorum kendimi.

Bir yandan konuşmalara katılırken bir yandan da, büyük sayılabilecek, giriş katında olmasına karşın ferahlığıyla içimi aydınlatıveren, lükse kaçmadan, ama özenle döşenmiş salonu incelemeye koyuluyorum.

Yerler parke, ortaya küçük bir halı atılmış. İskandinav tipi, ekose desenli dörtlü koltuk takımı, açılınca yatak olduğunu tahmin ettiğim bir kanepe; kare şeklindeki salonun karşı tarafında yuvarlak, ahşap bir masa ve sandalyeler; koltuklarla kanepenin kesiştiği köşede büyük ekran bir televizyon... İki duvarı boylu boyunca kaplayan pencerelerdeki hem tül, hem de kalın perdeler, belli ki yeni. Öğrenci evlerindeki derleme toplama eşyalardan değil hiçbiri.

Her şeyin yerli yerinde olduğunu görmekle, içinde bulunduğum mekâna biraz daha yabancılaşıyorum. Annemin de benzer duygular taşıdığını, bakışlarından anlayabiliyorum.

"Elinize sağlık Meltem Hanım" diyor. "Ama... Bize de yapacak bir şeyler bıraksaydınız keşke!"

Bu sözleri iltifat ve teşekkür olarak algılıyor Meltem Teyze.

"Bir haftadır İstanbul'dayız" diyor. "Daha önce erkek öğrenciler varmış burada. Evin halini görecektiniz! Badana, boya, temizlik... Epey yorulduk ama, değdi galiba."

"Öyle yabancı gibi durma" diyor Ece, bendeki tutukluğun farkındalığıyla. "Gelin evi gezelim, Eylül de yaşayacağı ortama alışsın biraz."

Bu sözlerle, evin içindeki küçük turumuza başlıyoruz...

Geniş holün karşısındaki koridorun üzerinde, üç büyük oda var. Sağdaki ilk oda Ece'nin. Perdesinden halısına, yatağından çalışma masasına, kitaplığına kadar her şeyiyle dört dörtlük bir oda...

Onun yanındakinde, açılır kapanır bir yatakla ütü masası dışında, başka eşya yok.

"Burası konuk odası" diyor Ece. "Yakınlarımız ya da arkadaşlarımız geldiğinde kalabilecekler."

Sol köşedeki oda bana ayrılmış ve henüz boş. Ancak, Ece'ninkinin aynı perdelerden benim pencerelerime de takılmış.

"Burayı döşemek de bize kalıyor" diyor annem, yapacak bir şey bulamamaktan kaynaklanan eksiklenmeyle.

"Buzdolabı, çamaşır makinesi ve ocak demirbaş" diye açıklıyor Meltem Teyze. "Öğrencilere kiraya verdikleri için, bazı ev sahipleri, böyle eşyalı teslim ediyorlarmış evlerini. Bu konuda şanslıyız anlayacağınız..."

Birden gözleri parlayıveriyor annemin.

"Biz de bulaşık makinesi alalım bari" diyor. "Rahat etsin kızlarımız..."

Banyoya girdiğimizde, bir eksik daha buluyor annem. Eskimiş, sorun çıkarabilecek şofbeni değiştirme görevini seve seve üstleniyor.

Ece'nin pişirdiği kahvelerimizi içip kalkıyoruz. Çok işimiz var... Tek bir oda olsa da, gereken eşyaları alıp yerleştirmek, yurttakiyle taban tabana zıt, yepyeni bir ev düzeni kurmak, göründüğü kadar kolay değil...

Annemle ilk durağımız, dayanıklı tüketim malları satan bir mağaza oluyor.

Çok programlı bir bulaşık makinesi seçiyor annem.

"Ne gerek var öğrenci evine?" diyecek oluyorum.

"Karışma sen!" diyor. "Kızımın kullanacağı her şey, en iyisinden olmalı. Hem... O kadar masraf etmişler. Altında kalmayalım."

Sonra da bir şofben beğeniyor. Hiç anlamadığım bir konu, karışmıyorum. Karışsam da yararı yok zaten, bildiğini okuyor annem.

Evin adresini verip çıkıyoruz. Gün içinde götürüp takacaklar.

Sıra benim odamı donatmakta... Bu konuda da ters düşüyoruz annemle. Bana kalsa, sıradan ve ucuz seçimler yapacağım. Şunun şurasında belli bir süre kullanacağım eşyalar... Bir türlü anlatamıyorum anneme. Seçeneklerden en pahalı olanına gidiyor eli, beni hiç dinlemiyor.

Hepsi de en kalitelisinden; ceviz başlıklı karyola, yatak, etajer, elbise dolabı, çalışma masası, kitaplık... Ve "güle güle otur armağanı" olarak da son model bir kasetçalar.

Akşamüzerine doğru işimiz bitiyor. Aldığımız eşyaları küçük bir kamyonetle eve getiriyoruz. Mobilyacıların yatağı, dolabı ve kitaplığı kurmaları, akşam saatlerini buluyor.

"Süslemeye geçebiliriz artık" diyor annem.

Yeni yorganımı beraberce nevresime geçiriyoruz. Çiçek desenli, eteği fırfırlı kapitone örtüyü de serince, pek şirin oluyor yatağım. İçimden yükselen çocuksu bir sevinçle zıplayıp çıkıveriyorum üstüne. Annemin gözlerinde yakaladığım mutluluk ışıltısı, daha da körüklüyor heyecanımı.

"İyi ettik galiba" diyorum.

"Şüphen mi var?" diye gülüyor. "Dur bakalım, bu daha başlangıç. Burada yaşayacağın her gün, bir öncekinden daha güzel geçecek..."

Bulaşık makinesiyle şofbeni de getirip takmışlar.

"Eksiğimiz kalmadı artık" diyor Meltem Teyze. "Eylül'ün

odası da harika oldu. Güle güle otursunlar..."

Ne kadar yorulmuşuz meğer! Oturunca, yorgunluğunu daha iyi anlıyor insan.

Yeni evimizde ilk akşam yemeğim! Mantı yapmış Meltem Teyze. Bol yoğurtlu, bol soslu; pek güzel olmuş.

"Tembel işi" diyor. "Dondurulmuş, hazır mantı..."

"Olur mu hiç!" diye karşı çıkıyor annem. "Bu şartlarda, bundan iyisi can sağlığı. Hem, açma ya da hazır; ne fark eder ki! Tadını veren sosu. Ellerine sağlık, harika olmuş."

Bizim için bir de yardımcı kadın ayarlamış Meltem Teyze.

"Yan apartmandaki kapıcının karısı" diyor. "Haftada bir gün gelecek. Temizlik, ütü... Yemek de yapıyormuş. Öğrenci evlerine gide gele, çok yönlü çalışmaya alışmış."

"Bu iyi işte" diyor annem. "Gözümüz arkada kalmayacak desenize..."

Birden durgunlaşıveriyor Meltem Teyze. Ece'nin üzerinde yoğunlaştırdığı bakışlarını ondan alıp uzaklarda bir noktaya dikiyor. Annemin son sözlerinden etkilendiği belli...

Gözünün, aklının, tüm varlığının arkada kalmaması... Mümkün mü bu? Cengiz'in ne zaman, ne yapacağı belli değil ki!

Doğrudan konuya girmese de, uyarılarını dolaylı yoldan sıralamaktan kendini alamıyor Meltem Teyze.

"Kapıda çift kilit var" diyor. "Zincir de taktırdık. Pencereler demirli. Kapıcı ve karısı da durumdan haberdar. Kim o, demeden; göz deliğinden bakmadan, kimseye kapıyı açmayın. Yaşadığınız en ufacık bir olumsuzluğu bile bize ileteceksiniz. Üzülürler, telaşlanırlar, diye örtbas etmek ya da ertelemek yok..."

Biraz önceki keyifli havamızın üzerine çöken kara bulutları kovmak mümkün olsa keşke. Kafalarımızda çöreklenmiş öfke dolu ürküntüyü bir kalemde silip atabilsek... Kimliği belli düşmanın yapabileceği hamleleri önceden hesaplamak zorunda olmasak.

Evimiz demenin ötesinde, yuvamız diyebileceğimiz yeni mekânımızda, Ece'yle beni nelerin beklediğini bir bilebilsem... Kurduğumuz bu huzur dolu düzene gölge düşürecek hiçbir şey yaşamayalım, diye dualar ediyorum içimden. Elimden daha fazlasının gelmeyişine, kendimizi gelişmelerin seyrine bırakmak zorunda oluşumuza hayıflanarak...

***

Evimizde geçireceğimiz ilk pazar günü bu! Ece'yle de ilk kez baş başa kalıyoruz zaten. Annemi cuma akşamı, Meltem Teyze'yi de bu sabah uğurladık.

Cuma sabahı, annemle beraber yurda gittik. Ayten Hanım'a ayrılacağımı haber vermek ve veda etmek için...

"Böyle aniden, pat diye olur mu!" diye tavır koydu önce.

Neden baştan haber vermemişim?

Annem, ay başına kadar olan yurt parasını fazladan vereceğimizi söyleyince sustu.

"Eşyalarını aldın mı?" diye sordu.

"Giysilerim dışında şilteyi, yorganı almaya niyetim yok ama... Nereye bırakabilirim onları?"

"Olduğu yerde kalsın. İhtiyacı olan birilerine veririm ben."

Üç beş parça eşyayı bavula doldurup çıktık odadan. Hayret, en ufacık bir burukluk bile yok içimde! Oysa, benim bildiğim Eylül, evden okula giderken bile mahzunlaşır. Demek ki, anımsanmaya değecek önemde, pek güzel şeyler yaşamamışım burada.

Aynı akşam uçakla İzmir'e döndü annem. İlk ayrılışımızdaki gözyaşlarının izi yoktu yanaklarımızda. Ya aramıza mesafe girmesini kanıksadık ya da yeni ev heyecanı, çekeceğimiz özlemin önüne geçti.

Meltem Teyze'nin de gidişiyle boşalıverdi ev. Ece'yle yalnız kaldığımız ilk gece, belli etmemeye çalışsak da, biraz tedirgindik. Kapının kilidini, zinciri, pencereleri tekrar tekrar kontrol ettikten sonra odalarımıza çekildik.

Uzunca bir süre uyuyamadım. Koskoca evin bir köşesinde Ece, diğerinde ben... Cengiz korkusu olmasa bile, yeni ortamdaki ilk duygularımızın yadırgama, hatta küçük çaplı bir ürküntü olması doğal değil mi?

Sabah, Ece'nin kapımı tıklatmasıyla uyandım. Çayı demlemiş, kahvaltıyı hazırlamış; beni çağırıyor.

"Hep böyle tembel misindir sen? Bu hafta benden; ama gelecek pazar, kahvaltı nöbeti sende, bilmiş ol..."

Fırlayıp kalkıyorum.

Dolabımız, Meltem Teyze'nin ve annemin, birbirleriyle yarışırcasına, torba torba taşıdıkları yiyeceklerle dopdolu. Ece de elinden geleni yapmış doğrusu.

Omlet, üzerine kekik ve pul biber serpilmiş, zeytinyağı dökülmüş domates ve salatalık; peynir, zeytin çeşitleri, reçeller...

"Gelecek hafta krep yapayım sana" diyorum. "Pek iyi beceririm o işi."

Güle söyleye, sıcak bir sohbeti paylaşarak kahvaltımızı yapıyoruz. Yurt odasında farkında bile olmadığım özelliklerini keşfediyorum Ece'nin. Öyle çok ortak noktamız var ki...

Dünya'yla beraberken hissettiğim huzursuzluğun tersine, son derece rahatım Ece'nin yanında.

Sahi, ne yapıyor acaba Dünya?

Vazgeçmem gereken, ama kanıma girmiş, belalı bir sevgili gibi, düşünmeden edemiyorum onu. Nasıl da özledim...

Neyse, az kaldı; ele avuca sığmaz, sevgili belalımı yarın görebileceğim. Bakalım ne sürprizler hazırlıyor gene bana...

Öğleden sonra, evimizin ilk konuklarını ağırlıyoruz Ece'yle: Seçil, Kerem ve Anıl. Hepsi de bu sabah gelmişler İstanbul'a. Ayaklarının tozuyla bizi ziyaret etmeyi de görev bilmişler.

Anıl'ın elinde kocaman bir paket var.

"Güle güle oturun" diye masanın üzerine bırakıyor.

Küçük bir tost makinesi bu. Üç arkadaş, paralarını birleştirip almışlar.

"Öğrencilikte böyle armağanlar beklenmez!" diye tepki gösteriyorum.

"Kendimiz için aldık" diye gülüyor Kerem. "Canımız tost istediğinde gidecek yerimiz olsun diye..."

Tost ekmeği getirmeyi de unutmamışlar.

Hep beraber mutfağa giriyoruz. Şenlik şamata, dört koldan tostlarımızı hazırlıyoruz.

"Bu kadar güzelini daha önce hiç yemedim" diyor Seçil. "Ellerimize sağlık..."

"Armağanınızın marifeti" diyorum. "Teşekkür ederiz."

"Bu armağanın dördüncü bir ortağı daha var" diyor Anıl. "Ama, sizin korkunuzdan getiremedik onu. Hakkını yemeyelim... Payına düşen parayı kuruşuna kadar verdi."

Tüm gözler Anıl'a çevriliyor.

"Tahmin edemediniz mi?" diye gülüyor. "Kim olacak... Bizim Cengiz!"

Kapkara bir bulut geçiyor Ece'nin gözlerinden. Çay bardağını tutan eli kasılıveriyor. Titreyen dudaklarından, ağlamak üzere olduğunu kestirebiliyorum.

"Şakası bile hoş değil Anıl!" diye bağırıyorum. "Ne yaptığını sanıyorsun sen?"

"Pardon..." diye kekeliyor. "Böyle olacağını düşünemedim, özür dilerim."

Ece'nin kendine gelmesi epey zaman alıyor. Gerçekten de bu kadar büyütülecek bir durum yok ortada. Ama, çektiklerinden sonra, Cengiz'in adı bile Ece'yi deli etmeye yetiyor. Bu konuyu fobi haline getirdiği kesin. Kendi gölgesinden bile korkuyor artık...

Konuklarımızı yolcu ettikten sonra, erkenden yatıyor Ece. Kitabımı alıp odama çekiliyorum ben de.

Yarın, hepimiz için farklı bir gün; pek çok şeyin başlangıcı. Yepyeni bir pencere açılıyor önümüze. O pencerenin gerisinde iyilikler, güzellikler olsun istiyorum. Hem benim, hem de tüm sevdiklerim için...

Psikoloji Bölümü, birinci dönem öğrencisiyim artık, sorumluluklarım var. Geride bıraktığım günlerdeki kadar rahat olamayacağımı biliyorum.

Boğaziçi Üniversitesi'ndeki okul yaşantım yeni başlıyor aslında. Derslerime gereken önemi göstermeye kararlıyım. İçim kıpır kıpır; ilkokula adım atan çömez öğrenciler gibi hissediyorum kendimi.

Evim, okulum, derslerim... Hepsinin de çiçeği burnunda!

Yaşayacağın tüm yenilikler hayırlı olsun Eylül, güzellikler getirsin sana...

Beklentilerine kavuşmak için, fazla bir şey yapman gerekmiyor. Önünde uzanan aydınlık yolda, bugüne kadarki çizginden sapmadan, yere sağlam basarak yürümen; Eylül gibi olman, Eylül gibi kalman yeter...

İkinci bölüm

1

Psikolojiye giriş, tarih, matematik, felsefe, sosyoloji... İlk dönem okuyacağım dersler bunlar.

Elimdeki ders programından başımı kaldırdığımda, karşımda Selen'i buluyorum. Sarmaş dolaş oluveriyoruz.

"Hoş bulduk" diyor sitemle. "Ben aramasam, senin arayacağın yok."

"Yeni geldim" diye savunmaya geçiyorum hemen. "Hep aklımdaydın inan ki..."

"Öyle olsun bakalım... Nasıl, yeni evinden memnun musun?"

"Çok... Önce karşı çıktım ama, en iyi kararı verdim galiba."

"Geç bile kaldın. Teyzemin evi olmasa, benim de yapacağım o. Sağ olsunlar, kendi ailemden daha özverili davranıyorlar bana. Gene de, dört yılın tümünü bu şartlarda sürdüreceğimden emin değilim. Gidebileceği yere kadar..."

"Dersin var mı bu sabah?"

"Var. Birazdan gireceğim. Ah Eylül, keşke aynı bölümde okusaydık."

"Keşke... Pek çok dersimiz ortak ama. Aynı çatı altında sayılırız."

"Doğru. Sosyoloji için sen bize geleceksin, psikoloji için de ben size. Evcilik oyunumuz başlıyor desene..."

Psikolojiye giriş dersimizde, beklentilerimizin tersine, psikolojiye giriş yapamıyoruz ne yazık ki. Öğrencilerini ilk günden bilimsel anlatılara boğacağına, havadan sudan konuşmalar yapmayı yeğliyor hocamız.

"Önce tanışıp kaynaşalım ki, temelimiz sağlam olsun" diyor.

Sınıfa yabancı sayılmam. Fazla bir yakınlığım olmasa da, İngilizce hazırlığı ilk dönem beraber okuduğumuz yüzler çoğunlukta. Bir de Binnur!

Binnur, İzmir Amerikan Koleji'nden devre arkadaşım. Ece gibi, TOEFL sınavını verip bölüme tepeden başlayan akıllılar grubundan. Kolejde farklı sınıflarda okusak da, tanıyoruz birbirimizi.

Yan yana oturuyoruz sınıfta. Pek çok ilki yaşadığım şu günde, onun varlığı güç veriyor bana.

"Psikoloji profesörü değil mi" diyor hocamız için. "Bizi nasıl etkileyeceğini iyi biliyor. İlk dersten ahkâm keseceğine, sohbet ederek gönlümüzü kazanmaya çalışıyor."

Uçaksavar Yurdu'na yerleşmiş Binnur, halinden memnun. Neşeli ve dışadönük yapısıyla içimi ferahlatıyor. Aynı bölümde böyle bir arkadaşımın olması ne güzel...

Öğleden sonraki derslerimiz boş. Hocamız yurtdışındaymış.

"Gidiyorum ben" diyor Binnur. "Eşyalarımın çoğunu yerleştiremedim daha... Yarın görüşürüz."

Gün ortasında amaçsız, ne yapacağını bilemez bir halde kalakalıyorum. Sabahtan bu yana içimde var olan; ama, ancak şimdi kendisini gün ışığına çıkarabilen eksikliğin adını koyuyorum sonunda: Dünya!

Nerede bu kız? Bunca saattir ortalarda görünmemesini neye yoracağımı bilemiyorum. Başına kötü bir şey gelmiş olmasın sakın...

Cep telefonum elimde, Manzara'ya doğru yürüyorum. Tam aramaya hazırlanırken, merdivenlerin başında beliriveriyor Dünya.

Gözlerime inanmakta güçlük çekiyorum. İzmir'den yolcu ettiğim haliyle, karşımdaki Dünya arasında öyle büyük bir fark var ki... Sihirli bir el değmiş sanki üstüne.

Açık mavi kot kumaşından pantolon ceket takımı, içindeki beyaz gömleği; yanaklarına düşen, düz fön çekilmiş saçları, belli belirsiz makyajı; hepsinden önemlisi, ışıl ışıl parlayan gözleri ve eski donukluğundan kurtulmuş aydınlık yüzüyle, bambaşka bir Dünya gülümsüyor bana.

"Harika görünüyorsun" diye sevinçle boynuna sarılıyorum. "Bu olağanüstü değişimi neye borçluyuz?"

"Uzun hikâye" diye gülüyor. "Anlatırım sonra... Kısacası, istedim ve başardım."

Yalnız dış görünümü değil; konuşması, duruşu, hatta bakışları bile eskiye fark atıyor.

"Senden ne haber?" diyor kayıtsızca. "Alıştın mı yeni evine?"

Deli gibi merak ediyor, eminim. Ama, elinden geldiğince yansıtmamaya çalışıyor merakını. Sıradan bir sohbetin parçasıymış da, birden aklına gelivermiş gibi, aldırmaz bir tavırla soruyor. İçinde kopan fırtınaları bilmiyorum sanki...

"Gidelim istersen" diyorum. "Kendi gözlerinle görmüş olursun."

Böyle bir öneriyi beklemediği belli. Ece'den çekindiğini tahmin edebiliyorum. İçini kemiren merakla, fazla hevesli görünmeme isteği arasında kısa bir gelgit yaşıyor. Sonunda, merakı ağır basıyor.

"Olur" diye fısıldıyor. "Gidelim."

"Dersin yok mu senin?"

"Yok!"

Olsa bile, "Yok" diyeceğini adım gibi biliyorum. Neyse; gelsin görsün ki, bize yuva olan evimiz, onun için tabu olmaktan çıksın artık...

Baştaki umursamaz tavrı, odalara girip çıktıkça, gizleyemediği bir hayranlığa ve gözbebeklerine kadar yansıyan imrenişe bırakıyor kendini. Ağzını açsa, "Keşke ben de burada yaşayabilsem" sözcükleri dökülüverecek ortalığa.

"Güle güle oturun" diyor, tüm evi gezip salona dönerken. "Umduğumdan da güzelmiş eviniz."

Meltem Teyze'nin son gün pişirip bıraktığı sarmalardan getiriyorum ona, çay demliyorum.

Gözlerinden kâh pembe, kâh kara bulutlar geçirerek; karmaşık duyguların çalkantısında, inceden inceye süzüyor dört bir yanı.

"Beni öylece bırakıp gidecek kadar güzelmiş" diye ekliyor biraz sitemle.

"Bu da nereden çıktı şimdi? Kafana göre takıl, yurt odasına uğradığım yok zaten, diyen sen değil miydin?"

"Orası öyle ama... Hiç olmazsa adresimiz aynıydı."

"Kâğıt üzerindeki adresin ne önemi var? Beraberliğimiz sürecek nasılsa..."

"Umarım" diye boynunu büküyor.

Eski günlerdeki ezik Dünya'yı çağrıştırdığı için, sevmiyorum bu halini. Kendinden emin, güçlü bir Dünya görmek istiyorum karşımda.

"Bunları boş ver de anlat bakalım, sendeki bu olumlu değişimin altında yatan ne?"

Canlanıveriyor birden. Konunun kendi üzerinde odaklanmasından hoşnut.

"Bir karar aldık Emre'yle. Uyguladık ve başardık; hepsi bu!"

"O kadar mı? Ya eroin? Nasıl vazgeçtin ondan?"

Elektrik çarpmış gibi irkiliyor.

"Ne eroini?" diye kekeliyor.

"Atlatmaya çalışma beni. Babamın, bu işin uzmanı bir psikiyatr olduğunu unutuyorsun..."

Elleri titremeye başlıyor. Küçük çaplı bir paniğin ortasında debelendiğini görebiliyorum.

"O da fark etti demek..."

"Fark edilmeyecek gibi değildi ki. Ama, önemli olan sonuç... Bazı şeyleri aşmış görünüyorsun. Hadi anlat artık şu eroin hikâyesini. Hiçbir şeyi atlamadan, dürüstçe..."

Derin bir soluk alıyor.

"Anlaşıldı" diyor. "Günah çıkarmaya gelmişim buraya..."

"Öyle düşünme. Aramızda oluşan yakınlıktan sonra, bunları bilmeye hakkım yok mu?"

Bir sigara yakıp arkasına yaslanıyor.

"Dinle o zaman... Hatırlıyor musun, Emre'yle ilgili ilk izlenimlerini sorduğumda; bizim, birbirine benzer yüz ifadeleri taşıdığımızı söylemiştin. Çok doğru bir saptamaydı bu. Madde bağımlısı kişilerin bakışları, duruşları, ikiz denecek kadar ortak izler yansıtır. Bizimkiler gibi..."

"Daha o günden bağımlıydınız yani..."

"Pek sayılmaz. Yalnızca eskinin kalıntılarını taşıyorduk o sıralar. Tanışmamıza zemin hazırlayan, hastanedeki tedavinin ardından, uzunca bir süre temiz kaldık ikimiz de. Ne hap, ne de bir başka madde... Nişanlandıktan sonra, Emre'nin evine geçmemle beraber, yeni sorunlarla örülü bir çevrede bulduk kendimizi. Ailelerimizin gösterdiği tek ilginin, beraberliğimizi yıkmaya yönelik olduğunu görmek, direncimizi kırdı. İrade desen, ikimizde de sıfır düzeyinde... Sığınacak tek bir limanımız vardı: Uyuşturucu! Haplar, esrar, eroin... Devamlı kullanmıyorduk aslında. Uzunca bir süre temiz kalabiliyorduk. Bağımlı değiliz işte, diye avutuyorduk kendimizi.

Esrardan eroine geçişimiz çok yeni. Önce toz olarak denedik; o noktada kalabilmek için de epey direndik. Damardan uygulamanın, yolun sonu demek olduğunu biliyorduk çünkü. Ne var ki uzun sürmedi bu durum, süremedi... Emre'nin ailesinin, ayrılmamız için baskı yapmaya başladığı günlerde, ilk teklif benden geldi. O da karşı çıkmayınca, yaşamımızın belki de en büyük hatasını işlemiş olduk..."

"Ne kadar süre kullandınız eroini?"

"Fazla değil. İzmir'e gelmeden önce, yalnızca birkaç kez... Ortak bir kararla bırakmıştık aslında, iki hafta temiz kaldık. Tam, kurtulduk, diyordum ki, o olay patlak verdi. Emre'yle kavgamız, kopuş noktasına gelişimiz ve benim İzmir'e, senin yanına sığınmam..."

"En kötü dönemde gelmişsin İzmir'e..."

"Öyle oldu. Senin evinde, beni ağırladığın konuk odasında bu işi yaptığım için hiç affedemedim kendimi. Dönüş yolu boyunca inceden inceye düşündüm ve önemli kararlar aldım."

"Gelişinin bir yararı oldu desene..."

"Hem de nasıl! 'Bitti bu iş!' dedim Emre'ye. 'Ya kurtuluruz ya da el ele tutuşup bataklığın dibini boylarız.' Olumlu karşıladı. Ama, profesyonel yardım görmeden eroinden vazgeçmek, her yiğidin harcı değil! Neler çektik bir bilsen...

Öncelikle eve kapandık, bir hafta boyunca adımımızı atmadık dışarıya. Birbirimizin doktoru, hemşiresi olduk. Bildiğimiz tedavi yöntemlerini uyguladık kendimizce. İlk günleri aklıma bile getirmek istemiyorum. Titremeler, kasılmalar, saatler süren öğürmeler, kusmalar; bedenlerimizi saran, dayanılması güç acılar... İkimizin krizi aynı anda geldiğinde, daha da perişan oluyorduk. Kimsenin kimseye yardım edecek hali kalmıyordu."

"Bunları yaşadığınıza inanamıyorum. Keşke hastanede tedavi olma yoluna gitseydiniz."

"En temiz yol buydu. Gözlerden uzak, kimselere duyurmadan, kimselerin ağzına sakız olmadan hallettik işimizi."

"Ya bundan sonrası?"

"Hiçbir bağımlı, yarınından emin olamaz! Alkol tedavisi gören alkoliklerin uyguladığı, günlük bir yeminleri vardır. Her sabah uyandıklarında, 'Bugün alkol kullanmayacağım' diye söz verirler kendilerine. Yalnızca bugün! Bir sonraki gün üzerine büyük laflar etmezler. Ertesi sabah yinelenir bu yemin. Ve öylece sürer gider... Bizimki de o hesap. Her yeni başlayan günde, söz veriyoruz kendimize. Yarınların ne getireceğini kestirmek mümkün değil çünkü..."

Sırtımdan buz gibi bir rüzgâr geçmişçesine ürperiyorum. Bunca zahmetin ardından, her an, bir geriye dönüş olabilir demek ki...

"Değişen şartlara göre şekil almanız çok saçma" diyorum. "Her şey yolundayken temiz kalmak kolay; önemli olan, olumsuzluklar karşısında da güçlü durabilmek."

Acı acı gülüyor Dünya.

"Söylediğin kadar kolay mı sanıyorsun? Güçlü olmak, ayakta kalabilmek... Yıkılmayı kim ister ki! Herkes aynı yapıda değil. Hafif bir yel sürükler bazısını; bir diğeri, en amansız fırtınalara bile karşı koyabilir."

"Yaşanan şartların getirisi kalkanının ardına sığınma lütfen! Kötü bir şeylerle karşılaşan herkes bu yola başvursa, dünya üzerinde temiz insan kalmaz; herkes uyuşturucu bağımlısı olur."

"Öyle deme. Olumsuzluklar, yaşama gücünü zayıflatıyor insanın. Hele bir de, bizimkiler gibi büyük boyutlardaysa, kolun kanadın kırılıverir."

"Artık son noktayı koydum, diyemiyorsun yani..."

"Diyorum demesine de... Noktanın ardından nelerin geleceğini, ancak zaman gösterecek."

Kendine güvenemiyor! Her an, sil baştan yapıp eskiye dönebilir... Çaresizlik içinde kıvranıp duruyorum karşısında. Bundan sonra yaşayacaklarının olumlu yönde gelişmesini dilemekten başka bir şey gelmiyor elimden.

Konuyu değiştirmek ister gibi, yerinden kalkıyor. Pencereden dışarıyı seyrediyor bir süre. Sonra gelip tam karşımda duruyor.

"Bu gördüğün giysiler de Emre'nin armağanı" diyor. "Başarımız için, ödül niyetine..."

"Güle güle giy, pek yakışmış. Ama yüzündeki canlılığın, duruşundaki diriliğin, bu yakışmadaki payını da unutma. Eski halinle, ne giyersen giy, iğreti duracaktı üzerinde."

"Biliyorum" diye gülüyor. "Önce giysilerin içindeki beni, daha da önemlisi, benim içimdeki Dünya'yı düzeltmesem, bu ışıltıyı asla yakalayamazdım."

"Bunun bilincinde olman iyi. Üstündekileri balkabağına dönüştürmeye hakkın yok artık..."

Kapının içinde dönen anahtar sesiyle bölünüyor konuşmamız.

Ece, en neşeli haliyle içeriye giriyor. Dünya'yı görünce, duraklıyor bir an. Ama, ev sahibi olmanın verdiği sorumluluktan kaynaklanan bir sevecenlikle elini uzatıyor Dünya'ya. Kucaklaşıyorlar.

"İyi gördüm seni" diyor Ece. "Ne kadar güzelleşmişsin böyle..."

"Tatil yaradı" diye göz kırpıyor bana Dünya.

Çay dolduruyorum Ece'ye.

"Yorulmuşsundur" diye eline veriyorum. "Nasıl geçti ilk günün?"

Adını vermeden, Cengiz'i sorduğumun farkında. Karşısına çıkıp canını sıkacak bir şeyler yaptı mı, onun merakındayım.

"Harika" diyor Ece. "Umarım bundan sonrası da böyle gider..."

Bir yanda Dünya, diğer yanda Ece... Sorunları boylarını aşmış, güzel arkadaşlarım benim!

Karşılaştıkları her zorlukta yanlarında olma kararlılığımı biliyorlar mı acaba?

***

İçimde yeşeren umut filizlerinden aldığım güçle, mutlu bir dönemin eşiğinde olduğumu düşünüyorum. İyimserliğimin en büyük dayanağı da, Dünya'nın kendini yenilemesi ve yüzünü aydınlık bir geleceğe çevirme başarısı...

Çevremin dost yüzlerle sarılı olduğunu bilmek de beni mutlu kılan nedenlerin başında geliyor. Anıl, Seçil, Kerem ve Ece... Sıcacık bir dostluğu ve arkadaşlıkların en güzelini paylaşıyorum onlarla. Selen ise, en sıkıntılı anlarımda yüzümü güldürmeyi başaran ender kişilerden. Derslere beraber girdiğimiz Binnur, İzmir'deki öğrencilik günlerimin bana getirdiği en şirin armağan.

Ve tabii ki Dünya! Yeni kimliğiyle yeniden kazandığım canım arkadaşım benim...

Tek sıkıntım, onların hepsini aynı ortamda buluşturmakta zorlanmam. Ortak noktaları benim. Ancak, farklı kişilik özelliklerinden olsa gerek, paylaşımları az. Aralarında, birbirlerinden hoşlanmayanlar da yok değil.

Bu durumda ben de, ister istemez, çok parçalı bir yaşama bölünmek zorunda kalıyorum. İşin asıl zor yanı, her birinin yanında farklı kişiliklerle ve farklı davranış kimlikleriyle dolaşmam.

Anıl, Seçil, Kerem üçlüsüyle cıvıl cıvıl bir öğrencilik coşkusunu paylaşırken; Ece'nin yanında candan bir arkadaş, Dünya içinse aynı yürekle soluk alan, sırdaş bir dost olabiliyorum. Gerçek Eylül kişiliğinin hangisi olduğunu ben bile kestiremiyorum artık...

Uzaklarda bir yerlerde bana göz kırpan Tolga'yla yoldaşlarını yakın arkadaş grubuma katmıyorum bile. Dünya ve Emre de, çerez niyetine tükettikleri maddelerden arındıklarına göre... Bir daha aynı ortamı paylaşacağımızı pek sanmıyorum. Yaşamımın bir bölümünde görüntü olarak yer almış, iz bırakmadan kayboluvermiş birer kara leke onlar.

Kurduğumuz yeni düzende, görmek istemediğim kişilerin başında Cengiz var. Aydınlık dünyamıza her an düşebilecek tehlikeli bir gölge gibi, karşımızda duruyor. Ece'nin tüm benliğini saran devasa korku kadar olmasa bile, benim için de yüreğimi daraltan, tatsız bir ürküntü Cengiz.

Bir yerlerden çıkıverecek, eski çarpık davranışlarıyla Ece'yi, dolaylı olarak da beni huzursuz edecek endişesini taşıyorum. Pek dile getirmesek de, sık sık, Ece'yle aynı noktada bulutlanıveriyor gözlerimiz.

Fazla mı abartıyoruz acaba? Günlerden beri yanımıza bile uğradığı yok çocuğun. Hele bir de, kuşkularımızın boş olduğunu fısıldayan son gelişme içimize su serpince... Umutlanıveriyorum.

Öğlen tatilinde, Ece'yle kantinde oturmuş çay içiyoruz. Uzaktan, Cengiz'in camlı kapıdan içeriye girdiğini görüyorum. Ece'nin arkası dönük, fark edemiyor.

"Cengiz" diye fısıldıyorum usulca. "Buraya doğru geliyor."

Kaskatı kesiliveriyor Ece. Yüzü mum gibi. Gözlerinde çakan korku kıvılcımları bana kadar ulaşıyor. Bakışlarımla olsun, cesaret vermeye çabalıyorum; ama nafile... Panik halinde canım arkadaşım.

"Merhaba kızlar" diyerek bir sandalye çekip oturuyor Cengiz.

Teklifsiz haliyle uyumlu, neşeli ses tonuyla; samimi, sıradan bir arkadaş gibi. Daha önce yaşadıklarımızı bilmesem, bambaşka birisiyle karşı karşıya olduğumuzu düşüneceğim.

Giysisi bile farklı bugün Cengiz'in. Şık bir kot takım var üzerinde. Dik dik görmeye alıştığımız saçlarını düzgünce taramış. Bakışları da delice ışıltılar saçmıyor etrafa.

Elindeki klasörü masaya bırakıp kalkıyor, çay alacak.

"Sıkma kendini" diyorum Ece'ye. "Rahat ol. Kalabalık ortamda ne yapabilir ki?"

Yanıt vermiyor. Gözbebeklerinde büyüyen ürküntüyü gizleyecek gücü yok.

Elinde çayla geri geliyor Cengiz. Ece'yle benim üzerimde eşit olarak paylaştırdığı sevecen bakışlarıyla konuşmaya başlıyor.

"Yeni eve çıkmışsınız" diyor. "Güle güle oturun."

İrkiliveriyor Ece. Başladı işte, der gibi bakıyor yüzüme. Oysa Cengiz, son derece rahat ve doğal görünüyor. Mimiklerindeki eski hastalıklı ifadeden de eser yok yüzünde.

"En iyisini yaptınız" diyor. "Kafama uyan birilerini bulsam, ben de eve çıkmayı düşünebilirim..."

Hiç konuşmuyor Ece. Yanıtları ben veriyorum, sohbetimiz Cengiz'le benim aramda.

Çayını bitirip kalkıyor.

"İyi dersler size..."

Geldiği gibi güler yüzlü, dostça veda edip ayrılıyor yanımızdan.

"Ne olmuş bu oğlana böyle?" diyorum hayretle. "Başına saksı falan mı düştü?"

Karar vermekte benim kadar aceleci değil Ece. Sevinmekle sevinmemek arasında yaşadığı gelgiti noktalayıp konuşuyor sonunda.

"Değişmiş görünüyor ama... Güvenemiyorum ona. Bana neler yaşattığını asla unutamam."

"Belki de vazgeçti. Sonuç alamayacağını anlayınca akıllandı..."

"Umarım öyledir. Gene de... Bu kadar kolay pes edeceğine inanamıyorum bir türlü."

"Saplantı haline getirmişsin sen! Eskilerin Cengiz'iyle, biraz önceki aklı başında, ayağı yere basan Cengiz arasındaki farkı göremiyor musun?"

Kuzu postu içinde kurt aramak, Ece'ninki. Bu konunun burada kapanacağını hayal bile edemiyor.

Gerçekten de değişti mi Cengiz? Bu efendi tavırları, arkadaşça yaklaşımı, yalnızca bir göz boyama mı? Bize yansıtmaya çalıştığı dingin hali, ne derece gerçek?

Yaşadığımız şu birkaç dakikalık zaman dilimindeki abartılı dinginlik, fırtına öncesinin sakinliği olmasın sakın!

Her neyse... Ece'nin korku boyutlarının biraz olsun daralması bile yeterince sevindirici. Gelecek günlerin neler getireceğini ise, bekleyip göreceğiz...

2

Okul açılalı üç hafta oldu. Fırtına hızıyla geçiyor günler...

Bu hafta sonu annemle babam geliyorlar. Arabayla... Kendilerine verdikleri iki günlük kısacık tatil için, uçak yerine arabayı tercih etmelerine anlam veremedim ya, neyse. Bir sürprizleri varmış, öyle söylediler...

Cumartesi sabahı, mutfağa girip yemekler yaptık Ece'yle.

Telefonda, akşam yemeğini dışarıda yeriz, demişti babam. Olur mu hiç! İki yetişkin genç kızları var burada. Becerilerimizi birleştirince, yapamayacağımız şey yok bizim.

Kısır ve Rus salatası Ece'den, sigaraböreğiyle zeytinyağlı barbunya da benden. Kolayına kaçıp marketten aldığımız hazır köftelerle dondurulmuş parmak patatesleri de kızarttık mı, harika bir sofra kurabileceğiz annemlere.

"Yorgun gelirler" diyor Ece. "Hemen bir çay yaparız. Çayın yanını da boş bırakmayalım bari."

Annesinin verdiği tariften yola çıkarak üzümlü, tarçınlı bir Ankara keki yapıyor.

İkindiye doğru, yolcularımız geliyor.

Korna sesini duymamızla, dışarıya fırlamamız bir oluyor Ece'yle. Gelenler yalnız benim değil, Ece'nin de anne ve babası sanki... Dörtlü bir sevgi yumağı oluşuveriyor kapının önünde.

Babamın, evimize ilk gelişi! Odaları geziyor; mutfağı, banyoyu inceliyor. Gördüklerinden hoşnut, salona geçip oturuyor.

Önce çay servisi yapıyoruz. Yanında Ece'nin eseri harika kekle beraber, tatlı bir sohbeti paylaşarak, dudaklarımızdan dökülen sözcükleri birbirimizin ağzından alarak...

Çay faslının ardından, annemle babamın gözleri, kısa bir bakışmada buluşuyor. Aynı anda kalkıyorlar oturdukları yerden.

"Bakalım sürprizimizi beğenecek misiniz?" diyor annem.

Hep beraber kapının önüne çıkıyoruz. Arabanın bagajını açıyor babam. Ve... bunca yolu arabayla gelmelerinin nedeni, Ece'yle benim ortak armağanımız olan sürprizle yüz yüze geliveriyoruz.

Ambalajında, yepyeni bir bilgisayar bu! Eksikliğini duyduğumuz, ama dile getiremediğimiz, aklımızın ucundan bile geçmeyen, harika bir armağan...

Bilgisayar masasını da unutmamışlar üstelik. Babam, parçalar halinde kutulara yerleştirilmiş ahşap plakaları çıkarıp küçük, yer kaplamayacak boyutlardaki masamızı kuruyor.

"Bizim eve tamirci girmez" diye Ece'ye açıklıyor annem. "Ekrem'in elinden her iş gelir."

Bilgisayarın salondaki köşesine yerleşmesi, akşam saatlerini buluyor.

"Benim işim bitti" diyor babam. "İnternete bağlanması size kalıyor. Servise telefon edip yetkili birini çağırırsınız."

"Orasını merak etmeyin siz Ekrem Amca" diyor Ece. "Pişmiş çorbaya tuz atacak kadar gücümüz var bizim..."

Minik araba soğutucusunun içinde, sarma getirmiş annem. Yanı sıra, Nurten Abla'nın yaptığı, benim pek sevdiğim patlıcanlı pilavla zeytinyağlı karışık ot salatası...

Soframızı hazırlayıp oturuyoruz.

"İnsanın, birbirinden becerikli iki kızı olması ne güzelmiş" diyor annem. "Ellerinize sağlık, hepsi birbirinden nefis olmuş."

"Hiç de acemi işi gibi değiller" diyor babam da. "Bizim Nurten'in yemeklerini aratmıyor doğrusu. Ama bu kadar yorgunluk, öğrenciye göre değil. Kıyamam ben kızlarıma. Yarın sabah kahvaltısında Boğaz'a gitmeye ne dersiniz?"

Ortaya sorulmuş bir soru ama, annemden ses çıkmıyor. Belli ki, önceden konuşmuşlar, kararlaştırmışlar; göstermelik bir öneriyle bize sunuyorlar şimdi de. Bunca yıllık anamı, babamı tanımaz mıyım ben?

"İyi olur" diye Ece'ye bakıyorum.

O da başını sallayarak onay verince, konunun kapanacağını sanıyorum. Oysa babam, asıl söylemek istediklerini, her zaman yaptığı gibi sona saklıyor.

"Arkadaşlarınızı da çağırabilirsiniz" diyor, hemen o anda aklına gelmiş gibi. "Böylece biz de, onları yakından tanıma fırsatı buluruz."

Niyetlerini az çok kestirebiliyorum. Yakın çevremde yer alan kişiler hakkında görüş sahibi olmak amacındalar. Can arkadaşım, diye tanıttığım Dünya'da yaşadıkları hayal kırıklığının yinelenmesinden korkuyorlar sanırım.

Hiç beklemediğim bu teklifin altında yatan neden, Dünya'nın son durumunu merak etmekten kaynaklanıyor da olabilir. Telefonda defalarca anlattığım değişimi, Dünya'nın kaydettiği aşamayı, kendi bakış açılarıyla değerlendirmek istiyorlar.

İstesinler! Korkum yok... Güveniyorum arkadaşıma. Görsünler bakalım; o, yaşamdan kopmuş, yaşamaktan bezmiş Dünya, çelimsiz bedeniyle neleri başarmış... Görsünler de, içleri rahat etsin.

Telefona sarılıyorum hemen. Selen, Anıl, Kerem, Binnur; numaraları hafızada kayıtlı olan tüm arkadaşlarımı sırayla arıyorum. Dünya'yı en sona bırakıyorum. Koşa koşa geleceğinden eminim nasılsa.

Sevinçle kabul edenler, mazereti olanlar, kesin yanıt veremeyenler... Bakalım, yarın sabahki pazar kahvaltımızda hangileriyle beraber olabileceğiz?

Karşı taraftan gelmeye üşeniyor Selen; teyzesiyle alışverişe çıkacağını bahane ederek özürlerini iletiyor annemlere.

Uçaksavar grubundan Seçil, Kerem ve Binnur da önceden verilmiş sözleri olduğu için gelemiyorlar. Ama Anıl, havada kapıyor teklifimi.

Dünya da, yeniden görücüye çıkacağının bilincinde, buruk bir sevinçle, "Olur" diyor.

Ece, Anıl, Dünya ve Emre... Bir araya getirmekte zorlandığım, farklı arkadaş gruplarının temsilcileri kimliğiyle, masamızdaki yerlerini alıyorlar.

İçlerinde en rahat olanı Ece. Benim diğer yarımmış gibi, annemle babamı kolayca benimsemiş görünüyor.

Başlarda tutuk davranan Anıl da, ortamın sıcaklığıyla doğal haline kavuşuyor. Hatta, yaptığı şirin esprilerle babamı bile güldürmeyi başarıyor.

Annem, arkadaşlarıma eşit olarak bölüştürdüğü bakışlarını toplayıp tümünü Dünya'nın üzerinde yoğunlaştırıyor.

"Görmeyeli ne kadar güzelleşmişsin Dünya" diyor. "Kilo da almışsın galiba."

Yüzünde güller açıyor Dünya'nın. Gözlerinin derinliklerinden kopan sessiz kahkahalarla gülüyor anneme.

"Evet" diyor. "İştahım açıldı. İzmir'de gördüğünüzden ne kadar farklıyım, öyle değil mi?"

Gönderdiği üstü kapalı iletiler hedefine ulaşıyor. Hem annem, hem de babam, okşar gibi bakıyorlar Dünya'ya. Onun, sofraya serpiştirilmiş bin bir çeşit kahvaltılıkları iştahla atıştırmasını sevgi dolu bakışlarıyla, sessizce alkışlıyorlar sanki.

Hep istediğim, özlemini çektiğim, ama bir türlü gerçekleştiremediğim bu doğal yakınlaşma için minnet duyuyorum onlara.

Dünya'nın kendinden emin duruşuna karşın, Emre'nin davranışlarında belirgin bir çekingenlik var. Biraz da babamın tutumundan kaynaklanıyor bu durum. Kısa bir süre öncesine kadar benden uzak tutmaya çalıştıkları Dünya'yı kendi kızı yerine koymuş, ardı ardına sorduğu ahret sorularıyla bunaltıyor çocuğu.

En çok da öğrenimini yarıda bırakma nedenleri, babasının yanındaki çalışma konumu ve ailesiyle ilgili konularda zorlanıyor Emre.

"İngiltere'deki okula gitmemekle hata ettim" diye itiraf ediyor.

Babasının şirketinde, elinden geldiğince başarılı olmaya çalışacağını söylüyor. Dünya'yı hak etmek için, sınava girmiş bir öğrenci gibi, ter döküyor babamın karşısında.

Bu davranışla anlatılmak istenen, apaçık ortada. Kendi ailesi olmasa da, Dünya'nın arkasında biz varız, demeye getiriyor babam. Hoşuma gidiyor bu tutumu...

Anıl, geri planda kalmaya daha fazla dayanamıyor.

"Hiç merak etmeyin" diyor babama. "Her yönüyle dört dörtlük bir damat adayı var karşınızda. Hepimiz kefiliz..."

Gergin havayı yumuşatmaya yetiyor bu sözler. Gülüşmeler arasında, kulağıma doğru eğiliyor Ece.

"Damat diye, kendini öne sürüyor olmasın seninki..."

Kahkahalarımız ikiye katlanıyor. Ancak, yoruma açık görünse de, Anıl'ın söylediklerinin iyi niyete dayalı olduğuna eminim.

Kahvaltının bitiminde, herkesin yüzü gülüyor. Annemle babam meraklarını gidermiş, Dünya ve Emre çetin bir sınavı başarıyla geçmiş; Anıl, gökte ararken yerde bulduğu, hiç umulmadık bir fırsatı yakalayarak ailemle tanışmış; ben, farklı kutuplardaki arkadaşlarımı aynı masada buluşturmuş; kısacası hepimiz, beklentilerimizin üzerinde bir şeyler yakalamış olarak kalkıyoruz masadan.

Annemle babamın yorumlarını dinleme faslı ise, eve dönüşümüzü bekliyor haliyle...

"Bir kahve içip yola çıkalım" diyor babam. "Hava kararmadan İzmir'de olmalıyız."

"İki gün için bunca zahmet..." diye başlayınca da, sözümü kesiyor hemen.

"Değmedi mi sence? Hem hasret giderdik, hem de..."

Sözünü tamamlamak bana düşüyor bu kez.

"Hem de bilgisayarımıza kavuştuk!"

"Yalnız o değil... Dünya'yı son haliyle görmek ve Emre'yi yakından tanımak benim için çok önemliydi."

"Aferin kıza" diye araya giriyor annem. "İzmir'deki durumunu gördükten sonra, bir daha toparlanamaz sanıyordum."

Düşünceli bir tavırla başını sallıyor babam.

"Büyük bir iş başarmış! Kutlanmaya değer. Ancak... Devamını getirmesi çaba gerektiriyor. Yaşayacağı en ufacık bir olumsuzluk, henüz aralık duran geriye dönüş kapısını ardına kadar açmaya yeter. Öncelikle, Emre'yle aralarında çıkabilecek sorunlara karşı güçlü olmalı."

"Ailelerinden destek görememeleri ne kadar acı" diye içini çekiyor annem. "Kendi yağlarında kavrulmaya çabalıyor yavrucaklar."

"İyi bir çocuk Emre!" diyor babam. "Ama ailesiyle Dünya arasında sıkıştığında, çaresiz kalabilir. Bu durumun Dünya'ya yansıması ise çok kötü sonuçlar doğurur. Bedeninden attığı zehrin kalıntıları, beyninin kıvrımlarında henüz. Onları harekete geçirecek darbeleri yaşamamalı."

İçimi okuyor sanki babam. Bilimsel derinliğini kestiremesem de, aynı korkuyu ben de taşımıyor muyum?

"Sana çok iş düşüyor Eylül. Arkadaşının zayıf düştüğü noktalarda, onu yüreklendirmen gerekiyor."

Ondan uzak dur, demiyor artık. Babam olarak mı, yoksa doktor kimliğiyle, hastası konumuna oturttuğu Dünya'yı kayırmak için mi böyle konuşuyor, bilemiyorum. Bana duydukları güvenin dışavurumu, diye yorumlamak geliyor içimden.

Merak etme babacığım! Benden başka destekleyeni olmayan arkadaşımı yarı yolda bırakır mıyım hiç...

3

Okulla ev arasında geçen öğrencilik yaşamımın hareketliliği, Dünya'yla ilişkimizi olumsuz yönde etkiliyor.

Çok az görebiliyorum onu. Bazı günler okula hiç gelmiyor; geldiği zamanlarda da ya benim dersim oluyor ya da çevremdeki arkadaş yoğunluğundan sıyrılıp gereken ilgiyi gösteremiyorum ona.

Kısa, güncel sohbetlerin yetersizliğinin farkındayım. Huzursuzum, suçluluk duyuyorum. Üstelik, uzaktan uzağa, yüzündeki ince hüznün gitgide koyulaştığını da görebiliyorum.

"İyi misin sen?" diye ayaküstü sorduğumda, kendine has, buruk gülüşüyle aynı yanıtı veriyor hep.

"İyiyim, beni merak etme sen..."

Olduğu gibi değil de, olmasını istediğim gibi değerlendiriyorum onu. Sorununu halletti, temiz bir yaşamın insanı artık, diye eski sayfaları kapattığını varsayarak avutuyorum kendimi.

Aymazlığımdan sıyrılmam için, itici bir güç gerekiyormuş galiba... Benim göremediğimi gören ve beni uyaran, Selen oluyor.

"Gene uçmuş seninki" diyor. "Baksana, bulutların üzerinde geziniyor gözleri..."

Girmeye hazırlandığım dersi bir yana bırakıp yanına gidiyorum.

"Neler oluyor Dünya? Yolunda gitmeyen bir şeyler mi var?"

Beni atlatmaya çalışıyor önce. Ama kararlı halimi görünce dayanamıyor.

"Çok kötüyüm Eylül" diyor dişlerinin arasından. "Konuşsak iyi olur..."

İçimden küfürler yağdırıyorum kendime. Nasıl oldu da bu kadar boş bulundum, diye...

Manzara'nın gerisinde, nispeten gözlerden uzak bir kanepeye oturuyoruz Dünya'yla.

“Anlat bakalım, ne oldu gene?”

“Ne olacak! Emre... Ve bitmek tükenmek bilmeyen sorunlarımız.”

“Ailesiyle mi ilgili?”

“Dolaylı olarak... Ama bu kez durum biraz farklı. Altından kalkamayacağım kadar ağır bir baskı altındayım Eylül.”

“Boş ver bunları. Nelerin altından kalkmadın ki sen...”

“Gücüm tükendi artık. Emre'nin bana getirdiği öneriyi bir bilsen...”

“Neymiş o?”

“Okulu bırakmamı istiyor!”

“Nereden çıktı şimdi bu?”

“Kendince nedenleri var. O, okulunu bıraktı ya... Lise mezunu olarak kalacak ya... Benim fakülteyi bitirmem, dengesizlik yaratırmış aramızda.”

“Daha önceleri, bunu hiç sorun etmiyordu ama...”

“Aklı başına yeni geliyor. Ailesinin İngiltere'de ayarladığı, hatta ön kayıt yaptırdığı okula gitmeyişinden çok pişman. Acısını da benden çıkarıyor.”

“Ama bu haksızlık! Böyle bir özveriyi isteyemez senden. Yaptığı yalnızca kapris...”

“Gel de bunları anlat ona. Düşüncelerini öylesine inatla savunuyor ki...”

“Aklını başına topla Dünya! Beraber olduğun insanın iki dudağı arasından çıkacak sözcüklere göre yönlendiremezsin kendini.”

“Okulu bırakınca hemen evleniriz, diyor. Beni ailesine kabul ettirmenin tek yolu buymuş.”

“Oldubittiye getirecek yani... Söylesene, evlenmek bu kadar önemli mi senin için?”

“Değil ama...”

“Duyduğun sevginin boyutlarından, Emre'den asla vazgeçemeyeceğinden falan söz etme bana. Aşk iki kişiliktir! Özveri de öyle. Zorluklara göğüs germek, yalnız senin görevin olmamalı. Neden Emre de payına düşeni yapacağına, savunma kalkanı niyetine, seni öne sürüyor ki?"

"O da çaresiz... Ailesine sırtını dönüp çıkamıyor. Onların eline bakıyor çünkü."

Gözlerinden ip gibi yaşlar iniyor Dünya'nın.

"Tadımız tuzumuz kalmadı Eylül, dayanamıyorum artık."

İşte, karşılaşmaktan korktuğum tablo!

Bu tür olumsuzlukları yaşamamalı Dünya. Babamla konuştuklarımız geliyor aklıma... Henüz aralık duran geriye dönüş kapısının ardına kadar açılmaması için, bir şeyler yapmam gerek.

"Yürü" diye kolundan tutup kaldırıyorum. "Bu iş böyle olmayacak. Eve gidiyoruz..."

Sesini çıkarmadan, yanım sıra yürüyor. Güney Kampusu'ndan Kuzey'e çıkan yolu hiç konuşmadan adımlıyoruz. Köşedeki bakkaldan birkaç kutu birayla sigara alıyorum. Minnetle, teşekkür eder gibi bakıyor yüzüme. Çünkü, kendini iyi hissedeceği, kısa bir zaman dilimini taşıyorum elimdeki torbada...

Çoktan razıyım bu kadarına. Fıçılarla birayı diksin kafasına, uç uca yaksın sigaralarını. Yeter ki, pusuda bekleyen eski kurnaz dostuna dönüş yapmasın...

Salondaki yer minderlerinin üzerine yayılıp saatlerce konuşuyoruz Dünya'yla. Bira, kuruyemiş ve sigara... Bir de Dünya'nın can yoldaşı hapları. Birkaç taneyi ardı ardına yutuyor, sonra da ağzı açık kutuyu bana uzatıyor.

Çatlayacak gibi ağrıyan kafama derman olur mu bu meret?

Bir tane alıp birayla yutuyorum. Kendi ağrımı, sızımı unutma çabasından çok, Dünya'ya uyum sağlama yolunda attığım küçük bir adım bu. Yaptıkları bu kadarla sınırlı kalırsa, hoş görebileceğimin ifadesi...

İkimizin de kafası hoş.

"Aman ha" diyor Dünya. "İpin ucunu kaçırayım deme. Benim gibi olursun sonra."

Gülüveriyorum. Kendini kurtarmış da bana sahip çıkıyor...

"Yok canım, bu taraklarda bezim olamaz benim!"

"Öyle deme... Sende de biraz yatkınlık var gibi geliyor bana."

"Ciddi misin? Nasıl vardın bu kanıya?"

"Bunca yılın deneyimi Eylülcüğüm. Yapay yollardan ulaşılan keyiflere duyarsız değilsin. Yalan mı?"

Yaptığı saptamayı önemsemiyorum bile. Benimki yalnızca, şartların yarattığı ortama ayak uydurmak. Şu anda da Dünya'nın geldiği son noktayı öğrenmekten başka amacım yok. Bira, sigara ve hatta haplar, onu konuşturmak için düzenlenmiş altyapının birer parçası yalnızca.

"Ya sen?" diye karşı atağa geçiveriyorum hemen. "Şu son moral bozukluğunu, yapay keyiflerle uyuşturmaya çalışmıyorsundur umarım."

Son yudumunu kafasına dikip içtiği üçüncü bira kutusunu belinden kırarak ikiye katlıyor; torbanın içine, diğerlerinin yanına yolluyor.

"Korktun, değil mi?" diye yamuk bir gülümseyişle bakıyor yüzüme. "Yeniden eski günlere dönüş yaptım diye, deli gibi korkuyorsun; itiraf et..."

Elindeki sigarayı tablaya basıp yenisini yakıyor.

"Endişelenecek bir durum yok, merak etme. En azından şimdilik... Gelecek için peşin konuşamıyorum, biliyorsun. Ama her sabah, o bildik yeminimi yineliyorum. 'Bugün, eroin kullanmayacağım!' diye. Şu ana kadar, çizgimden sapmadığımı söyleyebilirim. Haplar, desen; tedavinin bir parçası zaten. Onlar da olmasa, neye dayanacağım ki?"

Ah Dünya, ah! Neden ayaklarının üzerinde, sapasağlam duramıyorsun ki? Yaşamının her anında, dayanacak bir şeyler aramaktan ne zaman vazgeçeceksin?

"O günden sonra, hiç kullanmadın yani..."

"Kullanmadım. Yemin ederim..."

İnanıyorum ona. Direnme gücü yerlerde sürünüyor olsa da, bu durumla baş etmeye kararlı görünüyor.

"O malum gruba katılıyor musunuz hâlâ?"

"Arada bir. Onların arasında bile bozmadım yeminimi."

"Bu tür yerlerde fazla boy göstermezseniz daha iyi olur senin için. Eski alışkanlıklar canlanabilir."

"Yanlış düşünüyorsun! Sigarayı bırakan bir tiryaki, hiç mi sigara içilen bir yerde bulunmayacak? İrade meselesi, kafada bitiyor iş; mekânla ilgisi yok..."

"Aferin sana! Şartlar ne olursa olsun, bu kararlılığını sürdürmelisin."

"Bu cumartesi Sibel'deyiz. Okulu bırakma kararını ve evleneceğimiz müjdesini aynı anda açıklayıp kutlama yapalım, diyor Emre."

"Senin yanıtın ne?"

"Böyle bir kararı vermek kolay mı Eylül? Şarta bağlı bir evlilik müjdesi de cazip gelmiyor bana."

"İyi yoldasın... Çizdiğin çizgide yürümeni sürdür; Emre de zamanla yola gelecektir."

"Grup içinde işim zor. Hepsi Emre'nin arkadaşları. Her konuda onu destekleyecekleri kesin. Yalnız kalıyorum aralarında."

"Rahat ol. Gördüğüm kadarıyla, kimsenin kimseye karıştığı ya da aldırdığı yok oralarda."

"Sen de gel, desem; gelmezsin, biliyorum..."

En zayıf haliyle karşımda duruyor gene. Her sabah ettiği yeminler, bir anda yerle bir olabilir. Hele kurtlar sofrasına tek başına çıkarsa...

"Nedenmiş o?" diyorum ani bir kararla. "Daha önce de gelmedim mi?"

Sevinçle ışıldıyor gözleri.

"Bir tanesin sen! Beni yalnız bırakmayacağını biliyordum."

Hep yanında olacağım Dünya, hep... Babam da, zayıf düştüğü noktalarda onu yüreklendirmem gerektiğini söylememiş miydi zaten?

İşte, tam da o noktadayız şu an. Ve ben, sorumluluklarımın bilincindeyim...

***

Davet edilmeden bir yere gitmek, son derece ters geliyor bana. Ama bu camiada nazik davetlere, "Varlığınızla sevinç duyacağız" türünden içten çağrılara yer yok.

Ayağının yerden kesilmesini isteyen, bu işe tutkun ya da yalnızca merakından, deneme amacıyla uğrayıvermiş çömez, usta, herkes, solunan puslu havadan dilediğince payını alabiliyor. Tek şart, sizi önerecek, tanıdık bir yüzün olması.

Bu kez yabansı bir çekingenlik var üstümde. Ayaklarım geri geri gidiyor sanki. Sanırım, ev sahibinin Sibel oluşundan kaynaklanıyor bu tutukluğum. Tolga'yı aşırı sahiplenmesi; onun, benim yanımda duruşundan duyduğu ve açıkça belli etmekten kaçınmadığı hoşnutsuzluk da yan etkenler belki.

İçinde bocaladığım tedirginliği, kapının hemen önünde bırakıyorum. Sibel, umduğumun çok üzerinde, sevecen bir tavırla karşılıyor beni. Ev sahibi olarak, tüm gerginliğimi sıyırıp alıyor üzerimden.

Tolga da yanı başında Sibel'in. Son gördüğümden bu yana, beraberliklerinde epey yol kat ettikleri belli oluyor. Aynı evi paylaşan, mutlu bir çift gibi duruyorlar. Sibel'in kendinden emin hali de bundan.

Rahatsız olmuyorum bu durumdan. Hatta, üzerimden ağır bir yük kalkmışçasına, hafiflediğimi bile söyleyebilirim.

Bu tür ortamlarda tanışacağım her kim olursa olsun, yaşamımda özel bir yer edinmemeli! Benim gibi, geçerken uğrayıvermiş konumundaki birisi için en doğrusu bu...

Loş ışıklı salona yayılmış konukların çoğunu tanıyorum, yalnızca birkaç yabancı yüz var aralarında. Ama, baş konuğun henüz gelmemiş olduğundan haberim yok.

Kapının çalınmasıyla, Sibel'le Tolga aynı anda fırlıyorlar yerlerinden. Üç kişi olarak salona döndüklerinde, aralarında şeref konuğumuz var: Tarık!

Önceden tanıyanlar yerlerinden kalkıp kucaklıyorlar, tanımayanlarsa tanıştırılmayı bekliyor. Hepsinin ortak özelliği, saygıda kusur etmemek için, belirgin bir çaba göstermeleri.

"İsviçre'den yeni geldi Tarık" diye fısıldıyor Dünya. "Grubun en eskilerinden."

İnanmakta güçlük çekiyorum. Buralara uyum sağlayacak bir tip değil Tarık... Otuz yaşın üzerinde görünüyor. Gri takım elbisesi ve orada bulunanlara göre ağır sayılabilecek, biraz da tepeden bakan havasıyla, bambaşka bir dünyanın insanı sanki.

Uyuşturucuyla uzaktan yakından ilgisi olacağını düşünemiyorum. Otla, tozla dostluk kurması şöyle dursun; karşısında ona gülümseyerek bakan, ortak keyiflerin paylaşımcılarını azarlayıverecek, ellerindeki sigaraları söndürtecek, içki kadehlerini bir bir toplayıp rafa kaldıracak, sonra da istediği kıvama gelmiş katılımcılara ciddi bir konferans verecek, kariyer sahibi, saygın bir konuşmacı gibi duruyor.

Tanıştırılma sırası bana geldiğinde, tutulup kalıyorum. Gruptan birinin değil de, orada oluşumu sorgulayacak konumdaki bir büyüğümün karşısındayım sanki. Bulunmamam gereken bir yerde suçüstü yakalanmışçasına ezik, güçlükle elimi uzatıyorum.

"Tarık" diyor, tanıştırma görevini Tolga'nın üzerinden alarak.

"Eylül" diyorum ben de, kendime bile yabancı gelen, cılız bir sesle.

Sibel'le Tolga'nın arasında, tam karşımdaki koltuğa yerleşiyor Tarık. Herkes kendi içeceğini kendisi alırken, onun viski bardağı eline veriliyor. Sigara yerine, ceketinin iç cebinden çıkarıp yaktığı purosuyla da ayrı bir fark atıyor çevresindekilere.

Cesaret edip tek bir soru soramıyorum Dünya'ya. Ama, ortadan yapılan konuşmalardan, merakımı giderme şansım oluyor.

İsviçre'de yaşıyormuş Tarık. Zürich'te... Bir ayağı Türkiye'de olan, İsviçre'nin tanınmış bir şirketinde strateji danışmanı olarak çalışıyormuş. Geçici görevle birkaç aylığına İstanbul'a gelmiş ve ev tutmuş. Bu süre zarfında eski dostlarıyla beraber olacağı için mutluluk duyuyormuş...

Çok geçmeden, eski havasına dönüyor salon. Kimsenin Tarık'ı falan takacak hali yok, bir an önce kafayı bulmayı hedefliyor herkes.

Benimse tüm dikkatim, Dünya ile Emre'nin üzerinde. Araları iyi gibi. Votka-bira karışımında karar kılmışlar bu akşam. Onlara katılmıyorum, bu kadar ağır içeceklerle işim yok benim. Böyle bir ortamda, eli kolu boş da oturamam ama. Gözüme en hafif görünen beyaz şarapla, çevreye uyum sağlamaya çalışıyorum ben de.

Biraz daha kısılıyor ışıklar. Belli ki, çerezlerin çıkarılma zamanı geldi.

Tetikte bekliyorum, Dünya'da istemediğim yönde bir hareketlenme olacak diye ödüm kopuyor. Neyse ki, arkadaşım düş kırıklığına uğratmıyor beni. Biraz yüksek dozda da olsa, elindeki içkiyle yetinmesini biliyor.

Loş ışıklar altında, beyaz tozların elden ele dolaştığını, derin derin burunlara çekildiğini görebiliyorum. Gözüm Tarık'ta. Onun, hangi tür çerezi kullanacağının merakındayım.

Hayır, toz falan çektiği yok. Gözlerini kısmış, kulağı yüksek perdeden çalan müzikte, keyifle içkisini yudumluyor.

Teker teker herkesi tarayan bakışları benim üzerime geldiğinde duraksıyor. Kalkıp yanıma geliyor.

Hemen fırlıyor Emre, yerini Tarık'a veriyor.

"Grupta yenisiniz galiba" diyor Tarık. "İlk kez görüyorum sizi."

Elim ayağım buz kesiyor. Kızıyorum kendime. Sorguya çekilmiş küçük kız halleri yakışıyor mu bana?

Başımı hafifçe dikleştiriyorum.

"Arkadaşlarıma eşlik etmek için buradayım" diyorum.

Bu âleme ait değilim, yalnızca gerekeni yapıyorum, diye sürdürmüyorum ama, ne anlatmak istediğimi çok iyi kavrıyor Tarık.

"En doğrusunu yapıyorsunuz" diyor. "Bu kadarıyla neşelenebiliyorsanız, neden hamallık yapasınız ki?"

Cidden böyle mi düşünüyor, yoksa inceden inceye dalga mı geçiyor benimle, çözemiyorum.

Üzerinde kafa yormaya fırsat bulamadan, Tolga'nın küçük, gümüş bir tepsi içinde ikram ettiği tombul sigarayla burun buruna geliyoruz. Sunuş bana değil, Tarık'a yapılıyor ama, tam aramızda duran tepsi, çelişkili bir durum yaratmakta.

"Buyurun lütfen" diye gülümsüyor Tarık.

Önceliğin bende olması gerektiğini vurguluyor nazikçe.

"O almaz Tarıkçığım" diye söze karışıyor Sibel. "Pamuk Prenses'lerin böyle şeylere tenezzül ettikleri nerede görülmüş?"

Ev sahibi olmanın bilinciyle fazla üstüme gelmese de, alaycı bakışlarla beni aşağılamaktan geri kalmıyor.

Tarık ise, önündeki esrarlı sigaraya, ilk kez görüyormuş gibi bakıyor.

"Bu geceki ikramınız bu demek!"

"Olur mu ağabey!" diye mahcup bir tavırla atılıyor Tolga. "Ne istersen emrinde..."

Aldığı yanıttan hoşnut, başını iki yana sallıyor Tarık.

"Gerek yok" diyor. "Bu gecenin hakkı, yalnızca duman..."

Derin derin birkaç soluk çekiyor sigaradan, sonra bana uzatıyor. Önemsemez bir tavırla, iki soluktan ne olacak, der gibi...

Sibel'in küçümseyici bakışlarının Tolga'nın gözlerine akışını; ikisinin, ortak, alaycı bir gülüşte buluşmalarını gitgide artan bir öfkeyle izliyorum. Ani bir kararla uzanıveriyorum sigaraya. Dünya'nın şaşkın duruşuna aldırmıyorum bile.

Bir soluk, bir soluk daha; bir soluk, bir soluk daha...

İşte bu kadar!

Üstüne düşen görevi hakkıyla yerine getirmiş birinin rahatlığıyla arkama yaslanıyorum.

Esrarla ilk tanışmam değil bu! Ama, ilk kullandığımda hiçbir şey hissetmeyen ben, bu kez biraz sersemliyorum galiba. Gene de yakıştırmak istemiyorum; şaraptan olsa gerek, diye yineliyorum içimden.

Sigara, gerisinde yoğun dumanlar bırakarak elden ele geçerken, konuşmasına kaldığı yerden devam ediyor Tarık.

"Tercihim, esrardan yana olmuştur hep" diyor. "Bir kültürdür esrar... Alkolden bile daha iyidir. Sarhoş olmazsın, bilincin sende kalır; daha aydınlık ve canlı bir dünyaya kulaç atmana yardımcı olur yalnızca. Yoksa, yüzyıllardır kullanılır mıydı? Hem de dünyanın en saygın, en ünlü kişileri tarafından..."

"Ama... Devamlılık arz etmesi hoş değil sanırım."

"Orada haklısınız. Örneğin ben, hafta sonu içicisiyim. İçki, esrar ya da diğerleri... Aşırıya kaçmadan! Amaç neşelenmek... Bazı içkiseverler, sosyal içiciyiz, derler ya; benimki de o hesap."

Bu yaklaşımı rahatlatıyor beni. Kendi iç hesaplaşmamdaki suçluluğumu hafifletiyor. İçten içe minnet duyuyorum Tarık'a.

Şaraptan mı, esrardan mı, yoksa Tarık'ın ağzından dökülen ferahlatıcı sözlerden midir bilmem; her şey güzel görünüyor gözüme. Bu tür topluluklarda hiç olmadığım kadar neşeleniyorum, ağız dolusu kahkahalar atıyorum ardı ardına...

Gecenin bitiminde, tokalaşmak üzere uzanan ellerimiz, uzunca bir süre kenetli kalıyor Tarık'la.

"Gelecek haftaki parti benim evimde" diyor. "Çok özel bir gece olacak. Mutlaka bekliyorum..."

Söz veremiyorum.

Tozun dumanın birbirine karıştığı bu partilerden elini eteğini çekmeye niyetli bir Eylül'ün, yepyeni sayfaların açılması anlamına gelecek böylesi bir teklif karşısında kararsız kalması doğal değil mi?

***

Hafta boyunca, serseri mayın gibi dolanıyorum ortalıklarda.

Dünya'ya yasaklar koyan, onu doğru yola çekmek için canını dişine takan ben, aynı âlemin sıradan bir bireyi haline gelmekteyim. Üstelik bu durumdan, en ufacık bir üzüntü bile duymuyorum.

Tarık'ın ev partisine gitmek için, önüne geçilmez, delice bir arzu var içimde. Orada yaşayacaklarım konusunda, tutamayacağımı baştan bilsem de, olmayacak sözler veriyorum kendime.

Bir köşede oturup Dünya'yı izlemek... Ardına sığınmaya çalıştığım, koskoca bir aldatmacadan başka ne ki?

İtiraf etmeliyim, o âlemde bulunanlarla aynı havayı soluyarak, yapay zevkleri paylaşmayı seviyorum. Sende de bu işlere yatkınlık var, diyen Dünya haklı galiba.

Ama onun gibi değilim ben! Ölçüyü kaçırmadıktan sonra, benzer sorunlarla karşılaşacağımı hiç sanmıyorum.

Hangi noktadayım şu anda?

Alışkanlıklarımın üzerinde alkol, elime geçtikçe hap, ara sıra da esrar... Daha güçlü ve devamlılık arz eden bir uyuşturucu kullanımını aklıma bile getirmiyorum.

Hem, Dünya'dan çok daha farklı bir konumdayım. Beni bu yola iten, sorunlarım değil; olsa olsa değişiklik arayışı, öğrencilik yaşantımın tekdüzeliğine karşı, önüme açılan pırıltılı bir pencere... Cumartesiden cumartesiye, haftanın gerginliğini atmaya yardımcı olacak keyif tomurcukları.

Tarık'ın da söylediği gibi, hafta sonu içiciliği! Böyle düşündüğüm için de önemsememeye çalışıyorum.

O gruba girip de, geceyi meyve suyuyla geçirmek mümkün mü? İyi de, kısa bir süre öncesine kadar hiçbirini tanımadığım bu insanlar, neden bu kadar önemli benim için?

Farklı oluşlarından belki. Bazı şeyleri aşmış görünmelerinden... İlk günlerdeki gibi kınamıyorum da onları. Hatta, çevremdeki diğer kişilerin sıradanlığıyla kıyaslayınca, içten içe hayranlık duyduğumu bile söyleyebilirim.

Anıl ve Selen'le gittiğimiz sinemalar, Seçil'le Kerem'in de katılımıyla paylaştığımız akşam yemekleri, Ece'yle yaptığımız uzun soluklu dost sohbetleri... Yavan ve çocuksu geliyorlar artık bana.

Gene de vazgeçemiyorum hiçbirinden. Yaşamıma teklifsizce giriveren çarpıklıkların biricik sigortası onlar. Bedenimde çarpışan kişilikleri dengelememi sağlıyorlar.

İşte bu karmaşık duygularla hazırlanıyorum hafta sonuna. İçimden bir ses, gitmemem gerektiğini söylüyor. Yüreğimden taşan, önüne geçilmesi güç istekle, susturuveriyorum onu.

"Gelecek misin?" diye soruyor Dünya.

Daha önceleri gitmem için diller döken arkadaşım, bu kez önüme engel koymaya çalışıyor sanki. Anlam veremiyorum.

"Neden gelmeyeyim ki?"

"Çok özel bir gece bu. Senin için kaygılanıyorum açıkçası."

"Ne özelliği varmış bu gecenin?"

"Tarık'ın gelişini kutlamak için... 'H' gecesi yapalım, dediler."

"O da ne demek?"

Gülüyor saflığıma.

"H'nin heroin, yani eroin olduğunu bilmiyor musun? Çılgın

bir ev partisi anlayacağın... Senin için kötü bir başlangıç olabilir."

"Bütün korkun bu mu? Dayanamayıp yeniden eroine döneceğini, benim orada bulunmamın rahatını kaçıracağını düşünüyor olmayasın sakın..."

Başını önüne eğiyor.

"O sabah yemin etmeyeceğim ben zaten... Emre'yle karar aldık, ortama ayak uydurmamız gerekebilir."

"Baştan söylesene şunu... Verdiğiniz onca emeği yerle bir etmeye hazırlanıyorsunuz yani. Aferin size!"

"Eroini bedenimizden attık artık. Bu işe hiç bulaşmamış birinden farkımız yok. Arada bir küçük dozda almanın zararı olmaz. Yürüyeceğimiz yolda, karşılaşabileceğimiz tehlikeleri tanıyoruz biz. Ama sen..."

"Bırak beni! Kendi kendinizi aldatıyorsunuz siz. Güçlükle bir araya getirdiğiniz cam kırıklarından oluşan kristal vazoyu, yeniden tuz buz etmeyi nasıl düşünüyorsunuz; aklım almıyor."

Daha fazla üstüne gidemiyorum. Çünkü, kısa bir süre öncesinin Eylül'ü değilim artık. Koruyucu yerine, korunması gereken, kötü bir şeylere bulaşmasından korkulan yepyeni bir Eylül...

Hem, engel olmaya kalksam, ne değişecek ki? Kararlarını çoktan vermiş onlar.

Ya benim kararım? Oraya gidip uslu uslu oturmayı düşünmüyorum herhalde.

Eroin!

Sen, şu an için yalnızca ismini bildiğim, deli gibi merak ettiğim, korktuğum; tehlikeli ve sihirli toz... Yüz vermeyeceğim sana! Dostluk kuramayacaksın benimle, bilmiş ol...

O zamana kadar hiç üstünde durmadığım bir konu geliyor aklıma.

"Kullanılan maddelerin parasını kim veriyor?" diye soruyorum Dünya'ya. "Bol keseden ikram etmenin bir bedeli yok mu?"

Uzun uzun gülüyor.

"Bu özel gecelere bakma sen" diyor. "Evdeki partilerde ev sahibi, eğer durumu iyiyse, bu işi üstleniyor. Bazıları, borçlu kalmamak için, kendi içeceğini getiriyor gene de... Gruptakilerin çoğu, tuzu kuru, zengin çocukları. Tolga ve Tarık gibi iş sahibi olanlar da var aralarında. Ama, bu camiadaki ikram anlayışı da bir yere kadar. Köşe başlarını tutan torbacılar sağ olsun! Paran varsa, istediğin her türlü zıkkımı rahatça alabilirsin..."

"Bu cömert ikramların altında, bizim gibi çömezleri alıştırmak amacı olmasın..."

"Yok canım... Şunu hiç aklından çıkarma; kimse kimseye isteği dışında madde kullandıramaz! Başına silah dayanıp bu işe zorlanan kimseyi görmedim bugüne kadar. Görerek ve yaşayarak, farkına varmadan, psikolojik olarak hazırlıyorsun kendini. Zamanı gelince de, kendi isteğinle buluşuyorsun onlarla."

Garip bir şekilde ürperiyorum. Kimsenin zorlaması olmadan attığım adımlarla bu noktaya gelirken, bilinçaltımdan, böylesi bir hazırlığın içinde miydim ben de?

Bunları duymak bile ürkütüyor beni. Ama, içimdeki asi Eylül'e söz geçiremiyorum. Gitmek ve yaşaması gerektiğini düşündüğü deneyimleri yaşamak için öylesine hevesli ki...

***

Abartılı bir sevinçle karşılıyor beni Tarık. Gelişim, gerçekten de onun için bu kadar önemli mi, yoksa grubun içinde yama gibi durduğumu hissetmeyeyim diye mi böyle davranıyor, kestiremiyorum. Bildiğim tek şey, o anda orada bulunmaktan duyduğum mutluluk.

Etiler Caddesi üzerindeki kiralık evin, Tolga'nınkinden aşağı kalır yanı yok. Hatta, ondan daha lüks olduğunu bile söyleyebilirim.

Mobilyalarıyla beraber tutmuş evi Tarık. Altı aylık geçici bir süre için, daha fazlasını düşünmediğini vurguluyor. Bundan iyisini istemiş de, şartları elvermemiş gibi. Gerçekten de tuzu kuru bunların; kurumuş da buharlaşmaya yüz tutmuş...

Geçtiğimiz haftalara göre, oldukça kalabalığız bu gece. Tarık'ın geldiğini duyan, eski, yeni tüm dostları burada. Hepsi de içici mi bunların, diye düşünmekten kendimi alamıyorum. Çok geçmeden, kafamdaki sorular, birer birer yanıtlarını buluyorlar zaten...

İçkiler, içkilerin yanını renklendiren çeşit çeşit yiyecekler, vitrini süslemekten öteye geçemiyor. Salondaki kıpırdanma, gecenin amacına ulaşmak için duyulan sabırsızlığın göstergesi.

Sonunda parti başlıyor...

Tarık'ın ikramı beyaz tozun bölüştürüldüğü eller, ganimeti bir an önce bedenlerine ulaştırma çabasında. Kapalı tutuldukları yerden açığa çıkarılmışçasına, çektikleri oksijen açlığını gidermek ister gibi, kar tanesi billurları derin derin soluyan kalabalığın ortasında, ayrıkotu gibi hissediyorum kendimi.

Bu kadarıyla yetinemeyenler de var içlerinde. Odalara dağılıp damardan uçmaya hazırlanıyorlar. Deneyim ve yaşanmışların zenginliği yönünden, grubun en saygı duyulan kişileri bunlar. Dirseklerinin iç tarafındaki iğne deliklerini saklamaya gerek bile duymuyorlar.

Bense, dikensiz gül bahçesindeki tek karaçalı konumunda, öylece oturuyorum.

"Pamuk Prensesimiz nasıllar bu gece?" diye laf atıyor Sibel.

Gözleri çakmak çakmak. Tolga'nın beline sarmış kollarını. Uçmak üzere ikisi de. Tolga konusunda, büyük bir hayal kırıklığı yaşıyorum. Gördüğü tedaviden hiçbir iz taşımıyor sanki üzerinde. Tek yemini enjektörden uzak durmakmış gibi, damardan uygulama dışında, her yolu deniyor.

Sibel ise, bana sataşmaya kararlı bu gece.

"Ne işin var senin burada, anlamıyorum" diyor. "Gizli güçler tarafından aramıza sokulmuş bir ajan olmandan kuşku duyuyorum artık..."

Kahkahalarla gülüyor kendi söylediklerine.

"Sen ona bakma" diyor Tolga. "Kafana göre takıl."

Belli ki, dolduruşa gelip eroine el atmamı istemiyor. Ne var ki, bu iyi niyetli davranışı kavrayacak kafada değilim.

Dünya'yla Emre de yüklerini almış; doludizgin, bulutların üzerine tırmanıyorlar yanı başımda.

Dayanamıyorum artık.

"Biraz da bana verir misin?" diyorum Tarık'a.

Ne derece kararlı olduğumu anlamak ister gibi, dikkatle bakıyor yüzüme.

"Emin misin?"

"Eminim. Bir kez olsun denemek istiyorum ben de..."

İyice kısılıyor sesim.

"İlk ve son kez..." diyorum usulca.

Son sözlerimi duymuyor bile Tarık. Değer verdiği konuğunun isteğini bir an önce yerine getirme çabasında. İlkmiş, sonmuş; umurunda mı?

Birbirimizin varlığından haberdar, ama bir türlü buluşma fırsatı yakalayamamış, çeşitli nedenlerle beklenen kavuşmayı ertelemiş, sabırsız iki sevgiliden biri ben, diğeri eroin...

Kısa bir bakışma anı yaşıyoruz önce. Acelemiz yok...

Daha fazla geciktirmek de anlamsız... Burnuma yaklaştırıyorum. Ve... Derin bir solukla içime çekiveriyorum.

Ekşimsi, buruk, berbat bir tat! Yanı sıra, bu tadın getirisiyle, yıldırım hızıyla oluşuveren korkunç bir mide bulantısı...

Ağzımda biriken sıvı kitlesini halının üzerine tükürüveriyorum. Rezil oldum, diye düşünüyorum ama, kimsenin aldırdığı yok. Görenler görmezden geliyor ya da gülüp geçiyorlar. Aramıza hoş geldin, gibisinden, bakışlarıyla okşayanlar da var.

Yorgun hissediyorum kendimi. Ancak, alışılagelenden çok farklı, tatlı bir yorgunluk bu. Kopacak gibi ağrıyor eklemlerim. Kollarım, bacaklarım, tüm bedenim tonlarca yükün altında sanki. Ama ben uçuyorum...

Tek sıkıntım, gitgide artan mide bulantısı ve susuzluk. Bu kez rolleri değiştiğimiz Dünya, sorumluluk bilinciyle yerinden kalkıp, vişne suyu getiriyor bana.

Ardı ardına içtiğim üç bardak vişne suyundan sonra, kendimi tuvalete zor atıyorum. Tüm bedenimi sarsan öğürtülerle, klozetin içine kusuyorum. Değer mi bunca eziyete, diye geçiriyorum içimden.

Fil ağırlığına ulaşmış bir bedenle kanatlanıp uçabilmenin çelişkili keyfiyle, tuvalette çektiklerimi karşılıklı kefelere koyuyorum... Hangisinin ağır bastığına karar verecek durumda değilim.

Eve nasıl girdim, kendimi yatağa nasıl attım, bilemiyorum. Tüm iplerin koptuğu nokta orası!

Ece'nin, hafta sonunu Ankaralı kolej arkadaşlarından birinde geçirmesi işime geldi doğrusu. Bir de ona hesap verme zorunluluğundan kurtulmuş oldum.

Akşama doğru eve geldiğinde, hâlâ toparlayamamıştım kendimi.

"Geceden kalma halleri ha..." diye güldü. "Fazla kaçırmışsın anlaşılan."

Dünya'yla beraberken, içki içmeden durulamayacağını biliyor ya, ona bağlıyor bu hallerimi.

Aklına gelir mi hiç! Akıllı uslu bellediği Eylül kardeşi eroin çekmiş! Gözleriyle görse, inanmaz...

Tıpkı benim gibi! Onca zaman burun buruna yaşadığım

Dünya'nın nasıl bir âlemin içinde olduğunu anlayıncaya kadar aylar geçmemiş miydi?

Ece gibi, bu camiayla uzaktan yakından ilgisi olmayan birinin bu gerçeği görmesi, çok daha uzun zaman ister...

4

Eroinle ikinci buluşmamız, bir sonraki haftanın cumartesisine rastlıyor.

Birbirimize aşinayız artık. İçimde ne merak, ne de korku var. Ondan gelecek zararları nerede durduracağımı biliyorum çünkü. Dünya'nın düştüğü duruma asla düşmeyeceğim ben; buna yürekten inanıyorum.

Bu kez buluşma yerimiz, Beyoğlu'nun ara sokaklarındaki barlardan biri. Grubun tümü değil, seçilmiş kişiler çağrılmış. Beni de aralarına almaları gururumu okşuyor.

Kimse kimsenin konuğu olmadığı için, ikram da söz konusu değil. Ne içtiyse, parasını ödeyecek herkes. Hoşuma gidiyor bu durum. Yepyeni bir ilki yaşıyorum; uyuşturucuya para ödeyecek olmak, garip bir heyecan veriyor içime.

Tüm gözler, hepimize yetecek miktarda eroini satın alan Nusret'in üzerinde.

"Biraz pahalı oldu ama, temiz mal!" diyerek elindeki paketi, paylaştırması için Tarık'a uzatıyor.

Küçücük bir çizik yetiyor bana. Diğerleri benimkinin iki, hatta üç katıyla ancak kafayı bulabiliyorlar.

Bu dozda kalmaya kararlıyım. Dünya'nın ve Emre'nin de abartıya kaçmadığını görmek içimi ferahlatıyor. Hem kendimi, hem de onları kontrol altında tutabilmenin sevincini yaşıyorum. Orada bulunuşumun, Dünya'yı, yapabileceği aşırılıklardan uzak tutacağına inanıyorum.

Benim, eroine "merhaba" deyişime sıcak bakmayan tek kişi Tolga.

"Başladın da başın göğe mi erdi?" diye iğneliyor beni. "Azı çoğu yoktur bu işin! Bir kez çektin mi bu mereti, bağımlı olur çıkarsın. Bedenen değilse bile, psikolojik olarak."

Katılmıyorum ona. Ama, beni sahiplenen koruyucu tavrı hoşuma gidiyor. Özellikle de, bu ilgiden fazlasıyla rahatsız olan Sibel'e karşı.

Tolga'yla Tarık, her ne kadar dost görünseler de, grup içinde baş olma yarışında gibiler. Birinin söylediğine, ya doğrudan ya da dolaylı olarak, diğeri karşı çıkıyor.

"Kulak asma ona" diyor Tarık. "Yıllardır hafta sonlarıyla idare ediyorum ben. Eroinmana benzer bir halim var mı?"

Dünya da bendeki bu beklenmedik gelişmelerden pek hoşnut değil. Ama eli mahkûm! Ağzını açıp tek söz edecek hakkı bulamıyor kendinde.

Benim eroin kullanışımla ilgili yorumlardan en az etkilenen, gene benim galiba... Yüreklendiren ya da yeren tüm sözcükler, bir kulağımdan girip diğerinden çıkıyor. Ne yaptığımı biliyorum ben.

Etkisi azala azala gitse de, bir hafta boyunca beni idare edeceğini bildiğim, bulutların üzerindeki o eşsiz uçuşuma başlayabilirim artık...

***

Yaşamıma bir şekilde giren eroinin, derslerimi etkilemesine izin veremem. Arada oluşan açığı kapatmak istercesine, eskisinden de büyük bir istekle koşuyorum okula. Koşabildiğim zamanlar tabii...

Yatakla bütünleştiğim, değil kalkmaya, yerimden doğrulmaya bile güç bulamadığım sabahlar da oluyor. Neyse ki, Binnur var! Giremediğim derslerin notlarını ondan alıyorum.

"Tembelleştin sen" diye takılıyor bana.

Neler yaşadığımı bir bilse...

Aşağı yukarı her gün konuşuyoruz annemlerle. Bendeki gelişmeleri akıllarına bile getirmediklerinden, Dünya'yı soruyorlar hep.

"İyi" diyorum. "Her şey kontrolüm altında."

Yalan da değil. Hem Dünya'yı, hem de kendimi aynı merceğin altında gözlemliyorum ya...

Ne var ki, Dünya'nın son yaşadıkları; hafta sonlarının hareketli temposuna inat, son derece tekdüze geçen günlerimizin üzerine bomba gibi düşüyor.

Emre'nin, anne ve babasıyla yeniden yakınlaşmasından hoşnut değil Dünya. Onun, ailesiyle paylaştığı gecelerde, yurtta kalmayı yeğliyor. Bana pek anlatmasa da, ayrı geçirdikleri her dakikanın, beraberliklerinden bir şeyler alıp götürdüğünü tahmin edebiliyorum.

Hafta ortasında, okula gitmeye hazırlandığım bir sabah... Evde yalnızım. Kapı çalınıyor. Göz deliğinden bakıyorum... Dünya!

Ne işi var bu saatte burada?

Kapıyı açtığımda, yere bıraktığı büyücek iki bavulla burun buruna geliveriyorum.

Yüzünden düşen bin parça Dünya'nın.

"Girebilir miyim?" diyor.

Şaşkınlıkla dikildiğim eşikten, bir adım geri çekiliyorum.

"O da ne demek! Geç şöyle..."

Buraya kadar nasıl taşıdığını kestiremediğim bavullardan birini o, diğerini ben yüklenerek içeriye alıyoruz.

Bitik bir halde salondaki kanepeye atıyor kendini.

"Kovuldum!" diyor. "Yurttan attılar beni."

"Ne oldu ki?"

"Sorma... Ayten Hanım, yatağın altındaki bira kutularını bulmuş. Kim ispiyonladıysa... Bu sabah, erkenden odasına çağırdı beni. 'Pılını pırtını topla, defol git!' diye avazı çıktığı kadar bağırdı."

"Olacağı buydu! Suçu onda aramaya kalkma, başka ne yapabilirdi ki? İçtiğin biranın kutusunu hemen çöpe atsan, bunlar gelmezdi başına..."

"Bir de sen üstüme gelme Eylül. Odadakilere göstermeden çöp bidonuna ulaşmanın kolay olduğunu mu sanıyorsun?"

"Onlara sezdirmeden biraları yuvarlamayı beceriyorsun ama."

"Her neyse... Kovuldum işte!"

"Tamam, olan olmuş... Ne yapmayı düşünüyorsun şimdi?"

Bakışlarımın, bavulların üzerinde yoğunlaştığının farkında.

"Merak etme, seni zor durumda bırakacak değilim. Ama, eşyalarımı alıp Emre'nin evine gidemezdim. Her ne kadar aynı evi paylaşıyor olsak da, kaldığım yerin adresi yurttu bugüne dek. Hem Emre'nin, hem de benim ailelerimize karşı, göstermelik bir adresti ve onların ağzına laf vermemek için en kestirme yoldu bu."

Sözü nereye getireceğini az çok sezinliyorum ama, benden isteyeceklerini kendisi dile getirmeli.

"Senden bir ricam olacak Eylül... Burada kalacak değilim. Ama, eşyalarımı evin bir köşesine koyarsan... Kaldığım yer olarak, burayı gösterebilirim."

Doğru, burada kalamaz! Böyle bir şeye asla razı olmaz Ece. Daha önce, ortak arkadaşlarımızdan bazılarını ağırladık evimizde. Karşı tarafa geçmeye üşendiği geceler, Selen'i alıkoymak için, benden çok ısrar etti Ece. Ama söz konusu Dünya olunca, iş değişiyor...

"Ece'yle konuşmalıyım önce" diyorum. "Yalnız benim değil bu ev."

"Haklısın" diye boynunu büküyor. "Umarım karşı çıkmaz. Tek çarem bu. Bu sayede; yurttan ayrıldım, arkadaşımda kalıyorum, diyebilirim herkese. Hem, bu durumda verdikleri üç kuruşu beşe çıkarmayı akıl eder bizimkiler de. Emre'nin eline bakmaktan yoruldum artık..."

Gözlerinde biriktirdiği yaşları daha fazla tutamıyor.

"Sakin ol" diye saçlarını okşuyorum. "Her şeyde bir hayır var. Belki böylesi daha iyi olur senin için."

"Gidiyorum ben" diye kalkıyor. "Bakalım Emre ne diyecek bu işe? Ha... Bavullar burada kalsın, Ece istemezse gelir alırım."

Kavruk bedeni daha da çökmüş; tuz buz olmuş yüreğinin cam kırıklarına basa basa, kapıdan çıkıp gidiyor...

Korktuğum tepkiyi göstermiyor Ece. Aradaki odanın bir köşesine yerleştirdiğim bavullara şöyle bir bakıyor.

"Yurttan mı attılar seninkini, yoksa nişanlısı mı kovdu?" diye soruyor.

Yurttan kovulmuş, diyemiyorum. Dolaylı bir anlatımla kendisinin ayrıldığını, adres olarak nişanlısının evi yerine bizimkini gösterebilmesi için, eşyalarını buraya bıraktığını sayıp döküyorum.

"Benim için fark etmez" diye omuz silkiyor. "Nasıl istersen öyle olsun."

Rahatlıyorum. Dünya'ya vereceğim müjdenin sevinci var içimde.

Ama, Ece'nin normal şartlardaki davranışı değil bu! Kafası kendi sorunlarına takılı çünkü.

Eski kâbus geri döndü! İlk günlerdeki efendiliğini üzerinden sıyırıp atan Cengiz, kapkara bir gölge gibi, adım adım izliyor gene Ece'yi.

Birkaç kez evin yakınında gördüm onu. Varlığımı fark edince, başını önüne eğip uzaklaşıverdi. Ece'ye söylemedim bile. Anlatmam, korkusunun boyutlarını büyütmekten başka ne işe yarar ki! Umarım, yaptıkları bu kadarla kalır Cengiz'in...

5

Eroinle olan sınırlı beraberliğim, aynı tempoda devam ediyor. Hafta sonu arkadaşlığı kıvamında...

"Eros" diyorum ona. Yaşamımdaki tek erkek konumunda olduğu için. Cumartesi geceleri, hafta içi öğrenciliğimi dondurup Eros'la buluşuyorum. Çevresini saran diğer sevdalılarıyla birlikte... Benimse tek sevgilim o! Ama, ikili ilişkilerdeki ölçülü tavrımdan payına düşeni alıyor o da. Ne kadar istersem, o kadar sokulabiliyor yanıma.

Pazartesi sabahına sarkan etkileriyle de kolayca baş edebiliyorum. Üzerime yapışıp kalan iştahsızlığa alıştım artık. Hızla kilo verdiğimin farkındayım. Şikâyetçi değilim bu durumdan. Yaz için şimdiden hazırlık yapıyorum kendimce. İncelmiş bedenimle deniz mevsimine hazırlanmanın bundan keyifli yolu olur mu?

Ece de zayıflama konusunda benimle yarışıyor sanki. Gözbebeklerine oturmuş korkunun kuytusunda, yemeden içmeden iyice kesildi.

Beraberce, Selen'in önerdiği bir terziye gittik. Dikişin yanında düzeltme işleri de yapıyor kadın. Daraltılmak üzere ikişer kot pantolon götürdük.

Ece'nin bedeniyle olan sorunu zayıflamakla sınırlı. Benimkilerse, dizi dizi... Kemiklerimdeki sızlamayı içime gömebiliyorum, dışarıdan fark edilmiyor nasılsa. Ama, burnumun devamlı akması çevremdekilerin dikkatinden kaçmıyor.

"Gene mi nezle oldun?" diyor Anıl.

"Ben her bahar âşık değil, nezle olurum" diye güldürüyorum onu.

Selen de beni yakın takipte. Hem burnumun akmasını, hem de olur olmaz yerde bastırıveren kaşıntıyı bahar alerjisine bağlıyorum. İnanıyorlar. Altında yatan nedeni bulup çıkaracak kadar cin değil hiçbiri.

Eros'tan gelen bu ufak tefek olumsuzluklara aldırmıyorum bile. Emre'nin Dünya'ya yansıttığı, güçsüz omuzlarına yüklediği sorunların yanında, bunların lafı mı olur?

Eylül ve Eros... "EE!"

Nişan ya da düğün davetiyesinde, kalp şeklinde bir kutucuğa yerleştirilse... Bayağı hoş olur doğrusu.

Ama hayır! Hiç heveslenme Eros... Asla bir nikâh gerçekleşmeyecek aramızda. Bizimkisi, geçici bir beraberlik yalnızca.

Zaten şu sıralar, biraz uzaklaşmayı düşünüyorum senden. Peş peşe girip çıktığımız vizeler, ufuktaki yıl sonu sınavları... Bunların üstesinden, dumansız, ayık bir kafayla gelebilirim ancak.

Düşündüklerimi uygulamaya koyuyorum... İlk hafta, grubun içindeyim gene. Ama yüz vermiyorum Eros'a. Esrarlı sigaradan çektiğim iki nefesle götürüyorum geceyi.

Ondan sonraki iki hafta ise, katılmıyorum bile toplantılara.

İlkinde evdeyim. Selen de bizde. Gecenin geç saatlerine kadar laflıyoruz. Ece'yle Selen odalarına çekildiklerinde, biraz bocalıyorum. Uyku tutmuyor... Günün ilk ışıklarını, bilgisayarın başında, oyun oynayarak karşılıyorum. Domino... Kullanıcı adım Eros! Beraberce büyük zaferler kazanıyoruz, kök söktürüyoruz rakiplerimize.

Sonraki hafta Seçil, Kerem, Anıl ve Selen'le yemeğe çıkıyoruz. Eros'un eksikliğini şaraba yüklenerek giderme çabasındayım. Hepsinden çok içtiğimin farkında bile değiller ya da önemsemiyorlar.

Bana karşı tek tavır, Eros'un, içimden yükselen sesi.

"Alacağın olsun Eylül" diyor. "Üzüm suyuna sattın beni..."

***

Verdiğim, "kirlenmişliklerden sıyrılma arası" döneminde gösterdiğim başarı beni yüreklendiriyor. Yoksunluk belirtilerinden hiçbirini yaşamayışım, Eros'la birlikteliğimizin vazgeçilmez hale gelmediğinin en iyi kanıtı. Bedenen ve psikolojik yönden, "Onsuz olamam!" noktasının çok uzağındayım. İpler benim elinde yani...

İki haftadan az bir süre kaldı sınavlara. Ece'yle beraber sıkı bir kamp dönemi yaşıyoruz. Bazı geceler Selen de katılıyor aramıza. Geç saatlere kadar çalışıyoruz.

Eros grubuyla yollarımızı buluşturmamak için, elimden gelen gayreti gösteriyorum.

"Bu hafta da mı gelmiyorsun?" diyor Dünya. "Seni sorup duruyor Tarık..."

Aldırmıyorum bile. İki, hatta üç parçaya bölünmüş farklı kimliklerimi gerçek Eylül kişiliğinde toplamış, var gücümle sınavlara hazırlanıyorum.

Zaman zaman Ece'nin gözlerini esir alan gölgeleri saymazsak, keyfimiz yerinde. Yaklaşmakta olan büyük tehlikenin ayak seslerini duymuyoruz henüz.

Ve o uğursuz gece...

Yoğun bir çalışma gününün ardından, pestil gibi yorgun, yataklarımıza seriliyoruz. Eros'tan bana kalan en vefalı armağan, uykuya dalma güçlüğü. Ama o bile kıyamıyor bana bu gece. Derin bir uykunun kollarına bırakıveriyorum kendimi.

Aradan kaç saat geçiyor, bilemiyorum. Hafif, derinden gelen bir tıkırtıyla uyanıveriyorum. Odam, binanın sokağa bakan köşesinde. Birbirini kesen iki duvardan birinde boydan boya pencere, diğerinde balkon var. Sağ yanımdaki camlar panjurlu. Tıkırtı oradan geliyor.

Bir yandan öbür yana dönüp uykuya devam etmeye çalışırken... İkinci kez duyuyorum aynı sesi. Yumuşak bir top ya da bir el panjura değiyor sanki. Uyku sarhoşu beynim, bunun bir ön yoklama olduğunu nereden bilecek?

Yatağımın başucu evimizin biricik balkonuna bakıyor. Bu küçük, kapalı balkon, çamaşır kurutma odamız bizim. Davetsiz konuğumuzun ilk adım attığı yer de orası oluyor. Pek de davetsiz sayılmaz aslında... Havalandırmak için aralık bıraktığımız, sonra da kapatmayı unuttuğumuz pencere kanadından iyi davetiye mi olur?

Başucumdaki gürültüyle yataktan fırlamamla, camın gerisindeki karaltıyla yüz yüze gelmem bir oluyor. Panik halinde arkamı dönüp odanın kapısına doğru koşuyorum.

"Ece!" diye haykırıyorum. "Balkonda hırsız var..."

Göz açıp kapayıncaya kadar geçen süre içinde koşup geliyor Ece. Onun varlığıyla güç kazanarak ışığı yakıyorum. Karşımızda duran gölge aydınlanıveriyor.

Cengiz bu!

Bağrış çağrış arasında, balkon duvarını aşıp, geldiği yoldan geriye, sokağa atlayıveriyor. Koşan ayak seslerinin, beynimizdeki ürkütücü yansımasıyla baş başa kalıyoruz.

Gözleri fal taşı gibi Ece'nin. Gitgide solan yüzü, titreyen dudakları, yaprak gibi titreyen bedeni daha fazla dayanamıyor bu yüke. Dizlerinin üzerine çöküp yere yığılıveriyor.

Ne yapacağımı bilmez bir halde, öylece kalakalıyorum. İlk şaşkınlığımın ardından, Ece'yi ayıltmaya çalışıyorum. Kolonyalar döküyorum yüzüne, bileklerini ovuşturuyorum... Neden sonra, güçlükle kendine gelebiliyor zavallıcık.

Neler olduğunu anımsamıyormuş gibi, donuk bakışlarla süzüyor önce beni. Şöyle bir silkinip ayıldığında da hıçkırıklara boğuluyor.

"Söylemiştim sana" diyor. "Huylu huyundan vazgeçmez. Sonunda yaptı yapacağını..."

Öfkeden deli gibiyim.

"Polise haber verelim" diyorum. "Yakalasınlar, içeri atsınlar da aklı başına gelsin."

"Boş ver. Hiçbir yararı olmaz bunun. Müebbet hapse mahkûm edecek değiller ya."

Saate bakıyorum. Sabaha karşı 5.30! Alacakaranlık aydınlığa kavuşmamış henüz ama, tam da fırıncıların, gazete dağıtıcılarının günlük koşuşmalarının başladığı zaman. Ne büyük cesaret Cengiz'inki! Görülmekten, yakalanmaktan, adi bir hırsız konumuna düşmekten zerrece korkusu yok; delilik kanına işlemiş.

Kararlı bir tavırla telefona uzanıyor Ece. Bekle biraz, bu saatte korkutma insanları, yolundaki uyarılarıma aldırmadan; Ankara'yı, ailesini arıyor. Başında beklenen, umutsuz durumdaki hastanın son nefesini verdiği haberini yakınlarına ulaştırmanın sabırsızlığıyla...

Ece'nin annesi ve babası sabah ilk uçakla geliyorlar. İkisi de son derece üzgün ve bitkin.

"Bu iş böyle olmayacak" diyor babası. "Topla eşyalarını, gidiyoruz."

Bu sözlerle, içimden bir şeyler eriyip gidiyor sanki. Önemli bir yol ayrımında olduklarını görebiliyorum. Önlerine geçmek, gitmelerini engellemeye çalışmak haddim değil. Hele böyle bir durumda...

Ama, Ece'nin parmaklarımın arasından kayıp gitmesine de dayanamıyorum. Ne yaparım ben onsuz?

Mutfağa girip çay demliyorum, kahvaltı hazırlıyorum.

Aralarındaki görüş alışverişine katılmıyorum ama, okula giderken onların yanındayım.

Önce rektör yardımcısı, sonra da dekanla görüşüyorlar. Alınan karar, Ece'nin Orta Doğu Teknik Üniversitesi'ne yatay geçiş yapması.

"Olmazsa Amerika'ya göndeririz" diyor Meltem Teyze.

Üçüncü bir seçeneğin olmaması içimi acıtıyor.

"Sınavlara girmeyecek misin?" diye umarsızca soruyorum Ece' ye.

"Girerim" diyor. "Ankara'da çalışırım artık..."

Hiç değilse, sınav zamanı beraber olabileceğimiz düşüncesiyle avutmaya çalışıyorum kendimi. O ise kitaplarını, üç beş parça eşyasını, bir an önce buralardan uzaklaşma sabırsızlığıyla bavuluna yerleştiriyor.

"Umut arsızlığımız buraya kadarmış Eylül. Yoktan var etmeye çabaladığımız arsız umutlarımız... Hepsi yerle bir oldular."

Önce hüzünlerimiz kucaklaşıyor, ardından da bizler... Gözyaşlarımız birbirine karışıyor Ece'yle. Sımsıkı tutmaya çalışıyorum canım arkadaşımı kollarımda, bırakmak gelmiyor içimden.

Başaramıyorum. Elimi tutan elini çekiyor önce, sonra da kaskatı kesilmiş bedeni uzaklaşıyor benden.

Gidiyorlar...

Ece'siz, diğer yarısını yitirmiş bir Eylül, kendi arsız umutlarıyla, öylece bakakalıyor arkalarından.

6

Ece'nin geride bıraktığı büyük boşluğu nasıl dolduracağımı bilemiyorum. En büyük desteğim Selen. Hiç yalnız bırakmıyor beni, bazı geceler bende kalıyor.

Ece, varlığıyla değilse bile adıyla, hâlâ ev ortağım konumunda. Bu yüzden, evimin kapılarını tümüyle açamıyorum Dünya'ya. Gene de bir gece kaldı benimle. Ece yan odadan çıkıp geliverecekmiş gibi ürkek, yaşayacağı sayılı saatlerin küçük bir kaçamak olduğu bilinciyle...

Bu dönemde, istesem de daha fazlasını veremem ona. Beraber olduğumuz zamanlarda, birayla ve sigarayla süslediğimiz sohbetler dışında, paylaştığımız bir şey yok. Oysa, yaklaşan sınavlara yoğunlaşmak zorundayım ben. Selen'le yakaladığımız çalışma arkadaşlığının bir benzerini Dünya'yla yaşamamız olanaksız. Derslere bile doğru dürüst girmeyen biri için, sınavlar da pek önem taşımıyor çünkü.

Selen'in Dünya'ya karşı davranışları Ece'ninki kadar katı değil. Aynı ortamlarda buluşturabiliyorum onları. Ortak noktalarının azlığını önemsemez görünüyor ikisi de. Benimle beraber olmanın tek yolunun birbirlerine katlanmaktan geçtiğini biliyorlar.

Anıl'ın da katılımıyla, hepimizi canımızdan bezdiren ders çalışma saatlerimizi, keyifli molalarla bölebiliyoruz. Okulun yakın çevresindeki çorbacılar, pizzacılar; biraz uzağa gitmeyi göze aldığımızda da Akmerkez'deki yiyecek, içecek mekânları, soluklanma yerlerimiz oluyor. Böyle zamanlarda, Dünya'yı da katıyorum aramıza.

Gene böyle bir molada, Selen'in yeni keşfettiği gözleme evindeyiz.

"Yaz okuluna katılıyor musunuz?" diye soruyor Anıl.

Yaz okulu, Boğaziçi Üniversitesi'nin, öğrencilerine tanıdığı hoş bir ayrıcalık. Alt dönemlerden dersi olanlar, açık kapatmak isteyenler ya da gelecek dönemden ders alıp yüklerini hafifletmeyi amaçlayanlar için harika bir fırsat.

Neden olmasın? Bir dönemi dil okuluna gömerek yitirdiğim zamanı geri getiremese de, birkaç ders alıp önümüzdeki yıla hafifleyerek girmek fena mı olur?

Selen de benim gibi düşünüyor.

"Bana uyar" diyor. "Sen ne diyorsun Eylül?"

"Önce bizimkilere sormam gerek. Pek hoşlanacaklarını sanmıyorum ama..."

"Hepsi hepsi bir buçuk ay zaten" diyor Anıl. "Tatilin tümünü kapsamıyor ki. Koskoca bir yazı tembel tembel güneşlenerek geçireceğinize..."

Doğru söylüyor. İzmir'e gidince ne yapacağım ben? Üç dört ay, Çeşme gibi bir yeryüzü cennetinde geçecek bile olsa, çekilmez. Daha ikinci haftanın sonunda sıkılıvereceğimi adım gibi biliyorum.

"Benim işim olmaz yaz okuluyla falan" diye kestirip atıyor Dünya. "Kışın hakkını verdim de, yaz mı kusur kaldı?"

"Öyle deme" diyor Anıl. "İki dersten kurtulmak bile az şey mi sence?"

"Yok arkadaşım, bu iş çalışkanlara göre! Ama sizler katılırsanız sevinirim. Yaz boyunca buralardayım nasılsa. Böylelikle, Eylül'den fazla ayrı kalmamış olurum ben de."

Dünya'nın ağzından amaçsızca dökülen bu sözler, uyarı yerine geçiyor benim için. Anıl da, benden ayrı kalmamak için mi bizi böyle ateşlemeye çalışıyor acaba?

"Yani sen kesinlikle katılıyorsun..." diyorum Anıl'a.

Gözlerini yere indiriyor.

"Bilemiyorum" diyor. "Ama, bir an önce karar vermemiz gerek, ön kayıtlar başladı bile."

Apaçık ortada, benim kararıma göre yön verecek kendine.

"Ne zaman başlıyor şu çalışkanlar okulu?" diye soruyor Selen. "Geç kalmadan yerimizi alalım biz de..."

Gözleri ışıldıyor Anıl'ın. Benden değilse de, benim üzerimde etkili olabilecek birisinden gelen yeşil ışık, hevese getiriyor onu. Elindeki dosyayı açıp okumaya başlıyor.

"Ön kayıtların ardından, haziranda kesin kayıt yaptırmamız gerekiyor. 23 Haziran, yaz okulunun başlangıç tarihi. 3 Ağustos'ta bitiyor. İki gün de sınavlar... Sonrasında, okullar açılıncaya kadar dilediğinizce tatil yapabilirsiniz."

"Tamam" diyor Selen. "Bizimkiler karşı çıkmaz."

Ben onun kadar emin değilim ama, deneyeceğim. Bakalım, bu göz yaşartıcı okuma aşkıma ne yanıt verecek annemler...

Hemen o akşam konuşuyorum bizimkilerle. Tam beklediğim gibi, şiddetle karşı çıkıyor ikisi de.

"Ne gerek var?" diyor babam. "Yeterince yorulmadın mı zaten? Tatilini doya doya yaşamak varken..."

"Seni özlemekten yorulduk" diyor annem de. "Hiç değilse yaz aylarında beraber olalım."

İşlerinden güçlerinden zaman ayırabilecekler sanki... Yazlıkta, Nurten Abla'yla baş başa, ara sıra buluşacağım arkadaşlarımın varlığıyla ancak renklenebilecek tekdüze günler, bana sundukları. Gene de ısrarcı olamıyorum. Onlar "evet" demedikçe, yatar bu iş!

Telefonu kapatıp bilgisayarın başına geçiyorum. Yarım saat sonra, bu kez onlar arıyorlar. Babamın sesi eski yumuşaklığına kavuşmuş...

"Eylül, annenle ben düşündük de... Çok istiyorsan, kalabilirsin yaz okuluna. Bir buçuk ay, dedin; öyle değil mi? Neyse... Kızımızın gönlünce olsun bari."

"Aslan babam benim!" diye sevinçle haykırıyorum.

İçim içime sığmıyor. Bir an önce, Anıl'la Selen'e ulaştırmalıyım bu müjdeyi...

***

Ece, sınavların başlamasından iki gün önce geliyor. Yanında annesiyle beraber... Belli ki Meltem Teyze, burada bulundukları süre içinde, gölge gibi izleyecek kızını. Başka ne yapabilir ki?

Okul yönetimi bir kez daha uyarmış Cengiz'i. Ortada somut bir delil olmadığından, üzerine gidemiyorlar. Bu şartlarda, yönetimin uygulayabileceği cezai bir yaptırım da söz konusu değil zaten.

Epey kilo vermiş Ece. Yüzünün solgunluğu daha da belirginleşmiş.

"Yorgunluktan" diyor. "Sabahlara kadar ders çalışmaktan. Başka yolu var mı? Yatay geçiş için yüksek puan tutturmam gerekiyor."

ODTÜ'ye geçeceği kesin gibi. Alacağı notların yeterli olacağından eminim.

"Eşyalar için ne düşünüyorsunuz?" diye soruyorum.

"Ne düşüneceğiz!" diyor Meltem Teyze. "Oldukları yerde kalacaklar."

Bu durumda, eşyalar için bedel ödemem gerektiğini düşünüyorum. Ama Meltem Teyze, böyle bir şeye asla razı olamayacağını söylüyor.

"Sen de benim bir kızımsın" diyor. "Üç yıl sonra ya da şimdi; ne fark eder? Zamanı geldiğinde bırakılmayacaklar mıydı zaten? Biraz erken oldu, hepsi bu."

Annemle telefonda buluşturuyorum onları. Kararından caymıyor Meltem Teyze. Bir kuruş bile almam, diyor onca eşya için. Her şeyi böylece bırakıp gidecekler bana...

Sınavlarım iyi geçiyor. Her sınav çıkışında küçük kutlamalar yapıyoruz aramızda. Yemeğe gidiyoruz ya da Boğaz manzaralı, artık iyice sahiplendiğimiz pastanemizde pasta yiyerek ödüllendiriyoruz kendimizi.

Selen, Anıl, Seçil, Kerem, Ece ve ben... Her zaman tam kadro olamasak da, bir ya da iki eksiğimizle sürdürüyoruz beraberliğimizi.

Bu grupta Dünya'ya yer yok. Ece'nin açıktan açığa sergilediği karşıtlık, diğerlerinde kayıtsızlık ve tepkisizlik olarak gösteriyor kendini. Ece'nin ardından, daha ılımlı davranacaklarına inanıyorum.

Günlerdir, uzaktan uzağa bizi izlemekle yetinen Dünya'nın haline dayanamıyorum. Bir seferinde, pastaneye giderken, onu da alıyorum yanıma.

Ece, gidiyor olmanın verdiği umursamazlıkla, çok farklı bir yaklaşım gösteriyor Dünya'ya ve beni şaşırtacak derecede sıcak davranıyor. Selen'le Dünya'nın arası zaten iyi. Anıl da, beni kırmamak için elinden geleni yapınca, ortada sorun kalmıyor.

Bunca zamandır, arkadaşımı gruptan uzak tuttuğuma yanıyorum. Onun, ölçülü davranma çabaları yanında, beraber olmaktan duyduğu sevinç içime dokunuyor.

"Bu cumartesi ne yapıyorsun?" diye kulağıma fısıldıyor ayrılırken. "Gruptaki herkes seni soruyor. Özellikle de Tarık..."

Birden garip bir özlem duyuyorum içimde. Şöyle bir hesap yapıyorum kafamda... Cuma günü sınavlarımız bitiyor. O gece okul grubuyla kutlama yaparsak, cumartesiyi kurtarabilir miyim acaba?

"Gelebilirim belki" diyorum usulca.

Sevinçle ışıldıyor gözleri.

"Yaza merhaba partisi!" diyor. "Mutlaka gelmelisin..."

Cuma sabahı son sınavımıza giriyoruz. Çıkışta, hüzün dolu saatler bekliyor gene beni.

Ece'yle annesi, akşamki kutlama yemeğine bile katılmadan, akşam uçağıyla Ankara'ya dönecekler.

İlk seferki kadar yitik değiliz bu ayrılışımızda. Zaten gitmişti Ece. Şu kısacık sürede, uzatmaları oynadık yalnızca.

Bir diğer avuntum da, birkaç gün sonra her soluğu Ece kokan, her zerresi Ece'yi anımsatan bu evden benim de çıkacak olmam.

Aslında, hemen yarın sabah dönebilirdim İzmir'e, ama pazartesi günü, yaz okulu için kesin kayıt yaptırmamız gerekiyor. Ondan sonra da Selen'le, kısacık bir ön tatil için İzmir yollarına düşeceğiz...

7

Yıl sonu kutlaması için, Ortaköy'de küçük, ama şirin bir meyhanede yer ayırtmış bizimkiler. Seçil, Kerem, Anıl, Selen, ben... Bir de Esra!

Esra, Seçil'in Uçaksavar Yurdu'ndan oda arkadaşı. Daha önceki beraberliklerimizi de paylaştığımız olmuştu; ama bu kez, program dışı, beklenmedik bir konuk gibi görünüyor gözüme. Geleceğinden haberim olmadığından belki...

İtici değilse bile çekiciliği tartışılır, soğuk bir tip bana göre Esra. İlk günden kanım ısınmadı nedense. Eminim, o da benim için benzer duygular taşıyordur.

Telepatiye inanırım... İlk karşılaştığınız birini ya seversiniz ya da yıldızlarınız barışmaz. Sevdiğiniz kişi de sizi sever; hoşlanmadıysanız eğer, o da sizden hoşlanmamış demektir.

Gene de, havamızı bozacak bir neden olarak görmüyorum onu. Bana kalsa Esra'yı, gecenin curcunası içinde eriyip gidecek buzdan bir kalıp diye elimin tersiyle kenara itip, ilgi alanımın dışında tutacağım ama... Buna izin vermiyor. Gözlerindeki donukluğun, bakışlarını Anıl'ın üzerinde yoğunlaştırdığında, cıvıltılı bir canlılık kazandığını görebiliyorum.

Önemsemiyorum, daha doğrusu önemsememeye çalışıyorum. Hatta, keşke beraber olabilseler, diye geçiriyorum aklımdan. Anıl'ın beni sıkan, zaman zaman boğacak boyutlara ulaşan baskısından kurtulurum hiç değilse.

İyi de, içimdeki bu yabansı kıpırtı da neyin nesi?

Bencilin tekisin sen Eylül!

Zerrece yüz verme çocuğa, adam yerine koyup bir kez olsun dinleme zahmetine katlanma; sevgi dilenen bakışlarını, yakarışlarını yok say... Sonra da, bir başkası ona ilgi gösteriyor diye bozulmaya kalk. Her şeyin bir bedeli var kızım... Ektiklerini biçmek, neden bu kadar incitiyor seni?

İki kadeh şarabı ardı ardına yuvarladıktan sonra, ancak toparlanabiliyorum. Kafanı saçma sapan ayrıntılara takıp somurtmaya gelmedin buraya sen, diye paylıyorum kendimi. Silkin ve içinde bulunduğun ortamın güzelliklerini yaşamaya bak...

Küçük tabaklara serpiştirilmiş mezeler nefis. Şarapsa, her zamankinden farklı bir tat bırakıyor damağımda. Şerbet gibi bir sohbet, gülüşlerini paylaştığım can dostlarım...

Daha ne isterim ben! Masanın bir köşesindeki, donup kalmış fotoğraf karesi suratlı birisi için, bu keyfi bozmanın anlamı var mı!

Roman havaları çalan grubun coşkulu müziği, eğlenmeye dünden hazır insan kalabalığının kanını kaynatıyor. Şarkılara bir ağızdan eşlik etmeler, ayağa fırlayıp daracık masa aralıklarında oynamalar... Ve boşalır boşalmaz doldurulan kadehler...

"Bu son olsun" diyorum Anıl'a. "Bu gecenin yarını da var."

Tüm gözler üzerime çevriliveriyor. Gereksiz konuşmamın sonucu...

"Yarın gece için, Dünya'yla Emre'ye söz verdim de" diyorum suçumu itiraf eder gibi.

Anıl'ın yüzünde, o ana kadar hiç görmediğim, rahatsız edici, garip bir ifade beliriyor. Gözlerindeki öfke kıvılcımları, yüreğimi delip geçecek derecede güçlü.

"Oysa, yarın gece için farklı programlarımız vardı" diyor dişlerinin arasından.

Anlam veremiyorum onun bu haline. Dünya'yla ve Emre'yle olan yakınlığımızı bilmiyor mu? Daha önce de onlarla defalarca beraber olduğumuzu...

"Ben de yokum yarın gece" diyor Selen. "Kadıköy'e, teyzeme geçeceğim. Eşyalarımı toplamam gerek."

"Sattınız bizi desenize" diyor Kerem, yüzüncü kadehini devirirken.

"Böyle yarı yolda bırakıvermek, arkadaşlığa sığar mı?" diye onu destekliyor Seçil de.

Uzunca bir suskunluğun ardından; tane tane, sözcüklerin üzerine basa basa konuşmaya başlıyor Anıl:

"Giden gider, kalan sağlar bizimdir!"

Başka zaman olsa, şaka diye algılayacağım bu sözler ağırıma gidiyor. Şakayla söylenmiş bir havası da yok zaten.

"Öyle değil o" diye peltek peltek gülüyor Kerem. "Ölen ölür, kalan sağlar bizimdir!"

Düşünceli bir tavırla başını sallıyor Anıl.

"Ölmek ve gitmek, aynı noktada buluşur kimi zaman..."

İmalı göndermelerin farkında bile değil Kerem.

"Kalanları sayalım o zaman! Sen, ben ve sevgilim..."

Başından beri konuşmalara katılmayıp dinlemekle yetinen Esra, yumuşacık bir sesle devreye giriyor.

"Ben buradayım!"

"Helal olsun kız sana!" diye kadehini Esra'ya doğru kaldırıyor Kerem.

Gözleri Anıl'ın gözlerini ararken, ekliyor Esra:

"Ararsanız sevinirim."

Bakışlarını buluşturmaktan kaçınsa da, yanıtını geciktirmiyor Anıl.

"Arayacağım."

"Amma da hızlı çıktı bizim buzlar prensesi" diye fısıldıyor Selen. "Göz göre göre götürüyor oğlanı..."

Gecenin bundan sonrasında, iğne batırılmış balon gibi, sönüveriyor tüm keyfimiz. Daha fazla oturmak gelmiyor içimden. Kalkıyoruz.

Seçil'le Kerem'in ayakta duracak halleri yok. En çok içen onlar. Anıl'sa dimdik ayakta. Gözlerini ele geçirmiş sabit bakışlarla, veda faslının bitmesini bekliyor.

Soğuk, buz gibi bir "İyi geceler"in ardından ayrılıyoruz.

Bu gece bende kalacak Selen.

Daha kapının önünde sayıp dökmeye başlıyor...

"Kaptırdın mis gibi oğlanı! Hem de o soğuk nevaleye..."

"Saçmalama Selen! Anıl'ı ne zaman sahiplendim ki ben?"

"Nasıl olsa, kayıtsız şartsız senindi ya! Hep avucunun içindeydi, öyle kalacak sanıyordun."

"Kes bu zırvaları. Esra'yla ya da bir başkasıyla olması umurumda bile değil."

"Doğru söyle; kıza, 'Arayacağım' dediğinde, hiç mi için burkulmadı?"

Bir anlık duraklamamı kendince yorumlayıp, zafer kazanmış kumandan edasıyla, atışlarını sürdürüyor.

"Bizim mayamız bu kızım... O beğenecek; sen beğenmeyeceksin, hor görüp aşağılayacaksın. O sevecek; sen, en ufacık bir sevgi kırıntısından bile mahrum bırakacaksın garibanı. Dünyaya geldiğine pişman etmek için, elinden geleni ardına koymayacaksın... Zamanında düşünecektin bunları! Yoksa, işte böyle, ayak üstünde uçuruverirler adamı..."

"Kusura bakma Selen" diye kesiyorum sözünü. "Uykum geldi. Yatıyorum ben... İyi geceler!"

Kafamın içini kemirme çabasındaki arsız kırıntıları, kapımın önünde bırakma kararımı başarıyla uyguluyorum.

Başımı yastığa koyar koymaz derin bir uykuya daldığımı görse, ne düşünürdü acaba Selen?

8

Cumartesi sabahı, daha doğrusu öğleüstü uyandığımda, Selen'in gitmiş olduğunu görüyorum. Telefonun yanına bir not bırakmış.

"Kadıköy'e geçiyorum ben. Pazartesi sabahı okulda görüşürüz. Ayırttığımız otobüs biletlerini alıyorum. İtirazın varsa hemen ara, yoksa çok geç olacak. Terk edildim, diye de kendini fazla paralama! Öptüm..."

Hınzır kız, esprisini patlatmış gene.

Gittiği iyi oldu aslında. Akşamki partiye daha rahat hazırlanabileceğim...

Gerçek anlamda ilk kez tek başımayım bu evde. Tatlı bir gevşeklik var üzerimde. Derslerin ve sınavların bitişinden olsa gerek... Boş odalara girip çıkıyorum amaçsızca. Kasetçalara bir kaset koyup sonuna kadar açıyorum sesini... Kahve yapıyorum kendime.

Uzun soluklu kahvaltılar bana göre değil. Hele tek başımayken... Mutfak dolaplarından birinin içinde bulduğum kremalı bisküvi paketi, ziyafet sevinci yaşatıyor bana.

Kahvaltı keyfinin ardından, banyoya gidip ılık suyla dolduruyorum küveti. Mis kokulu sıvı sabunlar katıyorum içine. Gözlerimi yumup köpüklerin yumuşacık okşayışına bırakıyorum şımartılmaya susamış bedenimi.

Öylesine uzun kalıyorum ki küvetin içinde, buruş buruş oluyor her yanım. Bayılıyorum bu halime. Bornozla, tembel tembel dolanıyorum evin dört bir yanında.

Sonra giyinip dışarı çıkıyorum. Uzun zamandır uğramadığım bir yere, kuaföre gidiyorum. Fön çektiriyorum saçlarıma, manikür yaptırıyorum.

"Özel bir yere mi gideceksiniz bu akşam?" diye soruyor manikürcü kız.

"Öyle sayılır" diye gülüyorum, içimin tüm sıcağıyla.

"Makyajınızı biz yapalım isterseniz."

Neden olmasın! Keyifli günüm bugün. Manikürcü kızın bile gönlünü kırmak istemiyorum. Seve seve teslim ediyorum ellerine yüzümü.

Eve dönüşüm akşamüstünü buluyor. Elbise dolabını açıp, giyecek seçiyorum kendime. Yaza merhaba gecesi... Bu sözcüklere yaraşır bir şeyler olmalı.

Daha önce İstanbul'da hiç giymediğim; asimetrik kesimli, uçuşan dilimlerle bezeli siyah şifon etekle, omuzlarımı açıkta bırakan su yeşili şifon bluzda karar kılıyorum.

Kapıdan çıkarken boy aynasına bakıyorum... Yüzüme yansıyan, yaşımın üzerindeki olgun görüntü hoşuma gidiyor. İspanyol dilberlerine benzetiyorum kendimi.

Dışarıda, arabanın içinde beni bekleyen Dünya'yla Emre de bu umulmadık değişimim karşısında şaşkınlıklarını gizleyemiyorlar. Uzun bir ıslık çalıyor Emre.

"Hoş geldiniz hanımefendi" diyor. "Daha önce tanışmış mıydık sizinle?"

"Bu gece, bu halinle birilerini kendine âşık etmezsen, evde kalmış say kendini" diyor Dünya da.

Buluşma noktamız, Boğaz'da, denizle iç içe, ünlülerin uğrak yeri olan yazlık bir kulüp. Bizim tuzu kuru grubumuzun yaza "merhaba" demesi için, daha aşağısı kurtarmazdı zaten... İyi ki, üstüme başıma gereken özeni göstermişim, diye geçiriyorum içimden.

Kırmızıdan yeşile, maviden mora dönüşerek karanlığı bölen parlak ışıklar altında, tanıdık bir yüz arıyor gözlerimiz. Dışarıdan gelen birinin, bu ışık karmaşasında etrafı seçmesi çok zor. Ama içeridekiler, renk cümbüşüne alışmış gözleriyle seçebiliyorlar bizi.

"Hey millet!" diye bizi çağıran Tolga'nın sesini, yüksek perdeden çalınan müziğin arasında güçlükle duyuyoruz.

"Karşı tarafta bizimkiler" diyor Tolga, bar bölümünü göstererek.

Sonra bana dönüyor.

"Yanlış yere geldin galiba Eylül" diyor. "Bu gece güzellik yarışmasına katılmayacak mıydın sen? Bu ne hal kız? Başını döndürüyorsun insanın..."

"Sibel yok mu?" diyorum, bu abartılı iltifatlarını onun yanında yapamayacağını ima ederek.

"Olmaz mı! Seni görünce kıskançlığından çatlamasa iyidir..."

Koyu gölgelerin parlak ışıklarla yaptığı hareketli dans eşliğinde, bara doğru yürüyoruz. İlk gözüme çarpan, Tarık oluyor...

Oturduğu yüksek bar taburesinden inip yanımıza gelerek, "Hoş geldiniz" diyor.

Onun da gözlerinden taşan, şaşkınlıkla sarmalanmış beğeniyi okuyabiliyorum. Ama Tolga'nınki gibi ciddiyetten uzak, yılışık iltifatlar Tarık'a göre değil.

Elimden tutup oturacağım yere kadar götürüyor beni ve yanındaki boş tabureyi gösteriyor. Burası bir başkasına ayrıldığından mı boş, yoksa özellikle benim için mi bekletilmiş, bilemiyorum. Ama, Tarık'ın davranışlarındaki incelik ve beni yüceltmeye yönelik zarif tavırları yüreğimi okşuyor.

"Ne kadar güzel olmuşsun bu gece Eylül" diyor. "Yanında olmaktan duyduğum mutluluğu anlatamam."

Yüzüme yürüyen sıcaklıktan, kıpkırmızı olduğumu tahmin edebiliyorum. Beni ele vermedikleri için, ışıklardaki sürekli renk değişimine duacıyım...

Daha önceleri kot pantolon ve gömlekle görmeye alışık oldukları Eylül'ü bu haliyle değerlendirirken, hayranlık duymalarını yadırgamıyorum insanların. Hoşuma da gidiyor bu durum. Sibel'in üzerimde gezinen kıskanç bakışları, sesi bize ulaşan herkesin yağdırdığı övgü dolu sözcükler, geceye güzel bir başlangıç yapmamı sağlıyorlar.

Ama... Hepsi bir yana, Tarık'ın gözlerinden taşıp bana ulaşan kadife yumuşaklığındaki okşayıcı bakışlar; gösterdiği şefkat dolu yakınlık içimi ısıtıyor. Yiyeceğimle, içeceğimle, her şeyimle inceden inceye ilgileniyor.

"Ne içersin?"

Dışa yansıttığım, gerçeğin üzerindeki yaşıma ve her zamankinden farklı görüntüme uyacak sert bir içeceği yeğliyorum bu gece, ama kararsızım henüz.

"Viskiye ne dersin?" diyor Tarık, kendi viski bardağını göstererek.

Yemek öncesi viskiyle başlayan içki yolculuğumuz, yemekle beraber şaraba dönüşüyor. Restorana geçmeyi öneriyor Tarık, istemiyorum. Böyle özel bir geceyi restoranın çiğ ışıklarıyla boğmaya razı olmuyor gönlüm. Bin bir çeşit yiyecek var zaten burada.

Özel bir şişe şarap açtırıyor Tarık. Tadına bakıyor...

"Harika" diyor gülen gözleriyle. "Senin güzelliğine eşlik edebilir."

Uzunca bir süre oturuyoruz barda. Tolga, "Diskoteğe geçiyoruz biz. Gelmiyor musunuz?" demese, daha da oturacağız. Yer ve zaman kavramının önemini yitirdiği, asla içkiden kaynaklanmayan, tatlı bir sarhoşluğu paylaşıyoruz çünkü Tarık'la.

İçkilerimizi alıp gölgelerin aydınlığa baskın çıktığı, alacalı ışıkların yalnızca pisti aydınlattığı diskotek bölümüne geçiyoruz.

Bizimkilerin çoğu burada ama, belli bir oturma düzenleri yok; kalabalığın içine dağılmış herkes. Grup beraberliğimiz, kulüp ortamında, kişisel kümelenmelere bırakmış yerini. Sakin bir köşe bulup oturuyoruz biz de.

İlerleyen zaman içinde, çevremdeki yüzlerin bir yerlere kaybolduğunu; kısa bir süre sonra geri gelerek, kaldıkları yerden geceyi sürdürdüklerini görebiliyorum. Böyle bir yerde içki dışında başka şeylerin de bulunacağını düşünemiyorum ama, ağaç altlarının koyu gölgelerine sığınmış ikili, üçlü, beşli grupların ne işler çevirdiklerini de merak ediyorum doğrusu. Dünya'yla Emre'nin uzunca bir süredir yakın çevremde olmayışları, iyiden iyiye aklımı karıştırıyor.

Tarık'ın sorusuyla ayılıyorum.

"Özel bir şeyler ister misin?"

Yüz ifadesinden neyi ima ettiğini anlayabiliyorum.

"Burada... Böyle bir ortamda... Olur mu hiç?" diye şaşkınlığımı dile getiriyorum.

Gözlerinin derinliklerine kadar sessizce gülüyor Tarık... Hiç ummadığım bir hareket yapıyor sonrasında. Kolunu omzuma atıp kendine çekiyor beni, sımsıkı sarılıp bir süre kollarının arasında tutuyor ve birdenbire bırakıveriyor. Asla kötü bir amacı yok, bundan eminim. Tam tersi, sıcacık bir duygu akışı var bu beklenmedik hareketinde. Bu gece yansıttığım olgun havaya uymayan saflığıma, yozlaşmamış duygularıma, bozulmaya uğramamış düşüncelerime saygı ve hayranlık olarak algılıyorum bu davranışını.

"Bu tür ortamlara girip de kişiliğini yitirmemiş, nadir insanlardan birisin Eylül" diyor okşayan bakışlarıyla. "Ama... Eroinin, kokainin, esrarın giremediği delik yoktur şu âlemde. Ne istiyorsan, hemen getirtebilirim."

"Hayır" diyorum kesin bir ifadeyle. "Bir ayı aşkın bir süredir temizim. Ailemin yanına da bu halimle dönmek istiyorum."

Gözlerindeki hayranlığın daha da derinleştiğini görebiliyorum.

"Şartlar ne olursa olsun, asla kirlenmeyecek bir yapıdasın sen" diyor.

"Ama" diye ekliyorum hemen. "Sana engel olmayayım ben. Eğer istiyorsan, istediğin gibi davranmakta serbestsin."

"Sağ ol" diye gülüyor. "Hiçbir şey içmeyeceğim bu gece. Yanımda olman yetiyor bana."

Ben olmasam içecek... Benim için, bana duyduğu saygıdan kaynaklanan karşı koyuşla maddeye direniyor.

"Dans edelim mi?"

Hızlıdan yavaşa akan müziğin ağır temposunu yakalamanın sevinci, biraz da sabırsızlığıyla bakıyor yüzüme. Nasıl "hayır" diyebilirim ki!

Işıkları kısılmış, karartılmış pistteki sarmaş dolaş çiftlerin arasında yerimizi alıyoruz. Viskiyle şarabı karıştırmanın bedeli, ayakta durmamı zorlaştıran tatlı bir baş dönmesi... Tarık sıkı sıkıya tutmasa beni, ayakta durabileceğimi hiç sanmıyorum.

Ne halde olduğumun farkında.

"Dünyanın en tatlı sarhoşusun sen" diyor.

Sözlerini onaylar gibi; tutmazsan düşeceğim, dercesine, başımı omzuna yaslıyorum.

Birden, kendinden uzaklaştırıyor beni. Parmaklarıyla çenemi tutup yüzümü yüzüne yaklaştırıyor. Gözlerimi gözlerinin içine alıyor... Uzunca bir süre öylece kalıyoruz.

"Su perisi gibisin Eylül" diye fısıldıyor kulağıma. "Sana bakmaya kıyamıyorum."

Başını saçlarıma gömüyor. Solukları, yanağımdan boynuma doğru iniyor. Saçlarımın ensemle buluştuğu noktaya küçük, küçücük bir öpücük konduruveriyor.

Bedenimde dolanan tüm kanın çekilerek, ateş gibi yanan dudakların değdiği noktada toplandığını; yepyeni bir nabız oluşturarak deli gibi atmaya başladığını duyabiliyorum.

Ve duygularımın çoksesli savaşı başlıyor yüreğimde...

Bunları yaşamamam gerektiğini söylüyor seslerden biri.

"Aklını başına topla Eylül!" diye haykırıyor. "Kollarında kendinden geçtiğin adamla, en az on yaş fark var aranda. Nerede tanıdın onu? Eroinin, esrarın kol gezdiği bir keş âleminde! Nasıl güvenebilirsin böyle birine? Feleğin çemberinden geçmiş bir Don Juan olmadığı ne malum? Bugüne kadar paylaştığınız; tozlu, dumanlı, sana hepten yabancı bir dünya değil mi?"

Onu susturacak güçten yoksun, cılız bir ses çırpınıyor içimde.

"Farklı biri o! Bana değer veriyor. Yakınlığı içimi ısıtıyor. Bugüne kadar tatmadığım duyguları yaşatıyor bana. Katkısız bir sarhoşluğu paylaşıyorum onunla..."

Aykırı ses, susacak gibi değil!

"Madem bu kadar tutkulu sana karşı, beraberliğiniz neden bu tür gecelerle sınırlı? Gündüz gözüyle gördün mü onu hiç? Bir kez olsun telefonla aradı mı seni?"

Pençesine düştüğüm duygu karmaşasından kurtulmak istercesine, geri çekiyorum kendimi.

"Oturalım mı?"

"Nasıl istersen."

Kollarından sıyrılıveriyorum ama, avucunun içine hapsettiği elimi bırakmıyor. El ele dönüyoruz yerlerimize. Uzaktan uzağa, Dünya'nın gülen gözlerini görüyorum. İyisiniz, der gibi gülümsüyor bana. Yanıt bekleyen bakışlarını yanıtsız bırakıyorum.

"Bir şey mi oldu?" diyor Tarık. "Sıkıldın mı yoksa?"

"Sıkılmadım ama... Gitmek istiyorum artık."

İkiletmiyor bile.

"Kalkalım" diyor. "Ben seni bırakırım."

Oradan beraber çıkmamız ters geliyor bana. Ama karşı çıkamıyorum. Tarık gibi birine haksızlık olur bu...

Yol boyunca paylaştığımız tek şey suskunluk. Bendeki ani değişim ikimizi de etkiliyor. Evin önüne geldiğimizde, veda etmeye hazırlanırken durduruyor beni.

"Çok özleyeceğim seni Eylül" diyor. "Gitmeden önce, bir kez daha beraber olalım."

Sözlerinin ne anlama geldiğini kavramakta zorlanıyorum. İyiden iyiye uyuşmuş beynim, oyun oynuyor benimle. Daha açık konuşmasını bekler gibi bakıyorum yüzüne.

"Yarın pazar" diyor. "Biliyorum, yorgunsun. Ama, saat kaç olursa olsun, uyandığında bir 'alo' de; gelip alayım seni. Baş başa yemek yiyelim. Gündüz gözüyle, ayık kafayla daha iyi tanırız birbirimizi..."

Ceketinin iç cebinden çıkardığı kartını bana uzatıyor.

İçimdeki, kendini savunmaktan âciz o cılız ses palazlanıveriyor birden. Diğerine kafa tutuyor, kahkahalar atıyor sevincinden.

"İşte" diyor. "Karanlık gecelerin dışına taşıyor ilgisini. Beni tanımak istiyor. Gün ışığında; dingin ve düzgün çalışan beyniyle..."

"Ya yaşı, ya konumu?" diyemiyor aykırı ses. Gücünü yitiriyor, siniyor bir köşeye...

"Tamam" diye elimi uzatıyorum. "Ararım yarın. İyi geceler..."

***

Tarık'ın tahmini doğru çıkıyor. Pazar gününü yarıladıktan sonra ancak uyanabiliyorum. Başım da patlayacak gibi ağrıyor üstelik.

Hemen toparlanıp kalkıyorum. Ayıltıcı niyetine bir kahve yapıyorum kendime... Evin içinde boş boş dolanıyorum.

Arasam mı acaba; kalkmış mıdır? Ya gecenin büyüsüne kapılarak yaptığı tekliften pişmanlık duyuyorsa...

İşin içinden çıkamıyorum bir türlü. Salona geçip kanepeye uzanıyorum. Biraz kafamı toplamalıyım önce. Gece yaşananlar, kare kare, gözlerimin önünden geçiyor... Tarık'la beraber yaza mı "merhaba" dedik, yoksa birbirimize mi; karar veremiyorum.

Telefonun sesiyle zıplayıveriyorum yerimden. O mu acaba? Tabii ki değil! Kaçta kalkacağımı nereden bilecek? Aklına estiğinde aramak, onun gibi ince düşünceli birine yakışır mı hiç!

Telefonun öbür yanında Dünya var.

"Ne yaptınız dün gece?" diye merakla soruyor. "Nereye gittiniz; Tarık'a mı, sana mı?"

"Deli misin sen?" diye bağırıveriyorum. "Tarık evine, ben evime... Başka ne olabilirdi!"

"Ben de sanmıştım ki..."

"Ne sanmıştın? İlk kez baş başa kaldığım biriyle geceyi geçirecek göz var mı bende? Hiç tanımamışsın arkadaşını..."

"Kızma hemen. Sarmaş dolaş dans ettiğinizi, ardından da kulüpten el ele ayrıldığınızı görünce, farklı şeyler geldi aklıma."

"Yanılmışsın. Bana göre değil bu işler..."

"Kusura bakma; Eylül Hanım'ın inatçı damarını, karşısındakine kök söktürecek yapıda olduğunu unutmuşum. Tarık'ın hayal kırıklığını tahmin edebiliyorum."

"Dünya... Laftan anlamaz mısın sen? İma ettiğin konuda, en ufacık bir teklif getirmedi bana Tarık!"

"İnanmıyorum! Özel şoförlüğünü yapmanın bedeli olarak, kahve içmeyi de mi istemedi seninle?"

"Hayır. Beni evin önüne bıraktı, gazlayıp gitti."

"Hepsi o kadar yani..."

Sesi öylesine kırık ki, dayanamıyorum.

"Yalnız... Bugün için yemeğe davet etti beni."

Telefonu açtığı andaki canlılığına kavuşuveriyor Dünya'nın sesi.

"Baştan söylesene şunu... Nerede buluşacaksınız?"

"Bilmiyorum, aramamı bekliyor."

"Harika! Ne duruyorsun, arasana..."

"Altı üstü bir yemek. Farklı anlamlar yüklemeye kalkma lütfen."

"Yok, yok... Tarık'ı iyi tanırım ben. Çevresinde dolanan onca kız var; bugüne kadar yemeğe çıkmak istediği birini ne gördüm, ne de duydum..."

"Senin bilmediğin neler vardır kim bilir..."

"Boş ver bunları. Eylül'e has uzak duruşunu da at üzerinden. Bu fırsatı iyi değerlendirmelisin. Tarık çok farklı biri! Adam gibi adam, derler ya; aynen öyle. Çevrene şöyle bir bak... Benzerini asla göremezsin. Benim gibi, baba eline bakan çoluk çocukla uğraşacağına... Devlet kuşu, derler böylesine."

"Kendi kendine senaryolar yazıyorsun gene Dünya. Söz kesmeye değil, yemeğe gidiyoruz Tarık'la."

"Neyse... Ben seni tutmayayım. Ama, olanı biteni en ufacık ayrıntısına kadar bilmek istiyorum; haberin olsun..."

Söylediklerine katılmasam da, Dünya'yla konuştuklarımız, Tarık'ı aramak için gereksinim duyduğum gücü kazandırıyor bana. Elimde Tarık'ın akşam verdiği kartvizit, telefonun tuşlarına basıyorum.

İlk çalışta açılıveriyor telefon.

"Eylül?"

Beni bekliyor oluşunu ödüllendirircesine, gülüşümü yansıttığım sesimle, "Merhaba" diyorum. "Çok beklettim mi seni?"

"Çok! Seni eve bıraktığım andan bu yana bekleyiş içindeyim."

Güzel bir başlangıç! Gecenin izleri hâlâ sürüyor demek...

"Ne zaman alabilirim seni?"

"Bir saate kadar hazır olurum."

Duyduğu sabırsızlıktan, telefon konuşmasını kısa kesmeye çalışıyor.

“Tam bir saat sonra oradayım. Seni bıraktığım yerde...”

Tarabya’da, sahil boyunca sıralanmış şık restoranlardan biri... Upuzun bir masanın denize bakan ucunda, karşılıklı oturuyoruz Tarık’la.

“Balık yemek istediğimde buraya gelirim” diyor. “Ama seni şartlandırmak istemem. Balık ya da et, seçimi sana bırakıyorum.”

Böyle söylüyor ama, beni kırmadan istediği yöne çekmeyi çok iyi beceriyor. Onayımı almadan hiçbir şeye karar vermese de, tüm siparişlerin altında onun imzası var.

“Rakı içer miyiz?” diye soruyor.

Şaşırıyorum. Hiç rakı içmedim bugüne kadar... Kadınlara yakıştıramıyorum nedense.

Kararsızlığıma son noktayı koymak, gene Tarık’a düşüyor.

“Ben de pek içmem ama, balıkla iyi gider. Hele gurbetteyken, yaban ellerde, anasonun o kendine özgü kokusu var ya... burnunda tüter insanın.”

Denemekten ne çıkar! Hem, zaman zaman annem de, babama eşlik etmek için, bol buzla beyazlatılmış rakıyı severek içmiyor mu?

“Tamam” diyorum. “Rakı içelim bugün.”

Siparişi verdikten sonra, küçük bir baş işaretiyle, servis yapmaya hazırlanan garsonu yanımızdan uzaklaştırıyor. Masanın üzerine serpiştirilmiş alacalı tatları, kendi elleriyle bölüştürüyor tabaklarımıza.

Hareketlerindeki inceliğe hayran kalmamak elde değil. Dünya’nın, onun hakkındaki sözlerine katılmaktan kendimi alamıyorum. Bambaşka bir kişiliği var Tarık’ın. Bugüne kadar tanıdığım kimselere benzemiyor. Üstelik, günlük haliyle her zamankinden yakışıklı ve genç görünüyor gözüme. Etkileyici ses tonuyla çok güzel konuşuyor. Güldü mü, gözlerinin içine kadar gülüyor.

Hepsinden önemlisi, çok doğal ve içten davranıyor bana. Gecenin büyüsüne bağladığım, geçici bir ilgi gibi durmuyor gösterdiği yakınlık. Karanlığı bölen yapay ışıklar altında ya da gün ışığında, karşımda duran hep aynı Tarık...

Küçük kristal bir sürahi içinde, rakımızı getiriyor şef garson.

"Su ya da buz alır mısınız?" diye soruyor.

Garsonun oradaki varlığını unutmuş gibi, bana doğru eğiliyor Tarık.

"Rakıyı susuz içerim ben" diyor. "Ama sana bir sır vereyim... Böyle sert bir içkiyi susuz içiyorum, diye; aslan, kaplan havaları atmak için değil. Üstüne suyu boca edince ortaya çıkan keskin anason kokusuna dayanamadığımdan. Senin seçimini bilemem tabii..."

Öyle bir anlatıyor ki, daha su eklemeden, ona itici gelen koku burnumun derinliklerine yayılıyor sanki.

"Susuz olsun benimki de" diyorum ister istemez.

Almak istediği yanıt buymuş gibi hoşnut, garsona dönüyor.

"Rakılarımız sek olacak, sulara buz atabilirsiniz."

Metal bir buz kovası getiriyorlar hemen, rakı kadehlerini buzların arasına gömüyorlar.

"Dıştan, doğal soğutma" diye açıklıyor Tarık.

Gülüveriyorum.

"Verdiğiniz bu ilk rakı kültürü dersi için teşekkür borçluyum size Tarık Bey..."

"Ne demek efendim! Kadınların haklı olarak pek ilgi duymadıkları bir konuda sürçülisan ettikse affola... Türkçe açıklamasıyla, fazla konuşarak bilgiçlik tasladımsa eğer, affına sığınıyorum."

Buz kovasındaki rakılardan birini çıkarıp bana uzatıyor, diğerini kendisi alıyor.

"Sana içiyorum Eylül. Sana ve şu andaki beraberliğimize..."

Şu andaki beraberliğimiz! Ya sonrası... Düşünmek bile istemiyorum.

Elimdeki rakı kadehinden büyücek bir yudum almamla, genzimde oluşan şiddetli yanmanın etkisiyle öksürük krizine girmem bir oluyor.

Hemen buzlu suyu uzatıyor Tarık.

"İç" diyor. "İç... Renksiz görüp kafaya dikilmez bu meret."

Bir yandan da, çatalının ucuna taktığı beyazpeyniri ağzıma uzatıyor. Gözlerimden inen yaşlara inat, kahkahalarla gülüyorum halime...

"Eksik öğrettin bana" diyorum. "Yılların rakı içicisi yok karşında. Aceminin tekiyim ben."

"Dünyanın en tatlı acemisisin ama. Keşke her şeyi benden öğrensen..."

"Eroini nasıl kullanacağımı da sen öğrettin ya..."

"Bugün olsa, öyle davranmazdım" diyor buruk bir gülüşle. "Dostluğunuza aracı olmak üzüntü veriyor bana. Benim için çok değerlisin sen..."

Kısa bir suskunluğun ardından, yeniden konuşmaya başlıyor. Kendini anlatıyor bana. Çocukluğunu, gençliğini, öğrencilik yıllarını, mastır için Avrupa'ya gidişini... Onun hakkında ne varsa bilmemi istiyor sanki.

Otuz iki yaşındaymış Tarık. O da benim gibi, ailesinin tek çocuğu. Annesi ve babası Antalya'da yaşıyorlar. Benim İzmir'de olduğum bir hafta sonu, gidip görecekmiş onları.

Rakı kadehlerimiz aynı anda boşalıyor. Dersimi öğrendim artık. Bir yudum sek rakı, bir yudum buzlu su; ardından da bir lokma peynir ya da herhangi bir meze...

"Sıkı bir rakı içicisi olmaya adaysın" diye gülüyor Tarık. "Ama dikkat et; hep söylerler ya, şişede durduğu gibi durmaz..."

Haklı galiba. Şimdiden başım dönmeye başladı bile. Tüm hücrelerime yayılan sıcaklık, tatlı bir gevşeklik olarak yansıyor bedenime.

Ama, konuşmasını kaldığı yerden sürdüren Tarık'ın dudaklarından dökülen son sözler, kendime gelmeme yetiyor.

"Ve evliliğim..."

Yanlış mı duydum? Tarık ve evlilik! İkisini aynı cümlede düşünmek bile istemiyorum.

"Evli misin sen?" diye soruyorum, alacağım yanıtın korkusuyla.

Masanın üzerinden uzanıp, duyacaklarım karşısında bana güç vermek ister gibi elimi tutuyor.

"Değilim! Evlendim ve ayrıldım."

Şu ana kadar hiçbir şey sorma gereği duymayan, onun anlattıklarıyla yetinen ben, ardı ardına soru yağdırıyorum üzerine.

"Ne zaman oldu bu iş?"

"İsviçre'ye gittiğim ilk yıl."

"Türk müydü karın?"

"Hayır, Alman."

"Nerede şimdi?"

"Almanya'da. Münih'te yaşıyor."

"Ne kadar evli kaldınız?"

"İki yıl."

"Görüşüyor musunuz hâlâ?"

"Zaman zaman, gerektiğinde."

"Neden ayrıldınız?"

"Anlaşamadık. O Münih'te kalmak istedi, ben Zürich'te. Olmadı anlayacağın..."

"Münih ve Zürich... Yakın sayılır."

"Sayılmaz! Soruların bittiyse eğer, nedenini açıklayayım."

Gösterdiğim aşırı merakın utancı ve ezikliğiyle susuveriyorum.

"Bak Eylül" diyor, eski dinginliğine kavuşmuş ses tonuyla. "Aradaki mesafenin yakınlığı ya da uzaklığı hiç önemli değil benim için. Yürekler uzaklaşmışsa birbirinden, o kişi yanı başında olsa, ne ifade eder ki! Tam tersi; araya kilometreler girse, kalpler aynı vuruşta atıyorsa eğer, gerçek bir ayrılıktan söz edilebilir mi?"

Kendini ifade etme yeteneği karşısında hayranlığımı gizleyemiyorum. Çifte hedefi tek taşla vuruyor bu sözlerle. Ayrıldığı insanla yakın oluşunun anlamsızlığı ve kalplerimiz birse eğer, aramıza girecek mesafenin hiçbir önem taşımayacağı...

Ne var ki, hiç ummadığım bir anda açılıveren yarama derman olmaktan çok uzak bu sözler. İçimde kopan fırtınaları dışa yansıtmamak için çırpınıyorum ama, isyanla taşan yüreğime söz geçiremiyorum bir türlü.

Oysa, bu yaşa gelmiş bir insanın evlenip ayrılmasından doğal ne olabilir ki? Şu anda evli değil ya! Tüm gerçeği açık yüreklilikle anlatması, kimselerin bilmediği sırlarını benimle paylaşması yetmiyor mu bana?

Yetmiyor!

Almaya niyetlenilen son model, gıcır gıcır bir arabanın ikinci el ve darbeli olduğunu öğrenmek gibi bir şey bu. Vitrinde görüp beğendiği albenili oyuncağın bozuk olduğunu söylediklerinde, onu ellerine almak için sabırsızlanan çocuğun hayal kırıklığını yaşıyorum şu anda.

Bende yarattığı depremin bilincinde Tarık. Yatışmamı, duyduklarımı özümseyerek eski doğal halime dönmemi bekliyor.

Bense, ilk sarsıntının ardından, yaşadıklarıma farklı gözlerle bakabiliyorum. Birkaç dakika öncesine kadar, Tarık'ın konuşması üzerine odaklanmış çılgın öfkemin hedefinde, yalnızca ben varım artık. Bu denli etkilendiğim ve tepki gösterdiğim için kızıyorum kendime, küfürler yağdırıyorum içimden. Tarık'a, onunla ilgili beklentilerim olduğu izlenimini verdiğim için utanç duyuyorum. Nasıl da boş bulundum...

Sahi, ne bekliyordum ki ben? Sıradan bir yemek daveti, derken; Dünya'dan önce kendimi mi kandırıyordum yoksa?

Evlenmişse evlenmiş, bana ne! Kim oluyorum onun için ben? Dün bir, bugün iki... Doğru dürüst tanımıyoruz bile birbirimizi.

Geleceğe yönelik bir şeyler vaat etti mi bana? Hayır!

Ne sıfatla sorguya çekebiliyorum onu? Şaşkınlığıma ve merakıma yenilip, kendimi küçük düşürecek basit sorularla köşeye sıkıştırmaya çalışıyorum...

Olan oldu Eylül! Bundan sonra açık verme hiç değilse...

"Balıklarımız da geldi" diyor Tarık.

Bırak artık iç hesaplaşmalarını, şu ana dön, der gibi... Payıma düşeni yapıyorum ben de.

"Pek de güzel görünüyorlar" diyorum, dudağımda yama gibi duran iğreti gülüşümle. "Benimkini ayıklatır mısın?"

Bir süre, tüm dikkatimizi balıkların üzerinde yoğunlaştırıyoruz. Rakılarımız tazeleniyor, kadehlerimiz yeniden kalkıyor. Nereye varacağı belli olmayan güzelliklere içiyoruz.

Bir kez daha uzanıp elimi tutuyor Tarık, parmaklarımın ucundan usulca öpüyor.

"Seni incittimse bağışla" diyor. "Bunları bilmeni istedim."

"İncinmiş falan değilim" diye umursamaz bir tavırla omuz silkiyorum. "Benimle paylaştığın için teşekkür ederim. Anlatmayabilirdin de..."

"Anlatmam gerekiyordu. Gizli saklı bir şey kalmamalı aramızda..."

"İyi pişirmişler balığı. Çıtır çıtır..."

Konuyu değiştirmek için gösterdiğim başarısız çabaya uzun uzun gülüyor. Küçük bir çocuğun inandırıcılıktan uzak, masum yalanı gibi algılıyor bu davranışımı.

Aldırmıyorum. Rakıdan, balıktan, garsonun becerisinden, biraz ötemizden geçen deniz motorunun hızından... Hangisi önce davranırsa, dilimden onu düşürerek, anlamsız bir laf kalabalığına dönüştürüyorum konuşmamızı.

Sabırla durulmamı bekliyor. Gücümün tükendiği, saçmalamaktan yorgun düştüğüm anda da karşı atağa geçiveriyor.

"Ya sen Eylül? Senin de bana anlatacağın bir şeyler yok mu?"

"Yok" diyorum, sinir boşalmasının ardından gelen aşırı neşeyle. "Bildiğin gibi, sıradan bir öğrenciyim ben."

"Sıradan olmadığını çok iyi biliyorsun."

"Gerçekten de, sana ilginç gelecek hiçbir şey yok geçmişimde. İnişli yokuşlu, keskin dönemeçli yaşantılar bana göre değil."

"İnişler, yokuşlar, keskin dönemeçler... Kimi zaman, sen istemesen de gelip bulurlar seni. Ya erkek arkadaşın? Böyle biri var mı hayatında?"

Yok, demeye hazırlanırken, duralayıveriyorum. Ot gibi, yosun gibi, tatsız tuzsuz biriyim ben, demeyi yediremiyorum kendime.

"Vardı... Ama küstürdüm onu."

Belli belirsiz bir gölge geçiyor gözlerinden.

"Cuma akşamı beraberdik" diyorum. "Cumartesi gecesi, onun yerine sizlerle buluşunca küstü bana."

Anlatış tarzımdan yola çıkarak, söz ettiğim ilişkiyi çocukça bulduğu belli. Gözlerindeki alaycı ifadeden anlayabiliyorum bunu.

"Yarın ilk işim, gönlünü almak olacak" diyorum meydan okur gibi.

"İyi edersin" diyor. "Bugünkü buluşmamızı anlatma bari..."

Oynadığımız karşılıklı oyunu daha fazla sürdüremiyoruz. Dudaklarımızdan dökülen kahkahalara engel olacak gücümüz yok...

Hiç kimseyi tehlike olarak görmüyor Tarık! Öylesine güveniyor ki kendisine... Ayağı yere basan, güçlü, her yönüyle üstünlüğünü kanıtlamış biri. Onun yanında, Anıl gibi hiçbir yaşam deneyimi olmayan, çömez bir Boğaziçi öğrencisinin lafı mı olur!

Kahvelerimizi içip kalkacağız artık.

"İyi ki yaz okuluna katılıyorsun" diyor Tarık. "Aylarca senden ayrı kalmaya dayanamazdım... İzmir'deyken, arayabilir miyim seni?"

Teklifsizce arasa, sesim çıkmayacak. Ama, incelik gösterip sorunca değişiyor iş.

"Aramasan daha iyi olur. Çevremdekilere açıklama yapmak zorunda bırakmazsın beni."

Biraz buruluyor galiba, ama çabuk toparlanıyor.

"Nasıl istersen. Dönüşünü sabırsızlıkla bekleyeceğim."

Kahvelerimiz geliyor, ayrılık hüznünü de beraberinde getirerek... Fincanımın yanına, tek bir kırmızı gül bırakıyor şef garson. Önceden düşünüldüğü belli; benim için, bana özel tek bir gül...

"Beni kırmayıp buralara geldiğin için teşekkür ediyorum sana Eylül..."

Kan kırmızı gülü avucumun içinde hafifçe sıkıyorum. Yarısı hüzün, yarısı mutluluk; karmaşık duygular salıyor yüreğime.

Bu güllerden kaç tanesini, aynı coşkuyla karına da verdin Tarık? Verirken, onun gözlerinde de sevda yolculuklarına çıktın mı benimki gibi?

Her buluşmanızda, böyle ince davranışlarla onun kalbine de dokundun mu? Ya da... Zaman zaman, gerektiğinde, dediğin bir araya gelişlerinizde, dokunuyor musun hâlâ?

9

Öğrenci işlerinin önünde uzun bir kuyruk var. Neyse ki işlemler hızlı yürüyor...

Kaydımı yaptırıp dışarı çıktığımda, merdivenlerin başında Selen'le karşılaşıyoruz.

"Küçükyalı'dan bineceğim ben" diyerek otobüs biletini tutuşturuyor elime.

"Kal biraz" diyorum. "Çay içelim."

"Çok işim var Eylül. Teyzeme bir teşekkür armağanı almayı düşünüyorum. Ancak toparlanırım. Otobüste buluşuruz artık..."

Eve dönmeyi düşünmüyorum. Akşama kadar epey zamanım var. Niyetim, tatil öncesi son kez arkadaşlarımı görebilmek.

Binnur'la çay içiyoruz kantinde. Dönem boyunca, okula gidemediğim günlerin ders notlarını vererek yaptığı katkı için teşekkür ediyorum ona.

Bir yandan da gözlerimle çevreyi taramaktayım... Anıl dışında, görmek istediğim herkesi gördüm sayılır. Ama Anıl yok ortalarda! Cuma akşamından sonra hiç karşılaşmadık. Onu öyle kırık dökük haliyle bırakıp gitmeye gönlüm razı değil.

Manzara'daki her zamanki yerime gidip oturuyorum. Zaman daralıyor... Eşyalarımı doğru dürüst toplamadım bile. Telefonla ararım artık, diye düşünerek kalkmaya hazırlanırken, karşıdan geldiğini görüyorum Anıl'ın. Fırlayıp kalkıyorum yerimden.

"Nerelerdesin sen?" diye dikiliveriyorum karşısına.

Yanıt vermeden, donuk gözlerle bakıyor yalnızca.

"Bir merhaba yok mu?"

"Merhaba."

"Yapma böyle Anıl! Küs müyüz?"

Birden çözülüveriyor buzları.

"İstesem de küs kalamam sana" diyerek buruk bir gülüş atıyor yüzüme.

"Hah, şöyle! Biliyor musun, somurtmak hiç yakışmıyor sana."

Biraz önce kalktığım kanepeye, bu kez beraberce oturuyoruz. Kalabalık bastırmadan, erkenden yaptırmış kaydını; öyle söylüyor. Tutuk tutuk, ben sordukça, yanıt vermek için konuşuyor.

"Nasıl geçti cumartesi geceniz?" diye soruyorum, yarasına

tuz basar gibi. Kızsın, üstüme gelsin; ama bu donukluğundan sıyrılsın istiyorum.

"İyiydi" diyor kısaca. "Seninkini sormalı."

Orada düğümlenip kalmış, belli. Eskiden umursamazdı bile. Kiminle, ne zaman, nerede olursam olayım; hesap sormadan, yakaladığı ortak zamanları değerlendirmeye çabalardı yalnızca.

Anlam veremiyorum bu haline. Tanımakta güçlük çekiyorum onu. Ne benim eski Anılım, ne de meyhane gecesindeki sert tavırlı, yabancı yüzlü, hoyrat Anıl... İkisi arasında çakılı kalmış, bambaşka biri var karşımda.

"Senin arkadaşlığın çok değerli benim için" diyorum. "Ama, sürdürmekten yana değilsen eğer, onu da bilmek isterim."

"Sen de benim için çok önemlisin Eylül. Arkadaşlığımız eskisi gibi sürecek, merak etme."

Dili böyle söylese de, davranışlarındaki kopukluk gözle görülür boyutlarda. Daha fazla üstelemiyorum. Zamana bırakmak en iyisi galiba...

Yol hazırlığım uzun sürmüyor. Birkaç parça eşyayı küçük bavuluma yerleştirdim mi, bitiyor işim. Şunun şurasında ne kadar kalacağım ki İzmir'de?

Birden, Dünya'nın eksikliğini duyuyorum içimde. Onu görmeden nasıl giderim ben?

Telepati dedikleri şey bu olmalı! O da beni düşünüyormuş meğer. Önce telefon ediyor, yarım saat sonra da kendisi geliyor.

Selama sabaha gerek duymadan, "Anlat bakalım neler oldu" diye salona doğru yürüyor.

"Anlaşıldı" diyorum sitemle. "Beni görmeye değil, obur merakını doyurmaya geldin sen."

"Çatlatma adamı Eylül! Olup biteni bilmek hakkım benim..."

"Anlatacak bir şey yok. Boğaz'a karşı balık yedik, rakı içtik, sohbet ettik. Bir de... Tarık'ın evliliği üzerine konuştuk."

"Ne? Evli miymiş Tarık?"

"Evlenmiş, ayrılmış. Almanya'da yaşıyor karısı."

"Sorun yok o zaman..."

"Ne demek sorun yok! Adamın geçmişinde yaşadığı bir evlilik deneyimi var, diyorum sana."

"Bak Eylül, şaşırmadım desem yalan olur. Gerçekten de bilmiyordum. Ama, şu anda evli değil ya! Onun yaşındaki birinin evlenip ayrılmış olması o kadar önemli mi?"

"Benim için önemli."

"Evlenmeden yıllarca beraber yaşıyor insanlar... Öyle olsa daha mı iyiydi? Kıyılmış ve bozulmuş bir nikâhın üzerinde durmaya bile değmez."

"Bunları konuşmamız çok anlamsız Dünya! Ortada hiçbir şey yok ki. Birkaç ay sonra İsviçre'ye dönecek Tarık. Burada kaldığı süre içinde, çevresinde süs olmaya niyetim yok benim."

"Senin hakkında ciddi şeyler düşünse bile mi?"

"Önemli olan, onun değil, benim ne düşündüğüm. Hiçbir yönden birbirimize göre değiliz..."

"Benim bildiğim Tarık, bu işin peşini bırakmaz. Kafasına koyduğunu yapar o..."

"İlişkiler iki kişiliktir Dünya, benim payımı unutuyorsun."

Ona anlatacaklarım bu kadar! Tarık'ın yakınlığından duyduğum heyecanı, gözlerinin içinde eriyip yok olan gözlerimi, elimi tuttuğunda yüreğimde kopan fırtınaları, bir başka kadının adına bile dayanamamaktan kaynaklanan çılgın öfkemi ve onu daha şimdiden ne kadar özlediğimi... bilmese de olur.

10

İzmir'e geldiğimizin ikinci sabahı, heyecanlı bir sesle beni arıyor Selen.

"Harika bir sürprizim var sana" diyor. "Alsancak'ta buluşalım mı?"

İstanbul'daki fırtınalı günlerin ardından, tatlı bir meltem esintisi gibi geliyor bana bu teklif. İzmir'i ve Alsancak'ı da öylesine özlemişim ki...

Çabucak hazırlanıp çıkıyorum. Kararlaştırdığımız saatten on dakika önce Alsancak'tayım. Her zamanki buluşma yerimize, Reyhan Pastanesi'ne gidip, İzmir'in Etiler'i saydığım Alsancak'ın o kendine özgü cıvıltılı havasını doyasıya içime çekebileceğim, iki büyük caddenin kesiştiği köşedeki masaya oturuyorum.

Geleni geçeni seyrederek; alışveriş sonrası soluklanmak için uğrayıvermiş, kahvelerini, çaylarını yudumlayan İzmirlilerimi gözlerimle kucaklayarak özlem gideriyorum.

Çok geçmeden Selen de geliyor. Ama yalnız değil, yanında Yılmaz var! Selen'in, dershane günlerinde başlayan beraberliklerini, araya girecek mesafeden ürkerek noktaladığı Yılmaz...

Barışmışlar. Gözlerinin içi gülüyor ikisinin de.

"Yapamadık" diyorlar. "Birbirimizden ayrı kalmaya daha fazla dayanamadık."

Oturup konuşmuşlar. İzmir-İstanbul-Ankara üçgeninde mekik dokuyacak olsalar da, bu beraberliği sürdürmeye karar vermişler. Çizdikleri, üzerinde yürünmesi rahat bir yol aslında. Keşke benim işim de onlarınki kadar kolay olsa...

Anıl'ın sevdalı yüreğine kapılarımı açsam, benzer bir beraberliği paylaşabilirdik belki. Yalın, zorlamasız, beni yormayacak bir beraberlik... Ama gönül işi bu, mantık tanımıyor. En olmadık birine akabiliyor duyguların. Elini uzattığın gülün dikenlerini görmüyorsun bile. Bir gun gelip o dikenlerin orana burana batacağını, benliğinde açtığı onulmaz yaraları acımasızca kanatacağını düşünmek istemiyorsun. Sunulan gülün renginin ve kokusunun sarhoşluğu yetiyor sana.

"Yılmaz dönem birincisi olmuş ODTÜ'de" diyor Selen gururla. "İzmir'i en iyi şekilde temsil ediyor oralarda..."

"Dershane birincimize de bu yakışırdı zaten" diye kutluyorum Yılmaz'ı.

Tüm sorunlarını çözmüş görünüyorlar. Yaz okulu bile, ayıracağına birleştiriyor onları. Bizimle beraber, Yılmaz da İstanbul'a gelecek. Bir arkadaşında kalacakmış.

"Yirmi dört saat derslerle boğuşacak değilsiniz ya" diyor. "Selen'le paylaşabileceğim kısacık soluklanmalar da yeter bana."

Tarık'tan yola çıkarak, "Çoluk çocukla uğraşacağına..." diye bir laf etmişti Dünya. Onun yetkinliğini, diğerlerinden farklı özelliklerini vurgulamak için. Gelsin, Selen'le Yılmaz'ı bir görsün...

Yaşı yaşına uygun birisiyle beraber olmak, söylediğin kadar da kötü değil be Dünya...

***

İzmir'e geldiğimden beri, karşılaştığım herkes, "Ne kadar zayıflamışsın böyle!" diye çığlığı basıyor.

Bu iyi halim, iki ay önce görecektiniz beni, diyemiyorum. Derslerin yoğunluğu, aşırı yorgunluk ve uykusuzluk gibi sebepleri sıralamakla yetiniyorum.

Tam bir seferberlik havası var evde. Nurten Abla mutfaktan çıkmıyor. Annemle babam, tabakla peşimde dolaşacaklar neredeyse.

Bir haftada üç kilo aldım. İstanbul'da daralttığım pantolonların içine giremiyorum. İnce bir bedenden yana olsam da, aynadaki görüntümden memnunum. Yüzümdeki belirgin canlanma hoşuma gidiyor.

İki aya yakın bir süredir temizim. Eroine bağımlı olmadığımın en güzel kanıtı bu! "Bir kez kullandın mı, bırakamazsın!" diyenlere inat, çizdiğim yolda emin adımlarla yürüyorum ben. Tutamayacağım, büyük sözler vermiyorum kendime. Denedim ve gördüm; aşırıya kaçmadıkça, hiçbir zararı dokunmuyor bana. Hem, istediğim an, olduğu yerde bırakabiliyorum.

Yaptığım zamanlama için de kutluyorum kendimi. O günlerdeki halimle gelsem, eroinle olan dostluğumu, bu işin uzmanı bir babadan nasıl saklayabilirdim ki?

Ama, gerilerde bir yerde pusuya yatmış Erosumu gözlerden uzak tutmayı başarsam da, farklı bir konuda boş bulunup küçük bir açık veriyorum...

Çeşme sezonu, tam olarak başlamamış henüz. Yazlığa ancak, haziran sonunda taşınmayı planlıyor bizimkiler. İstanbul'a dönmeden önceki hafta sonu, Çeşme'ye, balık yemeye götürüyorlar beni.

Dalyan'daki balıkçımızda, her zamanki masamıza oturuyoruz. Balıkların ısmarlanmasının ardından, sıra içkiye geldiğinde atılıveriyorum birden.

"Neden rakı içmiyoruz ki?"

Annemle babamın ortak bir irkilmede buluşmasıyla yaptığım hatayı anlıyorum ama, dönüşüm yok artık.

"Balıkla iyi gider, dersiniz ya..." diye yumuşatmaya çalışıyorum bu ani çıkışımı.

"Tamam" diyor babam, gözlerinde uçuşan gölgeleri bir yana iterek. "Madem kızımız istedi, bu akşam da rakı içelim..."

İkinci büyük hatayı da, rakı servisi sırasında yapıyorum.

"Benimki susuz olsun" diyorum garsona. "Suya buz atabilirsiniz."

Babamın, kısılmış gözlerinin arasından bana ulaşan kıvılcımları görmezden geliyorum. Bir yudum sek rakı, bir yudum buzlu su, bir lokma beyazpeynir...

Daha fazla dayanamıyor babam.

"Sendeki bu umulmadık değişimi neye borçluyuz Eylül? Yılların deneyimli rakıcılarını aratmıyorsun maşallah..."

"Tatil öncesi, kutlama yemeğinde içtim ilk kez. Arkadaşlarımla..."

Böylesine masum bir açıklama babama yeterli geliyor ama, annem aynı görüşte değil.

"Gözünün önünden ayırmayacaksın kızını" diye söyleniyor. "Uzağına düştü mü, işte böyle kötü alışkanlıklarına da katlanmak zorunda kalırsın..."

Ah canım annem! Yere göğe sığdıramadığı biricik kızının, daha nelerle tanıştığını bir bilse...

Rakıdan aldığım her yudum, onunla dostluğumuzun başladığı yere, Tarık'ın yanına taşıyor beni. Sonra, Eros düşüyor aklıma... Ve İstanbul... Dayanılmaz bir özlem duyuyorum içimde. Hangisini daha çok özlediğime karar veremiyorum bir türlü. İstanbul'da kilitlenip kalıyor yüreğim.

Güzellikleriyle beni kendine âşık ettiği için mi bu kadar seviyorum onu, yoksa Tarık'ı ve Eros'u içinde barındırdığından mı, bilemiyorum. Ama, gözyaşlarıyla gittiğim bu kentin çekiminden kurtaramıyorum kendimi.

Neyse, az kaldı. Bekle beni İstanbul, geliyorum...

11

Yaz okulunun kolay geçeceğini düşünmekle hata etmişim. Yıl içinde, koskoca bir döneme yayılan dersler, kısa bir zamana sıkıştırılınca altından kalkması zor bir yük haline geliyor. Hele bu seçimi, benim gibi, tekdüze yaz günlerine renk getirmek için yaptıysanız eğer, daha da çatallaşıyor işler. Gelecek yılki yaz okuluna katılmak isteyeceğimi hiç sanmıyorum.

Bu gönüllü tutsaklığın, okuma aşkıyla yola çıkmış biz çalışkan öğrencileri avutacak yönleri de yok değil. Her şeyden önce, kampusun içi son derece tenha. Nereye dönsek, kolayca bulabiliyoruz birbirimizi.

Ders saatleri dışındaki paylaşımımız da eskisinden çok daha keyifli. Okul çevresinde gidilmedik yer bırakmadık, uzaklara açılıyoruz artık. Açık hava konserleri, tiyatrolar; hep beraber gidilen farklı mekânlardaki akşam yemekleri...

Keyfim yerinde sayılır. Bir de Anıl'ın bana karşı ters davranışları olmasa... Okulun son günlerindeki soğuk tavrını inatla sürdürüyor. Bu kadar uzatacak ne vardı, anlayamıyorum. Tüm suçum, bir cumartesi gecesini başkalarıyla paylaşmaksa eğer, yeniden aynı günahı işlemeye hazırlandığımı bilmeli Anıl hazretleri.

Hafta içinde her günüm onlarla geçiyor zaten. Gönlümce yaşayabileceğim tek geceyi de anlamsız kaprislere kurban etmeye hiç niyetim yok doğrusu. Kendilerince yaptıkları planları duymazdan geliyorum.

"Yeniköy'de salaş bir balıkçı keşfettim" diyor Kerem. "Mezeleri harika... Gider miyiz?"

"Gideriz."

Bunlar konuşulurken, Seçil'le Esra yok ortalarda. Ama duyunca, sevinçle kabul edeceklerinden eminim.

Artık bize sormuyorlar bile. Selen'le ben, grubu satanlar cephesindeki yerlerimizi koruyoruz.

Yılmaz'la yemeğe çıkacak Selen. Biz dersteyken bile okuldan ayrılmayan, kampus içinde tur atarak Selen'in yolunu bekleyen Yılmaz, böyle bir geceyi çoktan hak etti. Bense, Dünya ve Emre'yle beraber gideceğimiz hafta sonu partisini iple çekiyorum...

Nusret'in konuğuyuz bu hafta. Parti, Nusretlerin Bebek sırtlarındaki villasının bahçesinde gerçekleşecek. Annesiyle babasının yurtdışında oluşunu fırsat bilip, gecenin ev sahipliğini üstlenmiş Nusret...

Masalsı güzellikteki villanın içini göremesem de, dört bir yanını çepeçevre saran cennet bahçesi yetiyor bana. Görkemli bir yaz düğünü için bulunmaz bir yer, diye geçiriyorum içimden.

Aman Eylül... Neler düşünüyorsun böyle? Sevdalılarınla buluşmaktan öte düğün mü olur?

Bak işte, Tarık da geliyor karşıdan... Eros'un sıcak yüzünü göstermesi içinse, biraz beklemen gerek.

Ayrı kaldığımız haftaların özlemi var Tarık'ın gözlerinde. Çevredekilerin meraklı bakışlarına aldırmadan, sımsıkı sarılıyor bana; kokumu içine çekiyor. Yüreğimden taşan sevinci gizlemekte zorlanıyorum ama, davranışlarıma koyduğum sınırların içinde kalmaya da kararlıyım.

Gösterdiği sıcaklığa aynı derecede karşılık alamamaktan pek şikâyetçi görünmüyor Tarık. Yanında olmam bile yetiyor ona. Yanıt bekleyen okşayıcı bakışlarını geri çevirmeme, yalnızca gülüyor. Ne yaparsan yap, içinde yaşattıklarını biliyorum ben, der gibi...

Geçtiğimiz hafta sonu Antalya'ya, ailesinin yanına gitmiş. Annesiyle ve babasıyla özlem gidermek için.

"Seni anlattım onlara" diyor. "Seni ve beraberliğimizi."

Bu sözlerini neye yoracağımı bilemiyorum. Aileleri ilgilendirecek bir ilişki yaşamıyoruz ki biz.

"Çok merak ediyorlar seni" diyor. "Soru yağmuruna tuttular beni..."

Tümüyle benim dışımda gelişen bu durumdan hoşlanmıyorum. Acısını da Tarık'tan çıkarıyorum haliyle.

"Karını da sormadılar mı?"

"Sormadılar" diyor kısa bir duraklamanın ardından. "Neyi, ne zaman sormaları gerektiğini çok iyi bilir onlar."

"Beni ne sıfatla tanıttın annenle babana? İlk karımdan sonra, yeni gelin adayınız, diye mi?"

Yanıt vermekle vermemek arasında kararsız, sitemle bakıyor yüzüme. Onun bu hali daha da öfkelendiriyor beni.

"Sahi, neydi karının adı?"

"Gudrun" diyor usulca.

"Güzel... Bu tür âlemleri sever miydi o da?"

Peş peşe gelen sorularım, kendimi kaptırdığım delice meraktan kaynaklanmıyor bu kez. Tam tersine; haftalardır içimi kavuran, kendime bile itiraf edemediğim öfkenin dışavurumu her biri. Tarık da farkında bunun. Bilinçli hamlelerle köşeye sıkıştırılmanın sıkıntısı içinde. Ciddiye alıp yanıtlamakla, üstünü örtmek arasında umarsızca gidip geliyor.

"Gerçekten bilmek istiyor musun?"

"Evet!" diyorum meydan okurcasına.

"Dinle o zaman... Tam anlamıyla eroinmandı Gudrun! Almanya'da, izbe bir barda tanıdım onu... Kalabalıktan uzakta, karanlık bir köşeye sinmiş; damarına göndereceği eroini eritmeye çalışıyordu. Titreyen ellerinden kurtulan kibritler, çılgına döndürmüştü onu. Yanına gidip yardım ettim. Yere saçılan kibritleri topladığımı, yakmaya çalıştığı ateşi benim tutuşturduğumu fark etmedi bile. Sıvının kaynamasına paralel devinimlerle ayağını yere vuruyor, tırnakları avucuna gömülü elleriyle boşluğa yumruklar savuruyordu. Yanaklarından aşağı süzülen yaşlar, kasılmış dudaklarının kenarından çenesine, oradan da boynuna, göğsüne doğru, gitgide artan bir ivmeyle iniyordu. Tüm bedeni terden sırılsıklamdı.

Çektiği acılara bir an önce son vermek istercesine sabırsız; pembeden mora renk değiştiren, delik deşik olmuş kolunun kabarmış damarına batırıverdi iğneyi! Kısa sürede canlanıverdi; gülüyor, neşeli çığlıklar atıyordu. Doludizgin, pembe bulutların üzerinde yol alıyordu sanki.

Ondaki bu değişim, karşı konulmaz bir istek uyandırmıştı içimde... Kolumu uzatıverdim! Karşımızda cennet sözü veren, uçsuz bucaksız, masmavi bir eroin denizi uzanıyordu. O an, okyanuslarca eroini damarlarımıza boşaltabilirdik..."

"Senin bağımlılığın ne düzeydeydi?"

"Henüz işin başındaydım. Çömezdim yani... Eroin yolculuğunda benden çok ilerideydi o. Aldığı dozun etkisi geçer geçmez krize giriyordu. Titremeler, kasılmalar, saatler boyu süren öğürmeler, kusmalar; tüm bedenini saran dayanılması güç acılar..."

"Böyle biriyle evlenebilmen için, onu çok sevmiş olman gerekir."

"Doğru. Hasta, çarpık, ama tutkulu bir aşkla bağlandım ona. Evlenmeyi de ben istedim. Onu eroinden kurtarmanın tek yolunun bu olduğunu düşünüyordum çünkü. Ne büyük bir yanılgı..."

"Neden koptunuz peki?"

"Birden olmadı. Adım adım yürüdük kaçınılmaz sona... Belli bir yaşam düzeyim vardı benim. İyi bir iş, saygın bir konum... Önce, benimle Zürich'e geldi Gudrun. Ama dayanamadı. Eroinsiz duramıyordu ki... Evde tek başına gerçekleştirdiği âlemler de yetmiyordu ona; her türlü çılgınlığın yaşandığı, eski kokuşmuş çevresini özlüyordu. Kısa sürede evliliğimizin kırılma noktasına gelmiştik. Gudrun, pazartesi sabahları Münih'e, kendi evine gidiyor; tüm haftayı kafasına göre geçirip cuma akşamı bana geliyordu. Her seferinde bir öncekinden daha bitik ve erimiş bir halde... Yalnızca hafta sonları görebiliyordum onu."

"Hafta sonu eroinmanlığı gibi, hafta sonu evliliği ha... Ne kadar sürdü bu durum?"

"Yaklaşık iki yıl. Onu kurtarmaya çalışırken, kendimi yitirme noktasına gelmiştim. Eroinin, başlangıçta ilişkimize tutku katan alacalı parlak rengi, günden güne arsız ve yapışkan bir katran karasına dönüşmekteydi. Okyanusun ortasında, azgın dalgalarla boğuşurken, istemeden de olsa birbirini dibe çeken kazazedelerden farkımız kalmamıştı. Ya ikimiz de batacaktık ya da ben onun kollarından sıyrılıp güçlü kulaçlarla yoluma devam edecektim. Zor bir seçimdi... Ama Gudrun, ondan kopmam için elinden geleni yaptı, yüreklendirdi beni. 'Uzak dur benden!' dedi. 'Seni daha fazla kirletmek istemiyorum. Benimle beraber yitip gitmene razı olamam.' Ve bir sabah çekti gitti; bir daha da dönmedi. Ardından, bir celsede boşandık zaten."

"Arada görüştüğünüzü söylemiştin..."

"Zaman zaman Münih'e gidiyorum. Gudrun'la da buluşuyoruz haliyle. Eski bir dost, arkadaş gibi... Ona karşı sorumluluklarım olduğunu düşünüyorum. Eroinin yiyip bitirdiği, kendine esir ettiği bir zavallı o..."

İşte öğrendin, bilmediğin hiçbir şey kalmadı; için rahat etti mi, der gibi bakıyor yüzüme.

Düşüncelerim kararsız, ama duygularım isyanla haykırıyor. Sevmiş onu! Hem de çok sevmiş... Böylesine tutkulu bir sevdanın ne kadarını geçmişe gömebilir ki insan?

Tepsiler içinde gezdirilen içkilerden birine daha uzanırken, Nusret'e sesleniyorum.

"Ne biçim ev sahipliği bu? Nerede kaldı bizim çerezlerimiz?"

"Bu ne sabırsızlık Eylül Hanım!" diye gülüyor Nusret. "Hemen getiriyorum."

Bu konuşmanın hemen ardından, Tarık'ın gözlerinde okuduğum umarsız karşı çıkış kızdırıyor beni. Çılgın eroin partilerinin en uç noktalarını zorlayan bir Alman kızına âşık olup, hastalıklı tutkunluğunu evliliğe kadar taşıyabilen birinin, bana "dur" demeye hakkı var mı?

Eros'la bu seferki buluşmamız, her zamankinden daha coşkulu. Ayrı kaldığımız günlerin acısını çıkarırcasına, özlemle kucaklıyoruz birbirimizi.

Tarık da benim gibi, küçük bir çizikle yetiniyor; en ufak dozla yani. Ama, bu kadar süre temiz kaldıktan sonra, birkaç kırıntılık toz bile çarçabuk uçuruveriyor beni. Başımı Tarık'ın omzuna yaslayıp gözlerimi kapatıyorum. İkimiz de kendi göklerimizde uçuyoruz şimdi...

İlk kez bu denli güçlü halüsinasyonlar görüyorum!

Çırılçıplak, mısır püskülü sarı saçları topuklarına kadar uzanan çılgın bir kadın var karşımda. Masmavi gözlerinden ateşler saçıyor üzerime. Saniye içinde, korkunç bir ivmeyle şekilden şekle giriyor. Uzayan dişleriyle vampirleşiyor, ucundan kan damlayan tırnaklarını etime batırmak için üstüme abanıyor. Kulaklarımda çınlıyor kahkahaları... Elinden kurtulmak, uzağına düşmek için çırpınıyorum. Buz kesmiş bedenim tir tir titriyor.

"İyi misin sen?" diyor Tarık.

Bu ürkütücü uçuştan uyandırdığı için, minnet borçluyum ona.

"İyiyim" diyorum ama, kötüyüm aslında... Kollarım, bacaklarım kurşun gibi; onları kıpırdatacak güçten yoksunum. Kafamın içinde, beyin hücrelerimi yiyip bitirme yarışına girmiş milyonlarca böcek var sanki.

Bu gece ihanet etti bana Eros, fena çarptı küçük sevdalısını. Gene de toz konduramıyorum ona... Psikolojik yönden gergin olduğunda, en basit bir ağrı kesici bile umulanın üzerinde etkilemez mi insanı? Yaşadığım, buna benzer bir durum. Tarık'ın kendi yüreğinden koparıp benim omuzlarıma bıraktığı ağır yükün altında ezilen bedenim, bu kadarına dayanabildi ancak. Eroinin ne suçu var ki!

Çok yorgunum, parmağımı oynatacak halim yok. Uyurgezer gibi ayrılıyorum partiden. Tarık evin kapısına kadar getiriyor beni. Aklını bende bırakarak, endişeli bir yüzle çekip gidiyor.

İşte, iplerin koptuğu an! Yatağa ulaşacak gücü bile bulamıyorum kendimde. Odanın kapısında yığılıp kalıyorum. Arka sokakların birinde sızıvermiş sıradan bir alkolik ya da eroinman gibi...

***

Bu kez zor toparlıyorum kendimi. İki gün boyunca, evde tek başıma, sefilleri oynadıktan sonra, ancak normale dönebiliyorum.

Pazartesi akşamı Selen arıyor. Okula gitmeyiş nedenimi merak etmiş.

"Grip oldum" diyorum. "Cumartesi gecesi, açık havada üşüttüm galiba..."

"Dikkat et kendine" diyor. "Yaz gribi ağır geçer... Bir şeye ihtiyacın var mı? Geleyim istersen."

İstemiyorum. O da üstelemiyor zaten. İşime geliyor böylesi... İyi ki Yılmaz var, diyorum içimden; yoksa, çoktan buradaydı şimdi Selen.

Geçirdiğim sarsıntının ardından yeminler ediyor; sözler veriyorum kendime.

"Aklını başına topla Eylül!" diyorum. "Eros'un ürkütücü yüzüyle tanıştın işte. Tarık'ın yaşadığı gerçekliklerle de. Ne verebilirler ki sana? Uzak dur ikisinden de..."

Yepyeni kararlar alıyorum. Cumartesi partilerini siliyorum kafamdan. Bir daha asla gitmeyeceğime inandırıyorum kendimi.

Ne var ki, henüz haftanın ortasını bulmadan, yeni buluşmalara hazırlanırken yakalıyorum Eylül'ü. Eros'la kucaklaşmayı özlemiş, Tarık'ın sıcaklığına sokulmaya eskisinden de hevesli bir Eylül...

Gidiyorum...

Eros'la Tarık, birbirlerine düşman tavırlarından vazgeçmiş, beni ele geçirme yarışını geride bırakmış, aralarında gizli bir anlaşma yapmış gibi; eşit bir paylaşımla sarılıyorlar bana.

Tarık ve ben bulutların üzerinde uçarken, şefkatli elleriyle okşuyor bizi Eros. Tarık da Eros'a yakın durmama karışmıyor artık. Böyle uyumlu bir üçlünün bireyi olmaktan mutluyum.

Bir hafta önce yaşadığım olumsuzlukların hiçbirini yaşamıyorum bu kez. Pazar gününün sersemliğini üzerimden atıp pazartesi sabahı okula gitmeyi bile başarınca, özgüvenimi yeniden kazanıyorum.

İnanıyorum artık, zararsız bir hafta sonu içiciliği benimkisi. Tarık da işini ve çalışmalarını aksatmadan, kurduğu ikili düzeni nicedir sürdürmüyor mu?

Şunun şurasında ne kaldı ki zaten? Yaz okulunun son iki haftasını, İzmir öncesi toparlanma ve sınavlara hazırlanma süreci olarak görüyorum. Buna göre, en çok iki kez daha uçabileceğiz Tarık'la...

Ancak, aklım fikrim bir sonraki partiye takılı kalınca, girip çıktığım derslere de pek yoğunlaşamıyorum. Gitmediğim günlerin ders notları yok elimde. Suçu kendimde arayacağıma, bu konudaki iyilik meleğim Binnur'un yaz okuluna kalmayışına hayıflanıyorum. Neyse, bir yerlerden toparlayacağız artık...

Okul grubumuz, daha hafta ortasında, cumartesi planları yapmaya başlıyor.

"Çiçek Pasajı'na gidelim" diyor Kerem. "Bu yorgunluğu daha aşağısı kesmez..."

Tepkisiz kalışımın anlamı belli; benden size hayır yok, demeye getiriyorum. Kimse de bir şey sormuyor zaten. Yalnız Seçil, usulca yanıma sokuluyor.

"Bu gecenin önemi farklı" diyor. "Anıl'ın doğum gününü kutlayacağız."

Ne yap yap, gel artık, der gibi. Keşke yapabilsem...

Cuma sabahı erkenden kalkıp Akmerkez'e gidiyorum. Açık mavi, kot kumaşından gömlekle ünlü bir markanın adı dillerde dolaşan erkek kokusu... Elimdeki şık paketle Anıl'ın karşısına dikiliveriyorum.

Heykel gibi kıpırtısız duruşuna ve tepkisizliğine aldırmadan kucaklıyorum onu.

"İyi ki doğdun Anıl! İyi ki varsın... Seni çok seviyorum."

Gözlerini yüzüme dikiyor. Artık ayrılmaz parçası haline gelen donuk bakışlarla, ilk gördüğü birini tanımak ister gibi, uzunca bir süre bakıyor bana.

"Hepsi bu mu?"

Elimde paket, öylece kalıyorum. Almayacak, geri çevirecek diye ödüm kopuyor.

Neyse, korktuğum gibi olmuyor; gönülsüz bir tavırla uzanıp paketi alıyor Anıl.

"Hiç gerek yoktu" diyor. "Armağanlar, veren kişinin varlığıyla anlam kazanır. Gene de teşekkür ederim."

Yanıtımı beklemeden, arkasını dönüp gidiyor.

Böyle bir davranışı fazlasıyla hak ettim, kızamam ona. İçimde duyduğum ezinçle baş başa, arkasından bakakalıyorum...

12

Üçüncü büyük buluşmamızın ertesinde, yaptığımız ikili anlaşmayı tek taraflı olarak bozuyor Eros. Tam da ilişkimizi rayına oturttuğumu, onu seramik hamuru gibi yoğurup istediğim şekle sokabileceğimi, bunca deneyimden sonra bana asla zarar veremeyeceğini düşünürken...

Bulutların üzerinde geçirdiğim iki günün ardından, kanat çırptığım mavi göklerden yere çakılıveriyorum. Hem de dersin orta yerinde!

Önce üşüme geliyor, yanı sıra tüm bedenimi saran ince bir titreme. Kalemi kavrayan parmaklarımı sabit tutmakta zorlanıyorum. Ve dozunu gitgide artıran, o dayanılmaz istek...

Tek açıklaması var bu durumun: Yalnızca hafta sonu beraberliğinin Eros'a yetmediği!

Küçük bir yoklama yapıyor kendince. Tutarsa, esir alacak beni; elimi kolumu bağlayıp, her aklına estiğinde bütünleşiverecek bedenimle. Benim ne zor bir lokma olduğumu bilmiyor henüz...

Doğru, şu anda bedenimdeki hücrelerin tümüyle, tüm varlığımla delice arzuluyorum onu. Ama bu, ona gereğinden fazla yüz vereceğim anlamına gelmiyor. Çizdiğim sınırlar içinde kalmasını bilmeli!

Dersin bitmesini bekleyemiyorum. İzin isteyip dışarı atıyorum kendimi... Açık hava iyi geliyor. Derin soluklarla temiz havanın tüm oksijenini içime çekiyorum. Kırık dökük beden sesime kulaklarımı tıkayıp, toparlayabildiğim gücün sınırlarını zorlayarak, koşar adımlarla kampusun çevresinde tur atıyorum. Kan ter içindeyim. Ama, yarım saat öncesine göre iyi sayılırım.

İşte bu kadar Eros Efendi! Asla hükmedemeyeceksin bana... Bu hafta son kez buluşacağız seninle. Bir daha da asla birleşmeyecek yollarımız.

Yaz okulunun son iki haftasına girmek üzereyiz. Kanımdan atmam gerekiyor seni. Kızını bu haliyle görmemeli babam!

Yeterince hırpaladın beni... Gözlerimin altındaki mor halkaları, bedenimde bıraktığın çirkin izleri ne derece silebilirim, bilmiyorum. Ama, zayıflamaktan kaşık kadar kalmış suratımı tümüyle eski haline kavuşturamasam da, biraz olsun diriltebileceğimi umuyorum.

Şunu iyi bil ki, ailemin karşısına tertemiz bir Eylül olarak çıkacağım Eros! Kararlıyım buna.

Cumartesi gecesi son kez görüşmek üzere...

***

Ah Eylül, ah! Akıllı uslu, kararını vermişsin. Ne var bu işi bu kadar uzatacak?

Ama yok, kendime tanıdığım süreyi son anına dek kullanmazsam, içim rahat etmez. Veda töreninin tadını çıkarmadan olur mu hiç?

Eros'la nikâh bozma gecemize, bir düğüne ya da kutlama

törenine gidercesine coşkulu, özenle hazırlanıyorum. Eroinle oyun oynanmayacağını kavrayamamış bir çömez gibi; yaşadığım acemice birkaç deneyime sırtımı yaslayarak, ödeyeceğim bedelin boyutlarını kestiremeden...

Her zamankinden de hevesli, son kez doyurulacağı yanılgısına düştüğüm arsız bir iştahla içime çekiyorum onu. Bedenime gömerek, ortak yaşamımıza son vereceğimi düşündüğüm eroinin, benden nasıl bir intikam almaya hazırlandığını bilmiyorum henüz...

Partide başlayan olağanüstü uçuşun evde de sürüyor olması hoşuma gidiyor. Göklerde gerçekleştirdiğim son yolculuk bu; dilediğince sürebilir...

Aynadan yüzüme yansıyan çökmüş görüntümle; küçülmüş, topluiğne başı kadar kalmış gözlerimle dalga geçiyorum.

"Bitti artık Eylül" diye yineliyorum. "Bir daha böyle berbat bir yansımayla asla karşılaşmayacaksın."

Pazar günü yatağa çakılı kalmam, doğal görünüyor gözüme. Pazartesi sabahı ise, uyurgezer salınımıyla başlıyorum güne. Okula gidecek halim yok. Önemsemiyorum; nasılsa, aradaki açığı kapatacak yığınla gün var önümde...

Akşamüstüne doğru, daha iyi hissediyorum kendimi. Başardım, diyorum; geride kaldı tüm pislikler...

Ama eroin, hiç ummadığım bir anda karşıma dikiliveriyor. Ondan ayrılmaya kalkışımı cezalandırmak ister gibi, en acımasız yüzüyle üstüme saldırıyor...

Ağzımda oluşan salya yoğunluğunun ortasında boğulacağım sanki. Yut yut bitmiyor. Sonra birden, kupkuru oluveriyor ağzım; dilim, damağım birbirine yapışıyor.

Çırılçıplak, buzların üzerine yatırılmışım gibi zangır zangır titriyorum; dişlerim birbirine çarpıyor. Ardından, ter boşalıyor üstümden... Doğal gün ışığına bile bakamıyorum, çılgın renklere ayrışmış haliyle gözlerimi acıtıyor.

Daha fazla dayanamıyorum. Güçlükle doğrulup kalkıyorum yerimden. İki adımlık mesafeyi, bana yıllar kadar uzun gelen bir sürede ancak kat ederek telefona ulaşıyorum.

"Çok kötüyüm Dünya" diyorum. "Gelsen iyi olur..."

Yarım saat sonra karşımda Dünya. Şöyle bir bakıyor yüzüme...

"Krizdesin sen!" diye haykırıyor. "Gözbebeklerin kocaman olmuş..."

"Ne yapabiliriz bu durumda?"

Kafasını toplamak ister gibi, uzunca bir süre sessizce düşünüyor. Sonunda, salonun duvarlarında gezdirdiği kararsız bakışlarını yüzümde topluyor.

"İki yolu var" diyor. "Ya yeniden eroin alıp krizi durduracaksın ya da canını dişine takıp ona direneceksin."

"Asla eroin istemiyorum!" diye bağırıyorum. "Ama, direnecek gücüm de kalmadı..."

"Eroin istemediğinden kesinlikle eminsen yani..."

"Eminim!"

"İkinci yolu deneyeceğiz o halde. Korkma, yardım ederim sana..."

Anne sıcaklığına özdeş bir şefkatle, yanı sıra bu tür krizleri bire bir yaşamışlığından kaynaklanan anlayışla usul usul okşuyor saçlarımı. Verdiğim karar için beni kutluyor sanki.

"Biraz uyutacağız seni" diyor.

Çantasındaki torbadan birkaç ilaç kutusu çıkarıyor. Gerçek bir doktor edasıyla, üstlerindeki yazıları inceliyor. Sonunda kararını verip avucuna döktüğü tabletlerden iki tanesini bana uzatıyor.

"Piyasadaki sakinleştiricilerin en güçlüleri bunlar" diyor. "Krizi aşmana yardım edecekler. Damardan vursak daha iyi olurdu ya, neyse..."

Dünya'nın gözetiminde, küçük çapta bir eroin tedavisi uygulamaktayız. Güveniyorum ona... Başka çarem de yok zaten.

"Serum takılması gerekirdi aslında" diyor. "Kanının temizlenmesi için... Ama bu kadarının da yeterli olacağını sanıyorum. Hafif bir kriz seninki."

Hapların etkisiyle gevşeyen bedenim, derin uykunun kollarında şifa arıyor. İlk yirmi dört saati, kısa aralıklar dışında, devamlı uyuyarak geçiriyorum.

Başımdan hiç ayrılmıyor Dünya. Gözlerimi her açtığımda onu yanımda görmek güç veriyor bana. Terden sırılsıklam uyanışlarımda üstümü başımı, çarşaflarımı değiştiriyor. Çiğneme becerisini yitirdiğimden, meyve suyu ve sütle besliyor beni; bol bol su içiriyor.

"Geçecek" diyor. "Sık dişini, az kaldı..."

Önceleri üç saatte bir verdiği hapları yavaş yavaş seyreltiyor. Ağır kriz tablosu da gitgide düzeliyor.

İkinci günün akşamında; yoğun bakım ünitesinde, komadan yeni çıkmış hasta gibi hissediyorum kendimi. Yaşam tehlikesini atlatmış, ama ölesiye yorgun.

"Yırttık galiba" diyorum Dünya'ya.

"Daha var... Artık uyutmayacağım seni. Ama dinlenmen gerek. Bu arada... Sen uyurken birkaç kez aradı Selen. Hasta, ateşi var, diye atlatmaya çalıştımsa da bundan fazla oyalayamadım. Birazdan gelecek..."

Dünya'nın yardımıyla toparlanıp kalkıyorum. Temiz bir gecelik geçiriyorum üstüme; elimi yüzümü yıkayıp saçlarımı tarıyorum. Hasta ziyaretine gelecek arkadaşımı en masum yüzümle karşılamaya hazırlanıyorum.

"Neden önce bana haber vermedin?" diye sitemle içeri giriyor Selen.

Kendisinin değil de Dünya'nın yardımını kabul etmemden duyduğu rahatsızlığı açık açık dile getirmekten kaçınmıyor. Aldırmıyor bile Dünya. Onun derdi, akla yakın ve mantıklı gerekçelerle, durumumu sıradan bir hastalık tablosuna dönüştürmek. Neler anlatmıyor ki Selen'e...

"Kendisi davet etti hastalığı" diyor. "Geçen haftaki gribi tam atlatamadan ikinci kez ayazda kalınca şifayı buldu. Zor düşürdük ateşini..."

"Bir 'alo' deseydiniz ya bana! Hemen atlar gelirdim."

"Ne farkımız var Selen? Boştayım ben. Ne yaz okulu, ne dersler... Hasta arkadaşıma iki gün bakmışım, çok mu?"

Biraz yatışıyor Selen. Bu sefer de bana çeviriyor oklarını.

"Olacağı buydu" diyor. "Baksana şu haline; bir deri, bir kemik kalmışsın kızım... Bağışıklık sistemin zayıflamış senin. Basit bir griple bile yataklara seriliyorsun. Hiç aynaya bakmıyor musun? Afrika açları bile senden daha gürbüz..."

Dünya'nın demlediği çaydan bir bardak içip kalkıyor.

"Ben gene gelirim" diyor. "Sen de bir an önce toparlanmaya bak. Yoksa bu halinle sınavlara bile giremezsin."

Ertesi sabah daha iyi uyanıyorum. Dünya'yla beraber, hafif bir kahvaltı bile yapabiliyorum. Bir de şu yorgunluğu atabilsem üstümden...

"Çok boşladım okulu" diye sızlanıyorum. "Keşke derse gidecek gücüm olsaydı..."

"Aklına bile getirme" diyor Dünya. "Henüz çok erken. Ağır bir ameliyattan kalkmış bebek gibisin sen şimdi."

"Bu hızla iyileşirsem, yarın okula giderim ama" diye pazarlık yapıyorum Dünya'yla.

"Yarın olsun, düşünürüz."

Şu anımı ona borçluyum. Yüreğimden taşan duygu selini iletecek sözcük bulamıyorum.

"Ah Dünya, sana ne kadar teşekkür etsem azdır. Sen olmasan, ne yapardım ben?"

"Ben olmasam, bu işlere bulaşmazdın bile. Hep bunu düşündüm başında beklerken. İtiraf etmeliyim ki, çok korktum. Başaramazsam, diye içim içimi yedi. Büyük bir sorumluluktu üstlendiğim. Neyse, bitti... Dua et ki, işin başındaydın; yoksa güçlü bir eroin krizini bu kadar kolay atlatamazdın. Bu da sana ders olmuştur umarım."

Böyle bir tabloyu yaşayacağımı aylar öncesinde söyleselerdi, gülüp geçerdim.

Uçurumun eşiğinden dönen, şu anda da aynı uçurumun ne kadar uzağında olduğunu kestiremediğim Dünya; beni eroinin güçlü kollarından çekip alıyor, yoksunluk krizinden kurtarıyor; ardından da, "Bu sana ders olsun!" diyebiliyor... Dünya'yı bu âlemden uzaklaştırma savaşı veren ben ise, eroin batağının dibine vurup, ancak onun sayesinde düze çıkabiliyorum.

Sahi, şu anda, bu amansız illetin neresinde Dünya?

Dikkatle bakıyorum yüzüne... Göz altlarındaki derin halkalar; dirhem et barındırmayan, en ufacık bir esintide uçuverecek bir yaprak gibi duran güçsüz bedeni, merakımı giderecek hiçbir şey söylemiyor bana. Her zamanki hali, deyip geçmek kolaycılık olur.

"Ya sen Dünya?" diye yumuşacık bir sesle soruyorum. "Sabah yeminlerini, kendine verdiğin sözleri yineliyor musun hâlâ?"

Bakışlarını kaçırıyor benden.

"Partiye gideceğim gecenin sabahında böyle bir sözü vermenin anlamlı olduğunu düşünmüyorsun herhalde. Hem, o partilerde beraberce eroin çekmedik mi seninle?"

"Ya diğer günler?"

"Merak etme sen beni! Kendimi idare etmeyi öğrendim artık. Hiçbir zaman eskisi gibi olmayacak, bunun sözünü verebilirim sana..."

Tanıyorum onu, bir şeylerden incinmiş gene. Yarası olmasa, sığınacak yer aramaz benim arkadaşım.

"Yolunda gitmeyen ne var Dünya?"

"Ne olacak" diye içini çekiyor. "Ailesi Emre'yi İngiltere'ye gönderme hazırlığında. Şirketin oradaki işlerini takip etmesi için kısa süreliğine, deseler de; bundan pek emin değilim. Orada bir okul ayarlamaya çalışıyorlar Emre için. Fazla açıklama yapmıyor bana ama, duyduğum bölük pörçük verileri bir araya getirdiğimde ulaştığım sonuç bu. Ayıracaklar bizi... O giderse, ben ne yaparım Eylül?"

"Dur bakalım, henüz üzülmeni gerektirecek bir durum yok ortada. Kendi kendine kuruntu yapıyorsun belki de..."

Konuşmak istediğim ana konudan uzaklaşıyoruz. Amacım, Dünya'nın eroin serüveninde geldiği son noktayı öğrenmek. Ama o kalkmış, Emre'yle süregelen yıllanmış sorunlarını sıralıyor bana...

Beynimde yanan ışıkla, önümdeki karanlık kutu aydınlanıveriyor. Ah benim aptal kafam! Nasıl da düşünemedim... İstediğim yanıt, Dünya'nın anlattıklarında gizli değil mi zaten?

Belli ki, bunalımın göbeğinde. Sorunlarına çıkış yolu bulamıyor. Bu umarsız gidişin sonu neye varır? Eroine! Dünya'nın kendini zayıf hissettiği zamanlarda sığındığı tek çözüm bu değil mi?

Vardığım nokta rahatsız ediyor beni. Açık açık, yüzüne karşı soramıyorum bile. Şu birkaç gün içinde yaşadıklarımızdan sonra, böyle bir hakkım olmadığını düşünüyorum. Tek dayanağım, yakalamaya çalıştığım ipuçları.

Bana geldiği ilk günü getiriyorum gözümün önüne...

"Ya yeniden eroin alıp krizi durduracaksın ya da direneceksin" demişti.

Seçimimi eroinden yana kullansaydım, ne yapacaktı? Nereden eroin bulacaktı bana? Yanında taşıdığından küçük bir parçayı benim için gözden çıkarmayı mı düşünüyordu? İçgüdülerim, bu olasılığın ağır bastığını fısıldıyor bana.

Beni uyuttuğu zamanlar ne yapıyordu Dünya? Yan odaya geçip eroin kullanmadığından emin değilim maalesef...

Büyüksün eroin! Karşında saygıyla eğiliyorum... Hepimizi, birbirinden farksız kurşun askerler gibi önüne katmış, istediğin yere sürükleyip acımasızca oraya buraya savuruyorsun.

Birer kurmalı oyuncaktan başka neyiz senin için? Kumanda elinde. Cansız, ruhsuz kuklalarmışız gibi, dilediğince oynuyorsun bizimle...

En yakın arkadaşının eroinin pençesinde yitmeye yüz tutmuş haline tanık olan ben; önümde böyle çarpıcı bir örnek varken, sonumun nereye varacağını bile bile, aynı yolda yürüyebiliyorum. Arkadaşımsa, bir odada beni krizden kurtarmaya çabalarken, diğer odada eroin çekebiliyor.

Ne yaman bir çelişki bu!

Dedim ya, büyüksün eroin! Önünde durabilene aşkolsun...

Dördüncü günün sabahı, müjdelerle geliyor.

Aynadan, eski günleri çağrıştıran dipdiri bir Eylül bakıyor bana. O kâbus dolu saatleri hiç yaşamamış gibiyim. Halsizlik dışında şikâyetim yok.

"Okula gideceğim" diyorum Dünya'ya.

Karşı çıkacak oluyor ama, dinlemiyorum onu. Yeterince zaman kaybettim zaten.

Annem gibi kokan şefkatli gülüşüyle tavrını koyuyor.

"Kahvaltı yapmadan, hiçbir yere adımını atamazsın!"

Bu konuda hak veriyorum ona. Eski gücümü kazanmam gerek.

Beraberce hazırladığımız kahvaltı masasına oturuyoruz. Kendisi fazla bir şey yemiyor ama, beni beslemek için elinden geleni yapıyor. Tereyağını ezip balla karıştırarak kızarmış ekmeğin üzerine sürüyor.

"Bunu yemeden gitmek yok!"

Zorlana zorlana yuttuğum her lokma, biraz daha canlandırıyor sanki beni. Tedavi sonrası nekahet döneminde de aynı derecede başarılı olduğunu düşünüyorum Dünya'nın. Ancak, yüzünde dolanan kararsız gölgeye anlam veremiyorum. Benimle paylaşmak istediği konuyu açıklamaktan çekiniyor gibi bir hali var.

"Bir şey isteyeceğim senden ama..." diyor.

Susuyor. Nasıl söyleyeceğini bilememenin sıkıntısıyla boğuşuyor bir süre.

"Çözül" diyorum neşeyle. "Dile benden ne dilersen. Tüm kapılarım ardına kadar açık senin için..."

Neşemi paylaşmıyor. Ağzından çıkacak sözcükleri sıraya dizmekte zorlanıyor sanki.

"Sen İzmir'deyken... Emre İngiltere'ye giderse eğer... Ya da benzer bir durumla karşılaşırsam..."

"Ee?"

"Burada kalabilir miyim, diye soracaktım."

Canım benim! Sokak ortasında, yersiz yurtsuz kalabileceğinin hesabını yapıyor.

"Bunun için miydi bunca ezilip büzülmen?" diye şaka yollu çıkışıyorum. "Sorulur mu hiç!"

Fırlayıveriyorum yerimden. Ece'nin bıraktığı yedek anahtarı getirip masanın üzerine koyuyorum.

"Bu senin! Daha önce düşünmeliydim aslında. Kusura bakma..."

"Şimdi vermen gerekmezdi. Sen giderken de alabilirdim."

"Olmaz öyle şey! Yanında dursun. Gerek duyduğunda gelip dilediğince kalabilirsin. Burası senin de evin sayılır."

Güller açıyor yüzünde, seviniyor. Dara düştüğünde başını sokacak bir çatı altı buldu ya, dünyalar onun oluyor.

Umarım, buraya sığınmanı gerektirecek hiçbir olumsuzluk yaşamazsın Dünya. Umarım...

***

Geride kalan sayılı günlerin hakkını vermem gerek...

Öncelikle eksik ders notlarını topluyorum. Binnur'unkiler kadar iyi olmasa da, idare ediyorlar.

Çalışma tempomun hızına şaşıyor çevremdekiler. Ders

aralarında oturup laklak yapacağıma, bir köşeye çekilip tuttuğum notları okuyorum. Bir dakikayı bile boş geçirecek lükse sahip değilim çünkü.

Zayıflığımsa, herkesin dilinde. Göz altlarımdaki mor halkaları, sürdüğüm kat kat pudrayla gizlesem de, bedenimin çöküklüğünü en dikkatsiz gözlerden bile saklayamıyorum ki.

"Grip mi geçirdin, AIDS mi; belli değil" diyor Kerem. "Bizim güzeller güzeli Eylülümüz gitmiş, yerine et fukarası bir kemik yığını gelmiş..."

Şaka gibi görünse de, her söylenenin altında gerçek yatıyor. Annemle babam bu halimi görünce deli olacaklar... Derslerin yanı sıra, bu durumuma da acilen çözüm bulmam gerekiyor. Çok az zamanım var; bu dar zaman içinde, döktüğüm kiloların ne kadarını geri getirebilirim, bilmiyorum. Eski iştahım da yok hâlâ.

Olmasın! Acıkmasam da, yemeğe şartlandırıyorum kendimi. Midem bulanıncaya kadar, elime ne geçerse yiyorum, yiyorum...

Anıl'la aramız çok kötü. Geçmiş olsun, bile demedi bana. Olsa da olur, olmasa da türünden değersiz bir nesneymişim gibi davranıyor. Doğum gününe gitmeyerek, kendi ipimi kendim çektim galiba...

Yalnız, dikkatimi çeken, hiçbir kızgınlık belirtisi göstermemesi. Kayıtsız duruşuyla cezalandırıyor beni. Yok sayıyor, görmezden geliyor varlığımı.

Çevresinden eksik olmayan Esra'ya ne derece yüz verdiğini kestiremiyorum. Zaman zaman baş başa görüyorum onları. Benim bildiğim Anıl, sırf bana nispet yapmak için böyle davranmaz. Demek ki, o da boş değil Esra'ya karşı. Aralarında beraberlik olsa bile üzülmem zaten. Benim yitirdiğim, Anıl'ın duygusal yakınlığı değil ki; dostluğu, arkadaşlığı...

Nedenine inemediğim bu soğukluktan, elimden geldiğince etkilenmemeye çalışıyorum. Çözüme ulaştırmak zorunda olduğum öyle çok sorunum var ki...

Hafta sonu, partiye gitmek bir yana, yemeğe çıkan okul grubumuza bile katılmıyorum. Sabahlara kadar süren çalışma tempomu tatil günlerinde de sürdürmeye kararlıyım. Masanın başında, yanımda çikolatalarım, gofretlerim; kilo yapacak ve ağız tadıma dost bin bir çeşit yiyecekle geçiriyorum tüm zamanımı.

Tarık'ın buluşma önerisini de çalışma gerekçesiyle geri çeviriyorum. Söz konusu sınavlar olunca, hak veriyor bana; ama, sınavlardan sonraki cumartesi gecesi için söz almadan kapatmıyor telefonunu.

Beni bu denli ateşleyen eroin krizine minnet duyacağım neredeyse... Yıl sonu sınavlarına bile böyle çalışmadım ben. Ders notlarında ve kitaplarda okunmadık, altı çizilmedik satır kalmadı; yalayıp yuttum hepsini.

Neyse ki, verdiğim bunca emek boşa çıkmıyor... Harika geçiyor sınavlarım! Yaz okulunda seçtiğim iki dersten de geçer not alacağımdan eminim...

***

İki haftalık aradan sonra, Tarık'la buluşuyoruz. Hem "merhaba" demek, hem de vedalaşmak için.

Eroinden kopuşuma seviniyor. Bundan sonrası için de yüreklendiriyor beni.

"Hafta sonlarımızı daha farklı değerlendiririz seninle" diyor. Önümüzde beraber olabileceğimiz yığınla hafta sonu varmış gibi...

Benden ayrı kalacağı günlerin zorluğundan, çekeceği özleme dayanamamaktan yakınıp duruyor. Anlamsız buluyorum bu konuşmaları. Birkaç ay sonra, tümüyle çekip gitmeyecek mi buralardan?

Beraberliğimizin sona yaklaştığını vurgulamak ister gibi, "İsviçre'ye dönmene az kaldı zaten" diyorum.

"Buradaki evi kapatmayacağım" diye gülüyor. "Bir ayağım İstanbul'da olacak. Hem, kalış süremin uzaması da söz konusu... Gelecek hafta Zürich'e gidiyorum. Buradaki çalışma raporlarımı toparlayıp şirket yöneticilerine brifing vermem gerekiyor. Bir ay kadar kalacağım. Bu süre, dönüş tarihime eklenecek. Kısacası, benden kolay kurtulamayacaksın..."

Geleceğe yönelik, bağlayıcı sözler vermek istemiyorum. En iyisi, her şeyi zamana bırakmak...

Başlamak üzere olan, yaz okulu yüzünden geciktirdiğim tatil günleri dışında hiçbir konu ilgilendirmiyor beni şu anda.

Beni özleyenler, benim özlediklerim... İzmir... Çeşme... Onlara kavuşmanın sabırsızlığı içindeyim.

13

İzmir'den doğruca Çeşme'ye, yazlık evimize geçiyoruz.

Annemle babam yol boyunca başımın etini yiyorlar. "Ne bu halin?" diye. Kısa sürede nasıl böyle eriyiverdiğimi sorgulayıp duruyorlar.

İyi ki, son iki hafta içinde birkaç kiloyu toparlayabilmişim. Yoksa, Çeşme yerine hastaneye götürürdü beni bunlar...

Soracakları tüm sorulara hazırlıklıyım. Sabahlara kadar, dur durak bilmeden çalıştım; evet, yeme içmeme dikkat edemedim. Teslim oluyorum; gönlünüzce semizletebilirsiniz beni...

Özgüvenim yerinde. Zayıflık dışında, dış görünüşüme yansıyan hiçbir açığım yok çünkü. Çukurlarına kaçmış gözlerimin gerçek yerlerini bulmasıyla canlılık kazanan bakışlarım, beni ele vermekten çok uzaklar. Neşem yerinde. İki hafta öncesinde, yataktan kazıyarak doğrulttuğum bedenim, sağlıklı olduğunu haykırırcasına güç dolu.

Böylesine canlı, böylesine cıvıl cıvıl bir genç kız için, olmayacak yakıştırmalar yapmak kimin haddine?

Nicedir düşlerini kurduğum Çeşme günlerim harika geçiyor.

Annemle babam her sabah İzmir'e gidip, akşam yazlığa dönüyorlar. Bir anlamda, işlerinden kopmadan tatil yapmaya çalışıyorlar.

Bense, deniz ve güneşle sarmaş dolaş, tembellik etmenin keyfini çıkarıyorum. Nurten Abla'nın bana beğendirmek için paralandığı çeşit çeşit yemekler... Hamağa uzanıp okuduğum, okurken uyuyakaldığım kitaplar... Yazlıkçı arkadaşlarımla paylaştığım plaj sefaları, kimi geceler gittiğimiz diskotekler, barlar...

Bedenim gibi beynim de tüm zehirlerinden arınmış, tertemiz... En ufacık bir pürüz yok yaşantımda.

Ne var ki, içinde eridiğim bu dinginlik, umulmadık bir gelişmeyle bölünüveriyor...

Tatilin bitimine yaklaştığımız, Çeşme'nin daha da güzelleştiği son yaz günleri... Akşam yemeğinin ardından kahvelerimizi içerken, telefon çalıyor.

"Seni arıyorlar Eylül" diye sesleniyor Nurten Abla.

Çeşme grubundaki arkadaşlardan biridir, diye düşünürken; hiç beklemediğim bir ses doluyor kulağıma... Anıl'ın sesi!

"Merhaba Eylül" diyor. "Nasılsın?"

"Anıl!" diye sevinçle haykırıyorum. "Ne güzel bir sürpriz bu. Beni aramanı neye borçluyum?"

"Çeşme'deyiz biz. Tatile geldik."

"Biz mi? Kimlerle geldin?"

"Seçil, Kerem..." Biraz duraklıyor. "Ve Esra."

Anlaşıldı, ayrılmaz dörtlü Çeşme tatilinde...

"Ne zaman geldiniz?"

"İki gün oldu. Çeşme'nin içinde, Çeşme Kalesi'ni gören güzel bir pansiyonda kalıyoruz."

"Aşkolsun size! Neden gelir gelmez haber vermediniz ki? Hem... Bizde de kalabilirdiniz."

"Sağ ol, biz böyle iyiyiz. Senin tatilin nasıl geçiyor?"

"Boş ver benim tatilimi" diye kestirip atıyorum. "Kaldığınız pansiyonun adını söyle bana. Yarın sabah kapınızdayım..."

Telefonu kapattığımda, annemlerin meraklı bakışlarıyla karşılaşıyorum. Anıl'ı İstanbul'daki kahvaltıdan tanıyorlar ya... Kafalarından neler geçiyor kim bilir!

"Yarın sabah babanla giderim ben" diyor annem. "Benim arabayı da sana bırakırım."

"Böyle olmaz" diyor babam da. "Buralara kadar gelmiş arkadaşların; en iyi şekilde ağırlamalısın onları. Eve de çağır. Hafta sonu mangal partisi yapalım..."

"Ne kadar kalacaklar, bilmiyorum ki."

Sabah erkenden, arabaya atladığım gibi pansiyonun yolunu tutuyorum.

Kahvaltı bile yapmamışlar daha, beni bekliyorlar. Hepsiyle tek tek kucaklaşırken, Anıl'ı sona bırakıyorum. Boynuma dolanan kollarının uzunca bir süre çözülmeyişi sevindiriyor beni. Belli ki özlemiş... Eski günlerdeki Anılıma yeniden kavuşmanın mutluluğunu yaşıyorum.

Kahvaltı masasında, Esra'nın artık kanıksadığım soğuk bakışlarından payımı alsam da, diğerlerinin sıcaklığı yetiyor bana.

"Fıstık gibi olmuşsun kız!" diyor Kerem. "İzmir'in kızlarını güzel kılan, İzmir'in havasıyla suyu galiba..."

"Çok güzel yanmışsın" diyor Seçil de. "Kadife gibi tenin.

Esra konuşulanları duymamış gibi davranıyor; onun, bu tür iltifatlara katılmasını da beklemiyorum zaten. Anıl ise, hiçbir yorum yapmasa da, beğeni dolu bakışlarıyla içinden geçenleri anlatıyor.

Günün planını yapmamışlar henüz.

"Aya Yorgi'ye gidelim" diyorum. "Çeşme'nin en güzel plajına götüreceğim sizi."

Kerem'in cipiyle gelmişler buraya. Arabamı pansiyonun önüne bırakıp, onlara katılıyorum ben de.

Anayoldan ayrılan dar yola sapıp virajlar arasında ilerlerken, nasıl bir güzellikle karşılaşacaklarının farkında bile değiller.

"Bu daracık patikanın denize çıktığından emin misin Eylül?" diye dalga geçiyor Kerem. "Uçsuz bucaksız bir çölün kumlarına saplanmayalım sakın..."

"Bekle ve gör" demekle yetiniyorum.

Aya Yorgi Koyu'na indiğimizde, hayranlıkla açılıyor gözleri. Saten yumuşaklığında, pırıl pırıl, tertemiz bir deniz ve şeffaf tanecikli kumlar...

Arkadaşlarımla sık sık gittiğimiz plaj kulübüne götürüyorum onları. Denizin, güneşin, kumun sunduğu keyfi paylaşarak harika bir gün geçiriyoruz burada.

Akşamüzeri, kumların üstüne atılmış yumuşak, tombul minderlerin üzerinde cin toniklerimizi yudumlarken, tavla oynuyoruz Anıl'la. Yeniyorum onu...

Bir ara Esra'ya takılıyor gözüm. İçki bardağını, çaprazımızda oturan delikanlıya doğru kaldırıp hafifçe gülümsüyor. Karşı taraftan da beklenen yanıtı alıyor haliyle.

Deli mi bu kız? Ne yapmak istiyor?

Çok sürmüyor merakım. Esra, üzerine geçirdiği masumiyet giysisiyle Anıl'a sokuluyor.

"Şu karşıdaki çocuk, bir saattir gözünü ayırmıyor benden" diye sızlanıyor. "Şimdi de kadehini bana doğru kaldırdı."

Fırlayıp kalkıyor Anıl. Kolundan tutup durdurmasam, çocuğun üzerine gidecek...

Öfke dolu bakışlarım Esra'nın yüzünde, ama kızgınlığımı sesime yansıtmamaya çalışarak, "Burada böyle şeyler olmaz Esra!" diyorum. "Belki yanlış bir anlama... Kimse kimseye yan bakmaz bu tür ortamlarda. Bugüne kadar ne gördüm, ne duydum, ne de yaşadım. Ama senin bardağın, istemeden o tarafa kaydıysa eğer; yanlış değerlendirmiş olabilirler."

Üstü kapalı konuşmam yerini buluyor. Hedefim yalnızca Esra aslında, ama diğerleri de durumu anlıyorlar galiba.

Korkulur bu kızdan! Anıl'ın ilgisinden uzak kalınca, hiç gözünü kırpmadan, boyunu aşan işlere kalkışabiliyor. Olaya tanık olmasam, birbirine vuruşturacak milleti...

Cep telefonumun çalmasıyla uzaklaşıveriyorum konudan. Arayan annem.

"Arkadaşlarını akşam yemeğine getir" diyor. "Nurten'e söyledim, hazırlık yapıyor..."

Annem ve babam, eğer isterlerse, Dünya'ya gösterdikleri zorlamalı ilginin çok daha fazlasını başkalarına cömertçe sunabileceklerini kanıtlıyorlar bu gece. Arkadaşlarıma yönelttikleri sorular, sorgulama sınırlarına dayansa da, rahatsız edici değil. Daha iyi tanımak amacına hizmet ettikleri belli.

Seçil'le Kerem'in beraberliklerine hoşgörüyle bakıyorlar. Ailelerinin bu durumdan haberli olduğunu, gelecek yaz tatilinde nişanlanmayı düşündüklerini öğrenince de yüzleri aydınlanıyor.

Anıl'a yaklaşımları daha farklı. İkisinin de ondan hoşlandıklarını görebiliyorum. Annemin, bir adım öteye geçerek, bizi birbirimize yakıştırdığını da... Ama Esra'nın varlığı kafalarını karıştırıyor. Annemi birkaç kez, Esra'ya; ne işi var bu kızın burada, der gibi bakarken yakalıyorum.

Anıl'ı onlarla kaynaştırmak için özel olarak çağırmışım gibi, ardı ardına sorular soruyor babam. Ailesi, nerede yaşadığı; hatta okul başarısı bile sohbetimize konu olabiliyor.

"Aydınlıyız biz" diyor Anıl. "Ailem orada. Ama dayımlar İzmir'de yaşıyor. Geçen yıl, her hafta sonu dershane için onların yanına geliyordum. Eylül'le de orada tanıştık zaten."

Yaptığı sorgulamayı yeterli bulmuş olacak ki, bana dönüyor babam.

"Yarın için plan yaptınız mı Eylül?"

"Alaçatı'ya gidelim, dedim ama, dün oradalarmış."

"Dalyan'a götürsene arkadaşlarını. Bizim balıkçıya..."

"İyi fikir; ne dersiniz arkadaşlar?"

Onların yanıtından önce, ince bir uyarı geliyor babamdan. Ancak, adres yanlış!

"Kızıma susuz rakı içirmeyeceksiniz ama..."

İlk susuz rakımı arkadaşlarımla, kutlama yemeğinde içtiğimi söylemiştim ya... Başka türlüsü aklına gelmiyor babamın.

Yüzüme yürüyen sıcaklığı fark edemiyorlar, yarınki program üzerine yoğunlaşmış hepsi. Babamın sözleri de o hareketlilik içinde kaynayıp gidiyor. Bir tek Anıl, ne anlama geldiğini pek kavrayamadığı sırrımı, gözlerindeki belli belirsiz alevlenmeyle paylaşıyor benimle...

***

Öğle yemeği için gideceğiz Dalyan'a. İki saattir, bizimkilerin gelmesini bekliyorum... Nerede kaldı bunlar?

Geç uyanırlar, rahatsız etmeyeyim, diye aramadım; ama meraklanmaya başladım artık... Telefona doğru yürürken Nurten Abla sesleniyor.

"Geldi seninkiler..."

Ancak, bahçe kapısının önünde duran cipin içinden inen, yalnızca Anıl! Diğerleri yok...

Şaşkınlığımdan, "Hoş geldin" bile demeden, "Nerede bizim

takım?" diye soruveriyorum.

"Takım falan yok" diyor Anıl. "Benimle idare edeceksin bugün."

"Ne oldu ki? Neden gelmediler?"

"Tekne gezisine çıktılar. Pansiyon sahibi, Çeşme'ye gelip de bu keyfi yaşamadan gitmek olmaz, deyince dayanamadılar. Özür diliyorlar senden..."

Sen neden gitmedin onlarla, diyemiyorum; ayıp olur. Ama, o açıklıyor.

"Kara çocuğuyum ben! Tekneyle falan işim olmaz. Mis gibi balık ziyafeti dururken..."

Sözleri pek inandırıcı gelmiyor bana. Benimle baş başa kalmak için bu yolu seçtiğini düşünüyorum. Her zamanki Anıl işte! Fırsatı yakalamışken atağa geçecek, ailemin desteğini de arkasına alarak, geleceğe yönelik önerilerle beni köşeye sıkıştıracak...

Şaşkın ve suskun halime gülüyor.

"Ne o?" diyor. "Benimle baş başa kalmaktan pek hoşlanmadın galiba..."

"Yok canım... Biraz şaşırdım, hepsi o."

"Akşamki teklifinden caymadınsa... Gidelim mi artık?"

Neşesi üstünde Anıl'ın. Kat ettiğimiz her kilometreyi esprilerle süslüyor. Bir türlü üstümden sıyıramadığım durgunluğumu önemsemiyor bile. İkimizin yerine, iki kişilik kahkahalar atıyor.

Çok sürmüyor bu cıvıltılı hali. Balık restoranına adımımızı atmamızla, tüm neşesini kapının önünde bırakıveriyor. Kafası bir yerlere takılı, düşünceli, ciddi yüzlü bir Anıl oturuyor karşımda.

"Biliyor musun" diyor. "Tekne gezisine bayılırım ben. Seninle konuşmak istediğim bir şeyler var; bu yüzden gitmedim onlarla..."

Benim için sürpriz değil bu sözler, tahminimde yanılmamışım. Ancak, bunları açık yüreklilikle itiraf etmesini beklemiyordum doğrusu.

Balıklarımızı ısmarlıyoruz.

"Ne içeceğiz?" diye soruyor Anıl. "Rakı mı? Gün ortasında ağır gelir! Hele susuz içmeye kalkarsan... Senin gibi gencecik bir kıza hiç yakışmaz!"

Neler söylüyor böyle? Babamın akşamki sözlerine verdiği tepkinin dışavurumu bu kadar sert olmamalı.

"Babama bakma sen" diye gülümsemeye çalışıyorum. "Onlarla beraber ilk rakı içişimde, 'Susuz olsun' deyince, gözü korktu zavallının. Sizleri de paylaşımcılarım olarak gördüğünden öyle konuştu."

"Susuz rakına eşlik eden arkadaşların her kimlerse... Onlarla karıştırdığın diğer haltları da biliyor mu baban?"

Donup kalıyorum. Anıl'ın ağzından bunları duymak... İnanamıyorum!

Birden, bugüne kadar yaşadığım çarpıklıkların tümünü bildiği hissine kapılıyorum. Elim ayağım buz kesiyor.

"Ne demek istiyorsun sen?"

Alaycı bir gülüşle kıvrılıyor dudakları.

"İkimizin de çok iyi bildiği gerçekler Eylül... Hangisini yadsıyabilirsin ki?"

Biliyor! Kaçış yolum yok. Köşeye sıkıştım...

Nereden, nasıl öğrendiğini soramıyorum bile. Başım önümde, onu dinliyorum yalnızca.

"Dört duvar arasında kalmaz bu işler! Hele bar köşelerinde, gece kulüplerinde denemeye kalkarsan... Hiç mi korkmadın Eylül? Görülmekten, duyulmaktan; suçüstü yakalanmaktan, dillere düşmekten... Hepsi bir yana, yazık etmedin mi kendine, acımadın mı hiç?"

"Ne zamandan beri biliyorsun?"

"Yeni değil. Yurttan bir arkadaşım görmüş seni. Beyoğlu'nun malum barlarından birinde. 'İstanbul'un en çirkef grubunun göbeğine düşmüş Eylül' dedi. 'Zengin, şımarık ve züppe bir güruhun orta yerinde, uyuşturucu batağında...' O anda neler hissettiğimi düşünebiliyor musun?"

"Neden söylemedin bana?"

"Söyleyemedim. Davranışlarımla uyarmaya çalıştım seni. Anlamadın. Meyhaneye gittiğimiz geceyi hatırlıyor musun? Cumartesi akşamı bizimle gelemeyeceğini söylemiştin hani. Önceleri emin değildim, ama orada, tüm çıplaklığıyla gördüm gerçekleri... Zordur inanmak, böyle bir çarpıklığı yakıştıramazsın yakınına. Ancak, parçaları birleştirip bütünlediğinde, korkunç tabloyla yüz yüze gelirsin. Tıpkı benim gibi..."

"Keşke paylaşsaydın benimle."

"Dinler miydin? O yapay âlemin aldatıcı büyüsüne kaptırmıştın kendini. Sesimi ulaştıramazdım sana. Uzaktan uzağa izlemekle yetindim. Günden güne eridiğini gördükçe kahroldum. Babana anlatmayı bile düşündüm o günlerde. Yapamadım..."

"Bitti! Geride kaldı hepsi. Temizim şu anda. Tertemiz... Bir daha asla o günlere dönmeyeceğimden emin olabilirsin."

"Umarım... Yazık etme kendine Eylül! Anneni, babanı, seni sevenleri düşün..."

"Zor oldu, ama bitirdim. İnan bana!"

"Bir şey daha soracağım sana. Yalnız, yanlış anlamandan korkuyorum."

"Sor... Benim en büyük sırrımın ortağısın ne de olsa."

"O yanındaki adam... Beraberce kendinizden geçtiğiniz... Özel biri mi?"

Bu soruya yanıt vermek, diğerlerinden de zor geliyor bana. Kırmak istemiyorum Anıl'ı. Hele benim için çektiği onca üzüntüyü öğrendikten sonra...

"Gruptan biri" diye geçiştirmeye çalışıyorum.

"İlk susuz rakını da onunla mı içtin?"

Yapma Anıl! Yapma... Benden çok, kendine eziyet ediyorsun.

Dilimin ucundakileri gözlerimden okuyor Anıl. Anlıyor... O kişinin diğerlerinden farklı, özel biri olduğunu; yalnız ilk rakımı değil, pek çok ilki onunla yaşadığımı...

Başka soru sormuyor artık. Öğreneceğini öğrendi. İçinde biriktirdiklerini tortop edip sahibine, bana verdi. Üstlendiği ağır görevi yerine getirdi. Yapacak bir şeyi kalmadığına göre, burada daha fazla oturmanın anlamı yok onun için.

"Kalkalım mı?"

Biraz önceki büyük sarsıntının paylaşımcıları değilmişiz gibi, sıradan konuşmalarla dönüş yoluna koyuluyoruz.

"Yarınki mangal partisini unutmayın" diyorum. "Sıkı sıkı tembihledi babam. Kendisi terbiyeleyecek etleri... Söyle bizimkilere, bugünkü gibi, bir yerlere kaybolmaya kalkmasınlar."

"Merak etme" diyor buruk bir gülüşle. "Geleceklerinden eminim."

Bahçe kapısının önünde bırakıyor beni. İçeriye gelmesini söylememe fırsat bırakmadan, gaza bastığı gibi son hızla uzaklaşıyor. Bana eksikliğini bırakırken, benden çok daha fazlasını alarak...

"Onlar gelmeden bitirsek şu işi" diyor babam.

İş dediği, mangal sefasının ön hazırlıkları. Huyudur babamın; hem kimseleri karıştırmaz, hem de mutfakta çalışırken görülmeye hiç gelemez...

Bin bir çeşit baharatla yoğurduğu etleri şişlere takıyor, şişleri tepsiye diziyor, tepsiyi Nurten Abla'ya teslim ediyor.

"Dolaba koy bunları, biraz dinlensinler."

Bahçede yorgunluk kahvesini içerken, bir gözü yolda babamın. Benimse gözlerim, ağzım, yüzüm; tüm varlığım yoldan gelecekleri bekliyor. Dünkü konuşmamızda eksik kalanları tamamlamak; herkesin içinde açıktan açığa anlatamasam da, yalnız ikimizin anlayacağı dilde iletilerle Anıl'a ulaşmak, böylelikle biraz olsun içine su serpmek istiyorum.

Kerem'in cipini görmemle yerimden fırlamam bir oluyor.

"Geldiler!"

Önce Seçil iniyor arabadan. Ardından da Kerem ve Esra.

Ya Anıl? Anıl nerede?

"Dün akşam, apar topar Aydın'a döndü" diyor Seçil. "Ankara'dan konukları mı gelmiş ne..."

Gerisini duymuyorum bile.

Gitti! Yüzümü bile görmek istemiyor artık. İnanmıyor; ne bana, ne de kararlı oluşuma. Hazırlıksız yakalandım, yeterince anlatamadım kendimi. Bir fırsat daha vermeliydi, dinlemeliydi beni. Yapmadı, çekti gitti.

Eylül sayfasını kapatmak bu kadar kolaymış demek...

Zor da olsa, toparlıyorum kendimi. Ev sahibiyim ben! Tek konuğum da Anıl değil... Diğerlerinin ne günahı var? Üzerimde iğreti duran bir neşeyle gülmeye, konuşmaya, konuklarımı gereğince ağırlamaya çabalıyorum.

Herkesin mangal başında toplandığı, terbiyelediği etlerin formülünü vermesi için babamı sıkıştırdığı sırada, yanıma sokuluyor Seçil.

"Üzüldün, değil mi?"

Anlamamış gibi bakıyorum yüzüne.

"Anıl'ın gidişine... Üzülmedim, deme sakın! Halinden belli."

"Dün de sizin gelmeyişinize üzülmüştüm Seçil. Hepinizi bir arada görmeyi istememden doğal ne olabilir ki?"

"Bırak bunları da, beni iyi dinle... Anıl, sırf seni görmek için geldi buralara. Dün aranızda ne geçtiyse, yıkılmış bir halde evine döndü. Deli gibi tutkun sana... Kararını ver artık. Gönlün yoksa, kesip atarsın. Yeterince oyaladın zaten... Yazık değil mi çocuğa?"

"Dışarıdan bakınca böyle görünüyor demek. Oysa en iyi arkadaşım, dostum o benim! Sana açıklayamasam da, dünkü konuşmamızdan sonra, daha iyi anladım bunu. Onu kaybetmeyi asla göze alamam."

"Seninkisi bencillik! Esra'nın halini görüyorsun... Anıl' dan ufacık bir yakınlık görse, kollarına atlayıverecek. Esra benim oda arkadaşım, senden çok daha yakın bana. Ama Anıl'ın kalbi onun için atmıyor..."

Artık benim için de atmıyor Seçil; inan bana, benim için de... Bundan sonra atacağını da hiç sanmıyorum.

14

İzmir'deki son haftam! Tatil bitti, ders zili çalmak üzere... Yeni bir ders yılının, yepyeni başlangıçların arifesindeyim.

Geriye dönüp baktığımda, anımsamak istemediğim kara lekeler çıkıyor karşıma. Bunlar, hatalarım! Bir daha asla olmayacak, dediklerim.

Hemen yanı başında, sıcacık gülüşleriyle içimi ısıtan dost yüzler var. Uzak durmam gerektiği halde kopamadıklarım; tam tersine tutkuyla bağlandıklarım, vazgeçemediklerim. Ve bana karşılıksız sevgilerini verenler! Sessiz çığlıklarına sırtımı döndüğüm, çağrılarını yanıtsız bıraktığım...

Günahıyla, sevabıyla, onların hepsi benim!

İyiyle kötüyü, siyah ve beyaz gibi, keskin çizgilerle kim ayırabilmiş ki? Siyahın içinde biraz beyaz, beyazınkinde de siyah yok mudur?

Hem, yaşamın başka renkleri de var. Sorun, onları görebilmek ya da siyahla beyaz arasında çakılı kalmakta. Bu aşamayı gerçekleştirmeyi başaranlara "mutlu insan" diyorlar.

Dikkat et Eylül! Şu bir yıl içinde, siyahın "katran karası" yüzünü de gördün; beyazın en parlak halini de... Keşfedeceğin, daha pek çok renk var. Mutlu olabilmen için onlarla tanışman gerek.

Acele etme! Fazla ağırdan da alma ama...

Zamanlama çok önemli!

Beklemek; eli kolu bağlı oturmak demek değil! Önünde duran kapalı kapıları aralamayı, aralık duranları da ardına kadar açmayı bilmelisin.

Öncelikle, üzerine geçirmiş olduğun beyaz elbiseye gözün gibi bakacaksın! En ufacık bir çamur parçasının onu kirletmesine izin vermeyeceksin.

Bir başka deyişle, çamurdan uzak duracaksın!

Ki, mutlu olmayı hak edebilesin...

İşin zor Eylül!

Sıfırdan değil, sıfırın altından başlıyorsun.

Bembeyaz ve tertemiz günler seninle olsun...

Üçüncü bölüm

1

Uzun süre kapalı kalmış bir eve girmek, hiç de iç açıcı değil. Hele böylesi güzel bir tatilin ardından... Annemin, benimle beraber gelme konusundaki ısrarlarına karşı koyup İstanbul'a tek başıma döndüğüme pişmanım.

Bavulumu kapının önünde bırakıp küçük bir tur atıyorum evin içinde. Her şey bıraktığım gibi, yerli yerinde. Dünya'nın, bana geldiği zamanlar kaldığı oda dışında!

Ne olmuş buraya böyle? Her taraf darmadağın. Ağzına kadar dolu küllükler, kirli tabaklar, boş bira kutuları... Ve içimi kaldıracak derecede ağır bir koku.

Belli ki, Dünya kızımız ona bıraktığım anahtarın hakkını vermek için elinden geleni ardına koymamış. Oysa, ancak dara düşerse gelip kalacağını söylemişti. Telefon konuşmalarındaki neşeli ses tonu, her şeyin yolunda olduğunun göstergesi değil miydi?

Neler oldu Dünya? Bu oda gibi, kendini de dağıttığını söyleme sakın bana.

Ayakkabılarımı bile çıkarmadan, telefona gidiyor elim.

"Dünya... İyi misin sen?"

"İyiyim, iyiyim. Erken gelmişsin... Yarın bekliyordum seni."

"Okul öncesi dinlenme payı bırakayım, dedim. Ama..."

Kırılıveriyor sesi.

"Evi berbat buldun, değil mi? Kusura bakma, ne olur. Bugün temizlik yapacaktım ben de... Hemen geliyorum."

Dediği gibi, on beş dakikanın içinde, nefes nefese geliyor Dünya. Her şeyi unutuveriyorum onu görünce. Özlemle kucaklaşıyoruz. Ama o, çarçabuk sıyrılıveriyor kollarımdan.

"Sen şöyle otur" diyor bana.

Büyücek bir çöp torbasını kaptığı gibi odasına koşuyor. Oturduğum yerden, çöpleri torbaya doldurduğunu, ondan umulmayacak bir el çabukluğu ve gayretle, dağıttıklarını toplamaya çabaladığını görebiliyorum.

İşini bitirip, kan ter içinde yanıma geliyor.

"Yarın gelseydin, tertemiz bulacaktın evi. Hazırlıksız yakalandım. Neyse... Yorulmuşsundur sen. Hemen çayı koyuyorum."

"Bırak çayı" diyerek kolundan tutup karşıma oturtuyorum. "Neler oluyor, onu anlat sen."

"Ne olacak ki! Bıraktığın yerdeyim işte."

"Numara yapma bana. Neyi öğrenmek istediğimi anladın... Emre'yle aranız nasıl? İngiltere hikâyesinde herhangi bir gelişme var mı? Çözül bakalım..."

Süngüsü düşüveriyor.

"Sorma Eylül" diyor. "Ne yapacağımı bilmiyorum... İki haftaya kadar gidiyor Emre. Dil okuluymuş güya. Doğru dürüst anlatmıyor da. Geçici süre için, diyor ama inanamıyorum. Bir şeyler saklıyor benden."

"Arasana şunu. Yemeğe çıkalım bu akşam. Dilinin altında neler sakladığını görelim..."

Süklüm püklüm karşımda oturuyor Emre. Gözlerini kaçırıyor konuşurken. Gerçekdışı bir şeyler anlatmaya hazırlandığının göstergesi bunlar...

Dünya'nın görünürdeki tek yakını olarak, ona hesap sorma hakkına sahibim. Yüklendiğim sorumluluğun bilinciyle sorgulamayı başlatıyorum.

"İngiltere'ye gitmen kesinleşmiş Emre. Hayırlı olsun... Nedir konu? Ayrıntılar hakkında hiçbir şey bilmiyoruz da..."

"Dil okulu" diye geveliyor ağzında. "İthalat, ihracat yapan bir şirketin başında, İngilizce bilmeden yürümüyor işler."

"Dil öğrenmeye gidiyorsun yani..."

"Evet. Hem de şirketin oradaki işlerine göz kulak olacağım."

"Daha İngilizceyi sökmeden, nasıl becereceksin bu işi?"

"Tüm sorumluluk bende değil ki" diyor kıpkırmızı olmuş yüzüyle. "Yardımcılarım var yanımda."

"Ne kadar kalacaksın?"

"Dil okulu altı ay. Kesin bir dönüş tarihi veremiyorum şu anda..."

"Daha da uzayabileceğini mi anlatmaya çalışıyorsun?"

Nereye koyacağını bilemediği bakışları, Dünya'yla benim aramda hızla gidip geliyor.

"En kısa zamanda döneceğimi umuyorum."

"Ya Dünya? Sen yokken, onun ne yapacağını da düşündün mü?"

"Evi kapatmıyorum ki... Eskisi gibi, orada kalabilecek Dünya."

Evi kapatmak! Altı aylık bir gidiş için, bu sözlerin söylenmesi bile yeterince rahatsız ediyor beni. Güven vermekten uzak beden dilini de üstüne ekleyince, Emre'nin inandırıcılığı sıfıra iniyor gözümde.

İkili geçen konuşmamızda dinleyici olarak kalmayı yeğleyen Dünya, adının geçmesiyle öne çıkıveriyor.

"Başımın çaresine bakarım ben! Bugüne kadar olduğu gibi..."

Onun söylediklerini zerrece önemsemiyor Emre, yanıt vermeye gerek duymuyor. Tek muhatabı benim sanki.

"Sana da çok iş düşecek Eylül" diyor pişkince. "Dünya sana emanet..."

İşte bu kadar! Göz göre göre, bırakıp gitmeye hazırlanıyor kızı... Evi kapatmayarak, açtığı ölümcül yaraya yalnızca yara tozu serptiğinin farkında bile değil.

Dünya'nın ağzına bir parmak bal çalmaktan da geri durmuyor ama.

"Hem, arada bir gelirim de" diyor. "Altı ay dedikse, hepsini ayrı geçirecek değiliz ya..."

Birden canlanıveriyor Dünya.

"Sahi mi?" diyor Emre'ye, gözlerinde umut ışıltılarıyla.

"Hatta, bir gelişimde seni de götürebilirim oralara. Londra'yı gezdiririm sana..."

Havalara uçuyor Dünya. Oralara gitmiş, gezmiş gibi oluyor. Aldatılmaya gönüllü, küçük bir çocuk gibi...

Gözlerimin önünde oynanan bu çirkin oyuna daha fazla dayanamıyorum. Onları öylece bırakıp kalkıyorum. Baş başa bırakmam, aralarından çekilmem gereken, çiçeği burnunda âşıklar gibi...

Zavallı arkadaşım benim! Öylesine zor günler bekliyor ki seni... Umarım, yaklaşmakta olan büyük sarsıntıyı atlatacak gücü bulabilirsin kendinde.

***

Ders programına baktığımda, bir eksiklik varmış gibi görünüyor gözüme. Yanılmamışım, geçen dönem okuduğumuz felsefe, bu yarıyılda yok. Ama derslerin içeriği daha ağır. İşi baştan sıkı tutmam gerekiyor. Günü gününe çalışmak en iyisi...

Derslere yoğunlaşarak geçirdiğim haftanın sonunda, bir boşluk oluşuyor içimde. Cumartesileri dışarı çıkmaya şartlanmışım ya... Beynimi ele geçirmeye çalışan aykırı sesi susturmayı başarıyorum ama. Gene de, bizim grubun nerede, ne yaptığını merak etmekten kendimi alamıyorum.

Tarık dönmemiş henüz. Bir ay, demişti bana. İşi uzamış olmalı.

İstanbul'a gelişini Dünya'dan öğreniyorum.

"Çok moralsiz döndü" diyor. "Ağzını bıçak açmıyor. Bir şeyler var ama, kimselere söylemiyor."

Akşamına Tarık arıyor beni. Sesi kırık.

"İyi değilim Eylül" diyor. "Neler yaşadığımı bir bilsen..."

"Benimle paylaşmak ister miydin?"

"Hem de nasıl... Seninle konuşmak ilaç gibi gelecek bana."

Taksim'deki otellerden birinin giriş katındaki pastanesinde buluşuyoruz. Gerçekten de çok kötü görünüyor Tarık. Tüm kanı çekilmiş yüzü mum gibi. Epey de kilo vermiş, gözlerinin ışığı sönmüş sanki.

Hiçbir şey sormadan, onun anlatmasını bekliyorum. Her zamanki nazik tavırlarıyla hatırımı soruyor, tatil anılarımı dinliyor ama, ağzını açıp da kendisi için tek söz etmiyor.

Kahvelerimizi yarılamışken; hiç konuya girmeyecek galiba, diye düşünmeye başladığım bir anda, "Dinlemeye hazır mısın?" diyor buruk bir gülüşle.

Evet, gibisine başımı sallıyorum.

Titreyen dudaklarının arasından güçlükle dökülüyor sözcükler...

"Gudrun öldü Eylül" diye fısıldıyor. "Kaybettim onu..."

İnanamıyorum! Yanlış mı duydum?

Onun devasa üzüntüsünden payımı alarak, şaşkınlıktan ne yapacağımı bilmez bir halde, ayrıntılara inmesini bekliyorum. Beynimi kemiren binlerce sorudan bir tekini bile soracak gücüm yok.

Üzerimize sinen ağır havayı soluyarak, umarsız bir suskunluğu paylaşıyoruz Tarık'la. Varlığıyla yanımda ama, Gudrun'la beraber, ruhunu bir yerlere gömmüş sanki. İçini dökmek için çağırdı beni buraya, onu da beceremiyor. Nereden başlayacağını bilememenin sıkıntısı içinde, kıvranıp duruyor.

Bir çıkış noktası buluyor sonunda.

"Elimden geleni yaptım ama, başaramadım Eylül" diyor. "Karşı duramadım eroine. Hepimizden güçlü o! Kıskacına aldığı avını asla bırakmayan, amansız bir canavar..."

Susuyor. Güç toplamak ister gibi, gözlerimin derinlerine dikiyor bakışlarını. Ve yeniden başlıyor anlatmaya:

"Gider gitmez aradım onu. İyiyim, diyordu ama, sesinden belliydi; berbat bir durumda olduğunu tahmin edebiliyordum. İşyerinden izin alıp Münih'e geçtim. Ve o acı tabloyla yüz yüze geliverdim... Güçlükle alıp verdiği nefes dışında, çoktan ölmüştü Gudrun! Kemik yığını haline gelmişti bedeni. Derisini soysam, yalnızca bir iskelet kalacaktı karşımda. Yemeden içmeden kesilmişti, sudan başka bir şey girmiyordu ağzına. Tek besini eroindi. Aldığı dozun etkisinin geçmesini beklemiyordu bile. Bir saniye olsun eroinsiz duramıyordu artık... Delik deşikti tüm bedeni. Kollarındaki, bileklerindeki mosmor düğümler iğneye geçit vermeyince, ayak bileklerindeki damarlardan boşaltıyordu zehri.

Hiç sevinmedi beni görünce. 'Bulaşma bana' dedi. 'Pisliğin ta kendisiyim ben. Elini bile sürme, kirlenirsin...'

Saatlerce dil döktüm. Kurtulması için hâlâ bir umudun var olduğuna inandırmaya çalıştım onu... Sonunda başardım. Ne kadar zor bir işe kalkıştığını bildiği halde, tedavi olmayı kabul etti. Eroine karşı son direnişiydi bu..."

Nasıl bittiğini bildiğim bir hikâyenin orta yerinde yanan ışığın bizi farklı bir sona ulaştırmasını ister gibi, anlamsız, boş bir umutla Tarık'ın dudaklarından dökülecekleri bekliyorum. Keşke gerçekleri yadsıyan bir şeyler anlatabilse. Zor oldu ama kurtardık Gudrun'u, diyebilse...

Daha da bitik bir halde, kaldığı yerden devam ediyor Tarık:

"Özel bir kliniğe yatırdım onu. Kimsesi yoktu Gudrun'un; ne anası, ne babası, ne de bir başka yakını. Acılar içinde kıvranırken, başında bekleyen yalnızca bendim.

Cehennem gibiydi ilk günler... Her yanı kıpkırmızıydı. Bedeninden fışkıran ter, inanılmaz bir hızla, saat başı değiştirilen çarşafları sırılsıklam ıslatıyordu. Dayanılmaz ağrılarla boğuşurken başını yumrukluyor, çığlık çığlığa bağırıyordu

Gudrun. İçtiği suyu bile anında kusuyordu.

İki hafta yattı orada. İyi görünüyordu, az da olsa renk gelmişti yüzüne. Eroini aşmış gibiydi..."

Eroinden kurtulmuş, yeniden "merhaba" demiş yaşama! Burada bitsin istiyorum, başka bir şey anlatmasın Tarık... Ama bitmiyor!

"Tam onu yeniden kazandığımı düşünürken, tümüyle yitiriverdim... Klinikten taburcu olduğu günün sabahı, yatağında bulamadım onu. Gitmişti... Aramadığım, sormadığım yer kalmadı. Sürekli gittiği barlar, eroin dostluğunu paylaştığı arkadaş grupları... Yoktu! Yer yarılmış da içine girmişti sanki.

Üç gün sonra, bir otel odasında, kolunda eroin şırıngasıyla buldular onu. Ölmüştü! Altın vuruşta bulmuştu kurtuluşunu. Aşırı doz... Bile bile ölüm, anlayacağın."

Bir şeyler söylemem gerektiğini düşünüyorum ama, dilim dönmüyor. Olanların sorumlusu benmişim gibi, garip ve yersiz bir suçluluk duygusu içindeyim.

"Bu kadar hırpalama kendini" diyorum güçlükle. "Üstüne düşeni fazlasıyla yapmışsın sen."

"Öyle deme Eylül. Kaçınılmaz bir sondu belki ama, çok yalnız bıraktım onu; öncelik sırasında en gerilere ittim. Bu yüzden de affedemiyorum kendimi."

Yüreğim, karşıt duygularla düğüm düğüm. Gudrun'un ölümüne gerçekten çok üzüldüm ama, Tarık'ın bu denli kahroluşunda içimi acıtan bir şeyler var. Onu yiyip bitiren; yapmak isteyip de yapamadıkları, eksik bıraktığını düşündükleri mi; yoksa büyük bir aşkla bağlandığı insanın parmaklarının arasından kayıp gitmesi yüzünden düştüğü umarsızlık mı?

Öyle ya da böyle, ne fark eder ki! Olan olmuş, ölen ölmüş; sonucu değiştiremeyeceğimize göre... Ama yok, söz geçiremiyorum yüreğime! Artık yaşamayan, sonsuzluğa göç etmiş birinin ardından, kıskançlığa özdeş kıpırdanışlar duyuyorum içimde.

Neden böylesine derinden etkilendi Tarık, neden yok oluş noktasına kadar geldi bu ölümün ardından? Karısı ölen her erkek onun gibi yanıp yakılır mı böyle? Hem de ayrılmış olduğu karısı için...

"Teşekkür ederim sana Eylül" diyor. "Beni dinlediğin, içimdekileri dökme fırsatını verdiğin için... İnan bana, Gudrun öldüğünden beri ilk kez bu kadar iyi hissediyorum kendimi."

Şu anda, dertlerini paylaştığı yakın bir dost olarak görüyor beni. Bir adım ötesini düşünecek durumda değil. Bir süre yalnız, içsesiyle baş başa bırakmalıyım onu.

Toprağın bol olsun Gudrun. Sana da kolaylıklar diliyorum Tarık. Umarım, kendinle hesaplaşma sürecinden galip çıkmayı başarırsın...

2

Emre'nin İngiltere'ye gidişinin üzerinden iki hafta geçti.

Hüzünlü vedalaşmalarının ardından, birkaç gün bende kaldı Dünya. Sonra da, tek başına yaşamaya alışması gerektiğini söyleyerek, Emre'yle paylaştığı, artık yalnızca ona ait olan evine gitti. Karşı çıkmadım, istediği zaman gelebileceğini yineleyerek uğurladım onu.

Bu arada, Selen'e de bir anahtar yaptırdım. Ara sıra gelip Ece'nin odasında kalıyor. Ama bu yılını çok yoğun yaşıyor Selen. Hafta sonları ya o Ankara'ya, Yılmaz'ı görmeye gidiyor ya da Yılmaz geliyor, özlem gidermek için. Haftanın diğer günlerini teyzesiyle benim aramda paylaştırıyor. Kadıköy'e gitmeye üşendiği geceler bende. Ancak, Dünya'nın olmadığı zamanları yeğlediğinin farkındayım.

Yalnızlığı seviyorum. Evimde, tek başıma olmak rahatsız etmiyor beni. Derslerim, bilgisayarım ve kitaplarım... Onlarla oyalanmak yetiyor bana.

Ne var ki, seve seve içine gömüldüğüm bu dinginlik uzun

sürmüyor. Dünya'nın telefonu, tek kişilik tekdüze yaşantımın altüst oluvereceğinin habercisi sanki.

"Seninle paylaşmak istediğim çok önemli bir konu var Eylül! Buraya gelebilir misin?"

Bugüne kadar hiç gitmedim oraya. Emre'nin tuttuğu, kirasını hâlâ onun ödediği, paylaştıkları beraberliğe kucak açmış bu eve ilk gidişim...

Uzun uzun basıyorum zile. Neden sonra kapı aralanıyor. Ayakta güçlükle durabilen, perişan bir Dünya! Üzerinde iki beden bol bir gecelikle, yalınayak, önüm sıra yalpalaya yalpalaya yürüyerek yol gösteriyor bana.

Rengi solmuş yüzünde iki kuyu gibi duran gözleri kıpkırmızı. Ağlamış! Hem de çok ağlamış...

"Ah Eylül, neler oldu bir bilsen" diye sarılıyor bana.

Boynuma dolanan kollarından sıyrıldığımda, dirseklerinin iç yüzündeki mor lekelerle burun buruna geliveriyorum. Eski kâbus geri döndü demek...

"Bu muydu benimle paylaşacağın önemli konu?"

"Değil" diyor yamuk bir gülüşle. "Kulaklarına inanamayacaksın duyduğunda..."

Dibe vurmuş görüntüsüyle çelişen, anlam veremediğim bir sevinci yaşıyor sanki.

"Sıkı dur Eylül" diyor. "Bomba geliyor..."

Ve patlatıveriyor bombasını.

"Hamileyim ben!"

İlk anda algılayamıyorum... Duvarlar üstüme üstüme geliyor. Derin bir boşluğa düşmüş de tutunacak yer arar gibi, umarsızca bakıyorum Dünya'ya.

"Emin misin?"

"Eminim."

Eczaneden alıp kendi başına uyguladığı testi gösteriyor bana. İki tane mavi çizgi! Hamile olduğunun kanıtı bunlar... İyi de, ne yapacağız şimdi biz?

"Doğuracağım!" diyor Dünya, aklımdan geçenleri okumuş gibi. "Annem gibi yapmayacağım ben. Sonuna kadar sahip çıkacağım çocuğuma..."

"Emre'nin haberi oldu mu?"

"Hayır. Zamanı gelince öğrenir."

"Bir an önce öğrenmesi gerekmiyor mu?"

"Gerekmiyor."

Uyuşturucuyla kavrulmuş, kuş kadar kalmış çelimsiz bedenine bakıyorum... İnanılacak gibi değil; bu bedende minicik bir can taşıyor Dünya! Ve onu doğurmaya kararlı görünüyor. Yaşayabileceği olumsuzluklardan söz edecek gücüm yok ona...

Birden hıçkırıklara boğuluyor Dünya. Bağırıyor, çağırıyor; annesine, Emre'ye küfürler yağdırıyor. Uzunca bir süre, sakinleşmesini bekliyorum. Sonunda yatışıyor. Ama, geldiğimiz nokta aynı:

"Doğuracağım!"

Kollarındaki iğne deliklerine, damarlarında akan eroine, hepsinden önemlisi terk edilmişliğine inat; içinde debelendiği şartlara kafa tutan, gariban bir anne adayı... Acımaktan, üzülmekten, onunla beraber kahrolmaktan başka yapacak bir şeylerim olabilse keşke.

"Ne olur Eylül" diye yalvarıyor bana. "Bu gece burada kal. Yalnız bırakma beni..."

Nasıl geri çevirebilirim ki onu? Salondaki kanepenin üzerine kıvrılıp yatıyorum. Dünya'nın, kalacağım sevinciyle getirdiği battaniye, içimin ayazını ısıtmaktan öylesine uzak ki...

Sabah, Dünya'nın telefon konuşmasıyla uyanıyorum. Öfkeyle bağırıp çağırdığı kişiyi Emre sanıyorum önce. Ama, biraz kulak verince, telefonun diğer ucunda Dünya'nın annesinin olduğunu anlıyorum.

"Annelik taslama bana!" diye haykırıyor Dünya. "Analığın ne demek olduğunu öğreteceğim sana. Karışma bize! Ne çocuğumun, ne de benim üzerimde en ufacık bir hakkın var senin. Nasıl bakacağımı bilirim ben ona. Kapına gelirsem, o zaman konuşursun..."

Çat diye kapatıveriyor telefonu. Tüm bedeni yaprak gibi titriyor sinirinden.

"Adresimi istedi utanmadan" diyor öfkeyle. "Konuşmamız gereken şeyler varmış, telefonda olmazmış... Şimdi mi geldim aklına?"

İntikam kıvılcımları çakıyor gözlerinde. Kendince bir silah geçirdi ya eline... Önüne çıkana doğrultmaya kararlı. Çılgın öfkesinin altında, farklı bir sevinç yatıyor aslında. Ona, annesine bile meydan okuma gücü veren yeni konumundan duyduğu buruk sevinç...

Hiçbir yorum yapmadan, mutfağa doğru yürüyorum. Çaydanlığı ocağa koyup, dolapta bulduğum tüm kahvaltılıkları masanın üstüne sıralıyorum.

"Gel" diyorum Dünya'ya. "Boğazından birkaç lokma geçsin ki, ayakta dimdik durabilesin."

Işıldayıveriyor gözleri.

"Hem, bebeğimin de beslenmesi gerek; öyle değil mi?"

Hevesle masaya oturmasını; kendini zorlayarak yarattığı, yapısına ters düşen aşırı bir iştahla, tabağına koyduklarımı atıştırmasını, içim sızlayarak izliyorum.

Uzun tutuyoruz masa sohbetimizi. Ne kadarının gerçekleşeceğini bilemediğimiz, yalnızca hayalini yaşamanın bile ayaklarımızı yerden kestiği, doğacak bebeğimize odaklı cümleleri paylaşıyoruz Dünya'yla.

"Teyze olacaksın sen de" diye gözlerinin ta içine kadar gülüyor. "Heyecanlı mısın?"

Onun coşkusuna kaptırıyorum kendimi. "Hem de nasıl" diyorum; yüreğimde, keşke olabilse, dualarıyla...

Kapının çalınmasıyla bölünüyor keyfimiz.

"Sen otur" diyorum Dünya'ya. "Ben bakarım."

Garip bir koruma içgüdüsüyle, gelenin hışmından uzak

tutmaya çalışıyorum sanki arkadaşımı.

Yanılmamışım. Karşımda duran, Şahika Hanım! Dünya'nın annesi...

Benim varlığımı hiçe sayarak, yüzüme bile bakmadan içeri dalıveriyor. Mutfağın kapısında, şaşkınlıkla olanları izleyen Dünya'yı kolundan sımsıkı tutup salona doğru sürüklüyor. Cansız, bezden bir bebekmiş gibi ite kaka, karşısına oturtuyor kızını.

"Ne yaptığını sanıyorsun sen?" diye bağırıyor. "Bugüne kadar sürdürdüğün evcilik oyunu yetmedi mi? Şimdi de kalkmış, kimden peydahlandığı belli olmayan bir çocuğu dünyaya getirmeyi düşünüyorsun."

İlk şaşkınlığını üstünden atan Dünya, dikeliveriyor annesinin karşısında.

"Babası belli onun! Doğacağı zaman da yanında olacak."

"Bu kadar emin olma! Şimdi nerelerde o baba müsveddesi? Nikâh kıydı mı sana? Hayır! Allah bilir, hamileliğinden haberi bile yoktur."

Gözlerini salonun dört bir köşesinde gezdiriyor Şahika Hanım.

"Ev tutmuş sana; dayamış, döşemiş. Para yedirmiş... Onun için, çocuğunu doğurmaya hazırlanan aptal bir metresten başka nesin ki sen?"

Bir annenin, nasıl olup da kızıyla böyle konuşabildiğine akıl erdiremiyorum. Kadını, kolundan sürükleyip kapının önüne koymamak için zor tutuyorum kendimi.

Bunca ağır sözün altından nasıl kalkacak Dünya? Ben bile dayanma sınırımı çoktan aşmışken...

Dünya ise şaşılacak derecede sakin görünüyor.

"Bunların hiçbiri, zerrece ilgilendirmez seni" diyor. "Babasız bile olsa, çocuğumu doğurmaya kararlıyım. Analık içgüdüsünden nasibini almış, benim gibi bir annesi olsun, yeter. Bunları anlamanı beklemiyorum senden. Yalnızca adı 'anne' olanlara ters gelmesi doğaldır."

"Bırak bu safsataları! Yeterince kara çaldın ailemize..."

"Seninkilerin yanında, oldukça masum bir kara sayılmaz mı benimki?"

"Terbiyesizlik etme! Buraya, bu pisliği temizlemek için geldim ben. Doktordan randevu aldım, bizi bekliyor. Aldıracaksın çocuğu! Başka yolun yok..."

"Ne yaparsın? Saçımdan sürükleyip kürtaj masasına mı yatırırsın beni? Biraz zor..."

"Gerekirse onu da yaparım. Ama birazdan önüme düşüp, tıpış tıpış, kendi isteğinle geleceksin doktora."

Söyleyeceklerinin etkisini artırmak ister gibi susup, acımasız gözlerle bir süre Dünya'yı süzdükten sonra; tane tane, zevkini çıkara çıkara konuşuyor:

"Yaşamı boyunca bakıma muhtaç olacak, sakat bir çocuğu dünyaya getirmeyi sen de istemezsin herhalde..."

Ulaşmayı amaçladığı hedefi az çok kestirebiliyorum artık... Elindeki son silahı kullanacak. Yumuşak yerinden vuracak Dünya'yı. Nefretle kabarıyor içim...

"Neden sakat doğsun ki çocuğum?" diye safça soruyor Dünya.

Avını yakalamış vahşi bir hayvanın sevinci var Şahika Hanım'ın yüzünde.

"Neyle besleyeceksin onu? İçinde bin bir türlü uyuşturucunun kol gezdiği pis kanınla mı? Hamilelikte bilmeden alınan sıradan ağrı kesiciler bile cenini olumsuz etkilerken; senin, esrarla, eroinle yoğrulmuş bedeninden ona geçecek zehrin hesabını da yaparsın artık..."

Söyleyeceğini söylemiş olmanın rahatlığıyla arkasına yaslanıyor, sadistçe bir zevkle, kızının umarsız çırpınışlarını izlemeye koyuluyor.

Dünya üzerinden gelmiş geçmiş tüm annelerin yüz karası bu kadın! Dışlanmayı, yok sayılmayı nasıl da hak ediyor... Gelirken kapının önünde bıraktığı hanımefendilik giysisini yeniden üzerine geçirmiş; sorumluluklarının bilincinde, kızını uyarmış bir anne rolünde, onun vereceği kararı bekliyor.

Dünya ise bitmiş, tükenmiş bir halde, gitgide zayıflayan umut kırıntılarıyla bana bakıyor. Söyledikleri doğru mu, der gibi.

Keşke kararlılığını sürdürmesine yardım edecek, cılız bir ışık olabilsem yoluna. Ama, kabullenmeliyim ki, doğruları söylüyor kadın! En acımasız, en yıpratıcı, yıkıcı diliyle... Analık yönünü çoktan unutmuş bir canavar kimliğinde, içinde büyüttüğü anlamsız zehri biricik kızına akıtarak...

Benden de umduğu yanıtı alamayınca, yolun sonuna geldiğini anlıyor Dünya. Büzüştüğü köşede, yüreğine gömdüğü sessiz hıçkırıklarla için için ağlıyor. Koşup kucaklamak, biraz olsun avutmak istiyorum onu. Yapamıyorum.

Çaresizlik içinde kıvranırken, Şahika Hanım'a ilişiyor gözüm. Sigarasını yakmış, dumanlarını havaya savurarak, kazandığı zaferin tadını çıkarıyor.

Usulca yerinden kalkıyor Dünya. Ağır adımlarla salondan çıkıyor. Ardında bıraktığı boşluğu ve sessizliği Şahika Hanım'la paylaşıyoruz ister istemez. Buna paylaşım demek ne derece doğruysa... Yüzüme bakmamaya yemin etmiş gibi, başını ters yöne çevrili tutuyor hanımefendi. Oradaki sıradan bir nesneden farkım yok onun için.

Birazdan dönüyor Dünya. Saçlarını toplayıp yanlarda iki örgü yapmış. Yerlere kadar uzanan çiçekli bol eteğini giymiş. Kürtaj masasında kolaylık olsun diye sanırım.

Tüm kanı çekilmiş yüzüyle Şahika Hanım'ın önünde duruyor.

"Hazırım ben" diyor. "Gidebiliriz..."

Yalnız bırakamam onu. Hele böyle, "ana" sözcüğüne ihanet etmiş bir kadınla beraber, bin bir umut bağladığı bebeciğini aldırmaya giderken...

Bacaklarını muayene masasının buz gibi soğuk metal halkalarına teslim edinceye kadar yanındayım Dünya'nın. Eli elimde, güç vermeye çabalıyorum ona.

"Uyutacak mısınız?" diye soruyorum doktoruna.

"Kısa süreli bir narkoz vereceğiz" diyor. "Çıktığında ayılmış olur. Bu kadar merak etmeyin, yarım saat sonra yanınızda hastanız..."

Yarım saat... Bir yaşamın ve ona bağlı umutların sönmesi için biçilen süre! Bu kadar kolay mı bu iş? İçimden taşan isyanı susturamıyorum...

Bekleme odasında, aynı hastanın yakınları olduğumuzu yadsımak ister gibi, birbirimizden uzak köşelerde oturuyoruz Şahika Hanım'la. İtiraf etmeliyim ki, oldukça güzel bir kadın, bakımlı da. Yüz hatları şaşılacak derecede benziyor Dünya'ya. Babasının ikinci karısına, üvey kızından uzak durmaya çabalayan cicianneye hak vermemek elde değil. Şahika Hanım'a bakınca Dünya'yı, Dünya'ya bakınca Şahika Hanım'ı görmüş gibi oluyor insan. Neyse ki kötü huylarını, yırtıcılığını vermemiş kızına; içinde tutmuş, esirgemiş, kendine saklamış. Sevgisini, şefkatini, anne sıcaklığını esirgediği gibi.

Doktorun söylediği gibi, yarım saat geçiyor, geçmiyor; kül gibi bir çehreyle ameliyathanenin kapısında beliriyor Dünya. Bakışları baygın, güçlükle yürüyor; koluna giren hemşire olmasa, yığılıverecek yere. Belli ki, narkozun etkisinden kurtulamamış henüz.

"Biraz dinlensin" diyor hemşire, Dünya'yı yanıma oturturken.

Şahika Hanım, dönüp de kızının yüzüne bakmıyor bile. Kürtaj parasını ödüyor aceleyle, doktorun yazdığı reçeteyi alıyor...

"Hadi" diyor. "Gidelim."

Dünya'nın kendine gelmesini bekleyecek sabrı yok. Üstüne düşeni yaptı; dolaylı yoldan kendisine de bulaşabilecek bir belayı filiz vermeden yok ediverdi. Daha neyi bekleyecek ki?

Asansörden iner inmez, hızlı adımlarla arabasına doğru yürüyor Şahika Hanım. Kapıyı açıp sürücü koltuğuna oturuyor. Yardım etmek bir yana, bizim ağır yürüyüşümüze kızmış gibi bir hali var... Sağ arka kapıyı açıp Dünya'yı yerleştiriyorum önce. Sonra, arabanın arkasından dolanıp diğer tarafa oturuyorum ben de.

Bizi bir an önce başından atmak ister gibi, hırsla basıyor gaza.

"Benim evime gidelim" diyorum. "Orada daha rahat bakarım Dünya'ya."

"Nerede oturuyorsun?"

Tarif ediyorum... Keşke taksiyle dönseydik, diye geçiriyorum içinden. Hiç tanımadığımız biri, bir taksi şoförü bile daha çok yardımcı olur, daha sıcak davranırdı böyle bir durumda...

Aradaki açığı kapatmak ister gibi, saçlarını okşuyorum Dünya'nın. Alnında boncuklanmış terini siliyorum; sicim gibi inen sessiz gözyaşlarını...

Evin önünde duruyor Şahika Hanım; arabadan inmemizi bekliyor. Elimden geldiğince çabuk, koltukaltlarından sıkıca kavrayarak arabadan çıkarıyorum Dünya'yı. İnmeye, bizimle beraber gelmeye niyetli görünmüyor Şahika Hanım. Hırsla kapatıyorum kapıyı. Koluma abanmış Dünya'yla beraber, küçük adımlarla apartmanın girişine doğru yürüyoruz.

Anahtarla evin kapısını açmaya çalışırken boş bulunuyorum. Bir an için desteğimden yoksun kalan Dünya, boylu boyunca yere uzanıveriyor. Vestiyerin önünde, ne yapacağımı bilmez bir halde kalakalıyorum.

Tam o sırada, kapının önünde Şahika Hanım'ı görüyorum. İçi rahat etmedi, arkamızdan geldi, diye cılız bir sevinç duyarken... Vermeyi unuttuğu reçeteyi uzatıyor bana. Çantasından çıkardığı bir tomar parayı telefonun yanına bırakıyor.

“İlaçlarını alırsınız bununla” diyor. “Gerekirse ararsın beni.”

Yerde kıvrılıp kalmış kızının üstünden atlayarak çekip gidiyor...

Yaralı bir kedi yavrusuna bile böyle davranmaz insan! Kalp yerine buzdan bir kalıp taşımıyorsa eğer...

Öfkemi bir yana itip, kucaklayıveriyorum Dünya'yı. Tüy gibi hafif bedenini taşımam zor olmuyor. Önce koltuklardan birine oturtuyorum. Temiz çarşaflar getiriyorum içeriden. Salondaki kanepeyi hazırlayacağım ona. Odasında değil, burada yatmalı. Burada, gözümün önünde... Terk edilmiş gibi hissetmemeli kendini. İlgiye susamış, sevgiye aç; canımdan bir parça o benim...

Hazırladığım yatağa uzanır uzanmaz kendinden geçiyor Dünya. Reçeteyi kaptığım gibi, soluğu köşe başındaki eczanede alıyorum ben de.

Antibiyotik, ağrı kesici ve kanamayı durduran bir hap... Nasıl kullanılacaklarını inceden inceye anlatıyor eczacı.

“Ağrı ve kanama kesilince bunları bırakabilir. Ama antibiyotiği bitirmesi gerek...”

Koşa koşa eve dönüyorum. Henüz uyanmamış Dünya. Mutfağa girip çorba pişiriyorum ona.

Birazdan aralanıyor gözleri. Nerede, hangi zaman diliminde olduğunu anlamak ister gibi, boş boş bakınıyor etrafına.

İlk işi, “Annem gitti mi?” diye sormak oluyor.

Nerelerde çakılı kalmış benim zavallı arkadaşım... Annesinin başında bekleyeceğini mi umuyordu acaba? Bu konulara girip daha da üzmek istemiyorum onu. Hatta, gerçeği yansıtmasa da, içini okşayacak bir şeyler söylemeliyim.

“Gitti” diyorum. “Ama senin için bir emanet bıraktı bana.”

Telefonun yanındaki para tomarını getirip sehpanın üzerine koyuyorum. Seviniyor. Para için değil; onun, annesi tarafından kendisine verilmiş bir armağan olduğunu düşündüğünden.

Anlık sevincinin ardından, gözyaşlarına boğuluyor Dünya. "Bitti" diye hıçkırıyor. "Bebeğimi yitirdim Eylül! Oysa, ne umutlar beslemiştim onun için..."

"Toparlanmak zorundasın Dünya. Böyle bir şeyi hiç yaşamadığını düşün! Ne hamile kaldın, ne de bebeğini aldırdın... Çözümü olmayan sorunlara gömülerek hırpalama kendini."

"Kolay mı sanıyorsun Eylül? Varlığını içimde hissettiğim, benden bir parçaydı o..."

"Acın çok yeni, biliyorum. Ama geçecek... Geride kalacak hepsi. Yaşam uzun... Daha iyi şartlarda dünyaya getireceğin başka çocukların da olacak."

Gitgide sakinleştiğini, doğal haline kavuştuğunu görmek içimi rahatlatıyor. Fırsat bu fırsat, deyip çorbasını getiriyorum mutfaktan.

"Yiyemem" diyor. "Bir lokma yutacak halim yok."

"Aç karnına ilaç alamazsın. Az da olsa, bir şeyler yemen şart."

Birkaç kaşık çorbayı güçlükle içirebiliyorum. Arkasından ilaçlarını verip yeniden uykunun kollarına bırakıyorum onu.

Kulağım içeriden gelecek seste, odama geçip yatağıma uzanıyorum. Sabahtan bu yana yaşadıklarımızın bedensel ve ruhsal yorgunluğuyla uykunun sıcak yüzüne yeniliyorum ben de.

Dünya'nın haykırışıyla fırlayıveriyorum yataktan. Yanına koşuyorum hemen. Uyanık değil, sayıklıyor.

"Hayır hayır!" diye çırpınıyor yattığı yerde.

Saçlarını okşayarak uyandırmaya çalışıyorum. Kâbuslarla örülü bir uykudansa, hiç uyumasın daha iyi.

Ayılamıyor bir türlü. Uykuyla uyanıklık arasındaki dar çizgide ağlıyor, gülüyor, bağırıyor; yumruklar sallıyor havaya...

"Bağışla beni Karya!" diyor. "Bağışla beni bebeğim... Kız olacaktın, biliyordum. Prensesler gibi büyütecektim seni. Prenses Karya... Adlarımızı bile uydurmuştum birbirine.

Dünya ve Karya! Bütünleyecektin beni... Neredesin şimdi bebeğim? Çok canını yaktılar mı senin? Ağlama bitanem, dayanamam sana..."

Bunları duymak, ameliyathane kapısında beklemekten de zor. Yanaklarımdan süzülen yaşlara engel olamıyorum.

Gitgide artan hıçkırıklarla gözlerini aralıyor Dünya.

"Öldürdüm onu Eylül!" diye haykırıyor. "Katilim ben! Annemden bile kötüyüm... Ne yaptı annem bana? İlgisinden, sevgisinden yoksun bıraktı; hepsi o! Ya ben? Yaşamına son verdim yavrumun. Nefret ediyorum kendimden..."

İsyanını anlıyorum; içinde çırpındığı duygusal boşluğun doğal bir sonucu bu. Anlam veremediğim, aradan saatler geçtiği halde, narkozun etkisinden kurtulamaması. Daha önce, kürtaj olan birisini görmedim hiç. Bu ayılma, bayılma hallerinin ne kadar süreceğini de bilemiyorum.

Akşamüstüne doğru, ancak uyanabiliyor Dünya. Terden sırılsıklam olmuş. Çamaşırlarını, geceliğini değiştiriyoruz. Banyoya gidip elini, yüzünü yıkıyor. Salona döndüğünde daha iyi görünüyor.

"Ağrın var mı?" diye soruyorum.

"Yok."

"Kanaman ne durumda?"

"Fazla sayılmaz."

"Her şey yolunda yani..."

"Değil! Toz bul bana Eylül! Yoksa, bu geceyi atlatamam."

"Deli misin? Bu saatte nereden bulurum tozu ben?"

Çantasından telefon defterini çıkarıp, küçük bir kâğıda yazılmış numarayı uzatıyor bana.

"Bu numarayı ara, gereğini yaparlar."

"Kim bu?"

"Torbacı! Satıcı yani..."

"Eroin satıcısını evimin kapısına çağırmamı beklemiyorsun herhalde benden..."

"Buraya kadar gelmesi şart değil. İstediğin yere getirir onlar. Köşe başı, market önü; senin için neresi uygunsa, adresi ver yeter."

Tüm bedeni zangır zangır titriyor Dünya'nın. Suratı kıpkırmızı. Hareketlerindeki ivme artışından, krize girmek üzere olduğunu kestirebiliyorum. Verdiği numarayı çevirmekten başka çarem yok galiba...

Yolun başındaki manavın önünde buluşacağız torbacıyla.

On dakika sonra, demişti telefondaki ses. Dakika sekmiyor, tam zamanında beyaz bir araba duruyor önümde.

"Sipariş sizin mi?" diye soruyor sakalı bir karış, asık suratlı adam.

"Evet" diyorum, çevremdeki herkesin beni izlediğini düşünerek, utançla.

Parayı uzatıp torbayı alıyorum. Arkama bile bakmadan, hızlı adımlarla adamın yanından uzaklaşıyorum. Yol boyunca, düştüğüm duruma lanetler yağdırarak, bir daha böyle bir şeyi asla yapmayacağıma yeminler ederek...

Torbayı havada kapıyor Dünya.

"Parasını ben vereceğim" diye tutturuyor.

Çantasından, Şahika Hanım'ın bıraktığı paranın içinden yeterli gördüğü miktarı çıkarıp bana uzatıyor.

"Koy onları yerine!" diye çıkışıyorum. "Bugünün hatırına, ilaç niyetine aldım onu sana. Bir daha asla olmayacak!"

"Paylaşalım o zaman" diyor. "Damardan vurmayacağım zaten. Narkozla beraber ağır gelebilir. Birkaç nefes yeter bana."

"İstemem! Çek şunu gözümün önünden."

"Tamam, nasıl istiyorsan öyle olsun. Ama önce... Bugün yaptıkların için teşekkür etmek istiyorum sana."

Sarılıp öpüyor yanaklarımdan. Üzerine bol gelen geceliği içinde, masum yüzüyle küçücük, sevimli bir kız çocuğu gibi duruyor.

"Teşekküre ne gerek var Dünya? Sen de benzeri bir durumda bana yardım etmemiş miydin?"

"Benimki farklı ama. Tek derdim eroin olsaydı keşke..."

Torbayı açıyor. Beni heveslendirmemek için olsa gerek, arkasını dönüp öyle çekiyor tozu.

"Bir şey takıldı aklıma Eylül" diyor. "Karya'yı orada öylece bırakıp geldik... Ne yapmışlardır onu?"

"Bilmem ki."

Ağlamaya başlıyor.

"Çöp niyetine atmış olmasınlar... Belki de o ilaçlı kavanozlardan birine kapattılar. Keşke alıp getirseydik!"

Bakışlarımdaki ürküntüyü görünce, acı acı gülüyor.

"Öyle bakma bana. Merak etme, deli falan değilim ben. Verselerdi eğer, gömerdim onu... Küçücük bir mezarı olurdu. Doğmuş da yaşayamamış bebekler gibi... Ne doğurabildim, ne yaşatabildim; ellerimle öldürdüm onu! Bir avuç toprağa gömebilseydim bari..."

Yavaş yavaş sakinleşiyor. Damarlarına yürüyen eroinin etkisiyle gevşiyor bedeni. Prensesiyle, Karyasıyla buluşacağı düşlere hazırlıyor kendini.

Gözlerimde biriktirdiğim yaşları özgür bırakabilirim artık...

Karşısına geçip, uyurken daha da masumlaşan yüzünü seyrediyorum Dünya'nın. Sessiz hıçkırıklarla sarsılıyor bedenim. Gün boyu beni ayakta tutan, şaşılası gücüm nerelere kayboldu?

Dünya'nın, sehpanın üzerine bıraktığı torbaya uzanıyorum. Dibinde küçük bir tutam toz var. Bana mı ayırdın bunu Dünya? Arkadaşının da en az senin kadar hırpalandığını düşünerek, onu ödüllendirmek için...

Hışımla, son zerresine kadar çekiyorum içime. Efkâr basınca yakılıveren sigara gibi; önü sonu olmayan, bir gecelik avuntu niyetine...

Kendi evimde eroinle ilk buluşmam bu. Ve yatağımdaki ilk

uçuşum... Uyumuyorum, ama uyanık da değilim. Karşımdaki duvarda bir bebek beliriyor önce. Sarı, bukle bukle saçları, masmavi gözleriyle dünyalar güzeli bir bebek... Neşeyle dans ediyor, el sallıyor bana.

"Karlar prensesiyim ben" diyor.

Prenses Karya bu!

Uzanıp tutmak istiyorum. Sol yanımdaki duvarın ortasından çıkan pençe görünümünde bir el, hoyratça parçalıyor bebeği. El, kol, bacak parçaları uçuşuyor havada. Bir tek yüzü kalıyor Karya'nın. Gözlerinde inci tanesi yaşlarla...

Parçalarını bir araya getirmeye, yeniden bütünlemeye çabalıyorum onu... Başaramıyorum. Uzaktan uzağa Şahika Hanım'ın kahkahası çınlıyor kulaklarımda.

Eros değil kanımdaki, eroin! Aşk yaşamıyoruz artık onunla. İntikam alır gibi, hüzünlerin en koyusunu tattırıyor bana.

Eroine, Şahika Hanım'a ve gecenin kuytusuna yenik düşüyorum. Ellerim, kollarım, Karya bebeğinkiler gibi darmadağın, günün ilk ışıklarının sabah dansına başlamasını bekliyorum...

***

Aldığım küçücük doz, neden bu kadar etkiledi beni? Aylarca ara verdiğim için mi? Bu işe yeni başlayanlar gibi, tertemiz bedenime giren zehir kırıntılarına direnç gösteremediğimden mi?

Sanmıyorum. Eroin olmasa da, aynı kâbuslarla boğuşacaktım ben. Karya bebeğin bilinçaltıma yansıması, yaşadıklarımızın doğal sonucu.

Böyle düşünmek, işime geliyor aslında... Eroine bir kez daha yenik düştüğümü kabullenmektense, kolay kaçış noktaları arıyorum kendime. Neyse... Yinesi olmayacak nasılsa.

Bugün daha iyi görünüyor Dünya.

"Benim yüzümden okulu da boşladın" diyor. "Yalnız kalabilirim ben. Eğer istiyorsan... Gidebilirsin."

Bir tutam tozun beni hırpalayamayacağını kanıtlamak ister gibi, yorgun bedenime inat, beynimden aldığım güçle toparlanıp evden çıkıyorum. Güney Kampusu'na inen yolu adımlarken, birbirine dolanıyor ayaklarım. Aldırmıyorum. Zorlamalı bir iç dirençle yürümeyi sürdürüyorum. Ne var ki, amfinin kapısında tükeniveriyor gücüm. Derse girmeyi gözüm kesmiyor. Binnur'dan bir gün öncenin ders notlarını alıp, Manzara'daki yerime oturuyorum. Dikkatimi toplayıp tek bir satır okuyamıyorum ama. Gözlerimi Boğaz'ın sularına gömüp hiçbir şey düşünmeden, beynimi dinlendiriyorum bir süre.

"Nerelerdesiniz Eylül Hanım? Okulu kırmak yakışıyor mu size?"

Anıl! Çeşme'deki beklenmedik çıkışının ardından, olanları tümüyle unutmuş gibi davranan, eski dost yüzüyle yanımda durmaya kararlı, can arkadaşım benim...

"Düşündüğün gibi değil Anıl" diyorum. "Dünya bende. Çok hastalandı. Ona bakmak için gelemedim dün."

Kopkoyu bir gölge düşüyor gözüne.

"Aynı hikâye mi?"

"Hayır. Üşütmüş galiba... Bünyesi zayıf ya, sıradan bir soğuk algınlığını bile ağır geçiriyor."

"Öyle olsun. Ama... Bu tür bulaşıcı hastalıklardan uzak durmayı öğrenmişsindir umarım. Dünya'yı düşündüğün kadar, kendini de düşünmen gerektiğini unutma lütfen."

Üstü kapalı, uyarıyor beni. Dünya'dan bana bulaşabilecek tehlikeleri sayıp dökmeden, kırıcı konuşmalar yapmadan; konunun yalnızca bana yönelik bölümüyle ilgilendiğini anlatmaya çalışıyor.

Daha fazla kalamıyorum okulda. Elimde ders notları, köşedeki marketten yiyecek bir şeyler alıp eve dönüyorum.

Benim olmadığım saatlerde neler yaptı acaba Dünya? Keşke yalnız bırakmasaydım onu. Yarası bu kadar tazeyken... Yapılacak iş miydi benimki!

Anahtarla kapıyı açıp içeriye giriyorum. Görünürlerde yok Dünya! Gitmiş olmasın sakın. Yüreğimi mengene gibi sıkan korkuyla odalara bakıyorum... Yok!

Tam o sırada banyodan çıkıyor bizimki. Pisliklerinden arınmış aydınlık yüzünde güller açtırarak...

"Hasta ziyaretine gelecek, beklenmedik bir konuğumuz var" diyor en cıvıltılı sesiyle.

Beni merakta bırakmanın keyfini yaşıyor bir süre. Sonra, sevinçle haykırıyor.

"Babam geliyor Eylül! Babam! Buraya, beni görmeye geliyor..."

Biraz önce aramış Tuncer Bey. Dünya'nın hasta olduğunu Şahika Hanım'dan öğrenmiş. Kendi gözüyle görmek istemiş kızını...

Dünya'nın sevincine katılmakta zorlanıyorum. Annesinin bir gün önce yaptıklarını gördükten sonra... İkinci bir Şahika Hanım tablosunu yaşama olasılığı ürkütüyor beni. Bu kadarını kaldıramaz Dünya...

Birazdan geliyor Tuncer Bey. Eli kolu güllerle, çikolatalarla dolu; özlemle sarılıyor kızına. Gözlerinden taşan sıcaklık hem Dünya'nın, hem de benim örselenmiş yüreklerimizi ısıtacak kadar güçlü. Eski karısının kırıp döktüklerini onarmak için gelmiş sanki buraya.

Konuyu biliyor, ama hiçbir şey sormuyor Tuncer Bey; kızının bedeninden aldığı iletileri kendince değerlendirmekle yetiniyor. Ara ara üzüntüyle gölgeleniyor yüzü; yapmak isteyip de yapamadıklarının ezinciyle, huzursuzca kıpırdanıyor olduğu yerde ama, hemen toparlanıyor.

"En sevdiğin çikolatalardan getirdim sana" diyor Dünya'ya. "Fıstıklı..."

"Biliyor musun Eylül" diye bana dönüyor. "Neli alayım sana, diye sorduğumda, 'Fıstıklı' derdi hep Dünya..."

Gerilerde kalmış, sıradan bir baba kız öyküsünden küçük bir kare. Daha öncesine uzanamıyor anıları, tüm ilişkiler orada kopmuş.

Tuncer Bey'in, bölük pörçük parçaları bir araya getirmeye çabaladığını görebiliyorum. Lime lime olmuş gönül bağlarını birbirine ekleyerek, yamalı bir bütün çıkarmaya çalışıyor geçmiş günlerden...

Yalnız bırakıyorum onları. Baba kız, konuşacakları ne çok şeyleri vardır kim bilir... Mutfağa gidip çay yapıyorum, kurabiye koyuyorum tabaklara. Bir yandan da, kendimce değerlendirmeler yapıyorum; Şahika Hanım'la Tuncer Bey'e notlar veriyorum kafamda. Şahika Hanım'ı sınıfta bırakıyorum. Tuncer Bey, bugünkü davranışıyla teşekkür belgesi almaya hak kazanıyor ama, başarısı sürekli olmadığından, bu ödülü veremiyorum ona.

Salona döndüğümde, daha da koyulaşmış bir sohbetin içinde buluyorum onları. Seviniyorum. Uzun zamandır ilk kez bu denli mutlu görüyorum Dünya'yı.

Çayını içip kalkıyor Tuncer Bey. Acelesi varmış gibi, saatine bakıyor durmadan. Ay başında, banka hesabına daha çok para yatıracağını söylüyor Dünya'ya. Yaptıklarım için dönüp dönüp teşekkür ediyor bana... Sımsıkı sarılıyor kızına, kokusunu içine çekiyor; defalarca öpüyor yanaklarından.

"Bundan sonra daha sık görüşeceğiz" diye geleceğe yönelik umutlar saçarak çekip gidiyor.

Tatlı bir sarhoşluk içinde Dünya. Babasının getirdiği gülleri vazoya yerleştiriyor, tek tek okşuyor her birini.

"Annemin adı Şahika olmasaydı, bir başkasına 'anne' deseydim eğer, yuvamız dağılmazdı" diye umarsızca söyleniyor. "Dünyanın en iyi babası diyebileceğim bu insan, yaşadıklarının hiçbirini hak etmedi Eylül. Bir yanda kurduğu yeni düzen, ikinci karısı, çocukları; diğer yanda ben... Sen olsan, hangi tarafa ağırlık verirdin? Tercih yapma durumunda, beni köşeye itmek daha akıllıca değil mi sence de?"

"Öyle düşünme. Baban seni yok saymıyor ki."

"Evinin kapısına kadar benim saltanatım... Bu gelişinden, karısına söz edemez bile. Gizli saklı, kaçamak bir buluşma bizimkisi... Gitmek için nasıl acele ettiğini görmedin mi? Çalışma saatleri dışında, adımını atamazdı buraya."

"Sen de söyledin ya, daha fazlası gelmiyor elinden. Bu kadarıyla yetinmesini bileceksin. Ya o da annen gibi davransaydı?"

"Boş ver annemi! Yıllar önce, beni doğururken ölmüş o..."

Tuncer Bey'in evimizde estirdiği bahar melteminin, akşamüzeri gelecek beklenmedik konuklarla daha da renkleneceğini bilmiyoruz henüz.

Önce Selen geliyor. Ardından da Anıl, Seçil ve Kerem...

"Hasta ziyaretine geldik ama, çarçabuk gitmeye niyetimiz yok; haberiniz olsun!" diye içeri giriyor Seçil.

"Burada bir tost makinemiz olacaktı" diyor Anıl. "Çağıran yok ki, hatırını soralım garibanın..."

Tost ekmeği, sucuk, kaşarpeyniri, meyve suyu; ne varsa toplayıp getirmişler. Dünya'yla beni mutfağa sokmuyorlar.

"Hastayla refakatçisini dinlendirmek için buradayız" diyor Kerem. "Ayağınızı uzatıp keyfinize bakın."

Güle söyleye yiyoruz tostlarımızı. Nicedir özlediğim, özlediğimin farkında olmadığım, sıcacık bir sohbeti paylaşarak.

"Ellerinize sağlık" diyerek, ikinci tostuna uzanıyor Dünya.

"Afiyet olsun" diyor Selen. "Oburluk sana yakışıyor..."

Ona bu umulmadık iştahı kazandıran şeyin, yediklerinin lezzetinden çok, gördüğü ilgi ve yakınlık olduğunu tahmin edebiliyorum. İnsanın böyle candan dostlarının olması ne güzel... Geldikleri için teşekkür borçluyum onlara.

Dünkü kâbusun ardından; önce Tuncer Bey, sonra da arkadaşlarımız harika bir gün yaşatıyorlar bize. Yeni doğacak günlerin ışığını yakarak; keşke her günümüz böyle olabilse, dedirterek...

Dünya'nın, benden önce odasına çekilip, geceyi yapay mutluluklara gerek duymadan noktalaması umutla dolduruyor içimi. Yalnız bu durum bile, yepyeni başlangıçlar yapmak için geç kalmadığımızın göstergesi çünkü...

3

Emre olmadan hafta sonu partilerine gitmiyor Dünya. Bense, o sayfayı çoktan kapattım. Grupla hiçbir iletişimimiz yok artık.

Gudrun'un ölümünü anlattığı günden bu yana, Tarık'ı da görmedim. Ne o aradı, ne de ben. Ancak, başlamadan biten küçük bir yakınlaşma, diye gerilerde bir yerlere gömdüğümü sanırken, yanıldığımı anlıyorum.

"Çok özledim seni Eylül" diyor telefondaki sesi. "Kalabalıklar boğuyor beni. Partilerde boy gösterecek halim yok artık. Cumartesi akşamı bana gelsene..."

"Yalnız değilim. Dünya hastalandı, iki haftadır bende kalıyor. Tek başına bırakamam onu."

"Yabancı mı Dünya? Onu da getirirsin... Harika bir üçlü olacağımızın garantisini verebilirim."

Söz vermeden kapatıyorum telefonu. Alacağım karar, yalnız beni ilgilendirmiyor çünkü.

Ne diyecek, diye düşünürken; sevinçten havalara uçuyor Dünya.

"Gidelim!" diyor. "Evde otur otur, patlamak üzereydim zaten..."

Üç kişilik değil de, onlarca konuk için hazırlanmış sanki Tarık. Bir yerlere ısmarladığı belli ama, son derece güzel yemeklerle, iştah açıcı mezelerle donatmış masayı.

Dünya'yla benim aramda eşit olarak paylaştırıyor ilgisini; hatta, şarap servisinde önceliği Dünya'ya veriyor.

Uzun zamandır biriktirdiğimiz, konuşulmayı bekleyen öyle çok şey var ki... Birbirimizin ağzından alıyoruz sözcükleri. Cümlelerimizin içinde ne Emre'nin, ne de Gudrun'un adı geçiyor. Aramızda karar almış gibi, onlarla ilgili söylenecekleri yemek sonrasına bırakıyoruz.

Salonun oturma bölümüne geçtiğimizde, açılışı Dünya yapıyor.

"Başın sağ olsun Tarık! Ayrılmış olsanız da, onca yaşanmışlıklar var geride. Ne kadar üzülmüşsündür kim bilir..."

"İnsanoğlu acıya da alışıyor Dünya. Dost oluyor onlarla. Beraber yaşamayı kabullenince, ilk günkü etkilerini yitiriyorlar."

"Bana göre değil bu felsefe! Ne acıya alışabiliyorum, ne de yokluklara."

"Yokluk deyince... Emre'den ne haber? Ne zaman dönüyor İngiltere'den?"

"Orasını ne sen sor, ne ben söyleyeyim. Gitgide seyrekleşen telefon konuşmalarımızı saymazsak, Emre diye biri yok artık. Her seferinde dönmekten söz ediyor ama, inandırıcı değil."

"Peşin hüküm verme Dünya, yanılıyor olabilirsin. Gördüğüm kadarıyla, Emre seni çok seviyor. Onca emek verdiğiniz bir aşktan vazgeçmek bu kadar kolay mı?"

Yanakları pençe pençe kızarmış, isyanla haykırıyor Dünya.

"Eroin aşkı bizimkisi! Eroine duyduğumuz sapkın tutkunun, aşk sözcüğüyle süslenerek paylaşılması... Bu tutkuyu çekip aldığında, hiçbir şey kalmıyor ortada. Yüreğimizden kopup gelen duyguları değil; yalnızca, eroinle oluşan yapay zevkleri sunmuşuz birbirimize..."

İlk kez böyle görüyorum Dünya'yı. Emre'yle arasındaki ilişkiyi "eroin aşkı" diye değerlendirmesine de ilk kez tanık oluyorum. Böyle düşündüğü için, bu denli kahroluyor demek...

Dünya ile aralarında geçen ikili konuşmadan rahatsız olmuş gibi, bana dönüyor Tarık.

"İşin zor Eylül... Böylesine yaralı birini avutmak kolay değil."

"Bunları benimle hiç paylaşmadı" diyorum sitemle. "Benim avutmaya çalıştığım, Emre'ye kayıtsız şartsız bağlı bir Dünya'ydı."

"Umutsuzlukların tek kişilik olduğu yerler de vardır Eylül" diyor Dünya. "Dertlerimin farklı boyutlarını yaşarken, yalnız kalmayı yeğlemem ters gelmesin sana."

"Durun bakalım" diye araya giriyor Tarık. "Kavga etmeye gelmediniz buraya... Birer kadeh konyak içmeye ne dersiniz? İsviçre etiketli bir Croiset konyak..."

"Bırak şimdi konyağı!" diye kesiyor Dünya. "Başka ikramın var mı, ondan haber ver. Yoksa, başımızın çaresine bakalım."

Eli çantasının üzerinde, Tarık'ın vereceği yanıtı bekliyor. Umduğunu ondan koparamazsa, kendi tozunu çıkaracak ortaya.

Ne zamandan beri bu zıkkımı çantanda taşıyorsun Dünya? Benim dışarıda olduğum zamanlarda, torbacı peşinde mi koşturuyorsun? Yoksa onları evimin önüne kadar getirip uyuşturucu pazarlığı mı yapıyorsun kapımda?

"Tamam tamam" diye gülüyor Tarık. Camlı büfenin ön gözünden çıkardığı küçük torbayı Dünya'ya uzatıyor.

"Yeter mi?"

"Ohoo... Bu kadar toz, yarını da çıkartırır bana."

Açıktan açığa meydan okuyor. Çekiyorum işte, diyor kendince. Yabancı ortamda huy değiştiren yaramaz çocuklar gibi, kafa tutuyor bana.

"İzninizle" diye hınzır bir gülüşle kalkıyor yerinden. "Benden bu kadar! Keyfiniz bol olsun..."

Eroin paketini alıp koridorun derinliklerinde kayboluyor. Kendisiyle baş başa kalacağı, sakin bir köşe arıyor besbelli.

"Üzülme" diyor Tarık. "Hoş gör... Bunalımını aşmak için çırpınıyor zavallıcık."

İki küçük kadehe konyak koyup getiriyor. Biraz önceki tatsız konuşmaları unutturmak için elinden geleni yapıyor... Çikolatalar veriyor ağzıma. Bize eşlik edecek müzik türünün seçimini bana bırakıyor.

Burada, onun yanında olmaktan mutluluk duyuyorum. Başımı omzuna yaslayıp, kulaklarımıza dolan müziğin dinginliğine bırakıyorum kendimi.

Boşalan kadehlerimizi doldurmak için kalktığında Tarık'ı durduruyorum.

"Bu kadarı yetti bana, sağ ol. Dünya'ya bakayım ben..."

Beraberce Dünya'yı arıyoruz evin içinde. Tarık'ın çalışma odasındaki kanepenin üzerinde kıvrılıp kalmış. Yüzünde masum bir gülümseme, gerçek hayatta bulamadıklarıyla gökyüzünün maviliklerinde buluşmuş gibi...

Ayakkabılarını çıkarıyorum Dünya'nın. Tarık'ın getirdiği battaniyeyi üstüne örtüyorum.

"Bu gece burada kalın" diyor Tarık. "Senin için bir sakıncası yoksa, sizi ağırlamaktan sevinç duyarım."

Bu gece burada kalmak ha...

Sırf Dünya'nın başını beklemek için, böyle bir öneriyi kabul etmeli miyim?

Ya ben? Kendimi ne duruma düşüreceğim kalmakla?

Bocalamamı, suskunluğumu, kararsız duruşumu üzüntüyle izliyor Tarık.

"İstemiyorsan, sizi eve bırakabilirim" diyor kırık bir sesle. "Merak etme, alkollüyken araba kullanmam; taksiyle götürürüm sizi..."

Olumlu ya da olumsuz hiçbir yanıt vermeden odadan çıkıyorum. Salondaki yerime oturduğumda, daha iyi çalışıyor beynim...

Yepyeni gelişmelere gebe, upuzun bir gece var önümüzde! Tarık'la baş başa, birbirimize sokulmuş bir halde, müzik dinleyip çikolata yiyerek mi bekleyeceğiz sabahı? Bunu umacak kadar saf olma Eylül!

Önümüzde uzanan zorlu saatleri göğüsleyebilmek için, güçlü bir destek gerek bana...

"Benim için de birkaç zerrecik eroinin var mı?" diye soruyorum Tarık'a.

"Var ama" diyor şaşkınlıkla. "İstemezsin sanmıştım."

"İstiyorum..."

Yeni bir torba çıkarıyor büfeden. Küçük, yuvarlak aynanın üzerine çizgi halinde koyduğu eroini bana uzatıyor. Derin soluklarla içime çekiyorum... Bana verdiğinin iki katını da kendisi için hazırlıyor. Onun da, benim gibi güç toplamaya çalıştığını görebiliyorum...

Fazla bekletmiyor bizi eroin. Birkaç dakika içinde kollarım, bacaklarım ağırlaşıveriyor. Gevşemiş bedenimle daha da sokuluyorum Tarık'a. Gözlerimiz kapalı, kendi göklerimizdeki maviliklere kanat çırpıyoruz...

Çok sürmüyor bu dinginlik. Aynı gökyüzünde buluşmamız gerektiğini anlatmak ister gibi, kolunu omzuma atıp sımsıkı sarılıyor bana Tarık. Sıcacık soluğu yüzümün kıvrımlarında, minik öpücükler konduruyor saçlarıma.

"Kaldığın için teşekkür ederim Eylül" diyor. "Beni ne kadar mutlu ettiğini bilemezsin."

Yüzümü ellerinin arasına alıyor, gözlerimi kucaklıyor gözleriyle. "Sana bakmaya doyamıyorum" diye fısıldıyor. "Tanrı'nın bana verdiği en büyük ödülsün sen."

Konuşmaktan vazgeçip başını göğsüme yaslıyor; yüreğimin atışlarını dinliyor bir süre... Belime doladığı kollarını çözüveriyor birden.

"Yorulmuşsundur sen... Uzanmak ister misin?"

Yanıtımı beklemeden, tutup kaldırıyor beni. Karşı çıkmıyorum. Ağır adımlarla Tarık'ın yatak odasına doğru yürüyoruz...

Ne bekliyordun Eylül?

Sabaha kadar, sana duyduğu hayranlığı dizelere dökmesini, kulağına aşk sözcükleri fısıldamasını mı? Hadi itiraf et artık! Onu ilk gördüğün andan beri, bilinçaltından, böyle bir beraberliğe hazırlamıyor muydun kendini? Siyahla beyazın dışında, tanışmak istediğin alacalı renklerden hangisini sunacağını merak etmiyor muydun Tarık'ın? Bu sunumun sabırsızlığı içinde değil miydin?

Hem, sana pek çok ilki tattıran erkekle beraber olarak, ilklerine bir yenisini eklemenin neresi kötü ki? Yaşaman gerekiyorsa, yaşayacaksın...

Kapının önünde duraklıyor Tarık.

"Bu odaya dişi sinek bile girmedi daha önce" diyor. "Sen ilksin!"

Benim de, bir erkeğin yatak odasına ilk girişim bu, demek geçiyor içimden, söyleyemiyorum.

İki kişilik, normal boyutlardan epey geniş yatağın üzerinde yan yana oturuyoruz Tarık'la. İlk kez gördüğü nadide bir tabloyu seyreder gibi, hayranlıkla bakıyor bana. Usul usul yüzümde gezdirdiği parmaklarıyla çenemi tutup başımı yukarı, kendi yüzüne doğru kaldırıyor. Birbirine karışıyor soluklarımız... Eğilip dudaklarımdan öpüveriyor.

Ateş gibi kesiliyor her yanım. Odanın duvarları, yüreğimi ortalarına almış, çılgınca dans ediyorlar karşımda.

Ağır devinimlerle yatağa uzatıyor beni Tarık. Ayakucundan dolanıp yanıma uzanıyor o da. Elimi tutuyor... Gözleri tavana dikili, öylece kalakalıyor.

"Hepsi bu kadar Eylül!" diyor. "İki yıldır aseksüelim ben. Gudrun'dan ayrıldığım günden bu yana, hiçbir kadının elini tutmadım, kimseleri öpmedim de..."

Fırlayıp oturuyorum yatağın üzerinde.

"Ne dedin sen? Aseksüelsin ha... Şu ana kadarki yaklaşımın, gerçek değil miydi yani?"

"Yanlış anladın... Âşığım sana Eylül! Hiçbir şey bu gerçeği değiştiremez. Ancak, aşkı farklı boyutlarda yaşıyorum ben... Bilinçli bir tercih değil bu; şartların getirdiği, sıra dışı bir durum."

"Uyuşturucunun yan etkisi falan mı?"

"Belki... Ama, uyuşturucu kullanan herkes aseksüel olacak diye bir şart yok."

"İki yıl, dedin. Ya öncesi?"

"Öncesinden söz etmek anlamsız. Yaşanmamış sayıyorum o yılları. Herkesinki gibi, sıradan bir evlilik hayatı işte..."

"Hep böyle mi sürecek?"

"Bilemiyorum. Senin varlığınla eski günlere döndüm sanki. Gene de umut veremem sana. Platonik aşkın bir adım ötesinde çakılıp kalıyorum. Şikâyetim yok aslında... Cinsellikten arınmış olmak, huzur veriyor bana."

Sinirlerim boşalıveriyor birden. Ardı ardına gelen, engelleyemediğim kahkahalarla, yersiz ve anlamsız bir gülme krizine giriyorum.

Eroinin oyunu bu bana! Ayık kafayla asla dile getiremeyeceğim, yapıma ters düşen aykırı sözcükler dökülüyor dudaklarımdan.

"Neredeyse beni de aseksüel olmaya heveslendireceksin Tarık... Ama, böyle bir şeyi bekleme benden! Yaşayacağını yaşamışsın sen; deneyimlerine dayanarak tercihini yapmışsın. Ben de bir şeyler yaşamalıyım ki, hangisinin iyi olduğuna karar verebileyim."

Kızmıyor, hak veriyor bana; anlayışla karşılıyor söylediklerimi. Taşkın davranışlarıma yanıt olarak, alnımdan öpüyor beni.

"İyi geceler aşkım" diyor. "Seni çok, ama çok seviyorum..."

El ele, yürek yüreğe; ama, birbirinden ayrı bedenlerimizle, uykunun kollarına bırakıyoruz kendimizi...

Öğlene doğru ancak uyanabiliyorum. Tarık yok yanımda... Mutfakta, kahvaltı hazırlarken buluyorum onu.

"Harika omletler yaparım ben" diyor. "Bu işte üstüme yoktur..."

Parmaklarımın üzerinde yükselerek, yanağından öpüveriyorum.

"Platonik aşklara bayılırım ben!" diye fısıldıyorum kulağına. "Duyguların şölenidir onlar..."

Sımsıkı sarılıyor bana. Teşekkür etmek ister gibi, öpücük yağmuruna tutuyor yüzümü. Dudaklarımız birleştiğinde, solukları sıklaşıyor. Geri çekiliyor. Gözlerini kaçırıyor benden. Hınzırca bir gülüşle aralanıyor dudakları...

"Bu gidişle, platonik yanı kalmayacak bu işin ya; neyse..."

***

Eve girer girmez, Dünya'nın soru yağmuru başlıyor.

"Bu gece de uslu uslu oturduğunuzu söyleme bana" diyor. "Neler oldu, anlat bakalım."

"Seni hayal kırıklığına uğratacağım ama, hiçbir şey olmadı Dünyacığım. Aseksüel bir erkekle ne yaşanabilir ki?"

"Ne?" diye haykırıyor. "Tarık aseksüel miymiş?"

"Aynen öyle. Bana âşık bir aseksüel..."

Olanı biteni anlatıyorum. Düşünceli bir tavırla başını sallıyor Dünya.

"Göründüğü kadar basit değil bu iş" diyor. "Cinselliğinden tümüyle vazgeçen aseksüellerden farklı bir çizgide Tarık."

"Bu konuda uzmansın galiba."

"Uzman değilsem de, az çok bilgim var... Vejetaryenlere

benzer aseksüeller. Et, süt, tavuk, balık; hayvansal kaynaklı ne varsa, hepsinden uzak duran katı vejetaryenlerin yanında, bunların birini ya da birkaçını dışlayanları düşün... Karşı cinsin eline bile dokunamayanla, cinselliği ileri aşamalara varmadan noktalayan ılımlı aseksüeller gibi. Tarık da ılımlılar grubundan yani... Umutsuz vaka değil, anlayacağın."

"Yaptığın bilimsel açıklamalar için sağ ol. Ama hiçbir önemi yok bunların. Tarık'la flört etmeyi seviyorum. Bir adım ötesi beni aşar zaten. Düşünsene Dünya... Ya aseksüel olmasaydı Tarık? Şu anda ayağımın üzerinde böyle sağlam durabilir miydim ben?"

"Çok doğru. Senin gibi iyi aile kızlarına yakışmaz bu davranışlar."

Şaka niyetine söylenmiş bu sözler, beynimin duvarlarında yankı buluyor. Kalkıştığım deliliğin boyutları ürkütücü! Farklı renkleri tanıma merakım uğruna, ateş kırmızısına çakılsaydım eğer, ne yüzle çıkardım ailemin karşısına?

Silkin ve kendine gel Eylül! Çılgın deneyimlerine "dur" demenin zamanı geldi de geçiyor bile. Kokain, esrar, eroin... Bunlar yetmedi de günübirlik maceralar mı arıyorsun kendine? Bir ay sonra kilometrelerce uzağa gidecek biriyle tek gecelik beraberliklere girişmek senin neyine?

Teğet geçtiğin tehlikenin büyüklüğünü kavrayamadın mı hâlâ? Otur kalk şükret ki, ucuz kurtuldun. Her zaman bu kadar şanslı olamayabilirsin...

4

Tümüyle kontrolümden çıktı artık Dünya. Okula uğramıyor bile. Devamsızlığı, girmediği sınavlar, geçmiş dönemlerde aldığı dibe vurmuş notlar... Bu gidişle, o bırakmasa da, okul onu bırakacak.

Gitgide eriyişinden, evin içindeki kokunun günden güne

dayanılmaz hale gelmesinden, benim olmadığım zamanları eroinle paylaştığını tahmin edebiliyorum.

Eroin kokusuyla baş etmek büyük sorun. Çat kapı, birisi gelecek diye ödüm kopuyor. Selen'in bende kalacağı zamanlar elim ayağıma dolaşıyor. Tüm pencereleri açıp saatlerce havalandırıyorum evi, oda kokuları sıkıyorum. Nafile...

"Bir yerlerden nem alıyor bu ev" diyor Selen. "Küf gibi, ağır bir koku var."

Aldırmıyorum. İnsanlar, evlerindeki kedi ya da köpekleri bile kötü kokuyor diye terk etmezken; soluduğumuz havaya yaptığı olumsuz katkı için nasıl vazgeçerim Dünya'dan?

Asıl derdim bu değil; Dünya'daki kötüye gidiş! Emre'den telefon geldiği günler dışında, yüzü hiç gülmüyor artık. Bir de babasıyla buluşup kaçamak zamanları paylaştıklarında gülümsüyor bakışları. Yaşamındaki tek renk bu. Haftada bir gün, Tuncer Bey'le yemeğe çıkıyorlar. Giderken kanatlanıyor Dünya, yüreğinde çiçekler açıyor; dönüşünde kırılıveriyor kanatları.

İlk kez bu kadar uzun süre beraber olduk Dünya'yla. Emre'yle paylaştıkları eve, eşyalarını almak ya da fazlalıklarını bırakmak için gidiyor yalnızca. Gene de, oradan tümüyle kopmayı düşünemiyor. Emre'yle biricik bağı o ev! Geleceğe yönelik tek umudu. Emre dönünce, eski günleri yeniden canlandıracaklar ya... Bu hayallerle alıyor soluklarını, bunları düşünerek tutunuyor yaşama.

Sürekli evde oturmuyor artık. Ortaköy'e gidiyor, Etiler'de vitrinlere bakarak zaman öldürüyor; hepsinden de haberdar ediyor beni. Oyalanacak bir şeyler bulması sevindirici. Ama; tümüyle çözdüm onu, ne zaman nasıl davranacağını önceden kestirebiliyorum, derken; öyle beklenmedik şeyler yapıyor ki, dudağımı uçuklatmayı pek güzel başarıyor doğrusu...

Okuldan yorgun argın döndüğüm bir akşamüstü, evde bulamıyorum onu. Birazdan gelir nasılsa, diye mutfağa girip akşam için yiyecek bir şeyler hazırlamaya koyuluyorum. İşim bittiğinde, hâlâ ortalarda yok Dünya. Cep telefonundan arıyorum... Kapalı.

Evin içinde merakla dolanırken, kapı çalınıyor.

"Anahtarımı unutmuşum" diye içeriye giriyor Dünya.

Anlam veremediğim, neşeli bir ifade var yüzünde. Çantasından çıkardığı eroin paketini bana doğru sallıyor.

"İnanmayacaksın ama, bedavaya getirdim bunu."

Elim ayağım buz kesiyor. Kim kime bedava eroin verir ki? Ne haltlar karıştırıyor gene bu kız?

"Beyoğlu'ndaydım bugün" diyor. "Sinyal çektim!"

Beni şaşırtmanın keyfiyle uzun uzun gülüyor. "Sinyal parasının ne demek olduğunu da bilmezsin sen" diye dalga geçiyor. "Anlatayım da öğren... Cüzdanı şişkin birilerini gözüne kestirip yanına sokuluyorsun. En kibar halini takınıp, 'Cüzdanımı evde unutmuşum, yol param yok. Yardımcı olabilir misiniz?' diye boynunu büküyorsun. Biri olmazsa diğeri, haline acıyıp elini cebine atıyor."

"Ama bu dilencilik! Eroin parası için dilendiğini mi söylüyorsun bana? Sokaklardaki tinerci çocuklardan ne farkın kaldı senin? Onların, ardına sığınacakları geçerli nedenleri var hiç değilse..."

"Yaptığımın kime ne zararı var? Büyük miktarlar değil istediğim... Ceplerinde ağırlık yapan bozuk paraları veriyorlar yalnızca. Kimseyi zorlamıyorum. Çantalarını kapıp kaçmıyorum. Tersleyenler de oluyor, inananlar da. Yalan söylediğimi anlamaları önemli değil. Parasız kalmış öğrenci gözüyle bakıp, yaptığımı hoş görenleri, yardım etmek için bile bile tongaya düşenleri hedefliyorum ben."

"Hiç mi utanmadın Dünya? Nasıl bu kadar aşağılayabildin kendini?"

"Utanılacak daha neler var geride... Üç kuruşluk toz için bedenini satanları duymadın galiba."

"Yeter!" diye bağırıyorum. "Böyle bir şeyi, bir daha asla yapmayacaksın! Hele bir duyayım... Canına okurum senin."

Fırlayıp çantamı getiriyorum içeriden. Cüzdanımdaki kâğıt paraların tümünü önüne koyuyorum.

"Al! Ne kadar zıkkım gelirse bu paraya, alır ziftlenirsin."

"Senin, eroin için bana para vereceğini rüyamda görsem inanmazdım" diye arsız arsız gülüyor. "Hepsini almasam... Yarın sinyal çekmek zorunda kalmayasın!"

"Kes sesini Dünya! Sabah bankadan çekerim ben..."

"Paylaşalım o zaman" diye paketi uzatıyor.

Elimin tersiyle itiyorum. İlk kez bu kadar kızdım Dünya'ya. Ne onu, ne de eroinini görecek haldeyim.

Korkunç bir gece...

Sabaha kadar, başrolünü Dünya'nın oynadığı gerilim filminde figüranlık yapıyorum. Gönüllü koruyucusuyum onun; daracık sokaklarda peşinden koşuyorum. Tam yakalayacakken kaçıp kurtuluyor elimden.

Yırtık pırtık giysiler içinde, saçları darmadağın, ayakları çıplak bir dilenci Dünya. Elini açmış, yalvara yakara eroin parası dileniyor insanlardan. Palyaço kılıklı bir torbacı, ensesinde bekliyor. Avucuna bırakılan her metal para için havalara zıplıyor sevincinden; ellerini çırpıyor, dans ediyor. Dünya'nın yüzüne doğru sallıyor eroin torbasını. "Bu para yetmez, biraz daha toplamalısın" diye gülüyor. Çirkin kahkahaları kulaklarımı tırmalıyor.

Karşı kaldırımda bir başka Dünya var. Yakası açık, eteği derin yırtmaçlı, daracık bir elbise giymiş. Yüzünde maske gibi duran abartılı makyajıyla gelen geçen arabalara eğilip müşteri arıyor. Tam bir kaldırım yosması!

Pazarlık tamam galiba... Önünde duran arabanın kapısını açıp, kıpkırmızı dudaklarının arasından gülüyor bana.

Yola atıyorum kendimi. "Gitme!" diye bağırıyorum. Kolundan tutup çekmek için elimi uzatıyorum... Aniden gaza basıyor arabadaki adam. Kornasının tiz sesiyle, torbacının kahkahaları birbirine karışıyor...

Zıplayıp uyanıveriyorum. Ter içindeyim. Eroinsiz, ayık kafayla da böyle kâbuslar görülebiliyormuş demek...

Hâlâ yaprak gibi titreyen ellerimi açıp, saatlerdir boğuştuğum karabasanın gerçeğe dönüşmemesi için dualar ediyorum Tanrıma. Bize bugünümüzü aratma, diye...

5

Eroine bedenen bağımlı olmaktan deli gibi korkuyorum. Yaşadığım yoksunluk krizi aklıma geldikçe, ürpertiler basıyor her yanımı. Gene de, yaşamımdan tümüyle çıkaramıyorum onu. Uzun aralarla çektiğim birkaç zerre tozun zararı olmayacağına inandırıyorum kendimi.

Son bir ay içinde, üç kez buluştuk eroinle. Dünya'yla beraber Tarık'a gittiğimiz hafta sonları... Tarık'ın İsviçre'ye dönmesiyle, kökten silip atma kararındayım.

Ama bu cumartesi özel. Hem Tarık'la, hem de eroinle son buluşmamız!

Gidiyor platonik aşkım... Pazartesi sabahı İstanbul'a ve bana veda ederek Zürich'e uçacak.

"Bekliyorum" diyor telefonda. "Hem seni, hem de Dünya'yı."

Bu kez gelmek istemiyor Dünya. Bizi son gecemizde yalnız bırakmak istiyor sanırım. Ama, farklı nedenler öne sürüyor.

"Cumartesi Emre'nin doğum günü" diyor. "Paylaştığımız evde olmalıyım. Yanımda o varmış gibi kutlamalıyım geceyi. Emre'yi de oradan aramak daha anlamlı olmaz mı?"

Gerçekten de Emre ile buluşacakmış gibi heyecanlı, giyinip süsleniyor. Akşamı beklemeden de çekip gidiyor.

Kararsızlık içindeyim... Tarık'a bir "güle güle" armağanı vermek istiyorum ama, hiçbir şey gelmiyor aklıma. Sonunda, onu neyin mutlu edeceğini buluyorum.

Akmerkez'den aldığım gümüş bir fotoğraf çerçevesine son çektirdiğim fotoğrafı yerleştiriyorum. Parlak kâğıtlara sarılmış, renkli kurdelelerle süslenmiş; içinden Eylül'ün çıkacağı bir armağan paketinden daha sevindirici ne olabilir ki Tarık için!

Tam düşündüğüm gibi, mutluluktan havalara uçuyor Tarık. Gerçeğinin yanında olduğunu unutup fotoğraftaki Eylül'e sarılıyor, öpücüklere boğuyor yüzünü.

"Bu yetmez" diyor. "Küçük, ceketimin cebinde taşıyabileceğim, her an yanımda olacak bir fotoğrafını daha istiyorum senden."

Çantamın derinliklerinde bulduğum vesikalık fotoğrafla yetinmek zorunda.

"Pek güzel çıkmamış ama..." diye uzatıyorum.

"Seni hatırlamam için, bunlara bakmam gerekmiyor zaten. Kalbimin her atışında, tüm canlılığınla gözlerimde yaşayacaksın. Ama, fotoğraftaki yansımanla buluştuğumda, Eylül'le kucaklaşmış gibi olacağım."

Şimdiden ayrılık hüznüne kaptırmamalıyım kendimi. Sıradan bir hafta sonunu paylaşıyoruz gene Tarık'la, diye geçiriyorum içimden. Kapının önüne dizilmiş bavulları görmezden geliyorum. Bir de şu boğazıma çöreklenmiş düğüm olmasa...

"Yemek yapamadım sana" diyor Tarık. "Balıkçıya gideriz, diye düşündüm."

Eşyalarını toplamış, yorulmuş. Bir de masa mı donatacaktı benim için!

Bebek'te, denize karşı yan yana oturuyoruz Tarık'la. Elimi elinden hiç bırakmıyor.

"Sana son kez susuz rakı içirmeden gidemezdim" diyor. "Ama, uzun bir ayrılık olarak düşünme bunu. Her ay geleceğim, söz!"

Her zamankinden farklı bir gece, yaşadığımız. Dudaklarımızdan çok gözlerimiz konuşuyor. Gözbebeklerimizde biriktiriyoruz birbirimizi. Ki, ayrı kaldığımız günlerde bize güç verebilsinler...

Kahvelerimizi içerken, "Bir şey isteyeceğim senden Eylül" diyor Tarık. "Eroini tümüyle yaşamımdan çıkarmaya karar verdim ben. Senin de bu zıkkımla vedalaşmanı istiyorum artık..."

"Belki inanmayacaksın ama, ben de senin gibi düşünüyordum."

"Bu iyi işte... Dünya'nın o gece söylediği eroin aşklarından çok farklı bizimkisi. İkimizi yakın kılan, eroinin verdiği yapay zevki paylaşmamız değil... Ayık kafayla âşık oldum ben sana. Gün ışığında katlandı sevgim..."

"Bu gecenin özel olduğunu unutma ama! Belalı dostumuzla son kez buluşmaya ne dersin? Onun için de bir veda töreni gerekmiyor mu?"

Yapma Eylül, der gibi bakıyor yüzüme.

"Bu ne biçim kararlılık?" diyor sitemle.

"Bilinçli vazgeçiş, desek şuna..."

"Öyle olsun bakalım..."

Caydırıcı konuşmalarına karşın, önceden tedbirini almış Tarık. Çekmeceden çıkardığı eroin paketini getirip önüme koyuyor. Aynanın üzerine çizik atmaya hazırlanırken, durduruyorum onu.

"Küçük bir ayrıntı var Tarık... Bu kez burnumdan çekmeyeceğim, damardan denemek istiyorum."

Şaşkınlıktan, elindeki paketi yere düşürüyor.

"Sana bunu yapamam Eylül! Böyle bir şeyi isteme benden."

'İstedim bile... Kırma beni. Bir kez denemem gerek, yoksa bırakamam onu."

"Şırınga bile yok evde."

"Bende var."

İnanmayan bakışlarını umursamadan, gelirken eczaneden aldığım şırıngayı uzatıyorum.

"Çocuk oyuncağı değil bu Eylül! Damardan eroine dayanmak kolay mı sanıyorsun?"

"Yanımda sen varsın ya... Bu deneyimi başkalarıyla mı yaşamamı istiyorsun yoksa? Hani tüm ilklerimi seninle paylaşacaktım?"

Teslim oluyor sonunda. Geri geri giden adımlarla mutfağa doğru yürüyor. Peşinden gidiyorum. Dolaptan limonu çıkarıp küçük bir metal kaşığa sıkıyor.

"Başımda dikilip durma" diyor. "İçeri git ve bekle."

Nasıl hazırladığını görmemi istemiyor. Söz dinleyen uslu çocuklar gibi, salona geçip oturuyorum. Birazdan, elinde şırıngayla geliyor Tarık.

"Ah Eylül" diye söyleniyor. "Bunu bana yaptırdığına inanamıyorum."

Hasta olduğum zamanlarda bile, iğneden fellik fellik kaçan ben; hevesle, ama daha çok yaşayacaklarımın merakıyla kolumu uzatıyorum Tarık'a... İlk girişte yakalıyor damarımı. Bu işte usta ve deneyimli olduğu belli.

Gudrun'a eroin verirken de böyle şefkatli mi davranıyordun Tarık? Onun için de aynı endişeleri duyuyordun, değil mi? Senin kaderin bu aşkım...

Canımı acıtmaktan korkar gibi, şırıngadaki sıvıyı ağır ağır boşaltıyor damarıma. İlk anda hiçbir şey hissetmiyorum. Ama Tarık, ayna üzerinde kendisi için hazırladığı ince çiziği çekerken, ipler kopuyor...

Gerçek bir kıyameti yaşıyor bedenim! Kulaklarım duymuyor, beynim bir başkasının sanki. Tonlarca yükün altında ezilen başımı kımıldatamıyorum. Konuşmak istiyorum, dilim dönmüyor. Ölüyorum galiba...

Güçlü kollarıyla kucaklayıp kaldırıyor beni Tarık. Koridor boyunca attığı her adım, çelikten bir yumruk gibi yankılanıyor kafamda. Yatağa uzattığı ben değilim; odanın tabanını delip dibe vuracak kadar ağır, taştan bir külçe! Duymayı, görmeyi, soluk almayı unutmuş bir halde, kendimden geçiveriyorum...

"İnatçı sevgilim benim" diye saçlarımı okşayarak uyandırıyor beni Tarık. "İstediğini yaptırdın da, başın göğe mi erdi?"

Şöyle bir yokluyorum kendimi... Pişman mıyım? Hayır! Denemem gerekiyordu, denedim.

Kabul etmeliyim ki, kötüydü; hem de çok kötü... Ama, bu sonuca varmak bile yeterli kazanım değil mi benim için?

"Neyse" diyor Tarık. "Madem aklına koymuştun, iyi ki benimle yaşadın bu deneyimi. Dersini almışsındır umarım."

"Hem de nasıl... Kusura bakma, kaprislerimle İstanbul'daki son gününü rezil ettim senin."

"Yanılıyorsun. Saatler boyu seni seyretme fırsatı verdin bana. Böyle bir zevki hiçbir şeye değişmem ben... Bu süre içinde, önemli kararlar aldım kendimce. Zürich'e döner dönmez, ilk işim psikiyatra gitmek olacak. Bir dahaki gelişimde, bambaşka bir Tarık bulacaksın karşında."

"Bu gece de kal" diyor Tarık. "Arkanda bırakacağın boşluğa dayanacak gücüm yok. Yarın sabah, beraberce çıkarız evden."

Ya ben? Ben nasıl dayanacağım onun yokluğuna?

Kalıyorum... El ele, aynı yüreği paylaşarak, bizleri özlemle kucaklaştıracak hüzün dolu bir güne "merhaba" diyoruz Tarık'la.

Ortak evimizmiş gibi, pencerelerin panjurlarını indiriyoruz; elektrikli cihazların fişlerini çekip, koltukların üstüne örtüler seriyoruz. Uzun bir yolculuk öncesindeki evli çiftlerin gösterdiği özenle, bize mutlu anlar yaşatan aşk yuvamızı kapatıp çıkıyoruz.

Havaalanına gitmemi istemiyor Tarık. Vedalaşmanın hüznünü daha da katlamamak için... Dinlemiyorum onu. Son ana kadar yanında olmalıyım.

Bavullarını bagaja verip uçuş kartını alıyor Tarık. Ayrılığın ağır yükü gözbebeklerimizde, bakışlarımızla konuşabiliyoruz ancak. Daha şimdiden devleşmiş özlemimizle son kez kucaklaşıyoruz.

"Evleneceğim seninle Eylül!" diye fısıldıyor kulağıma. "Ne pahasına olursa olsun, evleneceğim. Bunun için elimden gelen her şeyi yapacağımı bil ve... bekle beni."

Dudaklarının izini dudaklarımda bırakarak çözülüveriyor kollarımdan. Dış hatlar bölümünün sonunda gözden kayboluncaya kadar el sallıyorum ona.

Güle güle Tarık. Çok, ama çok özleyeceğim seni...

6

Eve girince, burnuma çarpan ağır kokudan, Dünya'nın dönmüş olduğunu anlıyorum. Odasının kapısı aralık, uyuyor galiba.

Kapıyı itip yatağına doğru yaklaşıyorum. Başucundaki komodinin üstünde boş bir şırınga var. Yanında da metal bir kaşık... Eroini damardan çaktığına göre, işler yolunda değil.

Salona geçip kanepeye uzanıyorum. Dünya'yı eleştirmeye, ona kızmaya hakkım yok. Ben de aynı işi, anlamsız bir kapris uğruna, daha bir gün önce yapmadım mı?

Birazdan ayılıyor Dünya. Mum gibi donuk, solgun yüzüyle gelip karşıma oturuyor.

"Bitti" diyor. "Yolun sonuna geldim. Emre'den bana hayır yok artık."

"Ne oldu ki?"

"Doğum gününü kutlamak için aradığımda, buz gibi sesiyle, sanki bir yabancı vardı karşımda. Hatırımı sormadı bile. Dil okulunun ardından, başka bir yerlere kayıt yaptırmaktan söz etti. Benden umudunu kes, der gibi. Dönmeyecek Eylül! Kaybettim onu..."

"Dur bakalım... Tatili falan yok mu bu okulun? Geldiğinde yüz yüze konuşur, sorunlarınızı halledersiniz."

"Beni istemiyor Eylül! Bunu anlamayacak kadar aptal değilim."

"Sen de onu istemezsin, olur biter."

"Bu kadar kolay mı sanıyorsun? Ne yaparım ben onsuz?"

Ağlamaya başlıyor.

"Üzülmesin diye; hamileliğimi, geçirdiğim kürtajı, yaşadığım bunalımları söylemedim ona. Umurunda bile değilim artık. Biz konuşurken, geriden müzik sesi geliyordu. Kim bilir kimlerle kutluyordu doğum gününü..."

Biraz sakinleşmesini bekledikten sonra atağa kalkıyorum.

"Bak Dünya, gördüğüm kadarıyla önemli bir dönüm noktasındasın. Saplandığın batağın, seni içine çekip yutmasına izin verirsen, bitersin. Tarık'la karar aldık biz. Eroini tümüyle siliyoruz yaşamımızdan. Sen de katıl bize... Kurtulman, düze çıkman için tek yol bu."

"Yapabilir miyim sence?"

"Neden yapamayasın ki? Yanında ben varım, sonuna kadar destek olacağım sana; söz veriyorum. Düşünsene; zorlukları aştığında, kendini yeniden kazanacaksın."

Bir süre kafasında ölçüp biçiyor söylediklerimi.

"Haklısın galiba" diyor. "En azından denemeliyim..."

Sevinçle fırlıyorum yerimden.

"Kalk" diyorum. "Banyoya gir, tüm kirliliklerinden arınıncaya kadar yıka bedenini. Tertemiz, pırıl pırıl bir Dünya görmek istiyorum karşımda."

Evin tüm pencerelerini ardına kadar açıyorum. Soluduğumuz havaya sinen uğursuzluğu kovmak ister gibi... Siyahın yerine beyazı koyabilmenin ilk adımı olarak.

Aydınlığa kapılarını açmış evimizin ilk konuğu Selen oluyor.

"Beklemiyordunuz beni, değil mi?" diye giriyor içeriye. "Bakmayın öyle yüzüme. Sizleri özlemiş olamaz mıyım?"

Birazdan dilinin altındaki baklayı çıkarıyor ama.

"Evdeki insan yoğunluğu tepelere vurunca dayanamadım" diyor. "Eniştemin akrabaları baskın yapmış. Tek tek gelseler ya... Tüm sülaleyi karşımda görünce kaçtım ben de..."

"İyi etmişsin" diyorum. "Sabah beraber gideriz okula."

Dünya, erkenden odasına çekiliyor. Kendisiyle baş başa kalıp kafasını dinleyecek. Eroinsiz geçireceği zorlu gece için kolaylıklar diliyorum ona...

Önce biraz televizyon seyrediyoruz Selen'le. Sonra da havadan sudan, cıvıltılı bir sohbetin içine dalıyoruz.

O anda aklına gelmiş gibi, alçak sesle, "Bir şey soracağım sana Eylül" diyor Selen. "Dünya... uyuşturucu falan mı kullanıyor?"

Günaydın, dememek için zor tutuyorum kendimi. Uyuşturucu diye, eczanelerde satılan sakinleştirici hapları kastettiği ortada. Daha ötesini aklına bile getiremiyor.

"Maalesef" diyorum. "Ama, söz verdi bana; bırakacak."

Başka birine ait sırları üçüncü kişilerle paylaşma huyum yok. Ancak, Dünya'yla bir bütünün parçalarıyız biz. Onu anlatırken, kendimi de koyuyorum ortaya. Neler çektiğini, onu buralara taşıyan nedenleri bilmeli Selen. Bilmeli ki, gelinen noktayı iyi değerlendirebilsin, suçlamadan önce durup düşünsün biraz...

Anlattıklarım karşısında dehşete düşüyor Selen.

"Vay be..." diyor. "Gene de iyi dayanmış! Ben olsam, bir şişe arseniği kafama dikip çoktan öbür dünyayı boylamıştım."

Arsenikten daha tehlikeli zehirler de var Selenciğim! Senin tanımadığın, yalnızca adını duyduğun; bir anda değil, yavaş yavaş öldüren... İşte onlardan kurtarmaya çalışıyorum arkadaşımı. Bedenine vantuz gibi yapışmış, bırakmamak için direnen canavarın pençesinden çekip almaya uğraşıyorum onu.

Zorlu bir savaş bu! Ama denenmeye değer. Sonunda, yaşama gülümseyerek bakan, yepyeni bir Dünya'yı kazanmak var çünkü...

Dünya'yı oyalamak için neler yapmıyorum ki... Siyam ikizleri gibi olduk, yanımdan hiç ayırmıyorum onu. Okula beraber gidiyoruz. Derslere girmiyor Dünya, Manzara'da ya da kantinde oturup yolumu bekliyor.

Arkadaşlarla grup halinde yemeğe gittik dün akşam. Farkında değiller ama, Dünya'yla çıktığımız yolda, bilmeden destek veriyorlar bana. Kalabalık içinde daha rahat davranıyor artık Dünya. Gözüm üstünde. Bu işi başarabileceğiz galiba...

***

Ne yazık ki, fazla sürmüyor bu dinginlik. Dördüncü günün sonunda pes ediyor Dünya.

"Sıkıldım" diyor. "Beyoğlu'na gidelim mi bu akşam? Bizim bara takılır, kafalarımızı dağıtırız."

Ucu açık, nereye çeksen oraya gidecek, esnek bir öneri... Ne yanıt vereceğimi bilemiyorum. Karşı çıkmam ters tepebilir. Aşırı kısıtlamalar, isyana sürükler insanı...

Hem, söz verdi diye, hiç mi girmeyecek o ortamlara? Tek başına gireceğine, beraberce, ölçülü bir geceyi paylaşabiliriz onunla.

Tamam, diyorum ama bir sorun var... Kafasını dağıtmak için iki kadeh yetecek mi Dünya'ya?

Yetmeli! Nerede durması gerektiğini öğrenmeli artık.

İstediğini kabul ettirmenin sevinciyle, hazırlanmak için odasına koşuyor. Birazdan, siyah deri mini eteği, daracık bluzu; bileklerine, parmaklarına taktığı incik boncuklar ve abartılı makyajıyla, ters düştüğü her şeye meydan okuyan asi bir genç kız görünümünde geliyor yanıma.

"Böyle mi geleceksin sen?" diye çıkışıyor bana. "Geçerken uğrayıvermiş çömez öğrenci havalarından ne zaman vazgeçeceksin? Okul müsameresine gitmiyoruz Eylül Hanım..."

Fırlayıp gidiyor odasına. Döndüğünde, ateş kırmızısı bir bluz var elinde.

"Bunu giy" diyor. "Benden çok sana yakışacağından eminim."

Ona iki beden bol gelen bluz, sanki benim için biçilmiş gibi, oturuveriyor üstüme. Bu kadarıyla da yetinmiyor Dünya. Simsiyah boyuyor gözlerimi, kıpkırmızı bir ruj sürüyor dudaklarıma. Bir adım geri çekilip beğeniyle izliyor beni...

Yarattığı eserden hoşnut, "Harika oldun Eylül" diyor. "Alev alev yanıyorsun..."

Katılmıyorum ona. Aynadan yüzüme yansıyan, Eylül değil; bambaşka biri. Yadırgıyorum bu yabancıyı... Gene de ses çıkarmıyorum. Bu gece her şey, Dünya'nın gönlünce olmalı...

Kalabalık yüzüyle görmeye alışık olduğumuz bar, hafta içi tenha. En dipteki küçük masaya geçip oturuyoruz Dünya'yla. Eylül olmaktan çıkmış; kömür gözlü, ateş dudaklı dilberi birilerinden saklamak ister gibi, salona arkamı dönüp ahşap lambrilerin kesiştiği köşeye çeviriyorum yüzümü.

Tekila ısmarlıyor Dünya. Yönetim onda bu gece. Sigaralarımızı yakıp içkilerimizi yudumlarken, nereden geldiğini kestiremediğim bir canlılıkla beslenen el kol hareketleriyle; kulaklarımızı zorlayan yüksek perdeden müziğin gümbürtüsüyle boğuşarak, sesini ulaştırmaya çalışıyor bana. Neşe içinde, her telden bir şeyler anlatıp duruyor.

Sol çaprazımızdaki grubun içinde, oturduğumuzdan beri gözlerini üzerimden ayırmayan bir genç var. Fark etmemiş gibi görünüyorum ama, ister istemez gözüm takılıyor.

İçkilerimizi tazelerken, yanımıza geliyor oğlan. Olacağı budur! Giyinip süslenmiş, takıp takıştırmış iki sap kızı yalnız bırakırlar mı böyle bir yerde!

Ancak, bana değil, Dünya'ya yaklaşıyor oğlan. Sarmaş dolaş kucaklaşıveriyorlar.

"Hakan" diye tanıştırıyor Dünya. "Emre'nin kolejden sınıf arkadaşı. Bu da..."

Kolunu tutup susturuyorum Dünya'yı.

"Alev!" diye elimi uzatıyorum Hakan'a. "Memnun oldum..."

Kısılmış gözlerinin arasından, tepeden tırnağa süzüyor beni Hakan.

"Bir isim, ancak bu kadar yakışabilir sahibine" diyor.

Dünya'nın şaşkın bakışlarına aldırmadan, görüntümdeki beni rahatsız eden frapanlığı Alev'in üstüne yıkıp Eylül'ü temize çıkarmanın iç huzuruyla, gülümseyerek karşılıyorum Hakan'ın iltifatını.

Alev alev yanıyorsun, diyen sen değil miydin? Al işte, der gibi bakıyorum Dünya'ya da. Görüp görmediğinden emin değilim, derin bir sohbete dalmışlar Hakan'la.

"Yeni haberler var mı Emre'den?" diye soruyor Hakan. "Neler yapıyor bizim kanka?"

"Ne yapsın!" diyor Dünya, nişanlısını sahiplenerek. "Yeniden okullu oldu, derslerin arasında debelenip duruyor."

"İngiltere'yi fazla sevdi ama. Dikkat et Dünya, çıtır bir İngiliz kızına kaptırma bizim oğlanı... Sahi, son buluşma partisine neden gelmedin sen?"

İğne batırılmış gibi, aynı anda irkiliveriyoruz Dünya'yla. Ne anlama geliyor bu sözler?

İçinde kopan fırtınalara inat, sakin görünmeyi başarıyor Dünya.

"Hangi parti?" diyor.

"Geçen ay, birkaç günlüğüne gelmişti ya Emre... İşte o zaman. Haberinin olmadığını söyleme sakın bana."

"Ha, şimdi hatırladım" diye ağzında geveliyor Dünya.

Her geçen saniye biraz daha soluyor arkadaşım... Konuşmakta, ardına sığınacak sözcükleri bulmakta zorlanıyor.

"O günlerde ağır bir grip geçiriyordu" diye araya giriyorum. "Ben baktım Dünya'ya. Gerçekten de gelecek durumda değildi."

"Aman ha... Erkek kısmı, bu kadar yalnız bırakmaya gelmez. Hastalıktan yerlerde sürünsen de, yanında olacaksın nişanlının..."

Hakan'ın söylediklerini dinlemiyoruz artık. Ortak noktada buluşan gözlerimiz, yüreklerimizde çöreklenen dehşeti paylaşıyor. Her şey apaçık ortada... Dünya'dan habersiz, İstanbul'a gelmiş Emre! Haber vermek bir yana; buluşmamak, ona görünmemek için kaçış yolları aramış.

Duyduklarının acısını ondan çıkarmak ister gibi, boşalmış içki bardağını sertçe masaya vuruyor Dünya.

"Tozun var mı?" diye soruyor Hakan'a.

"Yok, ama isterseniz bulabilirim."

İşte bu kadar! Güle güle Emre, hoş geldin Eros...

Onu engelleyecek gücü bulamıyorum kendimde. Aynı umarsızlığın, aynı öfkenin pençesindeyim çünkü.

Hakan'ın getireceği eroini, birbirimizin yüzüne bakmadan, sessizce ve sabırsızlıkla bekliyoruz. İçine düştüğümüz derin boşlukta, tutunacak tek dayanağımız o!

Bizi avutmayı başaracak başka neyimiz kaldı ki?

7

Beyoğlu'ndaki berbat gecenin üzerinden tam iki hafta geçti. O günden bu yana, tek kırıntı eroin girmedi bedenime. Tarık'la aldığımız ortak kararı, gecikmeli de olsa, uygulayabilmenin sevincini yaşıyorum.

Sık sık arıyor beni Tarık, saatlerce konuşuyoruz. Sesinin

sıcağıyla yüreğimi ısıtıyor, sevda kokan tutkulu sözcüklerle sarıp sarmalıyor beni.

Benim yönümden her şey yolunda. Okul yaşantım, arkadaşlarımla ilişkilerim, derslerim... Tek derdim Dünya! Aynı çizgide duramayışımız; tam tersine, beni düze çıkaran her yeni günün, onu gitgide dibe çekmesi...

Parmaklarımın arasından kayıp gidiyor... Tüm umutlarını yitirdiği noktadan geriye, çöküşe doğru son hızla koştuğunu görebiliyorum. Ve ben, kahrolarak izlemek dışında hiçbir şey yapamıyorum onun için.

İki haftadır, evden dışarıya adımını atmadı Dünya. Babasının yemeğe çıkma önerilerini bile ders çalışma bahanesiyle geri çeviriyor. Burundan çekerek, damardan çakarak; tüm zamanını yatağıyla ve eroinle paylaşıyor.

Beni asıl dehşete düşüren, sık sık ölümden söz eder olması. Eskiden, aklına bile getirmezdi böyle bir şeyi.

"Keşke ölebilsem" diyor özlemle. "Ama ölmek, yaşamaktan çok daha fazla cesaret istiyor. O gücü bir toplayabilsem..."

"İyi şeyler düşün Dünya" diyorum yalvarırcasına. "Her şeye rağmen, güzel olan yaşamak! Unutma ki, alınan her soluk, yeni bir umudu taşır yanında..."

"Umutlarımı çoktan yitirdim ben Eylül! Alıp verdiğim solukların anlamsızlığı ortada. Onları da durdurdum mu, biter bu iş."

"Böyle bir hakkın yok senin! O solukları ancak, veren durdurur... Şu ölüm sözcüğünü de sil artık defterinden! Yoksa bozuşacağız seninle."

"İyi de, yaşamam için geçerli bir tek neden gösterebilir misin bana?"

"Ben varım ya! Bundan iyi neden mi olur!"

Acı acı gülüyor.

"Sana zarar veriyorum Eylül. Kirletiyorum seni... Yalnız

bunun için bile, seve seve ölüme koşabilirim."

"Sakın ha!" diye bir deri bir kemik kalmış bedenine sarılıyorum. "Sensiz bırakma beni. Söz ver; böyle bir deliliği asla yapmayacağını, senin ağzından duymak istiyorum."

"Tamam... Ama kendini hazırla Eylül. Bu işin sonu yok çünkü. İstemesem de, ulaşacağım nokta o. Benim için üzülme..."

Yorgun düşüyor konuşmaktan, başını yastığa bırakıyor. Gözyaşlarımla ıslanmış yüzünü usulca öpüp çıkıyorum odadan.

Böyle bir acıyı yaşatma bana Dünya! Yıkma beni...

Dünya'sız bir dünya, Eylülüne dar gelir...

***

İyi ki Dünya'nın sorunlarını Selen'le paylaşmışım. Bu dar günlerimde bana destek oluyor hiç değilse.

Anıl da üstü kapalı yardım önerileriyle, ne gerekirse yapmaya hazır olduğunu anlatmaya çalışıyor. Selen'le konuşmuşlar galiba. Durumun ne kadarından haberdar, bilemiyorum; bu saatten sonra, önemi de yok zaten. Gerçeklerin üzerindeki perde çoktan aralandı, gizleyecek ne kaldı ki?

Okulda geçirdiğim her dakika, diken üstündeyim. Dersten çıkar çıkmaz eve koşuyorum. Çoğu zaman Selen de yanımda oluyor, geceleri bende kalıyor. Dünya'yı yalnız bırakmamak için ne gerekirse yapıyoruz; nöbetleşe başını bekliyoruz, olağandışı gelişmeleri birbirimize iletiyoruz.

Son telefon konuşmamızda Dünya için, "Mutlaka tedavi olmalı!" dedi Tarık. Tek kurtuluş yolu buymuş... Hastaneden çıktığının ertesi günü, Gudrun'u toprağa gömen o değil sanki. Gene de hak veriyorum ona, esaslı bir tedavi görmeli Dünya.

Son günlerde Selen'le konuştuğumuz tek konu bu. Nereden, nasıl başlayacağımızı düşünürken, beklenmedik bir gelişmeyle kendiliğinden çözülüveriyor sorun...

Her gün olduğu gibi, Selen'le beraber Dünya'nın son kontrolünü yapıp odalarımıza çekiliyoruz. Gecenin orta yerinde, birisi dürtmüş gibi fırlayıp kalkıyorum yataktan. Doğruca Dünya'nın odasına koşuyorum. Başucunda, gece yatarken görmediğim, sonradan çıkardığını tahmin ettiğim boş bir eroin torbası var.

Derin soluklarla uyuyor Dünya... Endişelenmemi gerektirecek bir durum yok, her zamanki hali. Yatağıma dönüyorum ben de. Sabahın ilk ışıklarına kadar gözümü kırpmıyorum. Beynimi kemiren binlerce soruyla boğuşmanın yorgunluğuyla uykuya yenik düşüyorum sonunda.

Her günden geç uyanıyorum. Selen kalkmış, çay suyunu koymuş bile. İlk işim Dünya'yı yoklamak oluyor... Son bıraktığımdaki gibi, kıpırtısız yatıyor. Ter içinde her yanı, soluk yüzü kül rengi. Duruşunda bir gariplik var ama, ne olduğunu kestiremiyorum. Biraz ferahlasın diye battaniyeyi aralıyorum... İğnesi bükülmüş, boş bir şırınga geliyor elime.

"Selen" diye haykırıyorum. "Yetiş!"

Koşup geliyor Selen. Dünya'nın cansız gibi duran bedeninin karşısında ne yapacağımızı bilmez bir halde dikeliyoruz bir an.

Nabzına bakıyor Selen.

"Korkma" diyor. "Yaşıyor."

"Bir şeyler yapmamız gerek" diye çırpınıyorum. "Hastaneye götürelim onu."

"Bu iş bizi aşar Eylül! Annesi, babası; sorumluluk yüklenebilecek kimi varsa, onları ara önce."

Dünya'nın cep telefonundan babasını arıyorum.

"Dünya çok kötü! Hemen gelin lütfen..."

"Eroin mi?"

"Evet."

On dakika içinde geliyor Tuncer Bey. Dünya'ya bakar bakmaz da telefona yapışıp, acil servisten ambulans istiyor.

Hızlandırılmış film karelerinde yaşıyor gibiyiz. Ambulansın gelişi, Dünya'yı sedyeyle dışarı taşımaları, onları arabayla geriden izleyişimiz ve AMATEM...

AMATEM, Bakırköy Ruh Sağlığı ve Sinir Hastalıkları Hastanesi'ne bağlı; alkol, uyuşturucu ve madde bağımlılarının tedavisi için hizmet veren özel bir birim. Daha önce yalnızca adını duyduğum, önünden bile geçmediğim bu yere, can simidi gözüyle bakıyorum.

Sıradan bir hastane değil burası. Daha kapıda, ilk hayal kırıklığımı yaşıyorum. Selen'le beni içeri almıyorlar. Arkadaş sıfatıyla Dünya'nın yanında olma hakkımız yok. Yalnız Tuncer Bey'e izin veriyorlar, babası olduğu için.

Kapalı kapılar ardında neler yaşandığını bilmeden, dışarıda bekliyoruz. Bir saate yakın bir sürenin ardından, Tuncer Bey merdivenlerin başında görünüyor.

"Yatırdık" diyor. "Şu anda, yoksunluk tedavisi servisinde. İlk aşamada, madde kullanımının kesilmesine bağlı semptomlar giderilecek. Detokslama dedikleri işlem... Kanı yıkanacak anlayacağınız. Ancak tümüyle zehirden arındıktan sonra, psikoterapi programına alabiliyorlar."

"Refakatçi kabul etmiyorlar mı?" diye soruyorum, kalmama izin vereceklermiş gibi.

"Yok öyle şeyler. Bu devrede benim bile yanına girmem yasak."

"Zehirden arınma işlemi ne kadar sürecek?"

"Dört gün ile bir hafta arasında... Durumuna bakacaklar."

"Biraz daha iyi mi Dünya?"

"Yaşamsal tehlikesi yok, zamanında yakalamışız. Muayenenin ardından hemen serum taktılar koluna. Sakinleştirici ilaçlarla uyutacaklar bir süre."

Asıl merak ettiğim konuyu dile getirmekte zorlanıyorum.

"Son bir şey soracağım" diyorum, gitgide güçten düşen sesimle. "Altın vuruş mu yapmış Dünya?"

"Orası belli değil. Eroinin çok saf ya da kirli olmasının sonucu da olabilirmiş. Öyle söyledi doktor..."

Yapacak bir şeyimiz kalmadı burada. Bizi eve bırakıyor Tuncer Bey.

Dünya'yla beraber çıktığımız kapıdan içeriye onsuz girmek yüreğimi acıtıyor. Ama avunacak çok şeyim var geride. Şu anda yaşamıyor olabilirdi Dünya... Kurtuldu, iyileşecek! Bu umut yeter bana, varsın yanında olmayayım...

***

Dünya'yı AMATEM'e bırakalı bir hafta oldu. O günden beri görmedim onu. Haberleri Tuncer Bey'den alıyoruz. Hastaların, yalnız aynı soyadını taşıyan birinci dereceden yakınlarına görüşme izni veriyorlar. O da, ziyaret günleriyle kısıtlı; çarşamba ve pazar birer saat.

Arkadaşla görüşmek yasak! Aynı soyadını taşımasam da; Dünya'ya anasından, babasından yakın olduğumu nasıl anlatabilirim onlara? İşte Şahika Hanım! Dünya'nın annesi... Tuncer Bey durumu ilettiği halde, lütfedip de kızını görmeye gitmemiş bile...

Yoksunluk tedavisi tamamlanmış Dünya'nın. Yani, bedenen artık tertemiz. Şimdi de on dört günlük psikoterapi programı uygulanıyormuş. Tekrar başlamamasına yönelik, özel bir psikolojik tedavi bu. Bedeninin yanı sıra, beynini de zehir saplantısından arındırmak için...

"Özel odada mı kalıyor?" diye soruyorum Tuncer Bey'e.

"Hayır" diyor. "Ben de istedim ama, hastanın tedaviye uyumu ve tedavinin yararlılığı açısından, özel oda yok AMATEM'de."

"Çok özledim onu" diye sızlanıyorum. "Keşke bir dakikacık olsun görebilseydim..."

"Demek çok özledin" diye gülüyor Tuncer Bey. "O halde sıkı dur, bir müjdem var sana... On dört günlük tedavide, ilk hafta, bir günlük hafta sonu izni var Dünya'nın. Sabah alıp akşam bırakacağız."

Sevinçten havalara uçmak dedikleri bu olsa gerek. Ona kavuşacağım günü iple çekiyorum...

İzin gününün sabahı, hep beraber gidiyoruz AMATEM'e. Tuncer Bey, Selen ve ben. Arabanın içinde oturup, özlem ve merakla yoğrulmuş, her geçen saniye katlanarak artan bir sabırsızlıkla Dünya'nın gelişini bekliyoruz.

Ve kavuşma anı! Yıllardır birbirimizi görmemiş gibi, devleşmiş özlemlerimizle kucaklaşıyoruz Dünya'yla.

Kahvaltı için Emirgân'a götürüyor bizi Tuncer Bey. Denize karşı çaylarımızı yudumlarken, bir yandan da tepeden tırnağa inceliyorum Dünya'yı...

Son gördüğüm korkunç tablodaki haliyle uzaktan yakından ilgisi yok. Yüzüne renk gelmiş. Canlı, kıpır kıpır, bir şeyler anlatıyor durmadan.

"Her sabah yürüyüşe çıkıyoruz. 8.15-9.15 arası. 9.30'da günaydın toplantısı başlıyor. Sorunların konuşulduğu, tedavi ekibiyle hastaların kaynaşma saati... Haftada iki gün gevşeme egzersizi yaptırıyorlar. Dört gün de grup tedavisi. Herkes, içinden geldiği gibi kendini anlatabiliyor... Psikiyatrlarla özel sohbetler yapıyoruz. Haftada bir gün, özel görüşme saatimiz var.

Tematik grup toplantılarına bütün hastalar katılıyor. Genel doğruların yerine, kendi yaşamlarımızdan verdiğimiz örneklerle; izlenim, duygu ve düşüncelerimizi aktarıyoruz birbirimize. Bu toplantılar, hastaların iletişimini güçlendirmeyi ve sorun çözme yeteneklerini geliştirmeyi hedefliyormuş. Yanı sıra, ilgi alanımıza uygun sosyal etkinlikler de var. Haftada bir gün, çarşamba öğleden sonraları; konuları hastalar tarafından saptanan ve planlanan serbest etkinlikler bunlar.

Sinema, tiyatro, eğlence, spor, yarışmalar..."

"Hastane değil, tatil kampı desene şuna" diyor Selen.

"Gerçekten de öyle. Durun, daha bitmedi... Günlük program dışında, rehabilitasyon saatlerinde de, 'bağ evi' etkinliklerine katılıyoruz. Bağ evi, AMATEM'in rehabilitasyon ünitesi. Bilardo, tavla, seramik, makrama, spor... Aklınıza ne gelirse. Geçirdiğim her dakikanın sonunda, keşke daha önce gelseymişim buraya, diyorum."

"Bu harika kampın bir kusuru var ama" diye araya giriyorum. "Bizi görüştürmemeleri."

"Benim de tek sıkıntım bu! Ama ne yapabilirler ki? Orasına burasına eroin ya da bir başka uyuşturucuyu koyup içeri sokmak isteyenler çıkıyormuş. Arkadaş yasağının nedeni de bu. Neyse, az kaldı. Bir hafta sonra, tümüyle beraberiz nasılsa..."

Dünya'yı AMATEM'den çıkaracağımız gün, tüm kadro kapıdayız gene. Tuncer Bey'in çıkış işlemlerini tamamlamasını beklerken, arabada oturuyoruz Dünya'yla. Bir önceki haftadan da iyi görünüyor. Eroin hikâyesini aşmış gibi...

Selen'le birbirimizin ağzından alıyoruz soruları. Hangimize yanıt vereceğini şaşırıyor Dünya.

"Bu iş bitti yani" diyor Selen.

"Tam olarak değil. Dış ortama uyum sürecinde; haftada bir gün, bir saat, grup toplantılarına katılmam gerekiyor. Bir de direncimi artıracak, destek verici ilaçlarımı almayı sürdüreceğim."

"Şu destekleyicilerden biraz da bize versen" diyorum. "Seninle beraber, aynı hızla dibe vurup yeniden düze çıkmanın ne demek olduğunu biliyor musun?"

"Hepsinin farkındayım. Minnet borçluyum sizlere. İyi ki varsınız. Siz olmasaydınız, yaşamıyordum şimdi ben."

Koyu bir hüzne doğru yol alan konuşmamız, Tuncer Bey'in gelişiyle bölünüyor.

"Gidebiliriz artık" diyor Tuncer Bey. "Ama, senin evine değil Eylül! Bir süre için Dünya'yı kaçıracağım sizden. Böylesine zorlu bir hastane macerasının ardından, baba evinde dinlenmesi daha doğru olmaz mı?"

Umulmadık, olağanüstü bir gelişme bu! Tuncer Bey, kızını kendi evine götürecek ha... Dünya'yla bir an önce baş başa kalma hayallerime ters düşse de, onu mutlu edebilecek bu öneriye karşı çıkamam.

Kendinden emin, konuşmasını sürdürüyor Tuncer Bey:

"Benim ufaklıklar, sabırsızlıkla ablalarının yolunu gözlüyorlar. Filiz de..."

Filiz, derken sesi cılızlaşıyor ama, önemli değil. Belli ki, karısını razı etmiş; sınırlı bir zaman dilimi için de olsa, yuvasını kızıyla paylaşabilecek.

Dünya'nın yüzü bayram yeri... Sevgi sözcüklü şarkılar yükseliyor gözlerinden.

Umarım, her şey beklediğin gibi gerçekleşir Dünya. İçini kemiren özlemlerden birini daha dindirmiş olarak dönersin aramıza. Yaşadığın bu bayram sevincini daha da katlayarak, yüzünde açmış goncaları soldurmadan..

8

Dünya'yı emin ellere teslim etmenin huzuruyla, günlük yaşantımıza dönüyoruz biz de.

Yarıyıl tatili geldi çattı! Tüm gücümüzle dönem sonu sınavlarına hazırlanıyoruz Selen'le. Sabahlara kadar ders çalışıyoruz, sıkı bir kamp temposundayız gene...

Neyse ki, emeklerimiz karşılıksız çıkmıyor. Vizeler, sınavlar; derken koskoca bir döneme daha noktayı koyuyoruz sonunda. Birbiriyle yarışan notlarımızın gururuyla, iyi bir tatili hak ettik ikimiz de.

Bu dönem hiç gidemedim İzmir'e, gideceğim de yok.

"Eskisi kadar özlemiyorsun bizi" diye sitem ediyor annem. "Aylardır görmedik yüzünü..."

Haklılar ama, babasının evindeki günleri sayılı Dünya'nın; onu bırakamam.

Ancak, beklenmedik bir gelişme, İzmir yoluma yeşil ışık yakıyor.

"Burada iyiyim ben" diyor Dünya telefonda. "Bir süre daha kalacağım, bırakmıyorlar. Beni düşünme... İç rahatlığıyla İzmir'e gidebilirsin."

Selen yok, Ankara'da. Dünya da babasında...

Fırsat bu fırsat, neden ben de kısa bir İzmir kaçamağı yapmayayım ki? Yorgun bedenimi, yıpranmış sinirlerimi onaracak, bundan iyi ilaç mı olur!

Eve girdiğim anda, gelmekle ne kadar iyi bir iş yaptığımı anlıyorum. İyice özletmişim kendimi... Beni şımartmak için yarış halinde bizimkiler. Nurten Abla'nın nefis yemekleriyle donanmış sofrada prensesler gibi oturuyorum. Bu güzellikleri solumayı nasıl özlemişim ben de...

Yemeğin ardından, kahvelerimizi içerken, "Anlat bakalım Eylül" diyor babam. "İstanbul'da havalar nasıl?"

"Karanlık, dondurucu günlerle örülü, ürkütücü bir kışı geride bıraktık babacığım. Artık baharı yaşıyoruz."

"Yani?"

"Dünya! Çok korkuttu bizi... Ölümle yaşam arasındaki ince çizginin kopmak üzere olduğu noktada yakaladık onu."

Babam kadar sabırlı değil annem.

"Bırak ağzında gevelemeyi de, doğru dürüst anlat şunu" diye çıkışıyor bana.

Anlatıyorum... En ufacık bir ayrıntıyı atlamadan; noktasına, virgülüne kadar, yaşadığımız her şeyi seriyorum ortaya. Sessizce ama, tüm dikkatlerini toplayarak dinliyorlar beni.

Sözlerimi bitirdiğimde, düşünceli bir tavırla başını sallıyor babam.

"Doğru" diyor. "Korkunç sonun eşiğinden dönmüş Dünya. Ama bundan sonrası daha da önemli. Her an bir geri dönüş yaşayabilir. Bundan önce de öyle olmadı mı? Hele şimdi, ruhsal yapısı her zamankinden de hassas. Sıradan olumsuzlukları bile devleştirerek, altından kalkılamaz hale getirebilir... Babasıyla yakınlaşması iyi. Moral açısından büyük bir destek..."

"Ya annesi?" diyor annem. "Bir ananın nasıl bu kadar duyarsız olabileceğini aklım almıyor."

"Merak etmeyin" diyorum. "Şahika Hanım'ın ilgisizliğini umursamıyor artık Dünya. Yok sayıyor onu."

"Asıl sorun Emre. Keşke onu da tümüyle silip atsa da, kurtulsa kızcağız."

"Bak işte onda haklısın anneciğim. Dünya'nın, önümüzdeki günlerde bu konuya kesin bir çözüm getirmesi şart."

"Hepsi tamam da, Dünya'nın sorunlarından başka bir şey yok mu senin yaşamında Eylül? Bu kadar kaptırmamalısın kendini..."

"Annen haklı" diyor babam. "Daha önce söylemiştim sana, işin zor. Profesyonel yardım gerektiren bir hastanın en yakınında duran sensin. Sorumluluk yüklenmen güzel... Arkadaşlık bağlarının bu denli güçlü oluşu övgüye değer... Ama, biz de öncelikle kendi kızımızı düşünmek zorundayız. Ona yardım edeyim, derken hırpalama kendini; olayların dışında kalmaya çalış. Bataklığa düşmüş birini kurtarmak için elini uzatıp, onunla beraber dibi boylayan yardımsever durumuna düşmeni istemeyiz. Tamam, arkadaşına gereken desteği vermelisin, zor zamanlarında yanında olmalısın hep; ama, kendini ikinci plana atmadan. Unutma ki, bizim de bir tek Eylülümüz var..."

Yerden göğe kadar haklılar! Kendimi onların yerine koyduğumda, daha iyi anlıyorum bunu. Ne var ki, başka türlü davranmak gelmiyor elimden. Dünya ve ben tek yürekte atıyoruz! Hiçbir şey bu gerçeği değiştirecek kadar güçlü değil...

9

Bugün eve dönüyor Dünya. Sabah erkenden kalktım, çok sevdiği tarçınlı kekten yaptım ona. Evi derleyip topladım, özel konuğumu karşılamaya hazırım artık.

Öğleden sonra, Tuncer Bey'le beraber geliyorlar. Dünya'nın yüzüne bakar bakmaz anlıyorum, işler yolunda... Hallerinden de belli zaten; paylaştıkları sıcacık baba kız ilişkisi sevgi kokuyor.

Tuncer Bey, çayını içip kalkıyor. Bundan sonra daha da sık görüşeceklerini vurgulayarak, geleceğe yönelik bin bir umut saçarak...

Onu yolcu eder etmez, "Nasıl geçti baba evindeki günler?" diye merakla soruyorum.

"Harikaydı" diyor Dünya. "Filiz Hanım'a üvey anne demek haksızlık olur. Kendi annemden göremediğim yakınlığı paylaştı benimle, rahat ettirmek için paralandı kadıncağız. Hele çocuklar... Abla, abla, diye dört döndüler etrafımda."

"Çok sevindim Dünya, umarım devamı gelir."

"Selen yok mu?"

"Ankara'dan dönünce, doğru teyzesine gitti. Ne o, benimle baş başa kalmak istemiyor musun yoksa?"

"Deli misin sen? Haftalardır şu anın hayalini kuruyordum. Anlat bakalım, neler oldu ben yokken?"

"Seni yitirdiğimi düşündüğüm anda yeniden kavuşuvermenin sevinciyle yolunu bekledim, daha ne olsun?"

"Tarık'tan ne haber?"

"Bildiğin gibi. Aşk sözcükleriyle bezenmiş telefon konuşmaları dışında, yeni bir gelişme yok."

"Hani her ay İstanbul'a gelecekti? Gidişinin üzerinden onca zaman geçti, yüzünü göremedik henüz."

"İşleri yoğunmuş, öyle söylüyor."

"İnandın mı sen de? Neden gelemediği ortada. Psikiyatra gidecekti ya... Şu aseksüellik hikâyesi! Altından kalkamadı besbelli, beceremedi. Karşına çıkacak yüzü yok."

"Öyle olduğunu sanmıyorum Dünya. Bu konuya önem vermediğimi biliyor."

Söylediklerime ben de inanmıyorum aslında... Ah Tarık, ah! Sabahlara kadar fotoğraflarımı seyrederek, onlarla sohbet ederek nereye varacaksın? Putlaştırılmış bir aşk sembolü olmak istemiyorum ben! Elimi tutman, yanımda olman yeterdi. Hele şu son, dar günlerimde...

"Üzülmeye değmez" diyor Dünya. "Bırakıp gidenin de, gidip gelemeyenin de canı cehenneme!"

"Aferin, bakıyorum akıllanmışsın!"

"Biraz pahalıya patladı ama, başardım sonunda."

Güçlü, acı çektirene meydan okuyan, yepyeni bir Dünya'yla karşı karşıya olduğumu düşünmekte acele ettim galiba. Biraz önceki kararlı, hatta isyankâr tavırlarıyla çelişen sözcüklerle, beni şaşırtmakta gecikmiyor çünkü.

"Emre'yi arayacağım" diyor. "Merak etme, sevgi dilenecek değilim ondan. Noktaladığımız ilişkinin adını koymalıyız. Koymalıyız ki, yolumuz aydınlanabilsin..."

Görünürde, ayrılıklarını kesinleştirmek amacına yönelik, son telefon konuşması gibi duruyor. Ama içim rahat değil; üzülmesinden, hırpalanmasından korkuyorum onun. Öylesine taze ki yarası...

Telefonu alıp odasına geçiyor. Benim yanımda rahat konuşamayacak... Yarım saat kadar sonra geri döndüğünde, gözlerinin içi gülüyor. Sihirli bir değnek değmiş gibi, mutluluk bulutlarının üzerinde yürüyor Dünya.

"Harika şeyler oldu Eylül!" diyor, soran bakışlarıma yanıt olarak. "Benden asla ayrılamayacağını söyledi Emre. Eskisinden de çok seviyorum seni, dedi. Önümüzdeki ay İstanbul'a gelecek, ailesiyle tanışacağız. Londra'ya beraber döneriz, diyor; gelecek yaza evlenmekten söz ediyor. Sence de harika değil mi?"

Sevincine katılamıyorum. Keşke her şey söylediği gibi olabilse... Ama, ya olmazsa? Yeniden yeşerttiği umutlarının solduğunu görmek, yıkar onu. Böyle bir yükü kaldıramaz Dünya... Umarım yanılırım ama, yüreğime oturan ürküntüyü söküp atamıyorum bir türlü.

Emre'den aldığı güçle daha da diriliyor Dünya. Tanıdığım günden bu yana en canlı, en neşeli, en cıvıltılı dönemini yaşıyor. Düşlerini yaşama taşımanın sarhoşluğuyla, gerçekleşmesi güç planlar yapıyor. Takvimi eline alıp düğün tarihleri saptıyor, giyeceği gelinliğin ayrıntılarını anlatıyor bana...

"Hatırlıyor musun Eylül" diyor. "Nişan elbisemin beyaz oluşunu yadırgamıştın. Oysa ben, gelinlik niyetine seçmiştim beyazı. Giyebileceğimden umudum yoktu çünkü. Yanılmışım... Yaz düğünü olacak bizimkisi. Yakasını biraz açık tutsam, Emre'nin ailesi ne der ki?"

***

Emre'yle konuşmasından iki gün sonra, eve gideceğini söylüyor Dünya.

"Havalar ısındı" diyor. "Kalın kazaklarımı bırakıp ince bir şeyler alayım. Bir de... Ders kitaplarımı getireceğim! Kürsü başkanıyla konuşup neresinden yakalayabilirsem, okula dönmek istiyorum artık."

Nedense, onu böyle yaşama sıkı sıkıya bağlanmış görmek, acı veriyor içime. Kaynağını bilemediğim bu huzursuzlukla baş etmekte zorlanıyorum.

Beraber çıkıyoruz Dünya'yla. Köşe başında yollarımız ayrılıyor; ben okula gidiyorum, o da Emre'nin evine.

Uzun uzun el sallıyor bana. Oysa, daha önce yapmazdı hiç. Yüzünden mutluluk fışkıran bu halini ezberlemek istercesine, yudum yudum içime çekiyorum onu. Yinelenmesi olanaksız, beynime kazınması gereken bir film karesi gibi...

Eve döndüğümde, Dünya'yı salonda, boş bira kutularının arasında buluyorum. Sabahki halinden eser yok! Saçı başı darmadağın, kıpırtısız kolları iki yanında; tüm canlılığını yitirmiş, öylece oturuyor.

Ağlamaktan rimelleri akmış gözleriyle, "Buraya kadarmış Eylül" diyor. "Olmayacak umutlarla ayakta tutmaya çabaladığım billur köşk, ayaklarımın altında artık."

Hiçbir şey soramıyorum, korkuyorum duyacaklarımdan. Anlatıyor...

"Ne zamandır gitmemiştim o eve. Emre'yle konuştuktan sonra, bambaşka bir hevesle koştum... Neyle karşılaştım dersin? Bir daha asla içeriye giremeyeceğimi haykıran, duvarlaşmış bir kapıyla... Anahtarda bir bozukluk olabileceğini düşündüm önce. Yardım istemek için kapıcının dairesine indim, ondan öğrendim gerçeği. Emre'nin annesiyle babası, evin kilidini değiştirmişler. Onlar için, kapı önüne konulan bir sokak kedisinden farkım olmadığını anlatmak ister gibi... Döner dönmez Emre'yi aradım. Daha iki gün önce, bol keseden saçtığı umutlarla başımı döndüren o değil sanki! Benim telefonumdan sonra babasını arayıp durumu anlatmış. Açık açık söylemiyor ama, 'Ya o ya biz!' gibisinden bir dayatmayla karşılaştığı kesin. Böyle bir durumda, seçimini onlardan yana yapması doğal değil mi? Ailesine gelince... Benim gibi bir gelini kim ister ki Eylül?"

Tarafsız düşününce, Emre'nin ailesini suçlayamıyorum ben de. Dışarıdan bakıldığında; eroin tedavisi görmüş, uyuşturucu bağımlısı, çarpık bir yaşantının kötü karakterli başrol oyuncusu Dünya! Böyle birini oğullarına alıp, gelinimiz diye benimsemeleri kolay olmasa gerek...

Başını göğsüme yaslayıp içini çeke çeke ağlamasına dayanamıyorum Dünya'nın.

"Dur bakalım" diyorum. "Kendini koyuverme hemen. Dünyanın sonu değil ya..."

"Dünyanın değilse de, benim sonum! Hiçbir umudum kalmadı artık Eylül... Herkesten, her şeyden nefret ediyorum."

"Biraz başa dönelim seninle... Bu işi bitirmek, ilişkinize son noktayı koymak için aramamış miydin Emre'yi? Varsayalım ki, o konuşmayı hiç yapmadınız ya da senin söylediklerini kabul etti ve kesin olarak ayrıldınız... Beklediğin bu değil miydi zaten?"

Duymuyor bile söylediklerimi; haykırıyor:

"Benimle böyle oynamaya ne hakkı var? Ailesine güvenemiyorsa, susup otursun... Hiç bu kadar aşağılanmamıştım Eylül, yediremiyorum kendime."

"Unutacaksın! Şu son birkaç günü çıkaracaksın yaşamından, başka çaren yok."

"Sokağa atıldığını, evsiz barksız kaldığını nasıl unutabilir insan? Başına kaldım Eylül, belalın oldum! Acı çektiriyorum sana. En çok da buna kahroluyorum, biliyor musun..."

"Duymamış olayım bunları! Yeni bir yol açıldı önüne. Bu tertemiz yolda, yanında yürümemi istemiyor musun yoksa?"

Yanıt vereceğine, kalkıp banyoya gidiyor. Yüzünü yıkamış, saçlarını taramış, derli toplu bir Dünya olarak dönüyor yanıma.

"Hah şöyle" diyorum. "Olanlara sünger çekmek için ilk adımı attın bile."

Söylediklerimi duymamış gibi, dalgın bir ifadeyle karşıma oturuyor.

"Kendi dertlerimi senin omzuna yüklemeye hakkım yok Eylül" diyor. "Benim yüzümden üzülmeyeceksin artık, söz veriyorum!"

Bu ani değişimi iyiye yormaya çalışıyorum. Beni üzmemek için neler yapacağının merakıyla...

10

Tümüyle içine kapandı Dünya... Gülmüyor, konuşmuyor; soluk alıp vermek dışında hiçbir yaşam belirtisi yok bedeninde. Onu avutmak için gösterdiğim çabalara, döktüğüm dillere tepki bile vermiyor. Varlığıyla yokluğu farksız bir gölge gibi dolanıyor evin içinde.

Tehlikeli bir gidiş bu! Bir adım ötesi felaket olabilir...

Gözüm hep üzerinde. Uyurken, çekmecelerini karıştırıyorum, çantasına bakıyorum; eroin var mı diye. Yok! İçtiği biralarla sakinleştirici hapları harmanlamak yetiyor galiba... Gene de tetikte olmalıyım; beni bir dereceye kadar iyimser kılan tablo, her an tersine dönebilir.

Diğerleri gibi sıradan bir gün... Daha doğrusu ben öyle sanıyorum. Pusuya yatmış sinsi canavarın oynayacağı oyundan haberim yok henüz.

Erkenden kalkıp okula gitmeye hazırlanıyorum. Uyuyor Dünya... Yanağına küçük bir öpücük kondurup çıkıyorum evden.

Derslerin en yoğun olduğu gün çarşamba. Üstelik, peş peşe girmemiz gereken iki de sınav var. Oradan oraya koşturmaktan, zamanın nasıl geçtiğini anlamıyorum bile.

Akşamüstü döndüğümde, Dünya'yı evde bulamıyorum. Yaklaşık bir haftadır adımını dışarı atmadığı geliyor aklıma. Sıkılmış, bir yerlere gitmiş olabilir mi acaba? Belki de babasıyla buluşmuştur...

Cep telefonundan arıyorum, kapalı. Nedenini kestiremediğim, garip bir ağırlık çöküyor yüreğime... Bu gece bende kalacaktı Selen ama, görünürlerde yok. Bari o olsaydı yanımda...

Çaresizlik içinde kendimi odadan odaya atarken, kapının önündeki ayakkabılara ilişiyor gözüm. Dünya'nın ayakkabıları bunlar! Sokağa çıkmamış demek... Buralarda bir yerde!

Üst katımızda oturan Boğaziçili öğrenci kızlara gitmiş olmasın... Birkaç kez onlarla konuşurken görmüştüm Dünya'yı.

Kızlardan başlayıp apartmanın her katını tarayarak, çalmadık kapı bırakmıyorum. Yok, yok, yok...

Eve girip Tuncer Bey'i aramalıyım. Tam kapıyı açarken, sol tarafta, kalorifer dairesine inen merdivenlerin üst basamağında bir pırıltı ilişiyor gözüme. Eğilip bakıyorum...

Aman Allahım, Dünya'nın saç tokası bu!

Çılgın gibi, yuvarlanırcasına iniyorum merdivenlerden. Loş ışık altında, önümdeki karaltıyı göremiyorum önce. Otomatın düğmesine basınca, aydınlanıveriyor her yer...

Ayaklarımın dibinde, boylu boyunca uzanmış yatıyor Dünya!

İlk gözüme çarpan, göğsünün üstündeki beyaz zarf oluyor. Kocaman harflerle, "Evini kirletmemek için buradayım Eylül!" yazıyor zarfın üzerinde...

İşte o an, Dünya'nın kolunda saplı duran eroin şırıngasını görüyorum!

Yeri göğü inletiyor çığlığım... Bacaklarıma vura vura haykırıyorum, "Hayır! Hayır!" diye.

Biraz önce kapısını çaldıklarım, apartmanın deliklerinden fırlamış fareler gibi başımıza üşüşüyorlar ama, koparamıyorlar beni Dünyamdan. Sımsıkı sarılıyorum cansız bedenine, kenetleniyorum...

İki güçlü kol çekip alıyor beni üzerinden. Kalabalık arasında Selen'in bitik yüzünü seçebiliyorum yalnızca. Bir elimde Dünya'nın saç tokası, diğerinde bana bıraktığı zarf, yığılıveriyorum yere...

"Başka çarem yoktu Eylül...
Altın vuruş değil benimkisi, altın kurtuluş! Öyle düşün...
Bir daha üzmeyeceğim, diye söz vermiştim ya sana...
Bu seni son üzüşüm!
Bağışla arkadaşım..."

Kaç kez okudum bu satırları, bilemiyorum. Her seferinde farklı anlamlar yakalıyorum sözcüklerinde...

Ölmek, yaşamaktan daha çok cesaret ister, demiştin Dünya. Nereden buldun bu cesareti? Madem beni üzmek bu kadar önemliydi senin için, ya şu halime ne diyeceksin?

Yapmayacaktın Dünya! Geride bıraktıklarına değmezdi... Şahika Hanım'ın, gözlüklerinin ardına sığınıp döktüğü sahte gözyaşlarını gördün. Baban gerçekten üzüldü, doğru. Hatta Filiz Hanım bile, öz annenden çok etkilendi senin ölümünden. Ama hepsi dağıldı... Evlerine gidip kapılarını kapatır kapatmaz unuttular seni. Kaldıkları yerden yaşamlarını sürdürecekler.

Ya ben?

En büyük kötülüğü bana yaptın Dünya! Sensizliğe mahkûm ettin beni. Nasıl kalkacağım bu yükün altından? Nasıl dayanacağım yokluğuna?

Annemle babama Selen haber vermiş. Cenazeye yetişemediler ama, ertesi sabah ilk uçakla yanıma koştular. Onlar için önemli olan, biricik kızları ya... Avutmaya geldiler beni.

Çevrem insan kaynıyor. Diğer arkadaşlarım uğrayıp başsağlığı dilemekle yetinirken, Selen'le Anıl bir saniye ayrılmıyorlar yanımdan. Apartman komşuları; yakından tanıdığım, uzaktan merhabalaştığım onlarca yüz... Hiçbirini görmek istemiyorum. Kendimle ve Dünya'yla baş başa kalmak için yanıp tutuştuğumu anlayan yok.

Bir gün kalıp dönüyor babam. Annemse hafta başına kadar burada. Biraz toparlandığımı görmeden, bırakıp gitmeye niyetli değil.

"İzmir'e götüreyim seni" diyor.

İstemiyorum. "Evimde kalıp yeni şartlara alışmalıyım" diye geri çeviriyorum önerisini.

"Merak etmeyin teyzeciğim" diyor Selen. "Eylül'ü yalnız bırakmam ben."

Bırakmıyor da... Annemi İzmir'e uğurladığımız sabah, zorla okula götürüyor beni.

"Açılırsın" diyor. "Beylik sözdür ama, hep derler ya... Hayat devam ediyor Eylülcüğüm. Sevilen birinin ardından, ilk günün acısı aynı yakıcılığıyla sürseydi, kimseler dayanamazdı buna. Yaşamı boyunca matem tutan birini gördün mü sen?"

Anlamıyorlar beni, anlayamazlar. Yüreğimdeki dayanılmaz sızı, azalacağına gitgide artıyor. Cansız, uzaktan kumandalı bir robottan farkım yok. Selen, Anıl; çevremde kim varsa, söyledikleri her şeyi itirazsız yapıyorum. Uyurgezerlerin mekanik adımlarıyla okula gidiyorum; anlatılanları dinlemeden, boşa vakit öldüreceğimi bile bile derslere giriyorum. Destek olmak isteyen dost yüzleri kırmamak için, yaşamadan, yaşar gibi yapıyorum kısacası...

Nereden duymuşsa duymuş, olanları öğrenmiş Emre. Telefon açıyor bana.

"Çok perişanım Eylül" diye ağlıyor. "Kahroldum inan ki..."

"Boş versene sen" diyorum, içimdeki birikmiş öfkeyi kusarak. "Kurtuldun işte! Annenle babana da söyle, yerleri geniş olsun..."

Telefonu elimden bırakmadan, Tarık'ın numarasını çeviriyorum. Onun hakkını da vermeden içim rahat etmeyecek...

Dünya'nın öldüğünden haberi yok. Şaşırıyor, üzülüyor; ne söyleyeceğini bilemiyor. Ama, bu durumdan daha önemliymiş gibi, bir haftadır aramayışına kılıf uydurmaya kalkışınca kafam atıyor.

"Keşke gelebilseydim" diyor. "Şirketin en yoğun dönemi, geceleri bile çalışıyorum. Gözlerimin önündesin ama... Seni düşünmekten, seninle olmayı düşlemekten hiç vazgeçmiyorum." Önümüzdeki ayın sonunda İstanbul'a gelmekten söz ediyor. Psikiyatrın telkinleriyle güç toplamış galiba.

"Gelmesen de olur Tarık" diyorum. "Aşkın yarısı cinsellikse, diğer yarısı da gerektiğinde sevdiğinin yanında olabilmektir."

Budala! Putlaştırdığın fotoğraflarımın karşısına geçip tapınmaktan başka ne işe yararsın sen...

11

Bu akşam Kadıköy'e gidecek Selen. Teyzesi ağır bir ameliyat geçirmiş. Utana sıkıla izin istiyor benden.

"Sorman hata" diyorum. "Benim için elinden geleni fazlasıyla yaptın sen. Gördüğün gibi, gayet iyiyim. İstediğin yere iç rahatlığıyla gidebilirsin. Teyzene geçmiş olsun dileklerimi iletmeyi de unutma sakın..."

Sonunda tek başıma kalabildim!

Dünya'yla baş başa geçireceğimiz upuzun bir gece var önümüzde.

Öldüğünden bu yana ilk kez giriyorum odasına. Her şey bıraktığı gibi... Soluk alıp vermesini duyuyorum sanki.

Başucundaki komodinin çekmecesini açıyorum. Sakinleştirici, "unut beni" hapları yerli yerinde duruyor.

Neleri unutturuyor bu haplar Dünya? Acıları? Yaşanmış çirkinlikleri? İnsanların ikiyüzlülüğünü?

Bir tanesini alıp suya bile gerek duymadan yutuveriyorum. Yatağa uzanıyorum ardından. Onun yatağına!

Neredesin Dünya, nereye gittin? Üzerine attığımız iki avuç toprağın altında olduğunu söyleme bana! Oraya bıraktığımız, ruhundan ayrılmış bir kemik yığınıydı yalnızca.

Gittiğin yerleri anlat bana... Rahat mısın oralarda? Beni özlüyor musun? Hepsinden önemlisi, aradığın huzuru buldun mu?

Bir köşeye gizlenip, görünmez yüzünle bizleri izliyorsundur belki. Gördüğün gibi, kimseler anlamıyor beni. İçinde debelendiğim, uçsuz bucaksız bir boşluk değil, hiçliğin ta kendisi! Fark edemiyorlar. Bir sen varsın dertlerime derman olacak, sana da ulaşamıyorum ki...

İlacın etkisiyle gitgide bulanıyor düşüncelerim. Onları toparlayıp Dünya'ya aktaracak gücüm yok. Gözlerim ağır ağır kapanıyor...

Uyumuyorum ama, ayık da değilim. Birden, karşımda beliriveriyor Dünya. Üzerinde dekolte bir gelinlik var. Bana tarif ettiği gibi, yakası açık; göğüsleri dışarı fırlayacak sanki.

"Nasıl olmuşum?" diyor. "Beğendin mi?"

Fırlayıp kalkıyorum yataktan. Elbise dolabını açıyorum. Aynı gelinliği orada bulacakmışım gibi... Ama yok! Olmayacak tabii... Dünya'nın üzerinde kaldı o. Burada hayallerini kurup giyemediğini, doya doya giyecek gittiği yerde. Bu onun hakkı!

Diğer elbiseleri elden geçiriyorum. Her birini Dünya'ya giydirerek, karşısına geçip hayranlıkla seyrederek... Sıra, Beyoğlu'na gittiğimiz gece bana verdiği kırmızı bluza gelince duraklıyorum. Kısa bir bocalamanın ardından, askısından çıkarıp üstüme geçiriveriyorum.

Gidip boy aynasında inceliyorum kendimi... Güzel, ama eksik bir şeyler var.

Dünya'nın makyaj çantasından çıkardığım rimelle kirpiklerimi boyuyorum. Ateş kırmızısı ruju da dudaklarıma sürdüm mü, tablo tamamlanıyor. Aynadaki yansımama bakıp ağız dolusu gülüyorum. Dünya'nın sesi çınlıyor kulaklarımda...

"Harika oldun Eylül! Alev alev yanıyorsun..."

Ani bir kararla, çantamı kaptığım gibi dışarıda alıyorum soluğu. Önüme çıkan ilk taksiye atlayıp, "Beyoğlu'na" diyorum şoföre.

Sen de böyle olmasını isterdin, değil mi Dünya? Eve tıkılıp kalmaktan sıkılmıştın. Gelmekle iyi ettik.

Her zamanki masamız boş, geçip oturuyorum. Tekila ısmarlıyorum, Dünya'yla buraya son gelişimizdeki gibi.

"Adımın Eylül olduğunu kimseye söyleme" diyorum Dünya'ya. "Bu gece, karşında oturan Alev!"

Görünürde tek başımayım. Ancak, kimseler fark edemese de; Dünya'nın, Alev'in ve Eylül'ün paylaştığı, üç kişilik bir masa bu. Eylül geriye çekilmiş, uzaktan uzağa izlemekle yetiniyor bizi. Dünya ve Alev, daha uyumlu bir çift oldular. Eleştirmek bir yana, çılgınlıklarını daha yükseklere tırmandırmak için yüreklendiriyorlar birbirlerini.

İşin kolayına kaçtı Eylül, tüm yükü Alev'in omuzlarına bıraktı. Onun yapacaklarından sorumlu tutulmasın diye; yeni kimliğine sıkı sıkıya yapışarak, kendi yarattığı sanal maskenin ardına sığındı.

Alev alev yanan kırmızı bir ışık yumağı, alacakaranlık ortamda bile gözleri üzerine çekmekte gecikmiyor. En basit örneği, içkimi getiren oğlan! Bakışlarıyla, orada yalnız oturmamı sorguluyor sanki. Aldırmıyorum... Zaman zaman Eylül'ün de katıldığı, uçuk bir sohbeti paylaşıyoruz Dünya'yla.

"O, Eylül Hanım! Sizi buralarda görmek ne güzel..."

Daldığım âlemden gerçeğe dönmeme neden olan sesin sahibine öfkeyle bakıyorum. Gürsel bu! Bizim eski cumartesi grubunun en fırlama üyelerinden.

"Yalnızlığa takılıyorsun, belli. Ama böyle tek başına oturamazsın" diyor. "Rahat vermezler sana."

Biraz ötemizdeki kalabalık masayı gösteriyor.

"Gel, bizimkilerle tanıştırayım seni."

Alıcı gözüyle inceliyorum grubu... Tanıdığım kimse yok aralarında. Böyle olunca, Gürsel'in önerisi cazip geliyor bana. Yerimden kalkıp peşine takılmadan, önlemimi alıyorum ama.

"Dur bir dakika" diye koluna yapışıyorum. "Oradakilere, Eylül diye tanıtmayacaksın beni. Alev, diyeceksin."

"Bu da yeni fantezin mi?" diye gülüyor. "Ha Eylül, ha Alev; benim için fark etmez..."

Gürsel'in arkadaşları, ilk anda yadırgasalar da, ortalarına ateş gibi düşen yabancıyı ağırlamakta kusur etmiyorlar. Ne var ki, ısmarladıkları üçüncü tekilayla da düşlediğim havayı bulamıyorum. Arayış içindeki bedenimi susturmak ister gibi, piste atıyorum kendimi.

Uçsuz bucaksız bir çölde yapayalnızım şu anda... Kızgın kum tanecikleri ayaklarımı okşuyor. Kollarımı, bacaklarımı müziğin çılgın ritmine teslim ederek, daha önce hiç yaşamadığım, arsız bir dansın kucağına bırakıyorum Alev'i.

Ona yaraşır; böyle dağıttı diye kimseler kınamaz onu...

Yerime döndüğümde, hayranlık içeren bakışlarla karşılıyor beni Gürsel.

"Sen neymişsin be Eylül" diyor, gözlerinde uçuşan yakıcı yalımlarla.

Elimle ağzını örtüyorum.

"Eylül yok! Unuttun mu?"

Dudağının üzerindeki parmaklarımı öpüyor usulca; sokuluyor bana, elini omzuma atıyor.

"Gece uzun" diyor. "Bizimkiler uçmaya başladı bile. Peynir ister misin?"

"Verirsen, yok demem."

Hemen fırlıyor yerinden. Döndüğünde, beyaz, büyücek bir torba var elinde.

"İkimize yetecek kadar" diye sırıtıyor.

Torbayı alıp çantama atıyorum.

"Ne verdin buna?"

"Bendensin bu gece, para istemez."

Kafamda biçtiğim bedeli çıkarıp avucuna sıkıştırıyorum. Buradaki işim bitti, gidebilirim artık.

"Nereye?" diyor Gürsel. Kolumdan tutup oturtmaya çalışıyor. Kararlı olduğumu görünce de, teklifsizce peşime düşüyor.

"Evine bırakayım seni" diyor gerekçe olarak. "Bu halde yalnız gidemezsin."

Gösterdiği özverinin altında yatan amacı bilsem de karşı çıkmıyorum. Kapının önündeki taksilerden birine atlıyoruz.

"Önce nöbetçi bir eczane bulalım" diyorum. "Şırınga alacağım."

"Damardan çakacaksın ha" diye gülüyor. "İstersen, ben vururum sana."

Taksiden inip şırıngayı alıyor... Elime değen elinin heyecandan titrediğini görebiliyorum. Üzerimde gezinen ateş gibi bakışları da, farklı umutlarla yüklü olduğunu gösteriyor.

Eve inen yokuşun başında durduruyorum taksiyi, aşağı atlıyorum. Arkamdan inmeye davranıyor Gürsel. Kapıyı itip engelliyorum.

"Buraya kadar! Arkadaşların merak etmişlerdir seni. Kaldığın yerden geceye devam etmen, en iyisi..."

Kapıyı çarptığım gibi, eve doğru koşuyorum. Peşimden gelmiyor, aferin ona.

Kusura bakma Gürsel, bundan sonrasını tek başıma yaşamam gerekiyor...

Girişteki boy aynasında görüntümü inceliyorum. Yüzüme yansıyan hoyrat, saldırgan kırmızılık gözlerimi yakıyor. Yırtarcasına çıkarıyorum üstümdeki bluzu, askısına asıp Dünya'ya geri veriyorum. Şu anda, eroinin bana sunacağı yumuşacık eroin kırmızısından başka bir şey yok kafamda...

Gürsel'in aldığı toz temiz değil, güç eriyor. Şırıngaya çekip batırıveriyorum iğneyi... Olmuyor! Ellerim titriyor, beceremiyorum. Ancak üçüncü denemede bulabiliyorum damarı.

Renklerin yumuşadığı, gitgide silikleştiği siyah beyaz bir filmin son karesinde buluşuyorum eroinle.

Onun özlemi, benimkinden de büyük sanki...

12

İki haftadır adımımı bile atmadım okula. Eve kapandım; herkeslerden uzak, Dünya ve eroinle baş başa, doludizgin yaşıyorum günlerimi.

Kapılarımı dışarıya tümüyle kapatmam çok zor. Özellikle de Selen ve Anıl'a. Telefon konuşmalarıyla idare etmeye çalışıyorum ama, olmuyor. Moralim bozuk, toparlanmak için dinginliğe ihtiyacım var, türünden sözleri yutmuyorlar artık.

Dün sabah Selen geldi. Anahtarını evde unutmuş. Açmadım kapıyı. Baygın gözlerle, sapsarı yüzümle karşısına çıkamazdım... Evde değildim, dedim telefonda. Hava almak, çıkıp dolaşmak, alışveriş yapmak gibi yaşamsal hareketliliği çağrıştıran bahanelerin ardına sığındım.

Nereye kadar sürdürebilirim bu durumu? Batağın dibine doğru son hızla ilerlediğimi bilmemeleri için bir şeyler yapmam gerek...

Eroinle günlük buluşmamı dönüşe erteleyerek, günlerden sonra ilk kez evden çıkıp okula gidiyorum. Koyu renk gözlükle, yanaklarıma kadar inen morlukları gizleyerek, iyiden iyiye çirkinleşmiş yüzümü kalın makyaj maskesinin ardına saklayıp, gün ışığına çıkacak hale geldikten sonra...

Dönüşümü kutlamaya hazırlanan arkadaşlarıma söyleyeceklerim sınırlı.

"Dünya'nın yokluğu gün geçtikçe koyuyor bana; çevre değiştirmek iyi gelebilir, diye düşündüm. İzmir'e gidiyorum! Okul ve dersler, diyecek olursanız... Biraz bekleyebilirler. Bu dönemi gözden çıkardım ben..."

Kim ne diyebilir ki? Kararımın bana iyilikler getirmesini dilemekten başka...

"Eski günlerdeki Eylül'ü aramızda görmek istiyoruz" diyor Anıl. "Bir an önce toparlanmaya bak, sensizliğe alıştırma bizi."

Onun bu umarsız razı oluşuna karşın; Selen, bir adım önde, daha somut düşünebiliyor.

"Anahtarımı isterim ama" diyor. "Kadıköy'e gidemediğim günler, orada kalmama karşı çıkmazsın herhalde."

Planlarımın dışına taşan bu isteğe "hayır" demek olmaz. Çıkarıp veriyorum anahtarı. Kötü bir zamanlama yapmaz umarım. Böyle bir durumu yaşamak ikimizi de yaralar.

Gelme Selen, ne olursun gelme! Bulutların üzerinde, dünyası kaymış bir Eylül'le karşılaşmayı kaldıramazsın sen, yıkılırsın!

Gelme be arkadaşım, yalvarırım sana, gelme...

13

Ev sahibine kira ödemeyeli iki ay oldu. Apartman aidatlarını da veremiyorum üstelik. Önce Dünya'nın Beyoğlu'nda avuç açarak sinyal çekmesini engellemek için, bol keseden bıraktığım eroin paraları; şimdi de benimkiler...

Annemle babamın dikkatini çekecek aşırı harcamalar yapmamam gerekiyor. Bir şey diyeceklerinden değil, kuşkulanmalarından korkuyorum.

Eroin dışındaki harcamalarım, yok denecek kadar az. Evden dışarı çıkmıyorum zaten. İstediklerimi bir kâğıda yazıp parasıyla beraber, kapıya astığım torbanın içine atıyorum, kapıcı getiriyor. Yüzünü bile görmüyorum adamın.

Bire bir karşılaştığım tek kişi torbacı! Bir zamanlar Dünya'nın, benimle köşe başında buluşturduğu, evin yakınına geldi diye kıyametleri kopardığım torbacıları kapıma kadar getirtiyorum artık.

Kısa bir alışveriş; ver beyazı, al parayı... İyi müşteriyim onlar için, temiz mal buluyorlar bana; şırınga da hediyesi.

Evet, çoğu zaman damardan vuruyorum eroini artık. Kollarım delik deşik; mordan yeşile, yeşilden pembeye uzanan geniş renk yelpazesindeki çirkin lekeler... Her birinin öyküsü ayrı; ama hepsi, bir ağızdan kirlenmişliğimin derecesini haykırıyorlar yüzüme.

Aldırmıyorum, kendim seçtim bu yolu. Ama, tablonun bu kadar çabuk değişeceğini kestirememiştim doğrusu...

Yüzüm beni yansıtmıyor, yabancı birine ait sanki.

Dünya'nın çöküntü dönemlerindeki surat ifadesini görüyorum aynada. Hoşuma bile gidiyor bu durum, onunla özdeşleşmekten şikâyetçi değilim. Sıkıntım, bana ihanet eden, eriyip yok olan bedenimle! Tam bir eroinman görünümünde olması umurumda değil de, dayanılması güç kemik ağrıları, sık sık giren kramplar; üşüyüp titremekle, suya batmış gibi terleme arasındaki kararsızlığı canımı sıkıyor.

Leş gibi kokuyor evim. Pencereleri açıp havalandırma zahmetine bile katlanmıyorum. Boş bira kutuları kol geziyor salonda. Sigara yanıklarıyla delik deşik oldu halılar. Yaşamın gerçeklerinden elini eteğini çekmiş garibanların çöp evlerinden kalır yanı yok evimin.

Bir keresinde, yalnızlık ile yapayalnızlık arasındaki farkı anlatmıştı bana Dünya...

"Çevrende kimse yokken yalnızsındır" demişti. "Yaşamın ıssızlığında kimsesiz kalmaksa, bambaşka bir duygu. Yapayalnızlık budur işte! O zaman sığınacak bir yer ararsın kendine..."

İşte ben! Yaşamın ıssızlığında kimsesiz, yapayalnızım.

Tek paylaşımcım, eroin! Hiçbir şey düzelmiyor onunla, mutluluk vermiyor bana artık. Pembe bulutların üzerinde gezinmek için değil buluşmalarımız, onsuzluğa katlanamadığımdan...

Kabul ediyorum, tam bir eroin bağımlısıyım ben! Dönüşü olamayan bir yola girdim, istesem de geri dönmem mümkün değil.

Yapabileceğim tek şey kaldı, ona da cesaretim yok. En azından şimdilik...

14

Çok şaşıracaksın ama... Sana olan tutsaklığım buraya kadar eroin! Vedalaşmamızın zamanı geldi.

Her şey ne güzel başlamıştı oysa... Yepyeni ufuklar açmıştın önüme. Bulutların üzerine çıkarıp özgür bırakmıştın beni.

Bambaşka bir özgürlüktü bu; beni çevremdekilerden farklı kılan, sıkı sıkıya bağlanmaya değer, çekici, vazgeçilmesi güç bir büyü... Asıl tutulduğum da buydu galiba.

Eros, dedim sana! Aşk tanrım oldun benim. Mutluydum kollarında...

Beni dansa kaldırdığında, geri çeviremedim; tam tersine, havalara uçtum sevincimden...

Ayaklarımızın uyumu harikaydı. Bana bırakmıştın kendini, istediğim gibi yönetebiliyordum seni. Hep böyle sürecek sandım...

Çirkin ve acımasız yüzünü görmemiştim henüz. Kör etmiştin beni. Aynı sızının diğer sevdalıları gibi...

Boş bulunup maskeni araladığın bir an, gerçek kimliğinle tanıştım tanışmasına ama, kopamadım senden. Bir uzaklaşıp bir yakınlaşarak, söndürülmüş, belalı bir aşkı paylaştık seninle.

Kirletiyordun beni, farkındaydım. Ama umursamıyor-

dum, pisliklerin üstünü cilalayarak temize çıkabileceğimi sanıyordum.

Farklı kimliklerin ardına sığındım. "Eylül" adını kirletmemek için, "Alev" diye tanıttım kendimi. Alev alev yanan yapay bir kırmızılığın gerisine gizlenerek.

Ne Eylül, ne de o göz kamaştırıcı alev canlanabilecek artık! İkisi de senin ellerinde küle dönüştüler çünkü...

Tüm sorumluluğu sana yüklemek haksızlık olur.

Nereye sürüklendiğim belliydi, gene de koştum peşinden. Canımdaki canı çekip alman da ders olmadı bana. Senden kaçarken, sana sığındım.

Yaptığımızın ölüm dansı olduğunu bile bile, kollarındaki sarhoşluğumu sürdürdüğüm için, ben de en az senin kadar suçlu değil miyim?

Ama bitti artık... Ölüm dansı tek kişiliktir!

Bundan sonrasında bana eşlik edemeyeceksin.

Ölümüm senin elinden olmayacak eroin!

Bu zevki tattırmayacağım sana...

15

Korkuyorum... Nasıl yapacağım bu işi?

Otel odasında, kirden muşambalaşmış çarşafların üzerinde, kolunda eroin şırıngasıyla kaskatı kesilmiş bedenler geliyor gözümün önüne.

Günlerdir aynı tabloyla boğuşuyorum...

Ölmüşüm! Odanın tavanından kendimi seyrediyorum.

Cansız bedenimi, üzerine basılıp ezilmiş bir böcek gibi kazıyorlar yataktan...

Çöp bidonunun dibinde, soğuktan katılıp kalmış bir köpek kadar değerim yok!

Kefenlenmiş bedenime, pislik dolu bir çuvalmış gibi, iğrenerek bakıyorlar.

Kimse sahip çıkmıyor ölüme; ne annem, ne babam, ne de diğer sevenlerim...

Utanıyorlar benden!

Hayır, böyle bir son Eylül'e yakışmaz!

Geldiğim noktadan ötesini de düşünmek zorundayım. Altın gibi bir anne babanın kızı, altın vuruşla ölmemeli! Bunu hak edecek hiçbir şey yapmadı onlar. Yüzlerine çalacağım karayı biraz olsun hafifletmek, boynumun borcu.

Ne zaman gerçekleşecek, bilemiyorum; ama kararlıyım. Gereken cesareti ve gücü bulduğum an, bitecek bu iş...

***

Beklenmedik bir gelişme, kararımı uygulama yolunda elimi çabuk tutmamı haykırıyor bana.

Selen arıyor... Ankara'dan yeni dönmüş. Cep telefonumdan ulaşamayınca İzmir'i, evin numarasını çevirmiş. Beni orada sanıyor ya... Hiç gitmediğimi öğrenince telaşlanmış. Annem ve babam da deliye dönmüşler haliyle...

"Yarın sabah sendeyim" diyor. "Neler çevirdiğinin hesabını vereceksin."

Hayır Selen, kimseye verilecek hesabım yok benim! Kendimle olan kavgamı soracak olursan... Acele etme, onu da bitirmek üzereyim zaten.

Annemlerin aramasını beklemeden, ben arıyorum onları.

"Boş yere endişelenmiş Selen" diyorum. "Biraz kafamı dinlemek istedim, hepsi bu. İzmir'e gidiyorum, demesem rahat bırakmazlardı. Merak etmeyin, her şey yolunda. İyiyim ben..."

Ne kadarına inandıklarını kestiremiyorum ama, sesimi duymak bile rahatlatıyor onları.

Birden, dayanılmaz bir hüzün kaplıyor içimi. Bunun son konuşmamız olduğunu, bir ben biliyorum... Doya doya içime çekiyorum seslerini. Onların yerine kahrolmanın ağır yükü omuzlarımda, yığılıp kalıyorum koltuğa...

Miskinliğin zamanı değil Eylül! Kalk ve işe koyul artık... Öncelikle, etrafı derleyip toplamalıyım. Geldiklerinde, darmadağın bir evin kokuşmuş çirkinlikleriyle sarmaş dolaş bir halde bulmamalılar beni.

Ayların el değmemişliğiyle harabeye dönmüş evi adam etmek kolay olmuyor. Elektrik süpürgesiyle halıları süpürüyorum, toz alıyorum. Önemli konuklarını ağırlamaya hazırlanan titiz ev kadınları gibi, oradan oraya koşturmaktan yorgun düşüyorum.

Zahmetime değiyor ama... içinde yaşanası –ya da ölünesi– bir ortama kavuşuyorum sonunda.

Sıra bende... Banyoya giriyorum. Tüm kirliliklerimi orada bırakıp tertemiz bir Eylül olarak son yolculuğuma çıkmak için. Uzun süre kalıyorum duşun altında. Gözlerimden akan yakıcı damlalar, yüzüme kırbaç gibi vuran suyun arasında eriyip kayboluyor. Tıpkı benim, biraz sonra yitip gideceğim gibi.

Ölümle bile olsa, her buluşma, özenle hazırlanmayı gerektirir. Dolabımı açıp giysilerimi gözden geçiriyorum. Ne giyeceğime karar veremiyorum bir türlü. Uzunca bir bocalamanın ardından, beyaz pantolon ve beyaz gömlekte karar kılıyorum...

Temizliğin, saflığın, arınmışlığın simgesi değil mi beyaz? Yitirdiklerimi yerine koymak için, bundan uygun seçim olabilir mi?

Doğum günümde annemin armağan ettiği fularla başımı örtüp yere diz çöküyorum.

Keşke namaz kılmayı bilseydim!

Dilimde bölük pörçük dua sözcükleri, beni bağışlaması için yakarıyorum Tanrıma. Geride bıraktıklarıma fazla acı çektirmemesi için yalvarıyorum...

Dünya gibi yapmayacağım ben. Mektup bırakmaya niyetim yok. Ölenin yakınlarına acı vermekten başka ne işe yarıyor ki? Yaraya tuz basmak gibi bir şey...

Ürkek adımlarla Dünya'nın odasına doğru yürüyorum. Başucundaki çekmeceyi açıp, içindeki sakinleştiricileri ve uyku ilaçlarını yatağın üstüne boşaltıyorum. Pembe, kırmızı, beyaz; irili ufaklı tabletler, drajeler... Gözüme hoş görünenleri, beyaz porselen bir tabağa özenle diziyorum. Oluşturduğum renk armonisini hayranlıkla seyrediyorum.

Tabağı alıp kendi odama geçiyorum. Bağdaş kurup yatağın üzerine oturuyorum. Sürahiden bir bardak su alıyorum... Hangisinden başlasam acaba?

Ne dersin Tarık? Böyle iştah açıcı bir tabak getirselerdi önüne, sen ne yapardın? Yemek konusundaki inceliğini burada da sergilerdin, biliyorum. Hangisine öncelik tanırdın, söylesene...

Ya sen Dünya? Obur bir iştahla hepsini birden avuçlamaya kalktığını görür gibiyim.

Ve Alev! Sormak bile hata, kırmızıdan başlayacağından eminim.

Eylül'e göresi yok aralarında... Gri tonlarında, kül rengi hapları üretmiyor hiç kimse!

Bir yudum su, bir yudum hap... Bir yudum su, bir yudum hap...

Söz dinleyen, tabağında kırıntı bırakmayan uslu çocuklar gibi, silip süpürüyorum hepsini.

Son anda attığım çalımı beğendin mi eroin? İçinde senin olduğun şırıngayla ölüme koşacağıma, yatağımda uyurken buluşacağım sonsuzlukla. Böylesini hiç beklemiyordun, değil mi? Benim gibi olgunlaşmış bir avı elinden kaçırmanın öfkesi içindesin...

Uzanmalıyım artık! İçimdeki renkler savaşı başlamak üzere...

Başımı yastığa koyuyorum. Kare kare, anlamlı anlamsız görüntüler canlanıyor gözlerimin önünde.

Başrolde Dünya var! Ardında Alev... Eylül...

Gitgide silikleşerek uzaklaşıyorlar benden.

Hiçliğe doğru atılan doludizgin adımlar...

Ve... Zifir gibi, kopkoyu bir karanlık...

16

Olmadı, beceremedim! Bu işi de yüzüme gözüme bulaştırdım.

Oysa, her şeyi nasıl inceden inceye planlamıştım... Zamanlama hatası da değil; evin içinde biraz fazla oyalanmıştım ama, sabaha kadar uzanan gecenin tümü benimdi. Uyanık davranan annemle babam ve Selen, hesabımı bozmasalardı eğer...

Benim telefonumun ardından, içi rahat etmemiş bizimkilerin, Selen'i aramışlar. Üçlü konuşmalarında, uç uca ekledikleri parçaları bütünleyince, olağanüstü bir durum olduğunu kavrayarak harekete geçmişler. Annemler ilk uçağa atlayıp gelirken, Selen de apar topar yanıma koşmuş.

Sonrası malum. Ölüm uykusuna yatmış prenseslerini kurtarma çabaları... Aldığım yüksek dozdaki ilaçların bir kısmı kana karıştığı için, ağır bir tabloyla gelmişim buraya. Önce midemi yıkamışlar, ardından da tedaviye geçilmiş. Dakikalara karşı savaşmışlar; biraz daha gecikseler, kurtaramayacaklarmış beni.

Özel bir hastanenin özel odasında, uyku küründeyim şu anda. Buraya getirilişimin ikinci günüymüş, öyle söylüyorlar. Hiçbir şey hatırlamıyorum.

İlaçların etkisindeyim hâlâ. Yeni doğmuş bebekler gibi, sürekli uyumak istiyorum. Böylesi işime de geliyor... Güçlükle araladığım gözkapaklarımın arasından görebildiğim gülen yüzlere söyleyecek sözüm yok. Onlar da hiçbir şey sormuyorlar zaten, sorgulamıyorlar beni. Ölümden kıl payı dönmüş birinin, tüm günahlarının bağışlanması gerektiğini düşünüyorlarmış gibi; sıcacık sevgileriyle, örselenmiş yüreğimi sarıp sarmalama yarışındalar.

Bu durum daha da artırıyor ezincimi. Koluma, eroin şırıngası yerine serum iğnesi takılı. İğnenin battığı yerdeki eroin kalıntısı, düğüm düğüm morluklardan utanç duyuyorum. Başucumdan ayrılmayan sevecen yüzlere bakacak gücüm yok. Gözlerimi kaçırıyorum onlardan...

Ama, her şeye rağmen mutluyum! Eroine yenik düşmedim diye, buruk bir sevinç palazlanıyor yüreciğimde. Koluma saplanmış serum iğnesinden damarıma akan her damla, biraz daha canlandırıyor beni.

Yaşamanın bu denli güzel olduğunu, daha önce fark edemeyişime şaşıyorum. Hastane odasında, yataklara serili bir halde olsam da; önümde, birbiri ardına umut kapıları aralanıyor. Her geçen dakika, yepyeni bir Eylül'ün doğuşunu, tekrar tekrar müjdeliyor sanki...

Hastanede kaldığımız süre boyunca, tek ziyaretçim Anıl oluyor.

Son derece üzgün; sapsarı yüzü. Dudakları titriyor konuşurken.

"Duyduğumda deliye döndüm" diyor.

Annem, onun getirdiği çiçekleri vazoya yerleştirirken de üzerime doğru eğiliyor.

"Benimle beraber olup olmaman hiç mi hiç önemli değil Eylül" diye fısıldıyor. "Yaşadığını bilmek yetecek bana."

"Seçil'le Kerem de gelmek istediler ama, ben engelledim" diyor Selen.

Düşünceli arkadaşım benim, bu tür buluşmaları karşılayacak gücüm olmadığını nasıl da biliyor...

***

Hastaneden çıktığımızda, doğruca İzmir'e gitmeyi planlıyor babam. Karşı çıkmasam da, "Almam gereken eşyalar var" diye hafiften sızlanıyorum.

"Merak etme sen" diyor annem. "Biz hallederiz."

Ardından da, nöbeti babama devrederek, Selen'le beraber eve gidiyorlar.

Babamla baş başa kalmak; suçluluğumu, ezikliğimi iyiden iyiye açığa çıkarıyor. Yüzüne bakamıyorum onun, gözlerimi nereye kaçıracağımı bilemiyorum.

Kısa bir suskunluğun ardından konuşmaya başlıyor babam:

"Her şey yoluna girecek Eylül" diyor. "Bana güven. Buradaki tedavi, kanının temizlenmesi için yeterli. Aldığın ilaçlar olmasa, sakinleştiricilerle uyutulacaktın zaten... Litrelerce serumla yıkadılar damarlarını, bedenen temizsin artık. Beynindeki kalıntıları da söküp attık mı, tümüyle kapanacak bu sayfa."

Bedenimden önce beynimi temizledim ben, diyemiyorum. Eroini, daha bu işe girişmeden, amansız bir kavga sonucu terk ettiğimi anlatamıyorum ona. Kızına, kendi elleriyle uygulayacağı psikoterapinin ayrıntılarını sayıp döken babama yanıtım, en az onun kadar kendime olan inancımdan kaynaklanan gülümseyişim oluyor yalnızca...

Annemle Selen döndüklerinde, iki büyük bavul var yanlarında.

"Evi kapattık" diyor annem. "Anahtarı ev sahibine teslim ettim."

"Bir daha oraya dönmek istemeyeceğini düşündük" diyor babam da.

Benim dışımda, bana sormadan aldıkları kararın uygulama sonuçlarını açıklıyorlar... Kızamıyorum onlara, haklılar. Yarı ölü halde çıktığım o eve, yepyeni bir Eylül kimliğiyle nasıl dönerim ben?

"Eşyaları da öylece bıraktık" diyor Selen, biraz hayıflanarak. "Havalara uçtu ev sahibi. Ödenmeyen kiralara, aidatlara saydı. Fırsatçı herif; mobilyalı ev diye, üç katı kira alacak milletten..."

Daha önce gündeme gelmeyen bu konunun uluorta konuşulmasından rahatsızım. Kiranın ödenmeyişi, altında yatan nedenlere uzanıyor çünkü.

"Kullanılmış üç beş parça eşyanın lafı mı olur Selenciğim" diye araya giriveriyor annem. "Kızımızın canı sağ olsun!"

Birden aklına gelivermiş gibi, "Gelecek dönem Uçaksavar Yurdu'nda kalmaya ne dersin Eylül?" diye soruyor Selen. "Koskoca bir evin sorunlarını yüklenmek zor iş, bizim gibi tembellere göre değil. Her sabah Kadıköy'den bu tarafa taşınmaktan yoruldum ben de. Seninle paylaşacağımız, Etiler Caddesi'ne nazır şirin bir oda hiç de fena olmaz, diye düşünüyorum."

Belli ki, bunu da önceden konuşmuşlar; çiğnenmiş, yutulmaya hazır bir lokma gibi sunuyorlar bana. Bir adım ötesi için karar verecek gücüm yok... Gene de kulağa hoş geliyor söyledikleri.

"Olabilir" diyorum usulca.

"Kitaplarını da kutulara doldurup Seçil'e, Uçaksavar Yurdu'na bıraktık zaten" diyor Selen. "Balkonun bir köşesinde, seninle kavuşacakları günü bekleyecekler..."

Başımı yastığa gömüp, konuşulanlardan yorulmuş gibi, sımsıkı kapatıyorum gözlerimi.

Ece'yle beraber eve taşındığımız ilk günü tüm canlılığıyla, aynı coşkuyu içimde duyarak, bir kez daha yaşıyorum. Sevinçlerimiz, üzüntülerimiz, paylaşımlarımız... Sonra, Ece'nin Ankara'ya zorunlu dönüşü... Ve Dünya!

Bundan ötesini düşünmek istemiyorum. Film şeridini orta yerinden koparıp atmakla, beynimdeki kara lekeleri siliyorum kendimce.

Öyle ya da böyle, yaşandı ve bitti! Güzeliyle, çirkiniyle; günahları ve sevaplarıyla geride kaldı hepsi. Bir daha asla açılmayacak; eprimiş, solmuş, bölük pörçük sayfayı çevirip, yüzünü aydınlığa döneceksin artık Eylül!

Geriye bakıp, kapanmış kapıları zorlamanın anlamı yok. Yaşamına açılacak yeni pencerelerin getireceği ışık yetecektir sana...

17

İzmir'e geleli iki hafta oldu.

Evimi, kendi odamı bile yadırgadım önceleri. Onlar da beni!

Nasıl yadırgamasınlar ki! Hiç alışık olmadıkları zaman diliminde; öğrenciliğini rafa kaldırmış, annesi ve babası tarafından alabildiğine şımartılan, günlerini gezip tozmakla, vitrin bakmakla geçiren bambaşka bir Eylül var karşılarında.

Neyse ki, ilk günlerdeki tutukluğu çabuk attık üzerimizden. Yeni düzene alıştırıyoruz kendimizi. Annem ve babam, nöbetleşe yanımda kalmaktan vazgeçtiler artık; benim yüzümden boşladıkları işlerinin başına döndüler. Uzun yürüyüşler yapmamı, bu yürüyüşleri Alsancak'taki pastanelerde noktalamamı doğal karşılıyorlar. Ama biraz geciksem, gözlerimin içine bakıyorlar, "Acaba?" diye. Küçük de olsa, içlerinde şüphe kırıntıları var hâlâ.

Babam, doktorluk görevini de kusursuz yapıyor doğrusu. Sıradan konuşmalarımızda bile, psikoterapiyi çağrıştıran ince ayrıntıların varlığını sezebiliyorum. Zayıf düşmüş bedenimi destekleyici vitaminler veriyor bana. İştahım iyi, Nurten Abla'nın nefis yemeklerinin de katkısıyla epey toparlandım zaten. Bir de, sabah akşam almam gereken sakinleştiriciler var. Bana kalsa gerek yok aslında ama, doktor sözü dinlemek zorundayım.

Yirmi dört saat beni düşünen bu insanları üzmeye hakkım yok... Yeterince üzdüm zaten. Ne derlerse yaparak, aradaki açığı kapatmaya çabalıyorum. Her geçen gün, bana olan güvenlerinin arttığını görmek sevindiriyor beni. Onlar da, bir dediğimi iki etmiyorlar.

Bunu fırsat bilip, "Sıkıldım" diyorum. "Çeşme'ye gitsek mi?"

Konuşan benim ama, annemle babam bana değil de birbirlerine bakıyorlar nedense. Annemin gözlerinde okuduklarını kendininkilere katarak, bana dönüyor babam.

"Henüz sezon açılmadı ama... Madem istiyorsun, hafta sonu gidebiliriz."

Sıkıntılar, üzüntüler, olumsuzluklar benden uzak durmalı ya... Bu uğurda ne varsa yapacak benim bir tanelerim!..

En çok bu zamanını seviyorum Çeşme'nin! Henüz kalabalığın bastırmadığı, baharın son döneminin ilkyazla buluşmak için sabırsızlandığı doyumsuz günler... Yüzü gülüyor doğanın. Maviyle yeşilin en güzel tonlarını kucaklamış, kollarına çağırıyor bizi.

İlk gün, Nurten Abla'yla, baştan aşağı elden geçiriyoruz evi. Onunla beraber canla başla çalışmama şaşıyor. Daha önceleri, elimi bile sürmezdim ya...

Ertesi sabah açık havaya atıyoruz kendimizi.

"Bu bahçe esaslı bir bakım istiyor" diyorum, bahçıvanımızın sitemli bakışlarına aldırmadan. "Duvar diplerine yeni çiçekler ekeceğim."

Niyetimin onu kırmak değil de kendimi oyalamak olduğunu anlayınca, yardımını esirgemiyor Necip Efendi. Çeşme'ye inip çiçek tohumlarıyla, dikilecek rengârenk çiçekler getiriyor bana. Bir tanesini sona saklıyor.

"Senin için aldım Eylül Abla" diyor. "Japongülü bu! İstediğin yere dikersin."

Akşama kadar sürüyor işimiz. Necip Efendi, Nurten Abla ve ben... cennete çeviriyoruz bahçemizi.

Sıra japongülünde! Nereye dikeceğime karar veremiyorum bir türlü. En iyisi, iki duvarın kesiştiği şu köşe galiba...

Yumuşak toprağı tırmıkla eşeleyip oluşan boşluğa gömüyorum kökleri, elimle toprağı düzeltiyorum. Ne zaman, ne renkte çiçek açacağının merakıyla, ilk suyunu veriyorum...

***

Bahçenin sorumluluğunu paylaşmam, Necip Efendi'nin pek hoşuna gidiyor. "Değme bahçıvanlar eline su dökemez" diyor bana.

Haksız da değil. Çiçekleri ve çimleri sulamakla sınırlı değil yaptıklarım; elimde bahçe makası, duvar boyunca uzanan taflanları aynı boya getiriyorum, oraya buraya kök salmış yabani otları temizliyorum.

Arka tarafa da domates, biber ektik Necip Efendi'yle. Sulaması, bakımı bana ait. Bakalım ne zaman ürün alabileceğiz?

"Bizim bahçenin işi bitince, komşularınkine de el atsam mı acaba; ne dersin Necip Efendi?"

"Arkadaşlarımı işinden edeceksin Eylül Abla..."

Böyle bir niyetim yok ama, toprakla oyalanmak can veriyor bana. Nerede olduğumu, içinde bulunduğum zamanı unutturuyor. Yeni keşfettiğim, bambaşka bir dünyanın kapılarını aralıyor...

Çalışmalara ara verdiğimiz, soluklanma dakikaları...

"Nurten Abla" diye sesleniyorum içeriye. "Nerede kaldı bizim kahveler? Olmuyor ama! İşçilerine gereken ilgiyi göstermiyorsun..."

Göz açıp kapayıncaya kadar, elinde tepsiyle merdivenlerin başında görünüyor Nurten Abla. Şakalaşarak, birbirimize takılarak, keyifle içiyoruz kahvelerimizi.

İşlerimizin başına dönmeye hazırlanırken, Nurten Abla'nın sesiyle duraklıyorum.

"Şuna bak hele Eylül!" diye, elindeki kuşu gösteriyor. "Çimlerin üzerinde buldum. Bir yere çarpmış galiba, uçamıyor zavallıcık."

Elime alıyorum kuşu... Minik bedeni nabız gibi atıyor. Avucumun içindeki sıcaklık yüreğime kadar ulaşıyor.

"Kanadı kırık mı bunun?" diyorum endişeyle.

"Bilmem orasını" diyor Nurten Abla. "Ama, pek iyi görünmüyor."

"Onun için ne yapabiliriz?" diye çırpınıyorum.

"Bekle" diyor Nurten Abla. "Geliyorum ben..."

Birkaç dakika sonra yanımda... Bodrumdaki yüklükten çıkarıp getirdiği kafesi yıkayıp temizliyor.

"Getir" diyor. "Bir evi olsun bari garibanın. Yoksa, bu haliyle kedilere yem olacak..."

Şimdiye kadar gördüğüm en şirin kuş bu! Kafesin içinde boynu bükük, ezik duruşu, çok uzaklardaki birini anımsatıyor bana.

"Adı Dünya olsun!" diye haykırıyorum. "Yok yok... Dünyakuş! Bu daha iyi..."

Necip Efendi, daha ben söylemeden, üstüne düşeni yapıyor; bisiklete atladığı gibi Çeşme'ye inip yem alıyor Dünyakuş için.

Bu adı koymak, büyük bir sorumluluk yüklüyor omuzlarıma. Ne pahasına olursa olsun yaşatmalıyım onu...

Ya-şat-ma-lı-yım!

***

Geçtiğimiz yıllarda, işleri yoğun olduğu dönemlerde, bazı gecelerini İzmir'de geçiren annem ve babam; her akşam, sırf beni görmek için, yazlığa koşuyorlar. Günbatımına yakın, hafiften bir kıpırtı başlıyor içimde; sabırsızlıkla yollarını gözlüyorum.

Bu defa farklı heyecanlarla karşılamaya hazırlanıyorum onları. Gün içinde yaptıklarımın raporunu vermeye, her zamankinden daha hevesliyim.

Önce, bahçenin son halini görmeleri için, dört bir yanı adım adım geziyoruz. Arka taraftaki minyatür domates, biber bostanına bayılıyorlar.

"Sebze masrafından kurtardın bizi" diye gülüyor babam. "Eline sağlık, epey emek vermişsin."

"Bu uğurda tırnaklarımı bile kestim" diyerek, ellerimi uzatıyorum. "Hiç manikürlü bahçıvan gördünüz mü siz?"

"Manikürlüsünü bilemem ama, bugüne kadar gördüğüm bahçıvanların en güzelisin sen!" diye boynuma sarılıyor annem.

"Bu da japongülüm!" diyorum. "Necip Efendi'nin armağanı. Bakalım ne renkte güller verecek bize? Tahminlerinizi alabilir miyim?"

Bendeki canlılık, ikisinin yüzüne de mutluluk olarak yansıyor. Yaşama sıkı sıkıya tutunmuş Eylül'ün yaptıklarını, birbirlerinin gözlerinde paylaştıkları devasa bir sevinçle izliyorlar.

"Şimdi de sizi, yeni arkadaşımla tanıştıracağım!" Nurten Abla'nın getirdiği kafesi havaya kaldırıyorum. "İşte Dünyakuş! Ne şeker, değil mi? Şu anda biraz hasta ama, iyileşecek; söz verdi bana."

Babamın gözlerinden belli belirsiz bir gölge geçiyor. Kuşun adının Dünya'yı çağrıştırmasından mı, yoksa kısa ömürlü bir canlıya tutkuyla bağlanmamdan korktuğundan mı, bilemiyorum.

Bula bula bu çelimsiz, hastalıklı yaratığı mı buldun, der

gibi bakıyor Dünyakuş'a. Oysa, onu beğensinler, ilgi göstersinler, biraz olsun sevsinler istiyorum.

"Kuş beslemek istediğini söyleseydin, daha iyi bir şey alırdık sana."

"Ama, senin getireceğin, Dünyakuş olmazdı ki..."

Yemekten sonra, çimlerin üzerindeki dinlenme köşemizde kahvelerimizi içiyoruz...

Kafes ayaklarımın dibinde, bir dakika bile ayırmıyorum yanımdan. Aklım fikrim Dünyakuş'ta ya, döndürüp dolaştırıp ona getiriyorum lafı.

"Nurten Abla, bir yerlere çarpmış olabileceğini söyledi. Onun için mi uçamıyor acaba?"

"Getir bakalım şunu" diyor babam. "Nesi varmış görelim."

"Ünlü psikiyatrımız, kuş doktorluğu yapacak ha..." diye takılıyor annem.

Kafesin kapısını açıp, avucumun içine alıyorum Dünyakuş'u... Titriyor, başkaca bir kımıltı yok bedeninde.

Dikkatli bir incelemenin ardından, "Merak etme" diyor babam. "Kanatları sağlam. Nurten'in dediği gibi, küçük bir darbe almış olabilir. Hasta değil ama, güçsüz. İyi bakarsan, kısa sürede toparlanır."

"İşte bu harika! Benim vitaminlerimden versem mi ona? Ezip suyuna katarım..."

"Seninkiler olmaz, yarın İzmir'den getiririm ben. Bu gidişle, daha başka şeyler de verirsin sen buna."

Beni denemek, tepkimi ölçmek için söylenmiş bu sözlere verdiğim yanıtla, farkında olmadan ökseye tutuluyorum.

"Eroin bağımlısı bir kuş! Bana da yakışır hani... Toz bulmam zor! Hem, neresinden çektireceğim şuncağızın? Ama, sakinleştirici haplarımı seve seve paylaşabilirim onunla."

Yaptığım hatayı kavrayıp susuveriyorum. Hastaneden çıktığımdan bu yana, eroini çağrıştıran ilk cümlelerim bunlar... Adı konmamış bir yasağı çiğnemenin ezikliğiyle, annemle babamın vereceği tepkiyi bekliyorum.

Ne düşüneceğine karar verememiş, sıkıntılı bir ifade var annemin yüzünde. Babamsa, olumsuz beklentilerimi yadsırcasına, sıcacık bir gülümsemeyle bakıyor bana.

"Aferin Eylül!" diyor. "Senin için psikoterapiye gerek kalmadı artık, kendi tedavini öylesine güzel yapıyorsun ki... Zayıf düştüğü yönleriyle dalga geçebilen bir insan, onları aşma yolunda epey mesafe kat etmiş demektir. Tabu olmaktan çıkardığın; gülünecek, sıradan bir espri konusu haline getirdiğin düşman, zarar veremez sana.

Bizim küçük bahçemize gösterdiğin özeni, uçsuz bucaksız yaşam bahçene de gösterebilirsen, hiçbir sorun kalmaz ortada... Bunu başaracağından eminim. Tırnaklarınla kazıya kazıya ulaştığın nokta övgüye değer, kutluyorum seni. Kendinle gurur duyabilirsin yavrum..."

***

Her gün konuşuyoruz Selen'le. Onun gözlerinde yaşıyorum İstanbul'u... Büyük bir heyecanın kollarında arkadaşım, bu yaz Yılmaz'la nişanlanacaklar.

"Önce istemeye gelecekler" diyor. "Söz keseceğiz. Sonra da nişan... Sen de hazırlanmaya başla artık. Kız tarafının birinci dereceden yakını sayılırsın."

Aynalarla yeniden barışan görüntümü dikkatle inceliyorum... Birkaç kilo daha alırsam, Selen için hoş bir nedime olabileceğim.

Anıl da sık sık arıyor. Okuldan, arkadaşlardan haberler veriyor, yaptığı esprilerle bol bol güldürüyor beni. Seçil ve Kerem'le de üçlü konuşmalar yapıyoruz. Bir keresinde Esra bile katıldı onlara... Hepsini yaz tatili için Çeşme'ye davet ettim.

"Pansiyon köşelerinde kalmak yok, doğruca bize geleceksiniz" dedim.

Çok özledim onları. Beraberliğimize kaldığımız yerden devam edeceğimiz günleri iple çekiyorum.

Tarık da iki kez aradı ama, telefonuna çıkmadım. Yok, dedirttim Nurten Abla'ya.

Kapanan sayfaları yeniden aralamaya hiç niyetim yok...

Kulaklarıma dolan dost sesler, dış dünyayla aramdaki tek bağlantı. Evden çıkıp kalabalıklara karışmaya gerek duymuyorum. Yeşilliklerin ortasında, Dünyakuş'la beraber olmak yetiyor bana.

Bahçe işlerini yoluna koyup yorgun argın hamağa uzanmak, ödül gibi geliyor. Dünyakuş'un kafesi de yanımda...

"Tasma takılmış köpekler gibi oradan oraya gezdirme şunu" diyor Nurten Abla. "Bir damlacık canı var, onu da sen alacaksın."

Evin içinde bir yerlere koyup unutmamı bekliyor... Olur mu hiç! Benim can yoldaşım o! Hamakta kitap okurken radyoyu açıyorum; ama, eskiden yaptığım gibi kulaklıkla dinlemiyorum. Dünyakuş da müzikten payını alsın diye...

Yararı oldu galiba. Ötmese de, müziğe eşlik eder gibi, kafesin içinde zıplayıp duruyor. Devamlı konuşuyorum onunla. Beni tanıyor sanki; elime aldığımda, ilk günlerdeki kadar titremiyor artık.

***

Dün gece ilk kez, sakinleştirici yutmadan girdim yatağa. Uzun zamandır hiç bu kadar huzurlu uyumamıştım...

Üstelik, her günkünden de diri uyanıyorum yeni güne. Uçar adımlarla iniyorum aşağıya.

"Kahvaltıyı bahçede yapalım" diyorum Nurten Abla'ya. Dünyakuş'un kafesini kaptığım gibi, açık havaya atıyorum kendimi.

"Epey palazlandı seninki" diyor Nurten Abla. "Kafesin kapısını açarken dikkat et. Uçması an meselesi..."

Gerçekten de öyle. Güçlenmiş kanatlarını hızlı hızlı indirip kaldırıyor Dünyakuşum.

Becerebilir mi acaba?

"Deneyelim bakalım" diyerek kafesin kapısını açıp avucuma alıyorum Dünyakuş'u. Sonra da parmaklarımı gevşetip serbest bırakıyorum onu. Minik bedenini öne çıkararak, acemi kanat çırpışlarıyla havalanıveriyor... Boy hizasında attığı iki turun ardından, gelip masanın üstüne konuyor.

"Koy şunu kafese" diyor Nurten Abla. "Kaçıp giderse, görürsün gününü. Onun gittiğine yanmam da, seni nasıl avuturuz; onu düşünüyorum ben."

Söylediklerini duymamış gibi, yeniden avuçlarıma alıyorum Dünyakuş'u. Usul usul tüylerini okşuyorum; başından, gagasından doyasıya öpüyorum onu.

Ve... Minik bedenine, elimle itip güç vererek, havaya fırlatıveriyorum.

Kısa bir şaşkınlığın ardından toparlanıyor. İçgüdüsel becerisiyle kanatlarını çırparak uçuyor, uçuyor, uçuyor... Gözden kayboluncaya kadar el sallıyorum ona.

"Güle güle Dünyakuş... Güle güle Dünya..."

Onları birbirlerine kavuşturmanın mutluluğuyla, yeni bir ayrılışın hüznü arasında gidip gelerek, gökyüzünün maviliğine dalıp gidiyorum.

"Neden böyle yaptın Eylül?" diye söyleniyor Nurten Abla. "Ne kadar çok seviyordun onu..."

"Sevdiğim için özgür bıraktım ya! Sevgimin bencilliğine tutsak edemezdim onu..."

***

Ertesi sabah, bir önceki günün hafifliği yok üzerimde.

İçimdeki burukluğu söküp atamıyorum bir türlü. Tüm hücrelerim Dünyakuş'un yokluğunu haykırıyor, hesap soruyor benden.

Salonun köşesinde duran kafesi alıp Nurten Abla'ya uzatıyorum.

"Kaldır bunu... Göremeyeceğim, uzanamayacağım bir yerlere götür, sakla. Bir başka Dünyakuş olmayacak çünkü."

Benim üzüntülü halime inat, bin bir gülücük oynaşıyor Nurten Abla'nın yüzünde.

"Gel, sana bir şey göstereceğim" diyerek elimden tutup bahçeye doğru sürüklüyor beni. "İşte büyük sürpriz!" diyor.

Aman Allahım! Japongülüm çiçek açmış...

Sıradan bir rastlantı değil bu! Dünyakuş'u özgür bırakmamın ödülü...

Tanrı benim yanımda, eminim artık bundan! Aldığının yerine yenisini veriyor. Siyahla beyaz arasındaki seçimimi beyazdan yana yapmamı, bu uğurda direnmemi, olumsuzluklara meydan okumamı ödüllendiriyor.

Karşımdaki ateş kırmızısı gülü bana sunması da bunun ilk adımı değil mi?

Avucumun içinde tutup okşuyorum onu. Yumuşacık, ipeksi petallerinden bedenime akan sıcaklıkla büyüleniyorum. Kokusunu içime çekiyorum, başım dönüyor.

Bana ait, benden bir parça o! İlk ama son olmayacak. Renk renk, çeşit çeşit güller açacak yaşantıma, inanıyorum... Her birinde ayrı tatlar bulacağım. Dikenlerine değmemeye özen göstererek kucaklayacağım onları.

Gökkuşağının renklerini davet ediyorum yaşamıma. Yeryüzünde var olan ve var olabilecek tüm renklere açıyorum yüreğimi... Biri dışında:

Eroin kırmızısı!

Gerçeği dururken, yapay olanına ne gerek var ki?

18

Yenildin eroin! Kabul et artık...

Acımasız çarmıhına germiştin beni. Çırılçıplak; kollarımdan, bacaklarımdan, buz gibi kapkara bir tahtaya çivilemiştin...

Tutsağındım!

Ama kurtuldum! Çekip kopardım bedenimi çivilerden.

Etlerim paramparça... Kanlar içinde...

Bana güç veren neydi, biliyor musun? Korkularım!

Evet evet, yanlış duymadın; korkularım kırbaç oldu bana!

Umurumda bile değildi ölüm... Derdim seninleydi!

Bir kez daha yaşayamazdım aynı utancı.

Korkuların saplantıya dönüştüğü yer, bıçağın keskin yüzüdür! Biliyor muydun bunu?

O keskin yüzde, eski, bölük pörçük ürküntü kırıntılarımı ezip geçen gerçek korkuyu tattım ben...

Seninle yeniden yüz yüze gelmek! Yeniden aynı batağa saplanmak... Kolumda şırıngayla, izbe bir köşede katılıp kalmak... Gencecik bedenimi, kurban niyetine önüne sermek...

İşte beni, sürüklendiğim açmazdan çekip çıkaran gerçek korkularım!

Onları çok sevdim, dost oldum onlarla.

Korkularımın kırbacında yeniden can buldum.

Yüzümde şaklayan her darbe, BEN'i bana biraz daha yaklaştırdı.

Sancılıydı öze dönüşüm! Dayandım...

Önce BEN'le barıştım. Yeniden kendimi sevmeyi öğrendim.

Başardım!

Özgürüm artık...

Dansımız bitti!

Sonsuza dek susturuyorum orkestrayı...

EK

Biyografi

Söyleşi

Biyografi

Canan Tan, Ankara'da doğdu. Ankara Üniversitesi Eczacılık Fakültesi mezunu. *Yeni Asır* (İzmir) gazetesinde köşe yazarlığı yaptı. *Milliyet Pazar*'da güncel olayları esprili bir dille yorumlayan yazıları yayımlandı. *Mimoza* dergisinde *Çuvaldız*, *Kazete* adlı kadın gazetesinde "Kazete-Mazete" adlı köşelerde yazılar yazdı. Yazarın öykü, roman, mizah ve çocuk edebiyatı çerçevesinde çok sayıda kitabı ve senaryo çalışmaları vardır.

Roman: *Piraye, Eroinle Dans, Yüreğim Seni Çok Sevdi, En Son Yürekler Ölür, İz, Issız Erkekler Korosu, Hasret, Pembe ve Yusuf, Kelepçe, Başıbozuk Sevdalar*

Öykü: *Çikolata Kaplı Hüzünler, Söylenmemiş Şarkılar, Aşkın Sanal Halleri*

Şiir: *Şiirce*

Mizah Öyküleri: *İster Mor İster Mavi, Sol Ayağımın Başparmağı, Türkiye Benimle Gurur Duyuyor, Oğlum Nasıl Fenerbahçeli Oldu, Fanatik Galatasaraylı, Beşiktaş'ım Sen Çok Yaşa, Ah Benim Karım Ah Benim Kocam*

Gençlik Romanı: *Yolum Düştü Amerika'ya*

Çocuk Romanları: *Sokaklardan Bir Ali, Beyaz Evin Gizemi, Sevgi Dolu Bir Yürek, Ah Şu Uzaylılar, Uzay Kampı Maceraları, Uzaylılar Aramızda*

Çocuk Öyküleri: *Sevgi Yolu, Arkadaşım Pasta Panda, Sokakların Prensesi Şima, Aliş ile Maviş* dizisi

Ödülleri

Hürriyet (Kelebek) gazetesinin Senaryo Yarışması'nda Birincilik Ödülü / 1979 (*Oğlum* adlı eser, fotoroman olarak çekildi.); 1. Ulusal Nasrettin Hoca Gülmece Yarışması'nda 1. Mansiyon / 1988; Aziz Nesin Gülmece Öykü Yarışması'nda basılmaya değer görülen *İster Mor, İster Mavi* adlı kitabıyla, Türkiye'de mizah öyküleri kitabı olan ilk ve tek kadın yazar unvanı / 1996; BU Yayınevi Çocuk Öyküleri Ödülü, *Sevgi Yolu* / 1997; Rıfat Ilgaz Gülmece Öykü Yarışması'nda Birincilik Ödülü, *Sol Ayağımın Başparmağı* / 1997; İzmir Büyükşehir Belediyesi Çocuk Romanları Ödülü, *Sokaklardan Bir Ali* / 1997; 10. Orhon Murat Arıburnu Ödülleri'nde *Akrep* adlı öyküsüyle, Uzun Metrajlı Film Öyküsü dalında Birincilik Ödülü / 1999; Türk Kütüphaneciler Derneği'nden, Türkiye'deki bütün kütüphaneler bazında, En Çok Okunan Yazar Ödülü / 2010; *Piraye* romanıyla, İstanbul Kültür Üniversitesi'nden Yılın Kitabı Ödülü / 2012; Samsun 19 Mayıs Üniversitesi'nden En İyi Yazar Ödülü / 2013; İstanbul Yıldız Teknik Üniversitesi'nden Yılın En Beğenilen Yazarı Ödülü / 2014; İstanbul Kültür Üniversitesi'nden Yılın En Beğenilen Yazarı Ödülü/ 2017.

***Eroinle Dans*'ta farklı kesimlerden üniversite öğrencilerinin yaşamına götürüyorsunuz bizi. Burada gençlerin dillerinden yaşam biçimlerine kadar son derece gerçekçi gözlemler olduğunu görüyoruz. Bu kitabı yazarken gençlerle özel çalışmalar yaptınız mı?**

Ben zaten hep gençlerin arasındayım. Yanı sıra kızım ve oğlum sayesinde üniversiteli gençleri, onların yaşam biçimlerini, aile yapılarını ve sorunlarını yakından gözlemleme fırsatım oldu.

Bu kitap için de, bırakın gençlerle özel çalışma yapmayı, "Gençlerle beraberce yazdık" bile diyebilirim. Öyle çok şey yaşadım ki onlarla, öyle çok şey paylaştım ki... Onlar pek farkında olmadı, ama ben onlardan çok şey öğrendim.

Gençleri yeterince tanımadan yürümezdi bu iş. Onların umutlarının, umutsuzluklarının, çaresizliklerinin, hayal kırıklıklarının, sevinç ve üzüntülerinin, yaşam kavgalarının yakın tanığı olmasam, bu kitabı yazamazdım.

Romanınıza mekân olarak neden Boğaziçi Üniversitesini seçtiniz? Boğaziçililer bu durumdan memnun kaldılar mı?

Sormayın! Kitabı okuyan Boğaziçililerden itiraz sesleri yükseldi önce:

"Neden bizim okulumuz? Neden Boğaziçi Üniversitesi'nin adıyla *eroin* sözü aynı cümlede geçiyor? Neden bir başka okul değil de biz?"

Hemen yanıtladım:

"Herhangi bir eğitim kurumuna olumsuz tek söz etmek haddim değil! Hele Boğaziçi Üniversitesi'ne... Asla! Benim kızım da, oğlum da Boğaziçi Üniversitesi mezunu. Toz kondurabilir miyim bu okula?"

Bu arada, küçük bir uyarı notu eklemekten de kendimi alamadım:

"Durum böyle. Ama yadsınamaz bir gerçek var: Eroin her ortamda ve hiç ummadığınız kişilerle dans edilebiliyor. Hiç kimse ayrıcalıklı olduğunu düşünmesin!"

Boğaziçi Üniversitesi'nin seçmem, kolaylık sağladı bana. Kızım ve oğlum sayesinde çok iyi tanıyordum okulu. Kayıt yapılan idari bölümden, Kuzey ve Güney Kampuslarına, Boğaz'ın eşsiz manzarasını kucaklayan Manzara Terasına, dersliklerin yer aldığı, Güney Kampusu'nun dört bir yanını çevreleyen tarihi binalara, çimlerle kaplı meydanın sol tarafındaki, gençlerin sere serpe oturup sohbet ettikleri taş basamaklara; kız ve erkek yurtlarına, yurt odalarına, odalardaki yataklara, dolaplara; kantinlere, kantinlerin gözdesi çift kaşarlı tostlarına kadar her köşesini, her ayrıntısını biliyordum.

Sıfırdan başlayıp başka bir okulu mercek altına alacağıma, tanıdık bildik bir ortamı anlatmak daha doğru olacaktı.

Çocuklarımın, özellikle de kızımın yurt yaşantısı, izlenimleri, arkadaşlarıyla olan ilişkileri, paylaşımları ve bana anlatılan yaşanmışlıklar yoluma ışık tuttu. Doğru bir seçimdi Boğaziçi Üniversitesi, kurguladığım öyküyle bire bir örtüşüyordu.

Madde bağımlılığı, toplumun kanayan yarası. Bu konuda bir roman yazmaya nasıl karar verdiniz?

Çikolata Kaplı Hüzünler'de, "Korkularım Kırbaçtır Bana" adlı bir öyküm var. Altın vuruşla yaşamına son vermiş, eroin bağımlısı bir kadının sanal bir mahkeme ortamında, kendisini bu noktaya getiren kişilerle sanal yüzleşmesini anlatır. Annesi, babası ve önce sevgilisi, sonra da kocası olan genç erkek...

Oturumun ilk bölümünde, çocuk kimliğiyle annesi ve

babasıyla hesaplaşır kadın. İkinci bölümde anne ve babaya sevgili/koca eklenir. Son bölümdeyse hepsi birden "onsuzluğa" mahkûm edilirler.

Çok etkileyici ve teatral yönü olan bir öyküydü. (Haldun Dormen, bir oyuncu seçiminde birinciliği, öykünün son bölümünü sahnede canlandıran bir kızımıza vermiş.)

Bu öykü bana, madde bağımlılığı ve eroin konusunda söyleyecek çok daha fazla sözüm olduğunu fısıldadı. Bana da yazmak düştü haliyle...

Madde bağımlılığı konusunda çok ciddi bir araştırma yaptığınız görülüyor. Bu süreçten biraz söz eder misiniz? Mesleğiniz olan eczacılığın da araştırmalarınıza katkısı oldu mu?

Öncelikle şunu vurgulamalıyım, eczacı olmasam şu iki romanımı yazamazdım: *Eroinle Dans* ve organ naklini konu alan *En son Yürekler Ölür*. İki kitabın da gerekli tıbbi bilgileri içermesi gerekiyordu. Ancak tıbbi incelemeyi yaparken de bir temeliniz olması gerekiyor. Madde ve bağımlılık konusunda eczacılık eğitiminden gelen bilgi birikimim zaten vardı. Ama yetmezdi.

Eroinle Dans'ın yalnız araştırma ve inceleme dönemi iki yıl sürdü. Psikiyatrlardan, AMATEM'den, konuyla ilgili uzmanlardan bilgi aldım; hem bilimsel, hem de sosyal yönü ağır basan çok sayıda yerli ve yabancı kitap okudum. Hikâyemi, edindiğim bilgilerin üzerine, kurgulayarak inşa ettim.

Bağımlı ve kullanıcı olanlarla daha sonra tanıştığımı itiraf etmeliyim. Ancak kitapta, AMATEM'deki 8.15-9.15 arasındaki sabah yürüyüşleri, 9.30'daki günaydın toplantısı, grup terapileri ve sosyal etkinlikler ayrıntılarıyla anlatıldığı için, "Siz de mi AMATEM'de tedavi gördünüz?", "Sizin damarlarınızda da eroin gezdi mi?" diyenler çok oldu; "Bizim mekânlarda mutlaka bulunmuşsunuzdur, çok iyi anlatmışsınız oraları" diyenler de...

Boşanmış anne babaların çocuklarının ya da farklı ailevi travmalar yaşayanların uyuşturucuya yöneldiğine dair yaygın bir anlayış var. Siz bu anlayışı yıkıyorsunuz. Ailesiyle ilişkileri son derece iyi olan Eylül, üniversiteye girdikten sonra, seçtiği arkadaş çevresinin de etkisiyle uyuşturucuya başlıyor. Bu konuda okurlarınızdan ya da psikiyatrlardan nasıl yorumlar aldınız?

Genel kanıların aksine, bağımlı olmak için ille de parçalanmış ailelerden gelmek gerekmiyor. İşte, el bebek gül bebek büyütülmüş, ailesinin onu sarıp sarmaladığı kozasından çıkıp İzmir'den İstanbul'a gelmiş bir prenses: Eylül! Dünya ise paramparça bir ailenin dışlanmış kızı. Minik bedenine sığdırdığı acılarla yapayalnız.

"O iyi!", "Bu kötü!" diye bir ayrım yok aralarında. Uyuşturucu batağına saplanmak için, kötü bir geçmişe sahip olmak gerekmiyor. Örnek ve mutlu bir ailenin biricik kızı da, olumsuzlukların koynunda çaresizce kıvranan bir diğeriyle aynı çarpık yolda yürüyebiliyor.

Psikiyatr arkadaşlarla konuyu derinlemesine konuşurken, bambaşka bir gerçeklikle yüz yüze geldim: *Genetik yatkınlık*! En akla yakın açıklama da buymuş gibi göründü gözüme.

Uzmanlarca yapılan gözlemler, sigara içmeyi bile genetik yatkınlığa bağlıyor. Sigaranın, kullanıcılardan bazılarında kanser yaparken, diğer bir grupta kansere rastlanmaması da genetikle açıklanıyor.

Toplumsal baskıyla değil de, kişisel hoşlanmama nedeniyle ağzına içki koymayan kişilerle alkolikler arasındaki fark, gene kromozomlarımızda, genlerimizde yatıyor. Madde bağımlılığı da...

Genetik yatkınlık, elverişli çevre şartlarıyla birleşince tablo tamamlanıyor.

Madde bağımlılığı konusunda roman yazmak çok hassas bir konu olsa gerek. Heveslendirmek, özendirmek gibi bir

riski olabilir. *Eroinle Dans*'ta bu dengeyi çok iyi tutturmuşsunuz. Ters yönde eleştiriler geldi mi?

Evet, bazı hikâyeler incecik bir bıçak sırtı gibidir. Madde bağımlılığı da öyle. Yazdığım her sözcükte, her cümlede olabildiğince dikkatli davranmak zorundaydım.

Zehirdir uyuşturucu! Üzeri şeker tabakasıyla kaplanmış, içi acı, dışı tatlı drajelere benzer. Sonradan su yüzüne çıkar acısı. İş işten geçtikten sonra...

Ben de okuruma bu zehri, üzerindeki şeker tabakasıyla sunmak zorundaydım. Gerçek hayatta olduğu gibi. Sayfalar ilerledikçe, yapay ve zorlamalı keyiflerin nelere mal olabileceğini göreceklerdi nasılsa.

Heveslendirme ve özendirme payı, yok denecek kadar azdı. Okurlarımın geri dönüşlerinden de gözlemlediğim kadarıyla hiç kimse rahatsız olmadı anlatılanlardan.

Okuduktan sonra, "Uyuşturucuya meylettim" ya da "Madde kullanmaya yüreklendirdiniz beni" yolunda hiçbir olumsuz görüş ya da eleştiri almadım. Ancak başlangıçta, gittiğim okul etkinliklerinde, okul yöneticilerinin ve öğretmenlerin bu kitabı öğrencilerine sunup sunmamakta kararsız kaldıklarını gözlemledim.

Kitap fuarlarında çocukları için kitap seçen anne ve babalar da, "Benim kızım/oğlum şu yaşta. Bu kitabı okuyabilir mi?" diye kuşkuyla soruyorlardı.

"Önce siz okuyun" diyordum ebeveynlere. "Sakıncalı bir durum görürseniz okutmayın çocuğunuza."

Ama kısa sürede aştık bu mânialarıı. Madde bağımlılığının 10 yaşın altına düştüğü günümüzde, uyuşturucu haplar okul önlerinde satılırken, benim yazdığım kitap ancak doğru yolu gösterebilir.

Yeşilay'ın 2014 Zümrüdüanka Ödülleri'nde, *Eroinle Dans* kitabımdan dolayı, "En Yeşilaycı Edebiyatçı" ödülünü ve plaketini verdiler bana.

Okulların okuma listelerinde başköşede benim kitap. Kimseye bir zararı olmayacağı tescillendi anlayacağınız...

***Eroinle Dans* uyuşturucu ve özellikle de eroin konusunda yazılmış ilk ve tek roman. Okullarda tavsiye kitabı oldu. Okullarda gerçekleştirdiğiniz söyleşi programlarında öğrencilerin ilgisi nasıl oluyor?**

Evet, *Eroinle Dans* bu konuda yazılmış ilk ve tek roman. Diğerleri bilimsel ağırlıklı ya da kullanıcı tarafından bulanık kafayla, edebiyat kaygısı güdülmeden, günlük tarzında yazılmış kitaplar. Okul söyleşilerinde ve imza günlerinde yoğun bir ilgiyle sarmalanıyorum. Gençlerin en çok ilgi gösterdiği ve okuduğu kitabım, *Eroinle Dans.*

Lise son sınıfta, sınavlara hazırlanan bir erkek öğrenci, "Bu kitabı okumadan üniversiteye girmek yasak!" diyordu yanındaki arkadaşına.

Bana gelen çok sayıdaki elektronik iletinin birinde de, "Bugüne kadar okuduğum en etkileyici eroin kitabıydı. İleride bir çocuğum olur da, 'Bana bir kitap önerir misin?' diye sorarsa, 'Al evladım, oku' diyebileceğim ilk kitabı sayenizde edinmiş oldum" diyordu gencecik bir kızımız.

***Eroinle Dans*'ı okuyan, geçmişte ya da hâlâ madde bağımlılığı olan okurlarınız sizinle temasa geçtiler mi? Nasıl yorumlar aldınız?**

Madde bağımlılarından bana ulaşan çok oldu. Genellikle, "Senin yazdığın ne ki? Neler neler yaşadık biz" havasındaydılar. Ama içlerinde biri vardı ki, hepsini ezip geçti. Uzun bir süre iletişimimizi sürdürdük.

Uzun, upuzun bir ileti göndermişti bana. İfadesi düzgün, dili etkileyiciydi. Çok etkilenmişti kitaptan. Ama öfkeliydi de. Benim anlattıklarımı, birinci ağızdan kendisi yazmak istiyordu çünkü.

Defalarca okumuştu *Eroinle Dans*'ı. Kimi zaman dost gibi, kimi zaman düşman gibi görmüştü. Gözünün önünde durmasın diye yatağının altına sakladığı olmuştu. Sonra yırtıp paramparça etmişti. Ama ertesi gün yenisini alıp başucuna koymaktan kendini alamamıştı.

Kitabın yeni baskısında, arka kapağa okur görüşlerine yer vermek istedik. Aradım kendisini, izin istedim.

Gözü karaydı. "Ne istersen yaz" dedi. Senlibenli konuşuyordu benimle.

İçime sinmedi. "Adını vermesek mi acaba?" diye sordum.

Süngüsü düşmüştü. "Doğru" dedi. "Bizimkiler görünce, yazanın ben olduğumu şıp diye anlarlar. Sıradan bir isim değil benimki. Türkiye'de epi topu üç beş tane var."

Kitabın arkasına koyduğumuz alıntı şöyleydi:

"... Seninle ortak tanıdıklarımız var. En önemlisi de eroin. Tam 4 yıl 3 ay 16 gün önce terk ettiğim sevgilim... Ve ortak bir hedefimiz varmış: Edebiyatı eroinle tanıştırmak! Yıllarca hayalini kurduğum bir şeydi bu: Yazmak, eroini yazmak. Unutulmuş insanları, yitirdiklerini yazmak! Ama sadece eroini değil, onca kitapta eksik olan sevgiyi de yazmak istemiştim. Tıpkı senin gibi. Eroini anlatan herkes sevgi eksikliğinde, yapayalnız, terk edilmiş insanlardı. Dünya gibi. Ama hiç kimse Eylül'ü anlatmıyordu. Hiç kimse, mutluluğa doymuş insanların da eroine dokunabileceğini bilmiyordu sanki. Oysa bilen birileri varmış... O kadar güzel belirtmişsin ki bu gerçeği. Sana yürekten teşekkür ediyorum. Benim yapamadığımı yapıp bana cesaret verdiğin için..."

Adını yazmadım altına. Kıyamadım!

"Yaşamın içinden gerçek bir Eylül" demekle yetindim.

Bir avuntum vardı: Eroini bırakmasının ardından geçen yılları, ayları, günleri sayıyordu hâlâ. Ama tertemizdi artık! Yükseköğrenimini tamamlamış, iş güç sahibi bir hanımefendi olmuştu. Sevgiyle anıyorum onu...

Romanınızdan güç alarak tedavi olmaya karar veren okurlarınız oldu mu?

Gururla söylemeliyim ki, bırakan bile oldu!

Geçtiğimiz İzmir Kitap Fuarı'nda genç bir kız, kitabımı okuduktan sonra, öğrendiklerinin ışığında, erkek arkadaşına psikolojik destek vererek onu bağımlılıktan kurtardığını anlattı.

Ama asıl büyük müjdeyi bir Anadolu şehrindeki kitap fuarında aldım. Üniversite öğrencisi yakışıklı bir delikanlı yanında dünyalar güzeli kız arkadaşıyla geldi, *Eroinle Dans*'ı eline aldı.

"Bu kitap tam iki yıldır başucumda duruyor" dedi. "Her sabah bir-iki bölüm okumadan evden çıkmıyorum."

İki yıl öncesine kadar tam bir bağımlıymış. Okulunu bırakarak bambaşka âlemlere dalmış. Kitabı defalarca okuduktan sonra, büyük bir irade göstererek veda etmiş maddeye.

"Zordu, ama başardım" dedi. "Okuluma döndüm, kaldığım yerden yaşamaya devam ediyorum. Sayenizde! Hayatımı size borçluyum."

O an bana Nobel Ödülü'nü verseler, inanın bu kadar sevinmezdim. Yaşamım boyunca aldığım belki de en büyük ödüldü...

DK'da yayımlanmış kitapları

İster Mor, İster Mavi

Canan Tan, Aziz Nesin ekolünün, sayıları günümüzde gitgide azalan temsilcilerinden.
Öyküleri, geleneksel mizahımızdan izler taşıyor. Ancak konuları güncel...
Espriler düzeyli.
Gıdıklamadan, düşündürerek güldürmeyi hedefliyor.
Öykülerin hepsi yaşamın içinden.

Sol Ayağımın Baş Parmağı

Dolap kapağının düştüğü, davula dönmüş sol ayağının başparmağına ağıt yakanlar... Nazlı karısına kıyamayıp çocuk doğurmayı üstlenen hamile kocalar... Düldülü kaptırıp peşinden yollara düşenler... Apandisit salgını yaşadıklarını sanan gariban ilçe halkı... Piranha yırtıcılığında böbrek taşları... Birbirinden keyifli espri bombaları! Elinizden bırakamayacaksınız

Çikolata Kaplı Hüzünler

"Kararını değiştirdi KADIN, bu gece pantolon giymeyecek.
Omuzlarını açıkta bırakan, üst bedenini sımsıkı sararken belden aşağıya özgürce dökülen, açık yeşil şifon elbisesini giyecek.
Ayağında yüksek ökçeli terlikler, abartısız bir makyaj, birkaç fırça darbesiyle taranmış doğal saçlar..."

Piraye

Diyarbakır...
Dar bir eşikten geçip geldim sana. Huzurundayım. Hoşgörü kapını açık tut.
Bil ki direnmem sana değildi. Altın tepside sunulan acı şerbetti beni ürküten.

Türkiye Benimle Gurur Duyuyor!

Canan Tan, kadının espri yeteneğinin tartışıldığı ülkemizde, yine bir mizah öyküsü kitabıyla karşımızda...
Üstelik bu kez, tüm öykü kahramanları kadın!
"Ah Bir Erkek Olsam!" diye iç çekenler...
"Kocam Bir Dolandırıcı!" diye haykıranlar...
Öbür dünyaya göç etmiş kaynanasına mektup yazanlar...
Neler yok ki!

Söylenmemiş Şarkılar

Kördü kadın, göremedi.
Beriki dilsiz! Dillendiremedi yüreğindeki talanı...
İkisi... El ele... Göremediklerini, dillendiremediklerini sonsuza dek suskunluğa mahkûm ettiler.

Geriye yalnızca, SÖYLENMEMİŞ ŞARKILAR'ı kaldı...

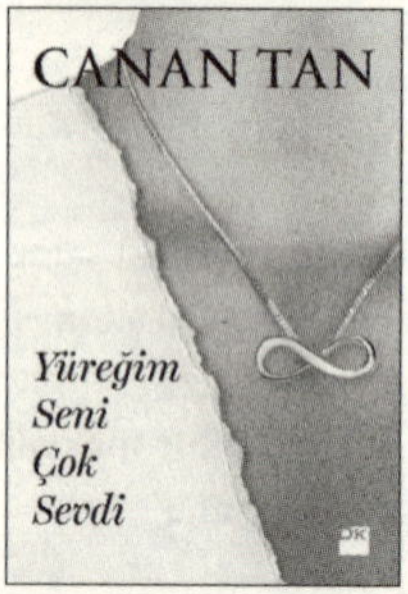

Yüreğim Seni Çok Sevdi

Aslı ile Murat'ın İstanbul-Bursa-Amerika üçgeninde yaşadıkları destansı aşkın öyküsü.
Herkesin kendinden bir şeyler bulabileceği kadar gerçek...

En Son Yürekler Ölür

Canan Tan bu kez, *aşk*'ın yanı sıra, ağırlıklı olarak *organ nakli* konusuna dokunduruyor kalemini.
Yaşamla ölümün kıyasıya savaştığı yol ayrımında geçen çarpıcı bir öykü. Yanı başınızda yaşanıyormuşçasına gerçek...

Eroinle Dans

Eroin sözcüğü kimseyi ürkütmesin. Madde bağımlılığının 12 yaşına indiği ülkemizde, başımızı kuma gömmeden gerçekleri irdelemek zorundayız.
Eroinle Dans, uyuşturucu ve eroin konusunda Türkiye'de yazılmış ilk ve tek roman.

Aşkın Sanal Halleri

"Var mıydın gerçekten?
Gözlerimiz buluşmadan, ellerimiz birbirine değmeden, yalnızca yüreklerimizle, doludizgin bir aşkı seninle paylaştık mı biz?
Yoksa... acımasız bir aldatmaca mıydı yaşadıklarımız?
Kimdin sen?"

Issız Erkekler Korosu

Âdemoğlu Pansiyon'da bir fasıl gecesi...
Oradakilerin hepsi erkek!
Ezilen, horlanan, acı çeken, ağlayan, üşüyen, hatta dayak yiyen erkekler onlar.
Her birinin ayrı bir hikâyesi, o hikâyenin içine nakşolmuş ayrı bir şarkısı var.

İz

Ne oldu da ayrıldı ellerimiz baba?
Hiçbir zaman soramadım bunu sana. Sormak istediğimde fırsat olmadı, fırsat olduğunda cesaretim...

Yakın çevremizde benzerlerini görebileceğimiz gerçeklikte bir baba-kız öyküsü.

Hasret

Hasret, mübadele öncesinde başlayıp hasretle sonuçlanan derin bir aşkı ve ayrılığı anlatıyor.
HASRET mi, ÖLÜM mü deseler,
Ölümü seçerdi. Tereddütsüz...
Hiç gözünü kırpmadan.
Ama ona soran olmadı ki...

Pembe ve Yusuf

Ne benim sözüm geçer bu iklimde
Ne de senin
Böyle gelmiş böyle gider
Son söz TÖRE'nin!

Birbirlerine delicesine düşkün iki kardeşin,
Pembe ile Yusuf'un sızılı ve çarpıcı öyküsü.

Ah Benim Karım! Ah Benim Kocam!

Aziz Nesin (1996) ve Rıfat Ilgaz (1997) Gülmece Öykü Ödülleri sahibi olan Canan Tan'dan mizah öyküleri... Canan Tan, evli çiftlere dair çarpıcı tespitleriyle hem güldürüyor, hem de kadınlarla erkeklerin kendilerini sorgulamalarına neden oluyor.

Kelepçe

Yeter, Mimoza, Gonca, Beyza, Sultan, Zeyno, Merve...
Ve diğerleri...
Bir avuç kader mahkûmu kadın!
Her birinin ayrı bir hikâyesi var.
İç burkan, hüzünlü; ama bir o kadar da heyecan verici ve çarpıcı...

Başıbozuk Sevdalar

"Suç bende! / Acılarımı dışa vursam sorun yok. / Ama olabildiğince acılaşmış sözcükleri ortalığa saçacağıma yutuyorum./ Pervasızca zehirliyorlar beni..." diyor Şiir. "Kardeşlik zorunlu arkadaşlık, arkadaşlıksa seçilmiş kardeşliktir" dedirten bir can dost, Eda hep yanında. Bir de Şiir'in hayatına dokunan üç erkek var: Ezel, Baran, Recep.

Şiirce

Canı Yanmış
Sessiz gecelere sordum uykularımı
"Firar etti" dediler
Kulaklarından tutup geri getirmeyi denedim
Başaramadım...
Canı yanmış o gecelerde
Ben de yandım...

http://www.facebook.com/canan.tan
http://www.twitter.com/ccanantan